本书由国家社科基金重大项目
"中国非物质文化遗产体系探索研究"
（项目批准号：11&ZD123）
资助出版

文学民族志

范式与实践

彭兆荣 等著

中国社会科学出版社

图书在版编目(CIP)数据

文学民族志:范式与实践/彭兆荣等著. —北京:中国社会科学出版社,2022.2
ISBN 978-7-5203-9703-2

Ⅰ.①文… Ⅱ.①彭… Ⅲ.①民族文学—文学史研究—中国 Ⅳ.①I207.9

中国版本图书馆 CIP 数据核字(2022)第 022466 号

出 版 人	赵剑英
责任编辑	王莎莎
责任校对	张爱华
责任印制	张雪娇

出　　版	中国社会科学出版社
社　　址	北京鼓楼西大街甲 158 号
邮　　编	100720
网　　址	http://www.csspw.cn
发 行 部	010-84083685
门 市 部	010-84029450
经　　销	新华书店及其他书店
印　　刷	北京明恒达印务有限公司
装　　订	廊坊市广阳区广增装订厂
版　　次	2022 年 2 月第 1 版
印　　次	2022 年 2 月第 1 次印刷
开　　本	710×1000　1/16
印　　张	21.25
插　　页	2
字　　数	325 千字
定　　价	128.00 元

凡购买中国社会科学出版社图书,如有质量问题请与本社营销中心联系调换
电话:010-84083683
版权所有　侵权必究

目 录

第一部分 文学民族志

导言 文学民族志:一种学科协作的方法论范式 ……………（5）
"把种子埋入土中"
　　——纪念林耀华先生诞辰110周年 ………………（21）
金翼奋翔:《金翼》的近代探索之路 …………………………（34）
乡土的表述　永远的秦腔
　　——贾平凹小说《秦腔》的人类学解读 ……………（47）
两种权力博弈中的三种"生态"
　　——贾平凹乡土小说的人类学解读 …………………（61）
点石成金
　　——贾平凹文学中的"石"表述 ………………………（77）
乡土之真:基于贾平凹《高兴》的原景考察 …………………（90）
历史建构与记忆书写的多重路径
　　——阿来小说《瞻对》的人类学解读 …………………（104）
文学经典重塑乡土景观:以川端康成《雪国》为例 ………（118）
文学想象与地域民俗认同的构拟
　　——基于张家湾"中国红学文化之乡"构筑的思考 …（130）
"红毛番":一个增值的象形文本
　　——近代西方形象在中国的变迁轨迹与互动关系 …（139）

目 录

附录一　文学民族志的概念、方法与实践
　　——一个跨学科的文体实验 …………………………（153）
附录二　实验民族志语体 ……………………………………（166）

第二部分　文学人类学

导论　文学人类学：一种新型的人文学 ……………………（175）
再寻"金枝"
　　——文学人类学精神考古 …………………………（188）
文学与学文：一个比较文化的视野 …………………………（202）
民族志"书写"：徘徊于科学与诗学间的叙事 ………………（213）
文学可以如是说：人类学的一种关涉
　　——兼述叶舒宪教授的相关研究 …………………（226）
文字的人类学 …………………………………………………（238）
口述传统与文学叙事 …………………………………………（249）
行吟之歌
　　——文学旅行志的一种范式 ………………………（262）
文学人类学的仪式视野：西方经典文学的一种读法 ………（276）
仪式谱系：戏剧文学与人类学 ………………………………（289）
论古希腊剧场的空间形制 ……………………………………（302）
附录一　走出来的文化之道 …………………………………（317）
附录二　永远的"乡仪之神"
　　——田野札记 ………………………………………（323）

彭兆荣文学人类学论著、论文目录 …………………………（331）

后记 ……………………………………………………………（335）

第一部分

文学民族志

我使用"文学民族志"（literary ethnography）并非刻意标新，学术界将文学 literature、民族志 ethnography 并置已经普遍，但都将二者保持于两个不同学科之间的互动关系上，鲜有将民族志作为一种方法应用于文学研究，即使是文学人类学（literary anthropology）这一分支学科亦不多见。所以，"文学民族志"包含着多学科交叉，特别是方法论借助的实验性。

"文学民族志"包括几个关键词：文学文本（即传统意义上说的"作品"）、参与观察、现场取证、乡土知识。具体地说，在精读文学文本的基础上，到作品的发生地去做深入了解，进而加深对文学作品特别是伟大作品中有关作者对劳动人民生活的关怀与关照，对社会现实的认知和认识；特别体察作家在作品中"从生活中来的"的细节，以及所"收藏"的生活本真，尽量还原"乡土知识"与"民间智慧"的本来。

我在文学民族志系列中首先选择了"乡土文学"这一种类型进行实验，理由是：一方面，我国是一个具有农耕传统文明的国家，是"社稷"，乡土性是文学创作的基本和基础。事实上，在我国现代文学创作中，最有代表性，也最深刻的部分主要反映于"乡土文学"，沈从文、贾平凹、莫言、陈忠实、阿来等即为代表；另一方面，乡土社会处于巨大的变化与变迁、保持与守护之中，我国当下的"乡村振兴""脱贫攻坚"等都面临着这样双重的任务。

我并不将"乡土文学"中的"乡土"完全定义、定位于农村，而是像费孝通先生的"乡土中国"——全观性地以"乡土"定义"中国"，是以乡土为根本的生命价值的家园纽带。我更愿意相信，"乡土性"作为一种文明背景下的存在性"影响因子"，可以和可能被带到城市里的。根本上说，土地是命根，中国的文化是离不开乡土的；根本是说。传统的"城乡"是水乳交融的；根本上说，那些城里人、读书人，溯之家谱、族谱，十之八九都从"三农"来；根本上说，绝大多数传统仕绅阶层的最后归宿是"告老还乡"。

我在这一系列中选择了人类学家林耀华的小说体著作林耀华《金翼：

中国家族制度的社会学研究》，以及与乡土社会相关的宗族著作《义序的宗族研究》等"作品"进行分析。为此也专门去过林先生的家乡；而且笔者打小就在与林先生家乡为同一个生活区域中长大，熟悉作品中所描写的场景。同时，为了解中原腹地的乡土情形，笔者选择贾平凹的乡土作品进行分析。具体方式是，在精读作品的基础上，深入作品的缘生地进行"田野作业"（fieldwork）。为此，笔者专程到他的家乡陕西省商洛市丹凤县棣花镇进行调研，寻找文学作品中的现场和创作的"灵感"。

我希望这样的研究尝试可以在诸如文学评论的"索隐派""评点派""题咏派"等基础上有所超越，也突破文学研究"考证派"的方法而呈现人类学、民族学之于文学特殊的价值面向。

至为重要的是，如果"为人民服务"是一个政府遵循的原则，那么"农民"作为中国人民的绝大多数就是对象的主要言说者；如果中华文明是农耕文明，农耕文明的基本必定是"农村"社会；如果"社稷"国家是指以农为本的传统，"农业"必为首先和首要之生业。我希望我的文学民族志能够在一定程度上反映"乡土中国"。

导言 文学民族志:一种学科协作的方法论范式

引 言

人文社会科学冠以"科学"之名,以方法论的角度,除了遵循实事求是的科学精神之外,重要的原因还在于探寻和验证的方法和手段。不同"学科"大多有独特的方法论方面的主张,有的甚至形成了"商标性"的方法,比如人类学的"田野作业"(fieldwork)。今天,在越来越多的学科分立"门庭"之时,多学科交叉协作也同时成为一种学科自觉。文学与人类学两个学科联袂出演已经有些时日,而且已经被公认为一种分支学科,但对于这一学科在方法论和方法上的主张和实践,却缺乏完整的结构性主张,至多是借助其他一些学科,比如现成的考古学材料、遗产学、历史学、考据学、民俗学、民间民族文学等材料"举证"为"旁证"。然而这不够,重要的是没有形成一种完整的方法论系统。本人以"文学民族志"为题正是尝试用人类学"参与观察"的方法,对文学作品进行"田野作业",多方位地对文学进行体验、认知、理解和阐释。

文学民族志:"源于—高于—回于生活"整体性方法论

文学并不是直接描摹现实生活的表述,不像摄影,那么是什么?我国有一个公认的、共识性表述大致可以归纳为:"源于生活、高于生活";它甚至被视为圭臬,那些优秀作品大多也用这样的口号评述之;这不错,但今天看来却不够,至少不完整。笔者窃以为需要增加一句:"回于生活";

第一部分 文学民族志

完整的表述于是成为"源于—高于—回于生活"。文学为什么要返回生活？首先，从道理上说，"生活"才是生活的终端，是生活的本真，如果将作品作为"生活"的终端，那在某种意义上说只是作家的"个人生活"。如果我们相信某一部作品反映了社会生活，反映了历史的真谛，那么，就需要了解作家、作品与生活的关系。其次，为什么要"回于"生活？从研究角度，需要回返验证；而"回"正是一个完整的认知、知识与表述体系。甲骨文&在圈状符号&上加一短横指事符号━，表示循环反复、周而复始。《说文解字》："回，转也。从口，中象回转形。"白川静认为"回"为水潭回旋水涡之象形，有回旋、回转之义。① 最后，生活是检察官，不"回于生活"又如何证明其作品"源于生活"？

文学民族志之所以强调"返回"生活，除了有助于体现文学作为"人文科学"之"科学"的可堪验、可反复验证外，还包含着"生活"本身的权威性。然而，伟大的作品都标榜其为历史、现实生活的"代言"，这不错，但太虚泛，因为人们并不知道作家和作品中的哪些事件、事物，元素、因素是源于特定的生活、怎样来自特定的生活场景；为什么作家要选择那些事件、事物，元素、因素，怎样进行作家"自我"的体验和认知，作家"想像"的凭附是什么，"灵感"的来源是什么，关心和关怀的价值在哪里，诸如此类；虽然读者可以根据自己的经验、经历去附会、理解和解释，但仍存在许多"悬空"的部分；文学民族志在方法论上主张"回于生活"有助于做到"返回"生活的本真、本相、原来。

所谓文学民族志，主要指以人类学田野作业为方式和范式民族志表述。"民族志"（ethnography）是一个典型的人类学专业语用，依照法典和贯例，人类学家通过田野作业，即到对象的现场进行长时间的参与观察，从而对对象进行"质性"（对性质进行判断）的研究、判断和记录，这一过程被称为民族志。换言之，民族志范式作为一种"对事实的记录方式"（ethnography as a record of fact）② 也因此成为这一学科最具表现力的一种

---

① ［日］白川静：《常用字解》，苏冰译，九州出版社2010年版，第36页。
② Barfield, T. (ed.), *The Dictionary of Anthropology*, Malden MA: Blackwell Publishing Ltd., 1997, p.160.

"表述方式"（expressive method）。而借用民族志范式的文学研究，有助于将文学作品中的"悬空"的部分"落地"，至少可以更明确、清晰地体认文学作品"源于生活"的原貌，"高于生活"的原型。

话说到此，一个问题便随之浮现："生活"是一个半虚半实的概念，生活到处都是，到处都有；"生活"既可以是哲理的指涉，又可以是日常的细节，文学民族志要到哪里去做田野，到何处去参与观察？这不仅是一个学科专属问题，甚至涉及文明、文化的"原真性"问题①——从更高的层面，我们需要问答什么样的生活样态最能够反映和呈现中华文明的原真性。其实，人类学之擅长正是做将"文明""文化"回归"日常""平常"的工作。毋庸置疑，文学作品如果要成为上乘、上品，首先要看其能否反映和呈现其所属文明和文化的根本以及基本生活的样态和问题。比如，中华文明的农耕文化，创建了人们生存、生计和生活相对稳定的方式，与土地捆绑在一起，最恰当的表述就是"乡土"。所以，中国就是一个传统的乡土社会，费孝通先生以"乡土中国"概括之，②至为精准。而若要定位、定义"中国"，便要从乡土入手，诚如梁漱溟所云："中国这个国家，仿佛是集家而成乡，集乡而成国。"所以要"从乡入手。"③我们这一批知识分子，回看自己的家谱、族谱，大多都是农民出生身，是"社稷"国家的子民。所谓"社稷"，依照笔者的理解，就是在土地上种粮食的国家。

这也是笔者之所以首先以文学民族志之方法论切入"乡土文学"的原因。除了方法论价值外，人类学对农业传统、农耕社会的研究素有传统，值得借鉴。比如 20 世纪 50 年代，人类学家雷德菲尔德（Redfield，R.）在对农民研究的基础上，开拓了现代人类学对农业研究的典范。他以小共同体（little community）的存在形式概括农业社会组织结构的基本特征："小共同体"为农业社会的分析基点，即它是一个整体，一个生态系统，一个典型的地方志，一种社会结构，一种生活观和一种历史。他并提出了"小传统"（little trandition）与"大传统"（great trandition）的概念，确立

---

① 彭兆荣：《民族志视野中"真实性"的多种样态》，《中国社会科学》2006 年第 2 期。
② 费孝通：《乡土中国　生育制度》，北京大学出版社 2008 年版。
③ 梁漱溟：《乡村建设理论》，商务印书馆 2015（1937）年版，第 182 页。

一种"概括和比较的观察"。[①] 此后,利奇(E. Leach)《普尔伊里亚:斯里兰卡的一个村庄——对土地占用与亲属关系的研究》,哈里斯(M. Harris)的《资本主义与农民农场:泰米尔纳都北部的农业结构和意识形态》,格尔兹(C. Geertz)的《农业内卷:印度尼西亚的生态变化过程》、斯科特(J. Scott)的《农民的道义经济学》等,都对"三农"的研究卓有成就。[②] 文学作品与人类学民族志对同类问题上的思考与表述可以达到多大"契合度",同样值得关注,毕竟文学是"人学",人类学也是"人学"。

接下来的问题是,文学如何采用民族志范式进入实验性研究。众所周知,文学作为人文科学之一种,是具象/抽象、主观/客观、"自我/他者"、分析/综合、历时/共时、在地/非地的研究;同时,文学作品又是作家个人的主观、主体性经历和经验的产物。而作家作为社会的成员,又与其自然生境、历史时段、社会语境、伦理价值等联系在一起。这也导致了人们"对待作品"的差异。传统的文学研究大致有两种趋向:一种以"作家作品"作为终端,依据"源于生活、高于生活"的原则,作品俨然成为另一种"生活样品"——人们通过作家的作品认识生活;另一种以"读者自我"的阅读和阐释为终极,比如"接受美学"理论认为,文学作品只是一种"介体",一旦作家完成,在接受和阐释的层面,作家和读者享受的"权利"是一样的。也就是说,"作品"只是介绍读者进入一种描述性的生活中,而读者如何读则完全自主。这样的情形也是所谓"一百个读者就有一百个哈姆雷特"的意味。显然,这两种态度都在强调权利:一种是作者的权利,一种是读者的权利。然而,"生活的原真"的权利被忽略了。

依照上述逻辑,文学作品事实上在多种层面上"制造"了一种"想象的生活"(imagined life),借用安德森的概念,[③] 即文学源于生活、高于生活,某种意义上说是"被制造的想象"。这并非贬义,而是事实,就像当

[①] Redfield, R., *The Little Community/Peasant Society and Culture*, Chicago: The University of Chicago Press, 1960, p.1.
[②] 陈庆德:《农业社会和农民经济的人类学分析》,《社会学研究》2001年第1期。
[③] [英]班纳迪克·安德森:《想象的共同体:民族主义的起源与散布》,吴睿人译,时报文化出版企业股份有限公司2005年版。

代国家一样。然而,当今民族国家这一"想象的共同体"(imagined communities)是一个现代历史制造的国家"政体",是民族作为国家表述的历史性单位,① 也是人们最高层面上的归属与认同。文学却不然,作品中被制造的想象生活可能是作家的生活,未必见得对读者具有"权威性"的归属感或认同感。因此,有必要对文学作品之"源于—高于生活"进行全面的"返回",让人们更真切地了解作家在作品中是如何"源于—高于生活"的。同理,在接受美学范畴内,读者"爱怎么读、爱怎么看"事实也在进行一种"制造",甚至文学作品成为一种"过度阐释"的泛滥性文本。当某种权力被过度滥用,必然导致理解和阐释上的"失范"。如何能够校正?"回于生活"。

文学民族志主张"回于生活",有助于还原生活的本来面貌,体认多种表述同时发生、存在和作用。比如贾平凹的小说《秦腔》中的"秦腔"实为一种"唱腔",是"地方性知识"的汇集,去到秦地便可最大限度地理解"秦腔"。"民族志如同驾船、园艺、政治及作诗一般,都是做跟所在地方性知识相关联的工作。"② 这里存在着三个反思的价值:1. 如果文学源自生活,那么,地方性价值是"生活"的原生地,需要回到生活本身;2. 文学作品是文字性的文本,那么,地方性知识中的多种表述被文字化,需要"还原";3. 作家、人类学家、地方民众从不同的角度为读者提供不同维度的地方性表述,加深了对作品阅读、理解和认知维度。这也是笔者所总结的"四合四维"之表述—阐释性结构:所谓"四合",指文学民族志是一个"四合一"的立体表述,包含了作家、作品、当事人(或对象),以及民族志者对"事实"进行"田野作业"的深描性表述;所谓"四维",指由此连带性地推展出阐释的"四种维度":作家、读者、当事者、人类学者在不同语境所包含的阐释性四大维度。③

从这个意义上说,文学民族志,即用人类学的方法所进行的调研,仍

---

① 彭兆荣:《论民族作为历史性的表述单位》,《中国社会科学》2004年第2期。
② [美]克利福德·吉尔兹:《地方性知识——阐释人类学论文集》,王海龙等译,中央编译出版社2000年版,第222页。另,有的译者译为"格尔兹"——笔者。
③ 彭兆荣、杨娇娇:《乡土的表述永远的秦腔——贾平凹小说〈秦腔〉的人类学解读》,《暨南学报》(哲学社会科学版)2019年第2期。

然包含着主观性色彩。格尔兹在《文化的解释》一书中曾有过一段阐述：人类学家撰写民族志，与其说"理解民族志是什么，莫如说所做的是什么，即人类学家以语言为媒介，以知识的形式所进行的人类学分析"①。在谈到人类学家在对待客观事实与主体解释自由的时候，他认为人类学家在其完成的作为文本的民族志里，使人信服的并不是经过田野调查得来的东西，而是经过作者"写"出来的东西。"人类学著作是小说，意指它们是'虚构的事情'、是'制造的东西'，即与'小说'的原义相符——并非真正的假的和不真实的，而是想象的。"②他甚至直截了当地将同是作为"作者"的人类学家与文学家放在一起强调"作者功能"（author function）。③这就是说，在对待"生活"的上，无论是作家、作品，还是人类学家、民族志都包含着主观性，都是"作品"，前提是：都离不开生活的现场。

笔者之所以在传统的"源于生活、高于生活"之后加上"回于生活"，既是一种以人类学民族志的方法论返回作品的缘生地，到现场进行参与观察，更完整地体认、体察和体会作品中"生活"的原味、原貌和原型，同时也试图建构一种与作家作品在地方性知识中的对话机制：即民族志者与作家、作品中的人物（真实的与虚构的）、地方民众、地方知识，甚至穿越时空的对话。

文学民族志：一种对文字的反思性表述

大体上说，人们今天所说的"文学"是文字的表述，文字成了文学作品实现价值的媒介，文字也因此成了一种表述的权力，即所谓的"书写权力"——无论是作家还是读者都是根据文字文本的"文学作品"实现创作和欣赏的。对于"书写权力"，人类学在近一段历史时期对其给予了激烈抨击，其中一款瞄准了文字作为话语的表述方式。"文字"，人们首先想到

---

① Geertz, C., *The Interpretation of Culture*, New York: Basic Books, 1973, chapter 1.
② Geertz, C., *The Interpretation of Culture*, New York: Basic Books, 1973, chapter 1.
③ Manganaro, M., *Modernist Anthropology: From field to Text*, Princeton University Press, 1990, pp. 15 – 16.

的是与印刷术结合在一起的"印刷文字"符号形式,它之所以"被权力化",主要原因是它成为现代民族国家(nation-state)的官方表述,即"在积极的意义上促使新的共同体成为可想象的,是一种生产体系和生产关系(资本主义),一种传播科技(印刷品),和人类语言宿命的多样性这三个因素之间偶然的,但却是爆炸性的相互作用"①。这是当代学者安德森·本尼迪克特《想象的共同体:民族主义的起源与散布》中的重要判断,即文字表述属于民族国家一种独特的话语表述形态。换言之,文字表述参与了现代国家的表述与建构工作;这也致使"书写文化"(writing culture)成为名副其实的权力话语。也是近些年来学界密集对于"书写文化"权力话语反思性批判的一个原由。② 而传统人类学研究的对象多数是无文字民族和族群,历史时段上大多属于"前国家形态",因而积累了丰硕的"非文字"表述的研究经验。这样,文学民族志范式有助于恢复那些"失声"了的表述,特别是民众的声音。

文字文本还存在着一个认知的陷阱,即文字作为一种记录和记忆历史事实与事件具有社会认可性的权威性。在中国,"文明"与"文盲"在形式和形态上就包含着对文字的权威性认可;也就无形之中将"无文字"作为对部族、民族、族群、人群共同体、历史时段、社会性质等进行价值评判的根据,在古典人类学的民族志中,"无文字""原始""野蛮"经常并置、互指,从而将其他的记忆和表述方式和手段置于"亚类"——"他者"的范畴和范围。即使是对于有文字的民族,比如汉族的乡土社会,在广大的民间社会仍然历史性地存在着大量"文盲"群体,他们以其他的非文字表述方式存在和呈现于生活之中。因此,提倡文学民族志范式,也有助于凸显文字之外的表述;因为以文献(文字记录的文本)为基本的逻辑前提,必然致使其他记录和记忆方式处于一种"失声"状态。某种意义上说,文学民族志对书写文化的反思,也对传统中将文字奉为权威的伦理提

---

① [英]班纳迪克·安德森:《想象的共同体:民族主义的起源与散布》,吴睿人译,时报文化出版企业股份有限公司2005年版,第53页。
② [美]詹姆斯·克利福德、乔治·E.马库斯编:《写文化——民族志的诗学与政治学》,高丙中等译,商务印书馆2006年版。

第一部分 文学民族志

出置疑和质问;难道被沦为"他者"的其他记录和记忆方式真的就不重要吗?如果文学是反映生活的一面"镜子",那么,人类表述在发生形态和时态中的多种方式不仅永久地存续,而且其中许多皆为"文字"之母体和源泉。

鲁迅先生曾以文学的发生与变迁为例回答了对文人和文字的拷问:

> 歌,诗,词,曲,我以为原为民间物,文人取为已用,越做越难懂,弄得变成僵石,他们又去取一样,又来慢慢地绞死它。譬如《楚辞》罢,《离骚》虽有方言,倒不难懂,到了杨雄,就特地"古奥",令人莫明其妙,这就离断气不远矣。词,曲之始,也都文从字顺,到后来,可就实在难读了。(《鲁迅书信集·致姚克》1934年2月20日)

从表述的发生学原理看,人类的许多非文字表述属于"原生形态"。比如口述,当我们看看婴儿从"呱呱"落地到进学堂"识字"之间的历时关系便能明白。人类的口述无疑是"文字"历史的一种滥觞,是"前文字"的存在。只是随着文字的出现,特别是历史性地"被权力化"之后,遂上演了对口述等表述方式"弑父式"的历史剧。文学民族志有助于从现实中尽可能地复原生活中的多表述存在的社会机制。所以,"文学人类学研究过去一直是,现在仍然对口述和书写文本进行比较研究"[①]。从某种意义上说,对于口述与文字的双重关注决定着人类学民族志工作性质和研究行为。人类学家们与民众交流的经验正是通过对民间口头表述到文字书写的习惯,使他们更容易确认在审美的、社会的、历史的、心理的变迁和变化情况。这也使人类学家有机会了解有关文字在地方社会中的具体情况。但是人类学对文类研究并不受某一个地方口头文学的限制,尽管它有着远久性的关联。[②] 也就是说,文学民族志事实上已经将多重表述的原貌恢复

---

① Jason, H., A Multidimensional Approach to Oral Literature, See *Current Anthropology* X (4), 1969, pp. 413 – 420.

② Freedman, M., *Main Trends in Social and Cultural Anthropology*, New York London: Holmes & Meier Publishers, Inc., 1979, p. 67.

和机制探寻视为己任。从这个意义上说,文学民族志除了关注作家的"文字作品"之外,还会关注地方的、民间的、族群的其他表述方式,以及这些表述方式与文字表述的关系和"变形"机理。

从文字发生学原理看,大量传统的民族志表明,世界上许多的"文字—文明"民族,都不能脱离"蒙昧—野蛮"时段的"进化"。古典人类学家摩尔根将人类文化发展概括为"蒙昧阶段—野蛮阶段—文明阶段",而"文明阶段"的标志是"始于标音字母和发明和文字的使用,直至今天"[①]。虽然类似的观点已被学术界遗弃,却并没有阻碍类似的理念仍在作祟,否则就不会出现当代对"书写文化"抨击的"学术事件"。众所周知,中国古代传说中文字由仓颉所创,《春秋元命苞》对其描述:"四目灵光,生而能书。于是穷天地之变,仰观奎星圆曲之势,俯察龟文鸟羽、山川指掌而创文字。"我们从这一神话传说中瞥见一个清晰的变化轨迹:"仓颉造字"的"灵感"和依据包括巫术、卜术、邪技、口占、灵异、天象等。换言之,天象、自然、原始宗教、仪式诵咏、音声舞蹈、图画镌刻等都是——过去是,现在依然是历史记录与表述方式。只是在文字出现以后,特别统治阶级利用文字进行统治后,"书写/口述"才分野;"文明"("文"如日月"明")便是一个注疏。这说明,文字本身来源于各种知识和表达方式的"再发明",只是,文字的发明并不能取代其他各种表达和表述方式,只不过是在原来的基础上多一种表述而已。

从历史的变迁轨迹看,中国的文字以"象"为本、为据,故曰"象形文字",其原初性功能是记录神意的工具和手段。[②] "天文"便是注疏。许慎在《说文解字》卷十五"叙"中说,在文字出现之前,人们曾经历过一个"观法取象"的阶段,而"天文"正是所谓"天人合一"的照相——"从天文现象中寻找表达世界存在之事物的象征符号(象)。"[③] 在对"天文"的观察、理解和阐释中,人们发现了"人文"精神,换言之,"人文"

---

① [美]路易斯·亨利·摩尔根:《古代社会》(新译本)上册,杨东莼等译,商务印书馆1977年版,第12页。
② [日]白川静:《汉字》,林琦等译,厦门大学出版社2005年版,第7页。
③ 王铭铭:《心与物游》,广西师范大学出版社2006年版,第94页。

第一部分 文学民族志

与"天文"在意象理解上是一致的;"天象"是人类观察,并附会于表述的一种"象形",反之亦然。与之配合,便有"地文""水文"等。而"天"是神话的终极解释。人类学家张光直认为,"中国古代文明是所谓萨满式(shamanistic)的文明",巫师有通天地的本领,而通天地又有各种手段,包括仪式用品、美术品、礼器的独占。① 甲骨文正是国王、祭师与天交流的产物;作为早先代表性的文字,它们都反映了神话时代的认知要理,也是记录方式和手段。将天—地—人—鬼沟通的方式记录在器物上,传递着人类的文化表述和人文精神,看看殷商时期的青铜镌文便能明了。这也使我们清楚地了解到,在漫长的远古时代,表述和记录的方式和手段多种多样,文字符号充其量只是众多记录、表述中的一种。

特定意义上说,人类学是一门专门研究"过去"(时间)、"部落"(空间)的学科。因此,对于非文字的表述方式有着特殊的能力,美国人类学的"历史学派"之父博厄斯的《原始艺术》开拓了一种对"原著民族"的非文字表述的研究示范。② 由于那些没有文字记述的民族、族群,以及有文学民族的民间口传部分常常被文字"类别化",消弭在了作品的文字权力之中。人类学为了弥补非文字资料的缺乏,欧美国家在相关学科的研究机构和大学中大都重视口述的搜集、整理,不少大学中有口述博物馆、档案馆、资料库,这些与民族志有关的资料,不仅与教学和研究相互配合,还帮助政府解决实际问题。比如美国早在19世纪中期由政府主导族群政务的部门(BAE)就对美国的原住民文化,包括口头叙事、物质文化、传统习惯和信仰体系进行调查。"搜集关于美洲印第安文化信息既有科学的目的,也有实践的目的:记录不仅为一个'无印第安未来'保留他们的文化,也可作为面向未来的一个有效人文过渡。"③ 美国柏克莱加州大学(UC Berkeley)有一个规模很大的口述史资料馆,其中主要的部分是搜集早期加里福尼亚原住民、移民的口述历史。我国的中国社会科学院的民

---

① 张光直:《考古学专题六讲》,文物出版社1986年版,第4—11页。
② 参见[美]弗朗兹·博厄斯《原始艺术》,金辉译,贵州人民出版社2004年版。
③ [美]罗伯特·巴龙:《美国公众民俗学:历史、问题和挑战》,黄龙光译,《文化遗产》2010年第1期。

族民间文学研究所也有相关的资料搜集。但这些信息和资料如何在作家作品中成为"有机部分"仍然值得在文学民族志体系中进行探讨。

人文科学研究,特别是文学研究这种以文字和文本(literary text)为"纲"的考据方法长久以来一直处于统治地位,即传统问学的"一重证据说"。中国古代的经学研究大体落入一重证据的巢臼。传统的西方学问也大多如此。时至19世纪中下叶,特别是人类学诞生以来,这个特殊的学科举起研究"异文化"(特指那些原始的、"野蛮的"、无文字的民族和文化)的大旗,以探寻人类文明进化和发展的历史线索,以反照、衬托"西方文明"的核心价值。这种"我者/他者"的分类政治学在当代的学术界已经受到严厉的批判,特别是"东方学",① 此不赘述。由于文学民族志对多表述形态的关注和擅长,能够有效地将不同的表述与文学的文字表述进行对照和复述。

文学民族志:"取材"的多重性与方法的多样性

传统的人类学民族志素以研究"异文化"(other culture)为己任,而人类学本身就是一个"跨学科"的学科,横跨了自然科学和人文科学两大系,同时又以"整合性"作为学科原则,尤其对文化的多样性研究和"材料"的多重性采集都有着天然的优势,所以,文学民族志也会很自然地将学科擅长、特点贯彻到对文学的研究中。"异文化"大都属于无文字表述,即文字以外的材料,比如口述材料、仪式材料、体姿材料、符号材料、器物材料等也就必然进入文学民族志的研究视野。具体地说,将那些存在于生活中的多样性表述一并纳入研究的视野中,力图复原其生活的"原质性"和"原真性"。

于是,文学民族志在方法上如何进行材料的取舍、取证也就显得尤为重要。传统的文学研究,习惯于做文字单一性的考据,民族志范式则不然;人类学从其诞生伊始便开始了二重甚至多重考据,比如早期的剑桥学

---

① 参见 [美] 爱德华·W. 萨义德《东方学》,王宇根译,生活·读书·新知三联书店1999年版。

第一部分　文学民族志

派，亦称"神话—仪式学派"（the Myth-Ritual School）的旗手，古典人类学的代表人物弗雷泽爵士采用"二重证据法"，即口述与文献的结合。他广泛听取了传教士和旅行者们的口述故事，并将这些口述材料与文献文本并置，完成了十二卷的不朽之作《金枝》。[①] 虽然在正统的学术研究中，口述作为研究上的"举证"材料一直为学术界所讳，弗雷泽也没有提出"文献/口述"的二重证据说，但他事实上依此为据。后来，人类学家简·艾伦·哈里森（Jane Ellen Harrison），这位同为剑桥学派的重要女人类学家则旗帜鲜明地提出"二重证据法"，即结合现代考古学的材料和古典文献去解释古希腊宗教、神话和仪式等。[②] 拓展出一个新的研究方法。

　　当代人类学的发展更是在不同的取证方法和方向上呈现百花齐放的态势，除了传统的田野现场资料、文字的、口述的、器物的以外，还有声响的、图像的、体姿的、民俗的、生态环境的、符号化的、仪式性的、统计材料、体质特征的，甚至分子数据、DNA 样本等以先进的科学手段所能获得的材料。值得特别一说的是对"物"的认知和取证。众所周知，"格物致知"是中国传统的一种治学方法，即根据事物的表象以探索内在规律精神。"物"在此事实上具有更复杂的意义和意思。如果文学民族志与中国传统的"格物致知"存在着某种异曲同工的话，那么，它们都有助于传统"文人文学"走出"象牙塔"，即由"读书致知"取道"格物致知"，由"书斋"步入"田野"的另一种现代学术的多学科协作之路。

　　20 世纪初，瑞典考古学家、地质学家安特生（Johan Gunnar Andersson，1874—1960）或许不曾想到，当他受聘于北洋政府农商部顾问来到中国，拉开了周口店北京人遗址发掘的大幕，他被称为"仰韶文化之父"，改变了中国近代考古的面貌，揭开中国田野考古工作的序幕。后到甘肃、青海进行考古调查，发现遗址近 50 处。更重要的是，考古人类学之"引入"中国，导致了传统学问方式的变化——考古文物直接成为传统学术的

[①] Frazer, J. G., *The Golden Bough: A Study in Magic and Religion*, New York: The Macmillan Company, 1947.

[②] 参见［英］简·艾伦·哈里森《古代艺术与仪式》，刘宗迪译，生活·读书·新知三联书店 2008 年版，第 1 页。

"另一重考据"。张光直先生简练地将考古学概括为"现代考古学基本上是实地研究和实地挖掘地上材料和地下材料的学科。这门学科一方面是发掘新材料,另一方面又是研究新、旧材料的"。① 李济先生称之为"哑巴材料"。② 就材料而言,主要包括遗物、遗迹和遗址。三者之间的关系以及与时间、空间的关系也是资料。③ 换言之,地上/地下的材料,包括器物、文字和相互关系都是考古学所倚重者。"二重考据法"也应运而出。1925年王国维在清华研究院讲"古史新证"时曾有这样的总结:

> 吾辈生于今日,幸于纸上材料之外更得地下之新材料。由此种材料,我辈固得据以补正纸上之材料,亦得证明古书之某部分全为实录,即百家不雅训之言亦不无表示一面之事实。此二重证据法,惟在今日始得为之。虽古书之未得证明者,不能加以否定,而其已得证明者,不能不加以肯定可以断言。④

罗振玉在谈到王国维的之"二重证据"之于学术贡献给予很高的评价,⑤ 但从王氏之后,认真就此法则进行总结者并不多。至郭沫若才有了实质性的进展,尤其是在继承王氏的"二重"之上,又加入了外国的内容,尤其是人类学科方面的成果,用于研究中国古史。闻一多先生则从学科的分类方面介入,明确提出文史研究三个学科方法的更替:即"三种旧的读法"——经学的、历史的、文学的;他在提倡新式读法"社会学的"之下,以三个学科取而代之,它们是考古学、民俗学和语言学。⑥ 此间,鲁迅、朱光潜、朱自清、郑振铎、凌纯声、钟敬文等人都从不同的学科角度直接或间接地讨论和言及人文研究的求证方法。近些年,我国学术界在

---

① 张光直:《考古学专题六讲》,文物出版社1986年版,第54页。
② 李济:《中国早期文明》,上海人民出版社2017年版,第10、64页。
③ 张光直:《考古学专题六讲》,文物出版社1986年版,第58页。
④ 王国维:《古史新证》,北京来薰阁书店1934年版。
⑤ 参见叶舒宪《人类学"三重证据法"与考据学的更新》,载《诗经的文化阐释·自序》,湖北人民出版社1994年版,第3页。
⑥ 参见《风诗类钞·序例提纲》,载《闻一多全集》第4卷,生活·读书·新知三联书店1982年版,第5—7页。

第一部分 文学民族志

这方面讨论最为集中和深入者为叶舒宪教授，他除了在"中国文化的人类学破译系列"（代表作《诗经的文化阐释》《庄子的文化解析》《中国神话哲学》《文学人类学探索》《文学人类学教程》）中讨论并使用这些方法之外，更明确提出"四重考据"说，即传统的文字训诂，出土的甲骨文、金文等，多民族民俗资料以及古代的实物与图像。[①]

对于文学民族志范式而言，要获得多重考据的材料，"现场感"的重要性无可置疑。文学民族志所以讲求"现场感"，除了包括搜集和获取种各种"材料"进行对比互证外，民族志者本身还充当着故事讲述者的角色：即故事对于叙事者来说是活生生的经验，民族志者可以直接从现场听到各种各样的声音，理解不同解释的背景和意义，并根据不同信息进行个性化的理解和编辑。[②] 文学民族志者除了成为丰富多样的"材料说话"代言者外，自己也成了文学作品的解读者和阐释者；同时，民族志者也参与了"故事"的表述，这在人类学研究历史中有许多鲜活的例子。文学民族志在取材上的多重性和方法的多样性方面有一个大致的定位，它包含以下几个特点：

1. 材料种类。学术研究如科学技术。科学技术之发展，需要不断更新材料。材料的更新是技术革新的一个标志。在人文学科的研究领域，更多样的材料、更新的材料能够帮助学科的推进与发展。从这个意义上说，所谓的多重考据说，也可以理解为以不同的、多类型的材料求证一个命题或假定。互证是保证科学研究的一个重要环节。

2. 学科分类。科学与学科也可以从这样的角度去理解，即科学是整体，学科是部分；科学是原则，学科是对原则的实践；科学是命题，学科是对命题的求证；科学讲述方法论，学科则以方法兑现。每一个学科又发展出不同的学科方法，求索手段。其中两个趋向同时存在：一是学科越来

[①] 参见叶舒宪《熊图腾》，上海文艺出版社2007年版；叶舒宪《文学人类学教程》，中国社会科学出版社2010年版；唐启翠、叶舒宪《文学人类学新论》，复旦大学出版社2019年版；杨骊、叶舒宪《四重证据法研究》，复旦大学出版社2019年版等。

[②] Silverman, M. & Gulliver, P. H., *Historical Anthropology and Ethnographic Tradition*: *A Personal, Historical and Intellectual Account*, In *Approaching the Past*: *Historical Anthropology through Irish Case Studies*, New York: Columbia University Press, 1992, p. 34.

越细、越来越小；二是学科之间的整合、交叉协作越来越自觉。

3. 多样表述。科学研究鼓励和赞赏从不同的角度、以不同的方式对同一个事实、同一个事件进行探索。一桩事，可以用不同的表述方式加以描述和描绘。比如一个历史事件，可以用文字、绘画、雕塑、口述、歌唱、行为，现在还可以影视、数字等不同的表述方式加以表现。不同的方式可以相互包容，比如仪式历来被视为传承文化的重要方式，而仪式中可能出现口述、巫技、歌唱、跳舞等，它们共同参与一种表述和形式的传承。

4. 反思原则。任何方法和对某一类素材的使用并不都是平等的，比如在诸种表述中，文字一直处于优势地位。在正统的学问范式中，某一种文字获得了至高无上的地位，比如在欧洲，拉丁文的书写文本有神秘性和权威性。当它与印刷术结合在一起，更助长了这种文字的权威性；而当文字与现代民族国家走到一起时，便享有了特殊的合法性。

5. 整合创新。分析与整合从来是往两极运动的；分析越是细致，越需要整合。无论是学科发展、方法更新抑或是新资料的出现，都需要从一个新的高度加以整合。人类学是一个讲求整合（holistic）的学科。人类学在对"书写文化"作彻底反思，强调"民族志是新出现的跨学科现象。它的权威和修辞已扩展到许多把'文化'当作描述和批评的新的问题对象领域"[1]。民族志对书写权力的反思与批判因此显得具有学科特点。

概而言之，文学民族志所遵循的原则就是以各种方式、方法和手段以获取尽可能多的材料去证明和说明所设题目。"多重证据法"必定是一个科学研究的发展方向。

结　语

笔者对文学民族志范式的设计主要包括三个层面：1. 在认知上突出文学对生活的"回归"，建立"源于—高于—回于"生活的完整和互动机理；民族志在方法论上有助于建构这样的"来往"关系。2. 凸显和辨析文学的

---

[1] ［美］詹姆斯·克利福德、乔治·E. 马库斯：《写文化——民族志的诗学与政治学》，高丙中等译，商务印书馆2006年版，第31页。

文字权力特征,并将其置于历史变迁的发展脉络中;特别是"解放"和恢复地方社会多元表述的历史诉求,在现今的所有学科中,人类学民族志方式能够帮助做到这一点。3. 文学民族志要求研究者必须到对象的"现场",以田野作业的方法,确立获取资料的原则及具体的取证方式。

"把种子埋入土中"

——纪念林耀华先生诞辰110周年

引　言

1997年元月,在云南昆明举行"第二届人类学高级研讨班"期间,我又一次见到林耀华先生。我用福州方言问候他,与他交流。在人类学学界,能用"乡音"与他交流的人极少。我告诉他我小时候住的地方离义序①不远。笔者打小在福州长大,能说流利的福州方言;因此,林先生也特别高兴,他告诉我,在北京待久了,很少讲福州话了。或许"乡音"让先生勾起了"金翼之家""义序之乡"的往事。交流中,我说到了《金翼》"小说"故事深深吸引了我,我读过多次。我向林先生表示,我要专门写。林先生握着我的手说,到时寄给他看。林先生于三年后的2000年逝世。而我却未来得及兑现我的承诺,也没能让先生读到我内心想写却未下笔的"拙作"。只是二十年多过去了,内心的这笔债务一直还悬在心头。

这不是一篇全面评述林先生的文章,相关的研究文章已经很多,尤其是林先生的大弟子庄孔韶教授,以及一批林先生的学生,如陈长平、兰林友教授等已经做了非常好的"接力棒"工作。对于他们的研究工作,我感到由衷的钦佩。在人类学界,没有人不知道美国"历史学派"的祖师爷博

---

① "义序"是林耀华先生《义序的宗族研究》的田野地点。1934年1月31日,林先生离开燕京大学到福州近郊南台岛义序乡(今为福州市仓山区所属)做实地调研,以完成他的硕士论文。三个月后的5月15日返校。林先生是古田县黄田镇凤亭村人,古田虽属宁德市,但离省城福州不远,古田方言在语言上属于闽东语,与福州方言同属一个系统——笔者注。

厄斯以及他的弟子克鲁伯、克拉克洪、米德、本尼迪克特等的学术传承故事。在中国,"林氏学派"之传承风范值得一书,林先生语"把种子埋进土里,将知识传给后人",前者侧重于他的学术,后者侧重于他的教书育人。林先生的学生可谓桃李天下,特别是庄孔韶先生所作《银翅》,以及他在林先生"金翼之家"所做的大量工作,成就了中国人类学界值得称道的脉系传承。

或许天意,而非刻意,当我完成这篇小小的文章,卸下自己二十多年的"心债"时,天边泛着白光,冥冥之中林先生带着闽人特有的形神浮现在我的眼前。2020 年 3 月 27 日,是林先生诞辰 110 年纪念日(林先生生于 1910 年 3 月 27 日)。谨以此文纪念之,愿先生在天之灵能够接纳这一份迟到的问候。

彼 此　　彼 此

中国人都熟悉"知己知彼,百战不殆"的说法,它出自孙子兵法的谋攻篇。后来,更为通俗的表述为"知己知彼,百战百胜"。再后来,这句军事成语成了人们表达全面认识事物的一句箴言。了解自己容易,了解"他(他方、他国、他群、他人)"难。人类学恰恰就是专门了解"他"的学科。人类学有一个专属词汇叫作"异文化"(other culture)——专门研究"他者",故亦译为"他文化",[①] 包括不同人群的体质、文化、语言、考古、心理等。人类学自诞生以来,便将两个研究取向视为学科的重要依据:1. 在"田野"中专门研究"他文化"。套用中国的说法,就是"知彼学"。2. 专门研究带有"原始"遗俗的部落——时间上的"过去"和空间上的"边远";在社会人类学研究中还注入了"底层"内容。

"异者""他者""彼者",皆与"我"相对。"异",在古文字中有两

[①] 关于"异文化"概念的讨论,2006、2008、2011 年,乔健先生在世新大学组织了三次与之有关的讨论。乔健先生认为,"异文化"包括了传统意义上人类学所谓的"他文化"(Other Culture)和社会学所谓的"次文化"(Sub-culture)的相互关联。乔先生尝试用"异文化"的概念将人类学与社会学研究进行一个跨学科的整合。有学者将"异文化"翻译为"Alter-culture"。参见乔健主编《异文化与多元媒体》,世新大学出版中心 2009 年版。

种不同的字形。异，篆文![字形]，![字形]（巳，胎儿）与![字形]（双手，接生）组合，本义为"怪异"。《玉篇》："异，怪也。"《广韵》："异，奇也。"另有一个合体字"異"。《说文解字》释："異，分也。从廾，从畀。畀，予也。凡異之属皆从異。"无论"异"如何演变，都与"异己""怪异"分不开。早期人类学的"异文化"倒与中国古文字之意思颇为吻合。

以世界政治地理学之"话语权力"论，"西方"为"我者"，"东方"为"他者""异者"。这一想象的政治地理学话语随着资本主义，特别是殖民主义的全球性播散，无意中契合着人类学学科的产生与发展的步伐。"东方几乎是被欧洲人凭空创造出来的地方，自古以来就代表着罗曼司、异国情调、美丽风景、难忘的回忆、非凡的经历……东方不仅与欧洲相毗邻，它也是欧洲最强大、最富裕、最古老的殖民地，是欧洲文明和语言之源，是欧洲的竞争者，也是最深奥、最常出现的他者（the other）形象。"[①] 早期的人类学曾经使用"野蛮"概念来界定"文明"以外的"他"群体和文化。

近代以降，欧洲中心这一话语政治与中国历史遭遇，呈现出了封建社稷国家被挤压之下的"双重悖论"：即在世界文明史的发展格局中，"西方中心"逐渐演变为一个主导叙事（master narrative）的核心概念，形成了一整套话语权力和话语秩序，这是一个不争的历史事实。"欧洲中心"以一己而统治世界，背后的哲学精神是"以部分支配整体"[②]。然而，我国自古便有自己的"天下观"，中华帝国的政治地理学形制也秉承相似理念，即所谓"一点四方"的中国"中心说"。悖论之一：在"欧洲中心"的话语体系中，"我"（中国）是"他者"；迄今为止我们仍然喊着"中国屹立于世界的东方"这样有背常理的句式："中国"本为天下"中心"，何以移到"东方"？悖论之二：与"天下—中心"的"我者"（中国、中华、中土、中邦、中原、中央等皆由此而衍出）相对，是"他者""异者"——即"夷者"，这也成了"华夷之辨"的历史托词。

[①] ［美］爱德华·W. 萨义德：《东方学》，王宇根译，生活·读书·新知三联书店1999年版，第1—2页。

[②] 赵汀阳：《天下体系：世界制度哲学导论》，中国人民大学出版社2011年版，第24页。

第一部分　文学民族志

总体上说，中华文明属农耕文明，"天地人"同构而基于"地"；中国传统文化建立在"土地伦理"之上。所以，中式的"天下观"侧重于"农正之政"。《周易·系辞传》曰："包牺氏没，神农氏作，斫木为耜，揉木为耒；耒耜之利，以教天下，盖取诸益。"《管子·轻重戍》曰："神农作树五谷淇山之阳，九州之民，乃知谷食，而天下化之。"《吕览·慎势》："神农十七世有天下，与天下同这也。"在中国传统的宇宙形制中，"天上"是虚幻的，是神和"天子"神话的叙事，而"天下"则是实在的，是人民生活的实地，也是统治者管理的实体。"天下"之本为农。故治理天下农为先，"神农"神话实乃"天下为农"之集体形象的后续与附会。这才是"天下体系"的道理——"天下社稷"是谓也。《礼记·祭法》载："是故厉山氏这有天下也，其子曰农，夏之衰也，周弃继之，故祀以为稷。"《左传·昭公二十九年》："稷，田正也。"这才是中华文明真正意义上的"本我"。

然而，人类学是按照西方学理逻辑生产的学科；中国人类学家到西方学了人类学回到本土，便自觉地将上述两个"中心"之悖论理顺的使命担在肩上。他们迫切需要回答传统文明"天下体系"中的"我者—他者"是谁？而且是面对西方、西学的"我"和"天下中心"之"我"之间的双重压力；这里存在着一个面对"他者"，或不回答但必要面对"自我"的问题——我是将"西学"（人类学）搬运回国的中国人，我需要在人类学之"镜"中面对"自己"。这一问题包含着几重矛盾：

1. 当人类学这一完全的"西学"成为"我之学问"时，特别是"我"（中国的人类学家，包括当代人类学者中的绝大多数皆有"留洋"学习经历的人）到西方学了人类学以后，将如何面对自己的"国学"传统；在西方同行面前，我将如何将人类学这一专门研究"他文化"的学科植入"我文化"之中。换言之，中国的人类学家承受、承担着把人类学这一西学"本土化"的困境与使命；同时，还要保持人类学的本色。而中国人类学家通常选择的策略是："我"即彼此，"我"在彼此中。可以说，这不啻为人类学之"中国智慧"。

2. 即便是回到了"本土"，仍然还有另一个"彼此"问题，即在"中国"的背景中,"一点"是中心,是"我",而我需要到"四方"(边缘、异乡)去做田野作业。这是西方人类学的范式要求。在社会和地缘空间上,"异"的对象自古有之,即在所谓"华夷之辨"的原则之下,在族群分辨上,"我"是"华族","异"为"夷"者;在空间对应上,"一点"是我,"四方"是"蛮夷"(蛮夷狄戎之"四方"皆从"虫",可知其为"异"者)。

3. "我"面对我的西方同行、我的西方老师,我把"殖民学科"转变成为"迈向人民的人类学",再具体到"志在富民",形成了一套自我"自觉"义理。① 逻辑性地,回到自己家乡做"田野"也就有了中式道理:我即"彼此",我在"彼此"中。费孝通先生、林耀华先生,以及一大批后辈的人类学家似乎已经在默许和默契中继承了这一"彼此"传统。他们大多选择了自己的家乡为田野对象,"金翼之家",即是林先生的家乡;"江村"(开弦弓村)是费先生家乡附近的一个村落。

4. 无论如何,刻意选择自己家乡作为"参与观察"的田野点,对于人类学这一专事"知彼学"的学科而言,需要变通,毕竟"主位—客位"难以混为一谈。林先生、费先生等当然明白,他们的西方老师为何没有执意让他们去远在太平洋的波里尼西亚(polynesia)、美拉尼西亚(Melanesia)和密克罗尼西亚(Micronesia)做调查,他们的老师和同学大都要去的,何以"中国的弟子"可以例外?这或难以索解,却无疑是中国学者们的学科"心结",也因此,费先生、林先生等都在留学之前、学成之后完成和补充了人类学这一学科的"硬要求"。②

概之,以费先生、林先生为代表的一批中国人类学家们开拓了一种特定、特殊的中式表述范式——以"我"为"此"、融"此"于"彼"的"知彼学"。对于这样的范式,西方人类学也相当认可。看看马林诺夫斯基为他的中国弟子所写的序言的开章之句:"我敢于预言费孝通博士的《中

---

① 参见《费孝通文集》第十二卷,"志在富民",群言出版社1999年版,第185—193页。
② 1935年6月,费孝通从清华大学研究院毕业,史禄国老师要他在国内做一年"异文化"的实地调查后再出国留学,他与他的新婚妻子王同惠去往广西大瑶山调查瑶族的社会情况,调查中费先生遇险,妻子为救丈夫不幸遇难。费先生在其一生中从来没有中断被称为人类学"异文化"的研究。林耀华教授的凉山彝族研究历时50年,通过三度赴凉山的经历,留下了《凉山夷家》。

国农民的生活》(即《江村经济》——笔者注)一书被认为是人类学实地调查和理论工作发展中的一个里程碑。"① 而弗思对《金翼》的"小说体"的民族志同样给予了高度的评价:"《金翼》是一部充满丰富经历的激动人心的小说。"②

有序　无常

"把种子埋入土中",既是《金翼》的提挈之句,亦为全书的总结。③ 对这一句名言的解读笔者以为包括两个基本的面向:1. 中国传统社会是一个以农耕为主的文明;2. 中华民族是一个以家族为根脉传承的民族。其实,这些道理并不新颖,更不是人类学家的"发明";中华民族自古就有一个重农的"农本"传统,历代帝王、政治家、士绅几乎无不标榜重农;早在先秦的诸子中早已出现。夏代统治者就十分重视农业,史称"禹稷躬稼而有天下"(《论语·宪问》),奠定了华夏的正统性和后来"社稷"国家的基础。④ 中国的知识界一脉传承,人类学亦汇入其中,费孝通以"乡土中国"概括之,"土"是命根,是最接近人性的"神"。⑤ 林耀华先生的"把种子埋入土中"皆属中华民族之"正统"表述。

也就是说,对于社稷国家而言,人类学家的"重农恋土"之说大致属于"老调",我们可以视其为传统在当世之下同一曲调的新版"翻唱"。那么,人类学能否唱出新的花样?这涉及中国人类学家从西方回到"家乡"(无论是人还是理念价值)的本土化与中国历史上的"重农"传统有何不同。人类学与其他学科,特别是与"农正(政)"脉系上的"政治经济"学有何差异。这也决定了中国人类学对自我之"本土—本体—本位"定位

---

①　费孝通:《江村经济》之马林诺斯基"序",上海人民出版社2006年版,第3页。
②　林耀华:《金翼:中国家族制度的社会学研究》,弗思"导言",生活·读书·新知三联书店1989年版,第5页。
③　林耀华:《金翼:中国家族制度的社会学研究》,生活·读书·新知三联书店1989年版,第206、207页。
④　参见钟祥财《中国农业思想史》,"前言",上海交通大学出版社2017年版,第3页。
⑤　费孝通:《乡土中国　生育制度》,北京大学出版社1998年版,第7页。

的功能、效益，特别是在历史和文化价值方面的贡献和评价。因此，"把种子埋入土中"不独重复着农本的基调，更重要的是这一传统如何"血脉"般地贯通于中华文明的肌体之中，又如何成长、扩张，变化、变迁；而最根本的决定因素是"家（家庭、家族）"之经和"宗（宗族、宗世）"之纬所形成的结构关系。对这一领域的研究，在现代诸学科中正是社会人类学所擅长的，也是人类学本土化"中国学问"的学科特色。"把种子埋入土中"因此不同凡响。

在我国的乡村社会中，最有代表性构成是家族—宗族世系，以林耀华的《金翼：中国家族制度的社会学研究》《义序的宗族研究》；费孝通的《江村经济——中国农民的生活》《乡土中国》，以及费先生的师弟、马林诺夫斯基的学生许烺光的《祖荫下：中国乡村的亲属、人格与社会流动》《宗族、种姓与社团》等为代表。众所周知，我国汉族村落的基本生成脉络是由宗族分支所形成、发展的人群共同体（族），作为基层社会的基本构造，也成了研究关键的切入口。"宗"者，《说文·宀部》释："宗，尊祖庙也。从宀，从示。"甲骨文，外部是房舍，内有祭台，表示这里就是宗庙。"宗"本意为祭祀祖先的庙，又引申为祖宗，后引申为宗族。"族这个单位的另一个特征是，它的成员资格是家。"① 因此，当代对中国的"家—宗"研究的特殊贡献，是社会人类学这一学科的特色。

家族—宗族之社会根脉是有序的，又是无常的。也可以这么说，正是这种家族—宗族之有序与无常成为中华民族崛起的最重要的索解理由。首先，对于农耕文明而言，乡村是基层组织单位，诚如《义序的宗族研究》之开篇："宗族乡村乃乡村的一种。宗族为家族的伸展，同一祖先传衍而来的子孙，称为宗族；村是自然结合的地缘团体，乡乃集村而成的政治团体。"② 中国是一个宗法社会，"宗族"与"宗法"同中有异：同者，皆以"宗氏"为脉络；异者，宗法"乃是我国自周以来一种极精密极宏大而足以表现并巩固家族观念的法则，是父系社会最发达的一种形式"；"宗法的

---

① 费孝通：《江村经济——中国农民的生活》，上海人民出版社2006年版，第61—62页。
② 林耀华：《义序的宗族研究》，"导言"，生活·读书·新知三联书店2000年版。

成立，乃托始于祭祖"①。换言之，宗法以宗庙的祭祀礼仪为纽带，形成了一种有序的社会伦理；其中，祭宗的仪式自古一贯而下，成为"国之大事"（"国之大事，在祀与戎"（《左传》）之重者。所以，宗族之三大要素（宗祠、族谱、族田）之首为宗祠。"宗族一个最大的特征，就是全族人所供奉的祠堂。"② 这样，宗法制度将"家国"的稳固性结构贯穿在一起，宗族则成为将宗法"落地"的基层组织。

具体而言，宗法作为一种千百年来乡土社会的依托性、保障性伦理，由宗族组织加以实践，形成了以宗族为线索的"基层社会的自治"管理模式，所遵循的权力结构为是"同意权力"。③ 也就是说，在传统乡村重要事务由宗族代表在协商中解决，并借此形成乡规民约，大家共同遵守。宗族研究包括几个关键因素：首先，"宗族既为聚居一地的血缘团体，与家庭的意义不同；因家庭乃指共同生活，共同经济，而合伙于一灶的父系亲属。一个宗族内，包括许多家庭，外表上祠堂是宗族乡村的'集体表象'，实际上家庭是组织的真正单位"④。其次，一般汉人宗族的建立，是以所到地方的土地为基础。这也是"把种子埋入土中"的基本道理。复次，宗族的繁衍和发展形成了代际关系，即所谓的"世系"（lineage）传承。"传宗接代的重要性往往用宗教和伦理的词汇表达出来。传宗接代用当地的话说就是'香火'绵续，即不断有人继续祀奉祖先。"⑤ 最后，传统乡村社会中的宗族大都有"族产"，这也构成了超越家庭的关联性，它不仅带着血缘性宗族的发展，也关涉将父系单边继嗣系统作为认定成员的首要准则，涉及父系继嗣关系。⑥ 在汉人社会，宗族是以父系线索为传递方式，在古代常与"氏"称。⑦ 宗族是基于血缘而构成的直系亲属团体。然而，宗族不仅仅包含有血缘关系的直系亲属，还包括旁系亲属和姻亲关系（指男性配

---

① 林耀华：《义序的宗族研究》，生活·读书·新知三联书店2000年版，第71页。
② 林耀华：《义序的宗族研究》，生活·读书·新知三联书店2000年版，第28页。
③ 费孝通：《乡土中国 生育制度》，北京大学出版社1998年版，第48—50页。
④ 林耀华：《义序的宗族研究》，生活·读书·新知三联书店2000年版，第73页。
⑤ 费孝通：《江村经济》，上海人民出版社2006年版，第29页。
⑥ 陈其南：《家族与社会——台湾与中国社会研究的基础理念》，联经出版事业公司1990年版，第217页。
⑦ 冯尔康等：《中国宗族史》，上海人民出版社2009年版，第62页。

偶)。概之,宗族是以"父系世系"为原则,涵盖"纵"(直系)与"横"(旁系、姻亲)两条线索的亲属系统。

如果说,家族—家庭结构是乡土社会稳定、有序的保障的话,恰恰也是这一结构成了社会变迁之无常的重要原因。因为,中国的文化是务实的,乡土社会更加鲜明地呈现了务实的特点;而"宗族是一种社会实践"。[1] 这是理解乡土社会的另一个重要的尺度。也就是说,在以家族—宗族的主脉结构之下,特别是在土地上,社会并不会出现重大的变故,中华文明的延续正是依托于二者,即"祖—社"结构——"祖"之宗脉,"社"之土地:前者与祖宗、祖家、祖国联系在一起;后者与社稷、社会、社火连在一起。这样稳固性结构保证了社会的有序推展。另一方面,正是由于这样的稳固结构也催生了无常性特征,主要表现在,所有"宗氏"之脉系者都承受着让宗族繁荣发达的责任和义务,这也决定了他们需要在不同的历史语境中做出务实的应对和灵活的变通。我国传统的农耕文明历来存在矛盾——"重农—农贫",我们今天"扶贫攻坚"的主要对象仍然是"农"。"中国农村的基本问题,简单地说,就是农民的收入降低至不足以维持最低生活水平所需的程度。"[2] 所以,"富裕"成为家族—家庭脉系成员的奋斗目标。《金翼》讲的"关于张家(张芬洲)和黄家(黄东林)两家发展的全部故事"都围绕着这一目标;[3] 短时间的"富裕"对于稳定、既定的农耕是难以成就的;故事的全部线索事实上是"农商"搏弈,而农者有序,商者无常,特别在遇到社会大幅动荡时期,"无常"遂成常态。一定程度上说,农民没有掌控事态发展的能力,除非他们一直在土地上耕作,维持"农贫"的状态。然而,"务实"决定了他们不甘于贫,而富裕的一种出路就是商业。张家、黄家的变迁史其实也是中国近代变迁史的缩影。费孝通先生的《江村经济——中国农民的生活》中也反映出相同的属性和特点。

---

[1] 参见张小军《象征资本的再生产——从阳村宗族论民国基层社会》,载《社会学研究》2001年第3期。

[2] Tawney, R. H., *Land and Labor in China*, Boston: Beacon Press, 1932, p.77.

[3] 林耀华:《金翼:中国家族制度的社会学研究》,生活·读书·新知三联书店1989年版,第207页。

■ 第一部分 文学民族志

总之,"把种子埋入土中"包含着重要的和多样的价值取向和变迁中的逻辑性。

语体 对话

林先生在《金翼》的序言中说:

> 《金翼》一书,是用小说体写成的。数十年来,不少读者、不少朋友在问:这部著作是虚构的故事,还是科学的研究?我想说,《金翼》不是一般意义上的小说,这部书包含着我的亲身经验、我的家乡、我的家族历史。它是真实的,是东方乡村社会与家族体系的缩影;同时,这部书又汇集了社会学研究所必需的种种资料,展示了种种人际关系的网络——它是运用社会人类学调查研究方法的结果。①

用什么文体完成民族志原本并不是一个问题,因为人类学在发轫时期并未对民族志撰写文体做刻板规定,从早期人类学家泰勒、弗雷泽、摩尔根等的传世之作中,我们无法在表述上找到一种具有范式性的文体。尽管如此,明确地表明民族志用"小说体"来写仍是需要胆魄的。原因是:人类学这一学科是用事实(Fact)说话,而虚构(Fiction)叙事的主要方式正是"小说"(novel)。② 这两个"F"在表象上是背离的、冲突的。之所以在很长的时间里,文学家与人类学家在对待文体表述方面很难统一,主要原因正是文学的虚构支持作者主体意识的放纵,而民族志的生产过程是科学的"实事求是",自然也不允许人类学家主体意识放纵。这也使得人类学在很长的时段里作为实证学科而被规定和界定。

但是,人类学除了其实证主义精神外,同时包含着表述的实验性。人

---

① 林耀华:《金翼:中国家族制度的社会学研究》,"著者序",生活·读书·新知三联书店1989年版,第2页。
② [美] M. H. 艾布拉姆斯:《欧美文学术语词典》,朱金鹏等译,北京大学出版社1990年版,第110页。

类学既力求客观,却无妨人类学家之主观,二者联袂出演;更何况,人类学是一门具有自我反思和反省的学科,并契合于特定的语境:"在学术界界定人类学的实证主义话语得不到田野工作的方法类型的支持,尤其是在1967年马林诺夫斯基的日记出版之后,作为为特殊而严肃的调查方法提供正当理由的人类学概念或者文化的观念带上了瑕疵。但是,人类学总是对自身的基础持反思性的自我批评和健康的怀疑态度,这具有建设性意义。在1980年代的状况是,许多其他学科,尤其是像历史和文学研究这样的人文学科,努力在自我更新其社会价值,他们对许多人类学所建立的框架性概念和立场表现出深厚兴趣。"①

上述表述出现了两个时间和事件节点:作为常识,马林诺夫斯基所建立的"科学民族志"的原则和"条例"几乎成了人类学一个历史时期的圭臬,不可抗拒。然而,正是马林诺夫斯基本人在特罗布里安岛的民族志调查中,对"同一对象"采用了两种文体:科学原则之下民族志(公开的)和非科学原则之下日志(私人的)。表面上这仅仅只是文体、文类的差异,而不至于对"科学"原则违背,甚至颠覆。然而,1967年马林诺夫斯基的日记出版让人"大跌眼镜"。他违背了他所制定的民族志规约。此后的几十年,人类学出现了以反思为原则的阶段,民族志"实验语体"亦相继出现。而如果我们把这些时间和事件的节点对照林先生于1940—1941年完成的小说体《金翼》,我们发现,林先生的"文体自觉"无疑是划时代的;也就是说,林先生在对待两个"F"问题上从来就是超越的。这种用小说写实——既非历史小说,又非纪实小说的"人类学小说"开创了一种文体,当时莫说在中国,乃至在国际人类学界也是开拓性的。

也可以这么说,当代人类学界在反思原则之下所进行"书写革命"的一个重要理念就是"解放主观性"。就方法论而言,在科学民族志时代,民族志作者在如何对待他们所"参与观察"的客观现实和作为"作者"的人类学家之间横亘着一种距离,而今所做的"文体实验"事实上是一种背离民族志"传统"的重新面对,即人类学家们在写作中同时获得关注个体

---

① [美]詹姆斯·克利福德、乔治·E. 马库斯:《写文化——民族志的诗学与政治学》,高丙中等译,中文版序,商务印书馆2006年版,第6页。

第一部分 文学民族志

内部自我和外部现实的关系，以及遵守内部和外部接触的历史。这样的民族志书写也就不可能在客观和主观实践中达到完全融合。① 显然，格尔兹在重新确认人类学家对客观事物"解释"的权属方面无疑具有"旗手"的作用；他在《文化的解释》中的"深描"（deep description）仿佛成了一种对科学民族志的反叛。② 理由是，"根据文化诠释者的观点，社会活动与我们一般所讲的文本和演讲一样，其意义是可以被观察者'阅读'的"。③

从某种意义上说，这种实验时代的"实验民族志语体"④搭建了一个具有更大维度的与民族志对话的平台。在这一平台上，人类学家在其完成的作为"文本"（text）的民族志"作品"中，使人信服的并不是经过田野调查得来的东西，而是经过作者"写"出来的东西，这就是所谓人类学家的"作者功能"（author function）。⑤ 民族志也已经从传统"照相机"的客观层面上升到"实验语体"的所有可能性。更有甚者，"田野作业"也从原来的"学科商标"扩展成为人类学家的一种"偿还性行为"（act of "atonement"）。⑥ 令人诧异的是，林先生在完成小说体民族志《金翼》时，国际人类学界的反思性实验时代尚未到来。可以说，林先生走在了"实验时代"的前列。

《金翼》小说体的交流"平台"不独让读者清晰地瞥见林先生的"身影"（三哥）的存在，⑦ 也使之成为张、黄两个家族变迁的见证人，客观地

---

① Clifford, J. & Marcus, G. E., *Writing Culture*: *The Poetics and Politics of Ethnography*, University of California Press, 1986, p.49.

② Geertz, C., *The Interpretation of Culture*, chapter. I, New York: Basic Books, 1973.

③ [美]乔治·E. 马尔库斯、米开尔·M. J. 费彻尔：《作为文化批评的人类学：一个人文学科的实验时代》，王铭铭等译，生活·读书·新知三联书店1998年版，第48页。

④ "实验民族志语体"是笔者对黄树民教授《林村的故事——一九四九年后中国农村变革》中以对话体"小说"的方式，即我（黄树民）与叶文德（林村的党支部书记）的各种交流，呈现了1949年以后沿海城市厦门郊区"林村"的变迁，以及对黄树民与叶文德"生命史"对话形式的概括。参见彭兆荣《实验民族志语体》，载《读书》2002年第9期。

⑤ Manganaro, M., *Modernist Anthropology*: *From Field to Text*, Princeton University Press, 1990, pp.15-16.

⑥ Daniel, E. V. & Peck, J. M. (ed.), *Culture/Contexture*: *Explorations in Anthropology and Literary Studies*, Berkeley, Los Angles, London: University of California Press, 1996, pp.1-2.

⑦ "金翼之家"的三哥获得赴美留学的经历与林先生的留学哈佛的经历似曾相识。参见林耀华《金翼：中国家族制度的社会学研究》，生活·读书·新知三联书店1989年版，第104—105页。

记述了张、黄两个家族的变迁史。"历史"成了真正意义上"他的故事"（history，即his-story）。作为家族变迁的"故事"历史，又为后人提供了一个超越时空的历史框架，特别是林先生的弟子庄孔韶教授的《银翅：中国的地方社会与文化变迁》与老师进行了穿越时空的连续性交流与对话。在文体方面，"《银翅》采纳了多种写法杂然前陈的构架，有的章节我使用中国文人随笔和民族志形式，有的章节以叙述为主，穿插即时的人物对话，当然也采纳人类学流行的'标准的'论文格式，不过有时在一章之内的不同小节容纳了完全不同的写法"[①]。《金翼》与《银翅》与其说是学术的继承关系，不如说是代际间的交流与对话，其成就了中国人类学本土化的一种实验性语体之范例，也为后人提供了一个"阅读"和"阐释"的更大空间。笔者也成为这一交流—对话平台上的一个参与者、实验者。

结　语

中国传统社会的基本问题表现为土地和家族。从国家"社稷"到今日之"扶贫攻坚"都绕不过数千年的农耕文明。而乡土社会的存在、执行、延续主要由家族—宗族完成。人类学正好擅长于乡土社会的家族—宗族研究，在中国尤是。这或为中国人类学本土化之要诀。林耀华先生《金翼》《义序的宗族研究》即为典范。同时，《金翼》的小说体叙事可以说是民族志"前实验时代"的一束亮光，照耀在国际人类学领域，其在实验文体的表述上也不愧为先行者。

[①] 庄孔韶：《银翅：中国的地方社会与文化变迁》，"作者导言"，生活·读书·新知三联书店2000年版，第11页。

金翼奋翔:《金翼》的近代探索之路

引　言

　　林耀华先生的《金翼》是一部小说体的民族志,从文体角度看,它以小说的方式记录了自己家乡的两个家族的变迁与沉浮,呈现了乡村社会在中国近代历史上一幅特殊的画卷。这一特别的民族志"作品"倾注了作者对国家、人民和个人命运的关注,使得这部"作品"取得了具有特殊历史价值的成就。"金翼之家"是作者"家族关系"的一个历史缩影,虽然小说只是描述了福建省古田县"黄村"黄、张两个家族的发展和变迁,却无妨其作为一个特殊的"文本"成为中国近代历史的一个侧影。它告诉一些我们未尝忘却,但熟视无睹的道理。人类学家擅长讲述"平常中的非常",发现"平凡是的非凡"。《金翼》不啻为标示,亦为中国人类学之世界范例。在林耀华先生诞辰110周年之际,笔者以专文纪念。

家国社稷

《金翼》这样开篇:

　　有一次,那还是东林的爷爷在世的时候,黄村来了一位收税人,他很不公平地对待村里的一家人。东林的爷爷是个直性子人,他敲响了一面锣招呼同族人出来以便对付收税人及其同伙。如果不是税吏马上道歉的话,就会发生一场流血的争斗。从此,黄村便获得了一个头衔，被称之为"蛮村"。①

小说的楔子大气，或许只有人类学家能够以这样的方式开场。这表面上信手而来的稔熟情景却埋伏着传统家国社稷近代转型的危机和契机。中华民族素以"家"为"国"，所谓"家国天下"是谓也。"家族"是根脉、根本，是基层、基理。《金翼》的副标题为"中国家族制度的社会学研究"，表面上，这是一个多少令人觉得相互"抵触"的标题设计：正标题分明是"小说语式"，副标题则属于"学术套路"，完全是一个学术论文的题目。"小说"与"论文"通常被认为是两个平行的轨道，难以交叉、交汇，却能在作者的笔下贯通。而小说的开场潜匿着"家""国"的历史冲突与平衡的伏笔。

小说以黄（东林）、张（芬洲）两个姻兄弟家族在两个毗邻村落在近代所发生的巨大社会变革之下的社会变迁为线索。故事以家族结构搭台，平常却不寻常。平常者，中国传统故事的脉络就是家族，看看以贾、史、王、薛四大家族为脉络的《红楼梦》便可豁然。具体而言，传统"国家"要从"家国"的"家"说起，这才是基础与基层。在农耕文明的"社稷"国家中，家族—宗族为其实践性基层组织。这样，农本—家世成了索解中国传统文明的要理。所以，《金翼》表面上在讲家族故事，实则在讲"家国天下"之道理。

小说所选择的家族虽然与作者自己的家族、家史、家事有着历史的关联，但并非"自传体"，作者在后来几十年的介绍、阐释中，并不使用，或避免使用"自传"的概念。但作者似乎又以"我"讲"他"；以我之"小家"讲述国之"大家"。《金翼》的题旨为以"小说"讲"大史"："这部书包含着我的亲身经历、我的家乡、我的家族的历史。它是真实的，是东方乡村社会与家族体系的缩影。"② 众所周知，中式的"家

---

① 林耀华：《金翼：中国家族制度的社会学研究》，生活·读书·新知三联书店1989年版，第1页。

② 林耀华：《金翼：中国家族制度的社会学研究》，"著者序"，生活·读书·新知三联书店1989年版，第2页。

族"与"宗族"难以割舍。"家"之横轴与"宗"之纵轴形成了一个稳固的结构体系。凡"述"家者,必绕不开"宗"。黄氏的族谱家世是这样的:

> 黄家的第一个祖先是东林的祖父的前五代祖。很久很久以前他沿着闽江从福建南部迁居到现在的黄村。可惜他到这里的时候村子周围的土地已被早期移民所占据,但是,凭借他的苦干,在村里赢得了一席之地。他当然没有想到几个世纪以后,百分之九十九的人都属于黄氏宗姓。①

其实,追溯东林的开基始祖表面上只是"祖荫"②的象征性符号,却意在呈现小说主人公的家道身世。除了表明家族之远祖在"正名"上的重要性外,"五代"中的"爷爷"同样重要,这就是为什么书的开言就抬出"爷爷",因为一般活着人的"家世"表述为五代——以我为中心上、下各两代,即爷爷、爸爸、我、儿子、孙子。所以,"爷爷"这个身份定位对于黄氏宗系十分重要:"黄东林的爷爷,那位赶走收税人的倔强的老者是个农人,他勤于耕作发了点小财,颇有点名气。"③

再者,在中国,"地方"是一个人居众聚、家族繁衍的根据地。有"人"有"地","故事"方可宣告开始。而在乡土社会,"地"是"人居"(家)场所的自然形态;地理脉系由"风水"把控,民间更是如此。这也构成了中式乡土知识的有机部分。小说之名取自"金翼之家",而这一取名乃"风水"产物:

> 一天,香凯正和三哥、他的三个弟弟在房后的山坡上玩耍,他指着山脊惊叹道:"兄弟们,这就是好风水呀!这山看上去像一只鸡,它的

---

① 林耀华:《金翼:中国家族制度的社会学研究》,生活·读书·新知三联书店1989年版,第55页。
② 参见徐烺光《祖荫下:中国乡村的亲属、人格与社会流动》,南天书局有限公司2001年版。
③ 林耀华:《金翼:中国家族制度的社会学研究》,生活·读书·新知三联书店1989年版,第2页。

头和脸朝向一边，而它的一只金色的翅膀伸向你家的房子，这可能是为什么你家繁荣兴旺的原因。让我们称你们的宅居为'金翼之家'吧！三哥和弟弟听到这个说法后十分高兴，他们把这一切告诉了黄家的人。他们非常认真地看待这件事，因为香凯是个受过良好教育的人。他们认为他的话比农村民间占卜家的话分量要重。这个称呼从家里传到村民，从村民传到镇里，最后东林"金翼之家"便尽人皆知了。①

这便是"金翼"的由来。英国人类学家弗思显然非常看重中国"风水"的道理，在《金翼》的英文版导言中说："看风水是中国占卜术的传统组成部分，认为这样做会使家族发达兴旺，而对于社会学家来说，反应就全然不同了。"②"风水"在中国无异于"地方知识""民间智慧"的典型反映，而闽人特别重风水。也就是说，对于乡土社会的民众而言，"风水"不仅是自古传袭下来的认知和解释性知识，也是他们在无法解读大自然奥秘时"自以为是"地"自圆其说"。人类学在进入中国的乡村社会时，是绝对绕不过这一风水知识的生成土壤的；因为人类学是一门特别重视"地方性知识"的学科，在阐释人类学中更是特别强调和突出。③

既然中国是一个传统的农业社会，"社稷"作为国家的表述，一方面，强调以"农"为"正"的政治性质，即"农政（正）"社稷。另一方面，国家与民间的关系和冲突亦常常徘徊在这一关节上，具体表现在乡村社会（同意权力）与官僚社会（横暴权力）之间的冲突上。④《金翼》的开篇就引出了两种权力的对决：冲突的根源是税吏（官方）与黄族（家族—宗族）因税收而引起。表面上似乎只是税吏的态度霸道作为，实际上是传统

---

① 林耀华：《金翼：中国家族制度的社会学研究》，生活·读书·新知三联书店1989年版，第53页。

② 林耀华：《金翼：中国家族制度的社会学研究》，"弗思英文版导言"，生活·读书·新知三联书店1989年版，第53页。

③ ［美］克利福德·吉尔兹：《地方性知识——阐释人类学论文集》，王海龙等译，中央编译出版社2000年版。

④ 费孝通在《乡土中国》中将政治、官僚的专制权力称为"横暴权力"，把乡土社会契约性自治权力称为"同意权力"。参见费孝通《乡土中国 生育制度》，北京大学出版社1998年版，第59—60页。

农耕专制性作为。① 不言而喻，维系社稷国家的根本就是"税收"。具体来说，是通过田地的大小、土壤等级的高低，农户的农作情形实行税收。"税"者，从"禾"也，就是用禾谷兑换田赋。"田赋"的另一种形式为"租"，亦从"禾"，加上"且"（组织、征收），即征收作为赋税的谷物。《说文解字》释："租，田赋也。"《广雅》："租，税也。"由是可知，以税收为导火线的冲突也表明社稷家国中最基本和根本的社会矛盾和冲突形态。

我们说小说体民族志《金翼》的历史和社会价值的重要性，当然并不是因为作者写了自己家乡的两个家族故事。谁没有家，谁没有家的故事？如果只写自己的家族史，那只不过是记录描写了唯己关心，无涉他人的"族谱"类记事与叙事，私密于自己或小范围的族人即可。但作者显然并不刻意于张、黄两个家庭的"奋斗史"，而是"帝国、家族或个人的命运"。② 弗思在评说时认为："林教授令人赞叹地指出他选择加以分析的两个家族所发生的变化决不是偶然的，这是说明普遍原则的例证。"③ 作者与评者并非是同一层面的表述，作者希望通过两个家族反映其在中国近代灾难深重的苦难时期、重大的变迁时期、重要的转型时期的国家、人民和自我的命运；评者则侧重于《金翼》这一民族志小说所记录和呈现特殊故事中所具有的普遍价值。无论在什么层面上，皆不妨碍这一作品成为人类学的垂范之作。

农商协作

《金翼》反映的时代背景是从辛亥革命到日本入侵中国这一个历史时期，活动的场景是在中国南方闽江中游一带从乡村、集镇到都市这样一个

---

① 林耀华：《金翼：中国家族制度的社会学研究》，生活·读书·新知三联书店 1989 年版，第 1 页。

② 林耀华：《金翼：中国家族制度的社会学研究》，"英文版前言"，生活·读书·新知三联书店 1989 年版，第 1 页。

③ 林耀华：《金翼：中国家族制度的社会学研究》，"英文版前言"，生活·读书·新知三联书店 1989 年版，第 5 页。

活动舞台上从农业到商业，从经济到文化乃至政治的中国近代缩影。①

两个家族的故事告诉人们一个基本的道理："以农为本"的社稷本色。但是，中国农耕文明却充满着悖论，即"农本—农贫"：农之重者为"田"，"田"者，《释名》："田，填也，五谷填满其中。"② 也就是说，人们追求的理想是：只要把田种好了，粮仓充实了，就"富"了。所以，我们常用"富甲"来表示富裕者。《说文解字》释："富，备也。一曰厚"。而且，中国人讲求"福"，福建、福州皆"福"字当头，它们都以"富"为前提。《礼记·郊特牲》："富也者，福也。"无论"富"抑或"福"，皆从田，说的都是农业和粮食。换言之，在传统的农耕社会里，人们对"富裕""福气"的期待与追求皆在农作事业中。然而，"贫"却一直伴随，无论农民如何辛勤地种地仍然难以成就"富"业。中国的农民是勤劳的，何以重农之国却是贫困之家？回看今日我国"扶贫"的主要对象仍然为农民。

"摆脱贫困"于是成了中国农民的生境目标。仅仅"勤劳"是不够的，还要加上"灵巧"；就业缘论，光有农业不够，还需要商业。故，《金翼》以"摆脱贫困"为主题，开始了借张、黄两家的故事讨论中国近代的社会变迁。从某种意义上说，近几十年中国"崛起"的原因在于：坚守农业，拓展商业，再加一句：创新科技，前两者是基本的。《金翼》告知了真谛。黄东林的成功其实就是"农转非""非守农"的样板：

> 虽然东林已习惯于城里的生意人生活，他对家乡生活和兄长东明在农村的工作并非不闻不问。每逢年节或一些特殊的场合，合家团聚的桌旁，黄家兄弟总是谈起买卖和农活，他们还谈起季节性雨水与灌溉，筹划犁田锄地，播种收获和交租纳税。由于未正式分家，店里的资本和现金收入、土地和粮食仍旧是全家的财产，归两兄弟共有。③

---

① 林耀华：《金翼：中国家族制度的社会学研究》，"著者序"，生活·读书·新知三联书店1989年版，第2页。
② （北朝）贾思勰：《齐民要术》，缪启愉等译注，上海古籍出版社2009年版，第25页。
③ 林耀华：《金翼：中国家族制度的社会学研究》，生活·读书·新知三联书店1989年版，第12页。

■ 第一部分　文学民族志

　　"家庭与商店、乡村与城镇、田园生活与商业事务，简言之，宁静与争斗的交替是东林所享受的最好的平衡。"① 故事一再强调，地方社会的"农转商"其实并未完全离开土地和农业，"农转商"的商人们仍然长期保持着与家族、宗族的纽带——无论"五缘"（血缘、亲缘、地缘、神缘、业缘）如何扩张，都与家乡、亲戚和乡亲们保持千丝万缕的社会联系；无论商业如何辉煌，"荣归故里""炫富"都必然与家乡保持着密切关联；无论传统仕绅如何离家走入仕途，"告老还乡"却是基本的归属方式。道理很简单：乡村故土是"根"。所以，纵使已然成功转型为从商的业者，都在价值观上保持"农民"本色。更有甚者，在一些商业事务上还仍然按"农历"来安排："商人和水手是按阴历系统过日子，这方面他们和农民一样。农民就是靠阴历中的二十四节气来安排自己的农事。"② 其中包含着遵守自然节律的因素，因为潮水每天都在变化，15 天形成一个完整的周期，阴历的一个月中有两个周期。所以，商人和水手要根据阴历来安排装货、卸货的时间，甚至航运的速度也根据阴历。阴历在特指农事活动时就是农历，是农民根据二十四节气安排农事的时间表。

　　毋庸置疑，"农转商"——想要成为"暴发户"的农民需要承担远比务农大得多的风险，这是通则。在张、黄两个家族的发展史中，所选择的道路几乎是一样的，就是从传统的农业转道于商业，但张家失败，黄家成功。"这两家既有亲戚关系，又一起做生意。其中一家度过逆境继续繁荣，另一家最初很是兴旺而后却衰落了。"③ 这其实是近代以降农业在新的历史语境中不断试图适应发展而进行的尝试和调整过程。事实上，与土地相守的农民在历史的重大转折时期进入浪涛汹涌的历史旋涡之中，成功者或只是廖廖，哪怕他们成为一只脚还踩在土地上的"土豪"。也就是说，即便少数农转商获得了成功，还需面对"政治风浪"。

---

①　林耀华：《金翼：中国家族制度的社会学研究》，生活·读书·新知三联书店 1989 年版，第 13 页。
②　林耀华：《金翼：中国家族制度的社会学研究》，生活·读书·新知三联书店 1989 年版，第 121 页。
③　林耀华：《金翼：中国家族制度的社会学研究》，"英文版导言"，生活·读书·新知三联书店 1989 年版，第 1 页。

金翼奋翔:《金翼》的近代探索之路

虽然"重农"与"农贫"成为传统农耕文化的一个问题和矛盾,却同时延伸出另一个问题和矛盾,即"农贫—农平"。家族主义的小农经模式一直是"平均主义"的温床。所以,当乡土社会的"乡里乡亲"中有人在短时间"暴富",他们也同样存在"风险"。翻开中国近代史,"革命的对象"常常正是那些暴富的"土豪",特指富有的地主——原指封建社会中以土地拥有量为财富来源的大地主阶级。"土豪"为中国人民所熟知,曾指土改时期的"革命对象"。那时的土豪,被定性为"剥削阶级";为富不仁、盘剥贫苦农民、破坏革命等是他们的身份标签。今天的"土豪"则指那些有钱又喜欢炫耀的人,而且他们大多没有什么"文化"。当我们看到了大批的"农民工"进城谋生的时候,便明白在这一特定进程中两个特殊历史时段的文化景观所赋予"农(贫)—商(富)"的文化积淀和悖论。

张、黄两个家族经历了各种各样的"身份"转化和转变。在"金翼之家",土地是命根;人们以对"根的占有者"的情形来确定土地占有权的情况。黄家兄弟虽然从故事开始一直属于当地殷实家庭,但他们在发家之初并不是"地主",而仍然是"佃户"。[①] 显然,他们尽管已经步入商业,却是走一条以农涉商的道路,他们的商务也主要是"大米买卖"。同时,黄家在商业发达以后,仍然保持着与宗族的密切联系,通常的做法是回乡买地。黄家的"四哥"就在赚了钱后回乡购买土地,1949年后被划为地主,而且不是"一般的地主",是"恶霸地主"遭到被枪决的命运。[②] 从这个案例看,中国传统的农商一直处于相互协作又相互抵触的关系之中。

当我们回眸中国近代、当代两个历史时段——中国共产党取得中国革命的伟大胜利、改革开放取得的世界成就,都是很好地处理了"农本—农贫"和"农贫—农平"这两组矛盾:中国共产党所取得的胜利运用了农民对土地的权利需求以及"均贫富"的小农思想,采用了"阶级分层""打土豪、分田地"的策略;而改革开放初期的"让一部分人先富起来"正是

[①] 林耀华:《金翼:中国家族制度的社会学研究》,生活·读书·新知三联书店1989年版,第12页。

[②] 庄孔韶:《银翅:中国的地方社会与文化变迁》,生活·读书·新知三联书店2000年版,第90—91、221—222页。

对小农经济价值"均贫富"的破解和突围。这样,商业方有机会在传统的农耕伦理价值中得以"平反"和"正名"。虽然中国自古以来农商业缘一直配合协作,然而,农本社会的小农经济不可能视商为"正业"。从这个意义上说,改革开放不仅是对传统封闭型小农经济的突围,更是一种对传统价值观的突破。

需要特别提示的是,福建的情形有自己的特点。总体上说,福建地理形貌特征为"山海"协作,沿海、山区,没有大平原,历来不是粮食的主要产区。事实上,福建在很长历史时期中粮食不能自给。加上地处中国之东南一隅,陆地交通不发达。在这样的自然形态中闽人也形成了独特的闽文化,一方面,这些特点是中华文明不同族群之"多元一体"的历史形态;[①] 另一方面,又保持着不同地缘文化的"多样性"。这些特点在"金翼之家"得到了鲜明地呈现,诚如庄孔韶教授在《金翼》之续篇《银翅》中说:"一个边缘与地地方社会的田野调研有益于显示各类族群关系及其认同某些个性(如福建人重礼俗亦重商),但不构成解构中国文化的根据。"[②]

耕 读 传 家

如果说,中国是一个具有悠久历史的农耕文明国家,那么,也意味着有一个与之相适应的知识生成体制,以及连续不断的知识生长和传承机理。归纳起来就是"耕读传统"。知识分子在这一传统的历史延续中养成了"耕读传家"之惯习。所谓"耕读",就是一边读书,一边务农。"耕读是一种生存状态,又是一种谋生方式。道统上,中国既是传统的农耕社会,又是等级森严的礼教社会。在这种社会,强调耕读文化是自然的、逻辑性的。"耕"在文字学属"田族";由"耒"(农具)与"井(田)"组合而成。[③]《说文解字》释:"耕,犁也。从耒,井声。一曰古者井田。"

[①] 费孝通主编:《中华民族多元一体格局》(修订本),中央民族大学出版社1999年版。
[②] 庄孔韶:《银翅:中国的地方社会与文化变迁》,"简体字版序",生活·读书·新知三联书店2000年版,第3页。
[③] 谷衍奎:《汉字源流字典》,语文出版社2010年版,第977页。

农者必耕,是为道理。《齐民要术》凡举:

《杂阴阳书》曰:"亥为天仓,耕之始。"①

《淮南子》曰:"耕之为事也劳,织之为事也扰。扰劳之事而民不舍者,知其可以衣食也。人之情,不能无衣食。衣食之道,必始于耕织。"②

作为文明形态,农耕在世界上具有普遍性,但中国农耕社会中家族—宗族制度的独特性则唯我独有。而中国人类学之重要特色价值正是对这一领域的研究,林耀华先生的《金翼》《义序的宗族研究》即为代表。"宗族"之"宗"指的是群体内部的成员有着共同的祖宗;而"族"的旗号是在与外族发生关系时使用的,在族内使用的是"房",它区别的是本族内不同的支系,以及每个族人不同的系谱归属。"房"与"世"的关系是:"世"即"世代",侧重于的"竖"的传承关系,同一辈份的人称为一世;而"房"则侧重于血缘"横"的分化关系。③在汉族村落,特别是最先到来的人被称为"开基祖",这种村落的开初形制多由单一姓氏所建立,群体保持着一个"同宗同族"的关系,这样的村落实为以宗族为基本格局的同宗氏人群共同体。而所谓"耕读传家"的主要特征也就表现为"宗族—家族"的地方性实践。其中,"耕"主要满足以宗族为基本构成的人群共同体的生养、生计、生产和生活;"读"主要满足以儒家伦理为内容的"礼制"要求,由此构成乡土性的伦理秩序。在这样的背景下,"读"也就超越了简单的读书以获得知识、求取功名的单一追求,而具备了更为广泛的意义。

由是可知,中国的仕绅阶层多数出于农家。"金翼之家"里的"三哥"

---

① "天仓":星名,即胃宿。《史记·天官书》:"胃为天仓。"唐张守节《正义》:"胃主仓廪,五谷之府也。"《礼记·月令》正月"元辰"天子耕籍田,唐孔颖达疏:"耕用亥日。""正月亥为天仓,以其耕事,故用天仓。"(原注)
② (北朝)贾思勰:《齐民要术》,缪启愉等译注,上海古籍出版社2009年版,第35页。
③ 钱杭、谢维扬:《传统与转型:江西泰和农村宗族形态——一项社会人类学的研究》,上海社会科学院出版社1995年版,第62—64页。

第一部分 文学民族志

便是典型的由耕读传统走出来的成功人士：他曾经是英华书院的高材生，他找的对象是华南女子教会的学生。他们从自由恋爱到结婚成家，遵循着中国知识分子在近代伦理转变时期的基本范式。由于受现代教育，他就很难再回到农田和店里干活，农商也渐渐离他远去。于是他就去谋一个教书的职位。但教职的收入不足以支撑整个家庭（他、他的夫人和孩子们）的生活，他还需依赖父亲的接济。后来，他将妻儿送回家乡，独自一人前往福州进大学深造；再后来，教会在福州举行竞选，在优秀者中有两名可以争取到赴美留学的机会，"三哥"成为出国代表之一。自此，"金翼之家"到达了繁荣兴旺的顶峰："三哥的成功使他成为古田西路区所有人中受过最高教育的人而声名大著。"[1] "三哥"的经历与作者本人的经历颇为相似。

值得特别一说的是，闽地的"文化人格"既具有耕读传家的普遍性，又有其独特性。概括起来，其文化人格呈现相互"背反"的情势——既封闭保守又豁达开放。具体而言，有的地方非常保守固执，有的地方非常开放大度，仿佛一个"闽"字，"门"内一"虫"，门开一面，"虫"出门可望成"龙"。闽地处"四方"之东南角，偏安一隅；自古乃南蛮越人之属地。《说文》释："闽，东南越，蛇种。从虫，门声。"在阐释上可以有一种清晰的线索面向：闽人内向保守，外向开放，表象矛盾，实则通达。尤其是近代以降，福建携山海之优势而先行与外界交流，看看世界华人华侨中有多少华裔闽籍便能明白。笔者自小在福建长大，深感闽文化的这一特点。

闽文化的特点在《金翼》中有明显的痕迹。林耀华先生的弟子庄孔韶教授在《银翅》中有过这样的概说：

> 福建省远离皇朝与政治中心，近海且商旅便利。古代精英文化奥论总是要和大众的地方生计实践相配合，于是福建地方文化的特点是，一边儒学、朱子学和宗族、礼制牢固结合，一边容纳了重商趋利的经济观念。历史上人们入仕艰难就转而经商求富。于是这里既能找

---

[1] 林耀华：《金翼：中国家族制度的社会学研究》，生活·读书·新知三联书店1989年版，第97—105页。

到中国文化的共通性，又能找到地方个性。①

在这样的文化语境中，闽人之耕读传统也形成了非常鲜明的特点，大致有以下四点：1. 守土。对于农民而言，土地是命根；没有土，无以继。尽管福建并非土地富裕之地，闽人更知土地之与生存、生计的攸关性，因此，"金翼之家"的主人即便已经投身商业，仍然不忘守土之重："东林虽然埋头经营店铺，但是也从不忘记家里的田地和庄稼。他知道，土地是祖传的家庭生计的基础，务农是基本的职业。"② 而东林投入商业的基本行当亦一直与大米有关。这其实是中国传统农商协作的最基础和最基本的形态，即农民将农业生产的剩余之物拿到市场交换，以获得生活中其他的必需品。2. 殖海。"殖"原为孳生、种植之意，为农事之务，如"农殖嘉谷"；后延伸为贸拓财利，如"货殖"即经商之义。福建是一个沿海省份，江海水路网络发达。靠海吃海，自古而然。闽地因田地不足，向海洋拓殖，形成闽人传统。众所周知，"海上丝绸之路"的始发点就在福建泉州。经商为殖海之固然生业。3. 求学。因土地不足，福建人寻求一条与经商平行却更为正统的出路：求学之路。农地是无法增加的，至多向山地拓展，闽人在山地务农，在梯田耕作原有传统。他们除了在有限的土地上精耕细作之外，随着人口的增加，生计之艰难，"读书"遂成一条出路，这也是耕读传家之本相、本像。尤其是在近代中国，闽人读书成家蔚为大观。《金翼》的作者林耀华先生就是一位杰出代表。单是福州市南后街的"三坊七巷"，与之有关的历史名流就出过150多位，近代更是卓著：有沈葆桢、林则徐、严复、林纾、林觉民、林徽因、冰心等。一个街区、几条巷弄走出这么多位名人，这在中国其他地方实属罕见，彰显闽人之耕读遗风。4. 报国。任何人到福州的马尾走一走，便知近代闽人的报国之志。马尾位于中国沿海的闽江入海口，被视为中国近代史上有着深远影响的"海

---

① 庄孔韶：《银翅：中国的地方社会与文化变迁》，生活·读书·新知三联书店2000年版，第490页。

② 林耀华：《金翼：中国家族制度的社会学研究》，生活·读书·新知三联书店1989年版，第66页。

军发源地"。在马尾,历史上曾经发生过抗击倭寇、中法马尾海战、中日马尾之战等多场战争。中法战争前,福建船政水师已经成为中国吨位最大的一支舰队,在此基础上成为近代最有名的船政文化。中国近代的海军将领中有许多为"闽籍"。历史档案可示。

耕读传家作为中华民族的一种重要的文化遗产,不仅反映了农耕文明的镜像,也凸显了福建作为"地方"特殊的自画像。尤其在近代,当它与"西学东渐"相遇,耕读基因孕育出一些新的模塑,闽文化正是其中之一。

结　语

《金翼》不只是一部以实验语体书写的民族志,具有多维创新价值。就此而言,值得称道。林先生在写这一部作品的时候,国际人类学界尚未兴起旨在认可作者的"主观放纵"的民族志体例,以及在反思原则之下对"写文化"的批判之风尚。[1]《金翼》在20世纪40年代初就开拓了小说体民族志并取得了巨大的成功,这在世界人类学界亦可彰可表。但笔者更愿意强调的是,这一部别致的民族志中的每一件事件看上去是那么平常和平凡,却孕育着非常和非凡的价值,诚如弗思所说,书中的"几乎每一件事都成为东方农村社会某些进程的缩影"[2]。这是因为"金翼之家"把中国传统的文化因子以及在现代转型语境中的各种可能性形态都"真实"地加以呈现了。

---

[1] [美]詹姆斯·克利福德、乔治·E.马库斯:《写文化——民族志的诗学与政治学》,高丙中等译,中文版序,商务印书馆2006年版。
[2] 林耀华:《金翼:中国家族制度的社会学研究》,"弗思英文版导言",生活·读书·新知三联书店1989年版,第2页。

乡土的表述　永远的秦腔

——贾平凹小说《秦腔》的人类学解读

小　引

当代人类学反映的一个核心问题，是在一个急剧变迁世界中的社会表述问题。"民族志田野工作和写作已经成为当代理论探讨和革新中最活跃的竞技舞台。"① 民族志的注意力在于描述，对于兼容着社会的、历史的、文化意蕴的文学而言，民族志的表述更富于敏感性。民族志的表述范式于是将人类学置于当代各种话语（discourses）争论的漩涡中心，比如"书写权力"（writing culture）问题等，② 由此带动了认知和表述发展的趋势。

民族志作为一种"对事实的记录方式"（ethnography as a record of fact），③ 要求人类学者到事件发生的"现场"。同时，由于任何"事实"都存在一个"事实之后"（after the fact）的"双重双关语"的多相维度④——特别是事实在变迁中的语义变化，以及人们在不同语境下对事实解释的差异，致使以事实为根据的"真实性"（authenticity）也就具备了多

---

① 参见［美］乔治·E. 马尔库斯、米开尔·M. J. 费彻尔《作为文化批评的人类学：一个人文学科的实验时代》，王铭铭等译，"原序"，生活·读书·新知三联书店 1998 年版，第 8 页。
② ［美］詹姆斯·克利福德、乔治·E. 马库斯：《写文化——民族志的诗学与政治学》，高丙中等译，商务印书馆 2006 年版。
③ Thomas Barfield (ed.), *The Dictionary of Anthropology*, Malden MA: Blackwell Publishing Ltd., 1997, p. 160.
④ Clifford Geertz, *After the Fact: Two countries Four Decades One Anthropologist*, Massachusetts: Harvard University Press, 1995, p. 167.

第一部分 文学民族志

种样态;① 所以,民族志对"事实"的描述充满了复杂的语义。换言之,民族志的表述已然成为"实验时代"（experimental moment）最具表现力的一种"表述方式"（expressive method）。

文学民族志作为一种应用性的实验方式,除了反映当代人文学科实验时代的背景外,还具有与众不同的特色,包含了"四合四维"的表述—阐释性结构。所谓"四合",指文学民族志是一个"四合一"的立体表述,包含了作家、作品、当事人（或对象）,以及民族志者对"事实"进行"田野作业"（fieldwork）的深描性表述。② 所谓"四维",指由此连带性地推展出阐释的"四种维度":作家、读者、当事者、人类学者在不同语境、不同时代所包含的阐释性之间的巨大维度。"民族志描述有三个特色:它是阐释性的;它所阐释的对象是社会话语流;这种阐释在于努力从一去不复返的场景抢救对这种话语的'言说'。把它固定在阅读形式中。"③

无论是表述还是阐释,某种意义上说,都是"言说";相对而言,"四合"强调的是"客位"（即对"事实存在"的描述）,而"四维"侧重的是"主位"（对"事实存在"的诠释）。即便"四合四维"的表述和阐释具有大的容纳空间,"亲临现场"都是需要坚守的根据地:既是表述的根据,亦为阐释的依据。简言之,无论是作家、作品、读者还是人类学者,都绕不过现实。所以,回到现场、还原生活,是文学民族志执守的圭臬。

中国是一个以"乡土"为本色的国家,费孝通先生以《乡土中国》概之,④ 至为准确。中国近现代一批有影响的文学作品,都深刻地反映了乡土社会的生活,而通常最为鲜活的部分都是作家写作自己的故乡。贾平凹的《秦腔》获得第七届茅盾文学奖,作家在获奖时感言:

> 在我的写作中,《秦腔》是我最想写的一部书,也是我最费心血

---

① 参见彭兆荣《民族志视野中的"真实性"的多种样态》,载《中国社会科学》2006 年第 2 期。
② 即美国人类学家格尔兹《文化的解释》中所提到的所谓"深描"（deep description）——笔者注。
③ ［美］克利福德·格尔兹:《文化的解释》,纳日碧力戈等译,上海人民出版社 1999 年版,第 23 页。
④ 费孝通:《乡土中国 生育制度》,北京大学出版社 1998 年版。

的一部书。当年动笔写这本书时，我不知道要写的这本书将会是什么命运，但我在家乡的山上和在我父亲的坟头发誓，我要以此书为故乡的过去而立一块纪念的碑子。现在，《秦腔》受到肯定，我为我欣慰，也为故乡欣慰。

与其说作家的《秦腔》是他的"发誓"之作——即作家对故乡、对父亲所欠"债务"的偿还，勿宁说是作家内心的自我救赎式的"还愿"。"故乡"在此并非只是抽象的，更多的是具象和生活的常态。《秦腔》用形象讲述具象、还原生活，却蕴含抽象的道理。形象、具象、抽象全都化在"唱腔"中，成了刻于作家心碑的情结与情述。

秦腔乡土调

根本上说，秦腔是秦人的唱腔，属于秦地，就像方言，其特点非土生土长不易体会，难以欣赏：山川，便风俗有区别，便戏剧存异；普天之下人不同貌，剧不同腔；京、豫、晋、越、黄梅、二簧、四川高腔，几十种品类；或问：历史最悠久，文武最正经者，是非最汹汹者？曰：秦腔也。[1]人类学讲究"个体的超越"——每一个个体都是独一无二的，都有自己的DNA；同时又都是具有普遍意义的"人"——人类（Man-kind）。《秦腔》亦如是，她是秦文化的"腔调"，又可为人类所共享。

作家以"秦人"身份讲述了秦腔的原理，非秦人似难分享；仿佛那羊肉泡馍，秦人独爱。值得一说的是，秦腔是一种发自土地上的呼喊，亦暗合了"秦"之本义。"秦"，文字上属"禾族"。甲骨文𥝩、𥝫上部是双手持杵𦥑、𦥑，下部是成堆稻谷。𥝤象抱杵舂禾之形。[2]造字本义为打谷脱粒。《说文解字》释："秦，伯益之后所封国。地宜禾。从禾，舂省。一曰秦，禾名。"可知，"秦"乃农事农作之象，说明秦腔原本就是从土地上生长出来的，是一种发自土地上的"呐喊"。文化的独特性原来如此，地缘是其

---

[1] 贾平凹：《秦腔》，载《自在独行》，长江文艺出版社2016年版，第150—157页。
[2] 参见徐中舒主编《甲骨文字典》，四川辞书出版社2016年版，第784页。

生长的土壤。某种意义上说，长篇小说《秦腔》讲述了文化的独特性，因而受人喜爱。

小说的叙事非常独特，是一种"隐喻的直白"。"白雪"是小说中唯一"高洁"的人物，她就是县剧团唱秦腔的演员。小说开篇的第一句话就是："要我说，我最喜欢的女人还是白雪"。书中有一个情节，白雪为主人公"我（引生）"写下了文字的秦腔（留下了"秦腔—情腔"的凭据）：

> 秦腔，又名秦声，是我国最早形成于秦地的一种梆子声腔剧种，它发端于明代，是明清以来广泛流行的南昆、北弋、东柳、西梆四大声腔之一。唱腔以梆子腔板腔体为主，除有"慢板""二六板""带板""滚板""箭板""二倒板"等基本板式，还有"麻鞋底"等彩腔腔调十余种。板路和彩腔均有欢音、苦音之分，苦音腔最能代表特色，深沉哀婉，欢音腔刚健有力。凡属板式唱腔，均用真嗓，凡属彩腔，均用假嗓……表演均以我国传统的戏曲虚实结合，且以写意为主，并采用虚拟的表现手法，有四功五法和一整套的程式，再加上世代的艺人的智慧运作和多方创造，形成众多"绝活"……①

作者通过"白雪"和"引生"对秦腔的介绍这一情节安排，表达出作家特殊的"寓意"，形成了三位一体的关系结构：作家以《秦腔》表达对故乡、家乡执着的爱，那种爱是乡土性的，也是超越的——"秦腔"只属于他的故乡和人民；却暗含着对大写的"人"（超越地方群体）的生命演绎和演义。作家以"白雪"的高洁隐喻秦腔——因为只有秦人能悦之、乐之，即所谓的"阳春白雪"。然而，他们却是一群擅长种地的"秦人"。作家喊出了一个质问：秦人（乡土的人民）—秦腔（乡土的产物）何不能是"白雪"？！毫无疑问，"引生"是隐喻，"秦腔"的生命延续当前在正面临着新危机和新转型。这是作家的心愿，也是作家的心病。

秦腔作为民风的精神和血脉，如洪流一般，来自旷古，既生生未息；

---

① 贾平凹：《秦腔》，人民文学出版社 2008 年版，第 187—188 页。

乡土的表述 永远的秦腔

也承受挑战，尤其在当代，她正面临着各种各样的冲击，特别是当代流行音乐对其形成挑战与冲击。作家用"乡下（乡土传统）/酒楼（经济利益）"这一情节设计，对二者的冲突和危机做了鲜活的描述：

> 在县剧团里，白雪和演员们商量起了明日演出的内容，说着说着，意见发生分歧，一部分主张唱秦腔，一部分主张还是唱流行歌，双方争执起来，红脖子涨脸……两拨人当下分开，一拨直接就去了西山湾，一拨去了酒楼……①

唱秦腔的回到"乡下"，唱流行歌的去了"酒楼"。乡土艺术与乡土社会是一个整体，总要面临时代、语境的考验，变迁是必然的，在所难免。但变迁并都不意味着衰弱、死亡。新旧事物的交替也未必总是新事物获胜，任何文化上的新事物都是对"传统的发明"，即在旧事物之上的创新。② 传统是经历过洗礼，经受过考验的。可以想见，秦腔的存续，如同乡土传统，过去、现在和将来已经经过、正在进行和将要面临生存的抗争和守护。传统就是这样。

在《秦腔》中，"白雪"是秦腔的守护者。小说的最后，白雪化成了神灵："我抬头看见了七里沟的白雪，阳光是从她背面照过来的，白雪就如同墙上画着的菩萨一样，一圈一圈的光晕在闪。这是我头一回看到白雪身上的佛光……"③ 白雪是秦腔永恒的化身，无论世道发生什么样的变故，秦地总在，秦乡总在，秦人总在，秦腔总在。

生命共同体

《秦腔》的背景是清风街，④ 也就是作家的家乡原型和缩影。作家在描

---

① 贾平凹：《秦腔》，人民文学出版社2008年版，第252—253页。
② [英] E. 霍布斯鲍姆、T. 兰格：《传统的发明》，顾杭等译，译林出版社2004年版。
③ 贾平凹：《秦腔》，人民文学出版社2008年版，第536页。
④ 清风街原来叫棣花街，因贾平凹在小说中取名为"清风街"，故更名之。今天，在生活中二者可兼用。

第一部分　文学民族志

写自己家乡的时候，人和事皆托着背景，是故事的一种"载体"，只是人和事不可"太实"，太实就俗了，就成了简单的乡村故事。同时，过于直白还很容易得罪人，毕竟都是乡里乡亲，即便有所"得罪"，也说不出口。为此，作家的心却总放不下、忐忑。① 故而象征着，隐喻着，比兴着，切换着，让人雾里看花，是实地，是实景，却可以有联想，能够有提升。其实，故乡虽然是小说里的"实景"，但作家更高的心性、更大的心愿、更切的心意，是通过描写家乡的故事和变迁抒发内心的情感，同时也曲折地发表自己对时政的见解。

小说中，家乡的背景没有隐晦，那是真正可以唤起作家全部细节真实的根据地。清风街就是这样，书中描写的既是事实的，也是真实的：

> 我现在给你说清风街。我们清风街是州河边上最出名的老街。这戏楼是老楼，楼上有三个字：秦镜楼。戏楼东挨着魁星阁，鎏金的圆顶是已经坏了，但翘檐和阁窗还完整……②

今天的清风街虽旧貌换新颜，却仍旧依稀沉着历史，残着旧景，夹着旧情，戏楼戏台的风物都还在，娓娓诉说着昔日的故事。值得一说的是，在棣花镇有一批宋金时代遗留下来的历史遗址、遗物，包括二郎庙、宋金桥、宋金"界碑"、月牙泉，今天也还可以看到以这一段历史为背景、充满商业化气息的宋金街、女真面馆等，而且与作家的纪念馆、老宅紧挨着，但贾平凹在《秦腔》中极少涉及、提及这些，除了二郎庙。

《秦腔》所讲述的故事虽是作家的家乡，但也是中国乡村社会变革的缩影。故乡的变迁实为中国农村的变迁，它有两个"面向"：守土与离土。小说中的矛盾化作双面合体："引生—夏风。"作家将自己的矛盾和境遇合

---

① 贾平凹写《秦腔》有一段内心的真言："多年来我一直想写一部关于我家乡的作品，为此我踌躇了很久，这部《秦腔》也是在惊恐中完成了，完成之后，我还一直担心家乡人会对此怎么看，最近听到一个好消息，朋友把他根据《秦腔》后记的内容拍摄电视专题片拿到村子里去放映，很多人看后都流泪了，他们说'平凹没有忘记咱，还给咱说话呢'。我终于可以稍微放下心了，这是我最感欣慰的。"见孙见喜、孙立盎《贾平凹传》，陕西人民出版社2017年版，第304页。

② 贾平凹：《秦腔》，人民文学出版社2008年版，第5页。

乡土的表述　永远的秦腔

图1　清风街

图2　魁星楼

图3 古镇中的一个戏楼

二为一,贾平凹坦承:"夏风由乡村入城市的经历与我有相似之处,而引生的个性与审美追求则与我十分相似。"在这个"合体"中,夏风只是"表象","那个讲故事的'引生'其实就是平凹。"①

"引生—夏风"合体包含着以下值得分析的价值:1. "我(引生)—白雪—夏风"是一个以秦腔为代表的乡土整体。"我(引生)"是土俗的、无能的,甚至是自残的,但也是自然的、智慧的和乐观的;"白雪"是秦腔的化身,代表着坚持、坚守,甚至是高洁的精神,是"我"始终不渝的爱;"世俗—神圣"在此得以转化。夏风娶白雪身体(婚姻结合),"我(引生)"取白雪精神(柏拉图式的爱),秦腔的生命何不如此?她是秦地、秦人生活的本真,是生命的常态。务实而不失精神追求。2. 作家的生活轨迹与夏风相似,他是从棣花镇走进城里的读书人——形似,而作家的精神

---

① 参见孙见喜、孙立盎《贾平凹传》,陕西人出版社2017年版,第315页。

乡土的表述　永远的秦腔

灵魂、生命源泉、情感牵挂、创作灵感等却恰恰体现于"另一个我（引生）"——神似。这也反映出中国本土作家的创作离不开生于斯、死于斯的"乡土中国",[①] 无论是"形"还是"神"。3. 夏风所从事的文学创作，实际上是由乡土社会的耕读传统造就的，他的作家身份并没有磨灭他灵魂深处的"农民本色"。贾平凹在家乡当农民直到十九岁。他渴望离开农村，他做到了，进了城；可他发现，他的体认、认知和认同原来都还是那一口老调调的"秦腔"。他发现，他永远属于他的故乡，至少是灵魂和精神的。而"我（引生）"帮助作家实现了自己的审美旨趣和"乡土守望"。4. "秦腔"浸透着作家对家乡深深的爱，也糅入了作家深深的担忧。学术界有一个较为普遍的看法，认为贾平凹的《秦腔》是"乡土叙事的终结"。笔者不以为然。有话为证，作家曾经执着地认定：

　　广漠旷远的八百里秦川，只有这秦腔，也只能有这秦腔，八百里秦川的劳作农民只有也只能有这秦腔使他们喜怒哀乐。秦人自古是大苦大乐之民众，他们的家乡交响乐除了大喊大叫的秦腔还能有别的吗？[②]

忧患其实反映出作家对乡土的"最后的认可"，除非八百里秦川不在，秦人不在，秦腔才会"终结"。《秦腔》虽有"悲怆之音"，与其说那是作家心中的"悲腔"，莫如说是乡土的"本色"。

所谓"乡土本色"就是生活的常态，也是生活本身。秦腔生长在乡野的土地里，伴随着土地上的人民，融化在了人民生活之中，唱咏出当地人民的喜怒悲哀："红喜"要唱秦腔,[③] "白喜"要唱秦腔,[④] 孩子出生要唱秦腔,[⑤] "社火"要唱秦腔,[⑥] "祭土地神"要唱秦腔,[⑦] 盖房"立木"要

---

① 费孝通：《乡土中国　生育制度》，北京大学出版社1998年版。
② 贾平凹：《秦腔》，载《自在独行》，长江文艺出版社2016年版，第157页。
③ 贾平凹：《秦腔》，人民文学出版社2008年版，第428—429页。
④ 贾平凹：《秦腔》，人民文学出版社2008年版，第159、516、527、530页。
⑤ 贾平凹：《秦腔》，人民文学出版社2008年版，第377、380页。
⑥ 贾平凹：《秦腔》，人民文学出版社2008年版，第493页。
⑦ 贾平凹：《秦腔》，人民文学出版社2008年版，第203页。

唱秦腔,①"贺喜"时要唱秦腔,②聚会开心时唱秦腔,③"心情好"时唱秦腔,④"喝酒"的时候唱秦腔,⑤"烦恼"时唱秦腔,⑥"思念"时唱秦腔,⑦"忧伤"时唱秦腔,⑧"沮丧"时唱秦腔,⑨"提神"时唱秦腔,⑩说话"不利索"者就唱秦腔,唱得比说得更利索。⑪

当人们了解、体察了棣花镇的生活原景和现场,就能够深切地明白秦腔原是人民的"心声"。贾平凹的《秦腔》,除去表达了作家的怀旧情结外,更唱出了秦腔与乡土不离不弃的深情与依恋。这也正是中国乡土社会"草根性"的品质和文化再生产的根据。

变形的隐喻

"变形"是人类认知和表述中的常用方法,看一看古代罗马奥维德的《变形记》就能豁然。变形主要有三种:1. 人形物性;2. 物形人性;3. 半人半物(包括"内变"和"外变")等。⑫"变形"是许多作家在创作时使用的方法,也是将生命表述"延伸化"的一种技巧。那些特殊的,与特定的社群有着认知上亲密关系的动物、植物或自然物都可以成为叙事的对象,也可以成为表述的"主体转述"——通过"他者"表达"我者"的意思,使得语义更为丰富:既可表达人与自然(《秦腔》中的"故乡")的亲密关系,表达自然中的变化、变迁复杂现象,表达社会生活中不能表明、不便言明的人和事,亦可用于表述特殊"语义簇"的刻意。在表述策

---

① 贾平凹:《秦腔》,人民文学出版社 2008 年版,第 144 页。
② 贾平凹:《秦腔》,人民文学出版社 2008 年版,第 115 页。
③ 贾平凹:《秦腔》,人民文学出版社 2008 年版,第 104—105 页。
④ 贾平凹:《秦腔》,人民文学出版社 2008 年版,第 359 页。
⑤ 贾平凹:《秦腔》,人民文学出版社 2008 年版,第 208 页。
⑥ 贾平凹:《秦腔》,人民文学出版社 2008 年版,第 229 页。
⑦ 贾平凹:《秦腔》,人民文学出版社 2008 年版,第 239 页。
⑧ 贾平凹:《秦腔》,人民文学出版社 2008 年版,第 467 页。
⑨ 贾平凹:《秦腔》,人民文学出版社 2008 年版,第 265 页。
⑩ 贾平凹:《秦腔》,人民文学出版社 2008 年版,第 428 页。
⑪ 贾平凹:《秦腔》,人民文学出版社 2008 年版,第 39 页。
⑫ 参见彭兆荣《"'变形'考辨"》,《民间文学论坛》1986 年第 5 期。

乡土的表述　永远的秦腔

略上,"变形"给了读者巨大的想象空间,并将这种想象的可能性延伸到未来更大的时间维度中。贾平凹在《秦腔》中大量使用各种"变形"——作为"我(引生)"特殊"生命现象的语义簇"。

贾平凹在《秦腔》中夹杂着大量"变形表述",看得出作家受到拉美"魔幻现实主义"和西方"意识流文学",尤其是《尤里西斯》的影响,[①]将生活的"碎片化"("琐碎的方式"[②])与"史诗化"表述交织、累叠,并刻意将这种表述"本土化"。他的作品中大量使用了"隐喻""象征""比兴"的手法,除了将那些不能直白,难以言表,可能引起"对号入座"的误会和"苦衷"表述进行手法上的处理之外,更多的则是:1. 返还乡土社会的原貌——乡土社会原本就是这样的。2. 增加作品的丰富内涵,让读者在自己的认知背景和"知识天空"中尽情地发挥想象。3. 以乡土叙事反衬对现代文明、城市文明的反思。4. 避免对时弊的批评和批判过于"直接"和"直白"。

从作家的整体创作看,除了在他的散文中较为直白地表述"胸意"外(小说《高兴》也属于此类),他的小说大多有这样的特点,而《秦腔》作为乡土文字的一座高峰,更是将"变形"的隐喻推到了极致,其中诸如老鼠、蜘蛛、狗、鱼等皆为鲜活的叙事者。

"我"与"引生"即是一系列变形化的替身:

> 还记得从水眼道里钻出来的那只老鼠吧,那是我养的,它经常在屋梁上给我跳舞,跳累了就拿眼睛看我,它的眼睛没有眼白,黑珠子幽幽地发射贼光。猫是不敢到我家来的……我要说的是,我家的老鼠乃是一只有文化的老鼠。[③]

作家还以老鼠为"引生(我)"的替身去向白雪表达思恋和爱意。小

[①] 《尤利西斯》是爱尔兰作家乔伊斯的长篇小说,意识流小说的代表作。
[②] 贾平凹说:"这在《秦腔》里是用琐碎的方式来呈现的。"参见孙见喜、孙立盎《贾平凹传》,陕西人民出版社2017年版,第297页。
[③] 贾平凹:《秦腔》,人民文学出版社2008年版,第83—84页。

说对老鼠描述得真切,来源于他的养鼠经验和与鼠"对话"的经历。他在《养鼠》中说:"既然无法捉他撵他(老鼠),他又无法自己出去,毕竟是一条生命,那就养吧。一养便养过了四年,我还在养着。养老鼠其实不费劲,给他提供食物就是。"① 不仅在《秦腔》中,《古炉》《高兴》等中都有记述,作家有一个朴素的观点:老鼠光顾,说明有粮食,日子好过,有财源;反之,老鼠不来,可知家主生计堪忧。

贾平凹在乡土小说中常以动物、植物代言,这已经成为他的写作风格。在他的另一部乡土作品《古炉》中,各种动物争相"发言",相互"对话",比如狗尿苔(小说中的主角)与牛对"牛黄"的对话,生动活泼。② 作家还常常在表述中将主人公的内心意愿通过动物,甚至昆虫的鸣叫来表达:

> 我(引生)白天没有见到白雪,晚上我在家里就轻轻地叫着白雪的名字。我一直觉得,我叫着白雪,白雪的耳朵就会发热。叫着叫着,我声音就发颤,可着嗓子高叫了一下,恐怕是邻居也听得到的,我往我的院里扔了一介破瓦片,我不管它。我对着院中树上的一只知了说:"你替我叫!到他院子里去叫!"知了果然飞到了邻居家的院里,爬在树上使劲地叫:白雪白雪——雪——③

作家的家乡有一条江,实为一条溪流。作家本人十分熟悉"水",他在家乡时曾经在"水库"的工地上干过活。④ "鱼水情"在小说中不是宣传口号,而是情爱的比兴。"丹江"围绕着棣花镇流过,当地人说,因为江里的鱼是"红鱼",故而叫"丹江"。江中的"鱼"有灵性,"鱼"在民间社会也常常用来表达性爱。《秦腔》里"鱼"于是也成了隐晦表达性爱的"鱼的故事"。⑤

---

① 贾平凹:《养鼠》,载《游戏人间》,百花洲文艺出版社 2017 年版,第 104—109 页。
② 贾平凹:《古炉》,人民文学出版社 2017(2011)年版,第 19 页。
③ 贾平凹:《秦腔》,人民文学出版社 2008 年版,第 111 页。
④ 参见刘高兴《我和平凹》,高洛市文学艺术界联合会 2015 年版,第 64 页。
⑤ 贾平凹:《秦腔》,人民文学出版社 2008 年版,第 70—74 页。

另外，小说中的"来运"与"赛虎"的情爱故事令人唏嘘。它们都是狗。小说里充满了来自各种各样"叙事者"的声音：人的，心的，情的，性的；生物的，心理的，社会的，文化的；直白的，曲折的，隐喻的，比兴的；我的，你的，他的，大家的；过去的，现在的，将来的，无时的；这里的，那里的，转世的，永恒的……

文学少不了文学的表达。《秦腔》之所以成为伟大的作品，因为它为乡土和故乡树碑；它说的是乡土的"秦腔"。笔者非秦人，没有在秦地土生土长的经历，也没有经历棣花镇乡里乡亲的喜怒悲欢；因此，我是"听不懂"秦腔的；但是，《秦腔》的乡土之音是超越的，是中式"三农"的复调和变调。正如他所说："'三农'永远是我们的痛，农村的事大如天。"[①] 我亦来自乡土，自然也会有"乡土的共鸣"。虽然《秦腔》是秦人秦地的产物，也是中国乡土的传统"唱腔"。

结　语

我喜欢《秦腔》，却难以总结，还是以作家自己的话作总结吧：

乐为家乡鼓与呼

贾平凹

我的家乡棣花古镇作为商於古道文化景区核心区域之一，今天在这里首发开园，这是全商洛市的一件大喜事，是丹凤县的一件大喜事，也是我的家乡棣花的一件大幸事……棣花古镇以先秦、盛唐、宋金、千年历史文化积淀当代等文化形态在此交织和融合；古今众多文人墨客、进士和举人从这里走过；这里也是我的小说《秦腔》的原型实景地清风老街和原型人物生长地；宋金边城塞上风光在这里得以重现，凤山丹水，秦雄楚秀，荷叶田田，棣花古镇自然景观丰富独特，是陕南的一方风水宝地；且棣花古镇也曾是"北通秦晋，南连吴楚"

[①] 参见孙见喜、孙立盎《贾平凹传》，陕西人民出版社2017年版，第306页。

的商於古道上的一个重要驿站……。重要性我就不说了，主要说一下我的心情：一是，我的家乡棣花是一块神奇而美丽的土地；二是，感谢这块土地养育了我；三是，衷心祝愿这块宝地，保佑这方臣民生活幸福美满；四是，用我手中的笔，为商洛、丹凤、家乡鼓与呼！①

说明：为了解贾平凹乡土文学系列中的原型和原景，笔者专程前往作家的家乡，到现场进行"参与观察"，与作家小说中的原型、作家的亲属们、当地的民众进行深入交流。此文正是研读原著与田野作业的合璧——笔者。

此文刊发于《暨南学刊》2019 年第 4 期

---

① 这是作家在家乡一次庆典活动（2014 年 9 月 30 日）时的贺词，由当地政府为笔者所提供。

两种权力博弈中的三种"生态"

——贾平凹乡土小说的人类学解读

小 引

费孝通先生在《乡土中国》中提到了两种"权力":一种是国家的、官方的权力,叫"横暴权力";另一种产生于乡土的、自治的权力,叫"同意权力"。[①] 在漫长的历史中,我国传统的乡土社会是自治的,实行的即"同意权力",并在此基础上产生了符合地方特点、乡土本色的乡规民约;它既照顾到了传统的习惯法,又符合特殊和特定乡土社会的"乡情"。同时以"家国"(传统意义上的"国家")的"礼制"为背景,形成了中国特有的乡土本色。

我国当代的乡土权力结构——自从国家权力下渗到村落,"两委"代表着"横暴权力",必然与传统村落的"同意权力"发生平衡、协调,甚至冲突。两种权力的博弈也成为"新乡情"的一种结构性矛盾。贾平凹在乡土小说系列中生动地描述了这两种权力在新语境中的博弈,并真实地呈现在三种生态:政治生态、自然生态和人文生态中。我国正在实行"乡村振兴战略",笔者认为,正确处理好两种权力和三种生态的关系,是决定这一战略是否能够取得预期效果的重要路径。

---

① 费孝通:《乡土中国 生育制度》,北京大学出版社 2009 年版。

第一部分　文学民族志

政治生态中的权力

故事先从棣花村的"年终风波"说起,所谓"年终风波"是指农民"税收"拖欠的风波。其实,税租是中国乡土社会所面临的根本问题。在乡土社会,农民靠种地得以生存,国家则靠地租获取税赋。是为"农正"之"政"的首要政务,亦为传统政治权力表述的基本构造。从文字学看,"税"为禾族,即谷物兑换租赋的意思。《说文解字》:"税,租也。从禾,兑声。"小说选择了税费作为政治生态的故事叙述:

年终时节,乡镇领导组织召开了"关于全乡本年度税费收缴的工作会议",两委会的全体成员全部参加。组织者讲了税费收缴的重要性和紧迫性,强调了清风街的债务数额很大,已经严重地影响着正常工作。这些债务主要由三部分组成:一是前任村干部借钱贷款开发七里沟,修村级碎石子路,不但贷款未还清,而且贷款的利息逐年积攒。二是由于村收入入不敷出造成的,大致包含国家税金、"三提五统"和各项摊派三大块。三是村民欠缴"提留"形成的恶性循环。会议决定此次催缴工作难度大,"一定要来硬的"……从县纪委调来的张学文年轻气盛,他讲了无论如何也要完成上级分解下来的征缴任务。会议上有人为此想出了口号:"坚持常年收,组织专班收,联系责任收,依靠法律收。"

治安员说:"依我看,今年工作难整哩!天旱,麦季减产,秋里虽说可以,但现在的物价上涨,村民手里哪有多少钱?"张学文说:"村干部不要先泄气!"治安员说:"我这不是泄气,我说的是实情。"张学文说:"就是实情,这话也不能说!"治安员说:"那我不说了。"低了头。吃他的旱烟。

……

征缴了七天,只收到了全部税费的五分之一,而且那些交过了税费的发现大多数人家都没有缴,又来要求退钱。

……

张学文带了李元田、吴三呈，又叫了派出所的两个警察，就先到了东街，铐走了瞎瞎和武林，到乡政府，把铁门关上……乡亲们汇集到了乡政府，铁锨、木棍、石头、砖块都往铁门上砸，铁门就哐哐啷响。数百人把乡政府围了。①

"年终风波"实为两种权力斗争的缩影，"横暴"的具象符号正是"手铐"。在家乡如此，"离土"更是不堪。小说《高兴》正是表现了这样的窘况，他们带着的仍然是泥土的文化。小说的基本叙事是故事，而选择性的"故事叙事"则潜匿着作家的表述策略。作家在《高兴》中，选择性地讲述了农民"离土"后的悲惨情形，小说的开篇就描述了这样的场景：

　　这是2000年10月13日，在西安火车站广场东区的栅栏外，警察给我做笔录。那原因只是五富死了，按照家乡的讲究，人在外边死了，魂是会迷失回故乡的路，必须要在死尸上缚一只白公鸡。白公鸡原本是为五富护魂引道的，但白公鸡却成了祸害。白公鸡有两斤半，最多两斤半，卖鸡的婆娘硬说是三斤，由此争吵起来，警察就碎步走了过来。警察又发现了绳子捆成的被褥里裹着"猪肉"，石热闹见状便跑，警察立即像老虎一样扑倒我，把我的一只手铐在旗杆上……②

以刘高兴（我）为代表的农民，因为丧失土地，为了生存离开老家，到城里以拾破烂为生，③已属悲凉；农民五富死在城市里，不能落叶归根，刘高兴用被褥裹尸，为死者"引魂回家"，已属悲催，而因买白公鸡与小贩发生争执竟被警察铐在了广场，则更是悲剧。

"横暴权力"以"专政"为后盾，具有强势性和恐吓性；"同意权力"在面对它的时候总体上无力抗衡。其实，在现实中，对于诸如"专政机

---

① 贾平凹：《秦腔》，人民文学出版社2008年版，第446—459页（笔者有压缩）。
② 贾平凹：《高兴》，作家出版社2007年版，第3页。
③ 笔者在棣花村刘高兴家里与主人交谈的时候，发现在他的院落里堆积了不少各类空的瓶罐，显然是"拾"来的。刘高兴已小成名气，还保持拾破烂的习惯。

第一部分　文学民族志

关"与"治理机构"的关系,农民是永远搞不懂的;只要有"穿制服的""带手铐的",甚至连"戴袖筒的"(城市管理部门,《高兴》中称"市容")都躲。偶尔也会发生"乡土智慧"以弱胜强的案例,但多少有些"阿Q精神"。贾平凹乡土文学系列中常有这样的例子;《高兴》讲了一个故事:

> 那天我的喉咙发炎老咳嗽,就在邮局门口前的广场上咳嗽的时候,一个人在不停地看着我,我心里还说,咳嗽有啥看的,你没咳过?等一口痰咳出来,他就走了过来,说你咳嗽了,我说喉咙发炎,他说你得去看医生,就给我一个纸条,我说谢你呀。他说你看看条子。我一看才知道是五元的罚款收据。我说你是干啥的?他从口袋里掏,掏出个黄袖筒套在左胳膊上。我没急,也没躁,我说,袖筒应该戴在胳膊上,你为什么装在口袋?你们的责任是提醒监督市民注意环境卫生,还是为了罚款而故意引诱市民受罚?他不自然地给我嘿嘿。我说,你的态度严肃些!你是哪个支队的,你们的队长是谁?他说:"你是……? 我说,群众反映强烈,我还不信,果然我试着吐一口痰你就把袖筒掏出来了!他一下就慌了,给我赠礼道歉,并保证以后袖筒一定要戴好。我抬脚就走,他说,你走好,领导!他叫我领导,这让我来了兴趣,我回头说,你怎么知道我是领导?他说:你过来的时候迈着八字步,我就估摸你是领导,可见你的肚子不大,又疑惑你不是领导,怪我有眼无珠,竟真的是领导。哈,我竟然做了一回领导!从这件事后,我也就再不纠正我的八字步了,但我的肚子却如何每顿饭多吃半碗仍没有大起来。①

对于"横暴权力"的批评,作家总是谨慎的,因为有风险。他坦白:"我是不懂政治的,但我怕政治。"② 于是,"变着法子说"可以起到特别的效果。贾平凹的《古炉》,以"文化大革命"为背景,曲折地讲述了

---

① 贾平凹:《高兴》,作家出版社2007年版,第71页。
② 贾平凹:《秦腔》,后记,人民文学出版社2008年版,第546页。

"村支书"所代表的"横暴权力"到达极致的景象:

> 狗尿苔①看了一会,听见不远处有鸡在很凶地呵斥:这是谁的蛋?! 就见从土塄的斜坡上走来了支书家的那只公鸡,它满脸赤红,八字步,两个翅膀拖在身后,怒不可遏。狗尿苔觉得奇怪,就走到土塄沿往下一瞧,这里是上百年前老窑场倒瓷片垃圾的地方。原本垃圾堆积得也成了土塄的一角,经长年雨水冲刷,土塄角又垮了,截面上露出碎瓷片,全泛着亮光,而塄底的草窝里竟真的有一颗蛋。这一定是谁家的母鸡下野蛋下到那儿去的,而支书家的公鸡也一定是发现这并不是它踏过的蛋在发脾气了。②

这一"比兴式"的文学描写,生动淋漓:在一个从远古而来的,自治性的传统村落,在"文化大革命"期间,"支书"的权力惠及了"他家的公鸡",而古村落的文化成了"瓷器的碎片"。"支书—公鸡"成了横暴权力庇荫下的"阴影"。作家说:"《古炉》写了'文化大革命'间人变坏的过程,也写了善的恒常不变。"以他母亲为原型的老妇"蚕婆"就是善的典型。③

自然生态中的道路

其实,"自然"是"人化"的,我国尤是。以"道"为例,它是一种非常独特的"自然"表达。"道"的基本语义是依据自然的形态修建的通道;本义就是道路,"道"是"导"(導)的本字。道,金文 🯄 加 🯅 (行,四通的大路),表示在叉路口帮助迷路者领路,即向导,给不知方向的人引路。《说文解字》:"道,所行道也。"道家取之本义而引申,"道"代表自然律;这样,"自然—规律"("道法自然")成为我国"道"之最具代

---

① "狗尿苔"是主人公的人名——笔者注。
② 贾平凹:《古炉》,人民文学出版社 2017(2011)年版,第72—73页。
③ 参见孙见喜、孙立盎《贾平凹传》,陕西人民出版社 2017 年版,第359页。

■第一部分　文学民族志

表性的意义表述。在乡土社会，"道"在两个层面上都有贯彻，并形成了乡土特色。

棣花古镇原是商於古道上的一个驿站，故有"棣花驿"之称。商於古道为古代的军事、政治、商贾之道，其历史可追溯到春秋战国时期。古道由陕西省商洛市（古时亦称上洛郡、上洛侯国、洛州、"商州"）通往河南省内乡县柒於镇，全长约六百里。秦汉时称作"武关道"，唐时有称为"商山道"或"商州道"。商於古道原是在自然形态中修建的一条路，筑路的原则：以自然形势和形态为根据。其实，这不啻为古代的"一带一路"。

修筑道路历来都有促进地区繁荣，促进人员、民族、文化、物资等交通与交流的功能。但是，"道路"的开通所包含的一般"道理"并非总是吻合的，也存在矛盾与悖论，特别在当今修建的具体实施中，诸如以何种方式，以什么规模，在什么地点开建道路，经常成为一种"权力的霸道"尤其是国道。

交通对于传统闭塞的农村而言是"有幸的"，但也有"隐忧"。贾平凹在他的《从棣花到西安》一文中，真切地描述了公路、铁路给家乡带来的变革：

　　秦岭的南边是棣花，秦岭的北边是西安，路在秦岭上约三百里。世上的大虫是虎，长虫是蛇，人实在是个走虫。几十年里，我在棣花和西安生活着，也写作着，这条路就反复往返。
　　父亲告诉我，他十多岁去西安求学，是步行的，得走七天……到我去西安上学的时候，有了公路，一个县可以每天通一趟班车，买票却十分难场，要头一天从棣花赶到县城，成夜在车站排队买票……20世纪90年代，这条公路改造了，不再是沙土路，铺上了柏油，而且很宽，车和车相会没在减速停下，灯眨一下眼便过去了……过了2000年，开始修铁路。棣花人听说过火车，没见过火车，通车那天，各家在通知着外村的亲戚都来，热闹得像过会……有了火车，我却没有坐火车回过棣花，因为火车开通不久，一条高速路就开始修。那可是八车道的路面呀，洁净得能晾了凉粉。村里人把这条路叫金路，传说着那一捆子一捆子人民币铺过来的，惊叹着国家咋有这么多钱啊！

……

在好长时间里，我老认为西安越来越大，像一张大嘴，吞吸着方圆几百里的财富和人才；而乡下，像我的老家棣花，却越来越小。但随着312公路改造后，铁路和高速路相续修成，城与乡在接近了，它吸去了棣花的好多东西，又呼吐了好多东西给棣花……①

作家在细细回味从家乡到省城的交通历史中夹杂着自豪和兴奋、迷惑和苦恼。几年前，当我们在公路上看到车窗外掠过的宣传牌"要想富，先开路"的时候，我们总是欣喜着；然而，当一条条"国道"通进了闭塞的传统村落时，内心又闪过一丝丝苦意。这也正是作家的真实感受。

贾平凹在《秦腔》中喜欢描述农村重要的变化和变革事件，其夹着乡土性的"真实隐喻"——这种隐喻既可以是真实发生的，也可以是"人们相信其是真实的"。312国道的改造对棣花镇而言，是最大的事件，贾平凹这样表述：

清风街上的清风寺后面有一棵大的白果树，白果树上住着一家鸟。大年前一只鹞子飞来打架，鹞子和鸟夫妻打得非常激烈，白的灰的羽毛落了一地。人们想帮鸟夫妻，但掷石子掷不到那么高。战争持续了三天三夜，鸟丈夫被啄瞎了眼睛，跌下来摔死了，紧接着鸟妻子也跌下来，先还能睁眼，不到一个时辰也死了。奇怪的鹞子并没有占巢，从此飞得没踪没影，直到连刮了七天黄风，鸟巢被刮了下来，才发现巢里还有两只雏鸟，差不多都干瘪了。

白果树上的鸟遭到灭绝，正是312国道改造的时候。312国道原规划路段要避开清风街的后塬，从屹岬岭随着州河堤走，可以是堤又是路，不糟塌耕地。可后来是从后塬经过，这就把清风街的风水坏了。风水重要得很，就是风水一坏，夏天义下台了。②

---

① 贾平凹：《从棣花到西安》，载《游戏人间》，百花洲文艺出版社2017年版，第15—19页。
② 贾平凹：《秦腔》，人民文学出版社2008年版，第23—24页。

第一部分 文学民族志

农民只有土地,也只会在土地上扒吃喝,而清风街人多地少,不解决土地就没辄。这几年盖房用地多,312国道又占了咱那么多地,如果办市场,不但解决不了土地问题,而再占去那几十亩……那几十亩可都是好地,天义叔他们曾经在那几十亩地上亩产过千斤,拿过全县的红旗的……君亭哼了一下,秦安就不说了……"农民为什么要外出,他们离乡背井,在外看人脸,替人干人家不干的活,常常又讨不来工钱,工伤事故还那么多,我听说有的出去还乞讨,还在卖淫,谁爱低声下气地乞讨,谁爱自己的老婆女儿去卖淫,他们缺钱啊!"君亭说得很激动……①

在一定程度上说,"国道"的原则是"霸道",它是以"国家工程"的方式打通"自然",在道路学研究中,国道可以是"权力"的化身,是笔直的、钢硬的,是"与天地奋斗"的榜样。相形之下,在乡土社会里,乡村小道最符合、遵循自然形态、形势的原则,是灵动的、柔和的。

自然生态有体有脉、有形有势,遵循的原则是有形有相、有风有水,这些都掺杂在了传统的风水形貌之中。重要的是,我国传统村落形制都遵循风水观——中国古代自成体系的自然生态观。然而,当"国道"遇到"乡道"时,权力的"霸道"完全无视村落的风水体系,清风街的东西向脉被拦腰折断,村落的形制遭到破坏,摧毁了乡土风水。看一看长生果树上鸟巢的命运就明白了。

贾平凹在《高兴》的后记中谈到回乡与刘高兴交流时有这样一段话:"我(作家)问起村里的事,他(刘高兴)说了。咱这里啥都好,就是地越来越少,一级公里改造时占了一些地,修铁路又占了一些地,现在又要修高速公路呀还得占地,村里人均只剩下两分地,交通真是大发达了,可庄稼往哪儿种?"② 根本上说,农民是种地的,祖祖辈辈、世世代代都是一样。对于广大农民而言,骤然之间失去了土地,他们只能去"拾破烂"。

---

① 贾平凹:《秦腔》,人民文学出版社2008年版,第87页。
② 贾平凹:《高兴》,后记(一)"我和高兴",作家出版社2007年版,第435页。

人文生态中的乡土

在中国，自古以来，伟大的作品必须、必然要反映"天人合一"——"天文—地文—人文"的价值观；而要反映这一传统的价值观，"乡土性"表述不可或缺；因为，本质上说，中华文明属于农耕文明，所以"乡土"也成了"人文生态"的最完整表述；《秦腔》中的乡土正是人文生态的忠实体现。贾平凹曾经在回答《秦腔》中的"神秘事物"问题时回答："这和我的生存环境有关。我生活的那个地方佛和道都特别盛行，巫文化也特别盛行，无形中受到这种东西的影响，《秦腔》中淡化了一些。"①

"人文"是一种"染色剂"，一旦染上，就难以褪色，无法完全洗白，特别是在故乡长大成年后，地方人文就成了一种烙印，更无法改变，仿佛"乡音"。写乡土人文，就要熟悉之，而且多半本人浸淫其中。乡土的人文环境毋宁说是一个"文化的染缸"，很难抹去其人文之色。"人文"通常是地方性的；在传统村落，包括村落的形制都是"人文"与"自然"的契合；中国的传统村落大多如此。

贾平凹的家乡棣花镇，丹江自此流过，人称州河。丹江经商州、丹凤、商南入河南境，再过浙川老河口往湖北，在那里汇入汉水入长江。以前在水脉旺时候，外来的船楫直到丹凤县城龙驹寨，当地的船民水手为了帮会联络，在龙驹寨还筑起了一座船帮会馆，人称花庙，至今尚存。② 自古以来，村落的形制皆由自然环境而来，自然是生存的第一原则，而"风"与"水"便成了村落建设根据"形势"构建的核心价值，我国传统的汉族村落建制几乎无一例外。

棣花古镇整体上南北向制，南面群山高处有一座"笔架山"，贾平凹的老宅、新屋皆面向南，门面朝南，门槛略歪，却正对"笔架山"，当地盛传，这样的形势要出"秀才文人"。当地人在"地方知识"（local knowledge）中建构了属于他们自己的认知、表述和阐释。对于作家的"成名"，

---

① 孙见喜、孙立盎：《贾平凹传》，陕西人民出版社2017年版，第297页。
② 孙见喜、孙立盎：《贾平凹传》，陕西人民出版社2017年版，第2页。

第一部分 文学民族志

他们无疑是认定贾家面对"笔架山"的风水传说和人文传奇。而古镇的老街——"清风街"为东西走向,水路环绕,"靠—抱—罩"一体,完全符合中国传统风水的形制。这种自然与人文交融的生态也形成了当地村落的基本脉络。

"人文"的地方性在民间的表述是所谓的"风俗",就像秦腔属于秦地秦人一样。贾平凹在故乡长大成人,对自己家乡的情况不独是一个观察者、体验者,更是其中的一个份子,一个农民。他在《秦腔》后记中写道:

> 就在这样的故乡,我生活了十九年。我在祠堂改做的教室里认得了字……我学会了各种农活,学会了秦腔和写对联、铭锦。我是个农民,善良本分,又自私好强,能出大力,有了苦不对人说。我感激着故乡的水土,它使我如芦苇丛里的萤火虫,夜里自带一盏小灯,如满山遍野的棠棣花,鲜艳的颜色是自染的。但是,我又恨故乡,故乡的贫困使得我的身体始终没有长开,红苕吃坏了我的胃。我终于在偶尔的机遇中离开了故乡,那曾经在棣花街是一件惊天动地的事情,记得我背着被褥坐在去省城的汽车上,经过秦岭时停车小便,我说:"我把农民的皮剥了!"可后来,做起城里人后,我才发现,我的本性依旧是农民,如乌鸡一样,那是乌在了骨头里的。①

当然,这要有心、有情。有时离开后再重返,有"温故知新"的体验。比如家乡的山对于贾平凹来说就是这样:

> 在城里待得一久,身子疲倦,心也疲倦。回一次老家,什么也不去做,什么也不去想。懒懒散散地乐得清静几天。家里人都忙着他们的营生,我便往河上钓几尾鱼了,往田畔里拔几棵菜了,然后空着无事,就坐在窗前看起山来。

---

① 贾平凹:《秦腔》,后记,人民文学出版社2008年版,第540—541页。

山于我是有缘的。但我十分遗憾，从小长在山里，竟为什么没有过多少留意？如今半辈子行将而去，才突然觉得山是这般活泼泼的新鲜。每天都看着，每天都会看出点内容；久而久之，好像面对着一本大书，读得十分地有滋有味了。

其实这山来得平常……再看看，果然看出动人之处，那阳面、阴面、一沟、一梁，缓缓陡陡，起起伏伏，似乎是一条偌大的虫，蠕蠕地从远方运动而来了，蓦然就在那里停下，骤然一个节奏的凝固。这个发现，使我大惊，才明白：混混沌沌，原来是在表现着大智，强劲的骚动正寓以屑屑的静寂里啊！

……

到底我不能囫囫囵囵道出个山来，只觉得它是个谜，几分说得出，几分意会了则不可说，几分压根儿就说不出。天地自然之中，一定是有无穷的神秘，山的存在，就是给人类的一个窥视吗？我爬在窗口，虽然看不出个彻底，但却入味，往往就不知不觉从家里出来，走到山里去了。

……①

"生态"其实是一个外来词，只是当今被广为使用，内涵和外延都在扩大。它原本即表示"人与自然"的认知关系，特别是地缘知识与民间智慧。在乡土社会，从任何意义上说，"生态"都是检验传统村落的关键词。

结　语

贾平凹在评述《秦腔》时说：

对于农村、农民和土地，我们从小接受教育，也从生存体验中，

---

① 贾平凹：《读山》，载《自在独行》，长江文艺出版社2016年版，第145—148页。

形成了固有的概念，即我们是农业国家，供养我们一切，农民善良和勤劳。但是，长期以来，农村却是最落后的地方，农民是最贫困的人群。当国家实行起改革，社会发生转型，首先从农村开始，它的伟大功绩解决了农民吃饭问题，虽然我们都知道像中国这样的变化没有前史可鉴，一切都充满生气，一切又都混乱着，人搅着事，事搅着人，只能扑扑腾腾往前拥着走，可农村在解决了农民吃饭问题后，国家的注意力转移到了城市，农村又怎么办呢？……

棣花村没有矿藏，没有工业，有限的土地在极度地发挥了它的潜力后，粮食产量不再提高，而化肥、农药、种子以及各种各样的税费迅速上涨，农村又成了一切社会压力的泻洪池。体制对治理发生了松驰，旧的东西稀哩哗啦地没了，像泼出去的水，新的东西迟迟没再来，来了也抓不住，四面八方的风方向不定地吹，农民是一群鸡，羽毛翻皱，脚步趔趄，无所适从，他们无法再守住土地，他们一步一步地从土地上出走，虽然他们是土命，把树和草拔起来又抖净根须上的土，栽到哪里都是难活。①

这是中国农村的真实写照，今天我们正在进行"乡村振兴战略"，所面临的正是这样的国情。而在我国的所有政治政务中，最大的是"农正（政）"。这才是中国最大的"道理"。

附：为了解贾平凹乡土文学中所描写的原型故事，笔者专门前往他的家乡，走访了他的家人和当地民众，对贾平凹乡土文学中的一些案例进行现场调研，管窥传统村落之"权力/生态"之间的主要矛盾和大致形貌，以下是笔者对作家的胞弟贾栽凹的访谈：

---

① 贾平凹：《秦腔》，后记，人民文学出版社2008年版，第542页。

棣花访谈记录（节选）

采访人：彭兆荣

采访对象：贾栽凹（贾平凹胞弟，1955年出生）

采访地点：贾栽凹家

采访时间：2018年8月2日上午9点至10点30分

整理人：纪文静

图1　访谈现场

彭（彭兆荣）：中国几千年来的官僚制度只到县一级，县以下的乡村都是自治的。村落的形成主要是从宗族延伸出来的，是一个大家，比如：贾村、张村、李村，就具有主人翁意识。这个村就是我们的家，这块土地是我们祖祖辈辈生活的地方。现在的村落主要由"两委"行使治理权力。

贾（贾栽凹）：在七八十年代以前，原来的村落治理、协调组织工作只需要五六人，现在却需要七八十人，两万人口的村落配备八十个行政人员。这个数量比八十年代一个县委、县政府的人都多。现在乡镇数量减少了，过去丹凤县有42个乡镇，现在变成了12个，工作人员数量没有减少，而且年年还在招人。想做这份工作的人都想管理人，都不想劳动，都喜欢权力。

彭：我们这次也到北京通州的里二泗村调研，那个村的机构设置也多样复杂。过去，村落都是老百姓自治的，都是一些乡贤、族长在管理村落事务，有什么问题集中开会讨论解决即可，哪里需要这么大的管理机构。

贾：过去县长哪里要8点上班，6点下班。原来的干部，都是将明天的事情布置好，几点钟下乡，在哪里集中约一下，时间一到，开车就去了，留下几个值班的即可。

彭：现在很多大学生到村里当村官当一两年就走了，他们也弄不懂村落。

贾：现在的官员只强调年轻化，也是一个问题。村干部50岁以上就不给干了，人在40—50岁的时候才真正成熟，但是中国的官员到45岁的年龄就不会再有提拔的机会。

彭：主要是中国目前失业率高。在乡村，真正了解乡情，有智慧的人是那些乡贤、族长、寨老。而且，乡村是他们祖祖辈辈生活的地方，派来的干部总是要走的。

贾：农村的工作不比城市，往往需要年长者带领年轻人。年轻人没有社会经验和农村经验，是管理不好乡村的。原来乡村是族长制，很多族长年龄大，经验丰富，拥有生活智慧，而且公平，所以才德高望重。改革开放以后，族长制传承一塌糊涂，搞得都是二流子当村长，这些人把村落搞乱了。近20年来，国家才慢慢意识到改变。

彭：顺便问一下贾先生，棣花村原来是商於古道上的驿站，不会像其他村落是单姓村，棣花村应该有很多姓氏家族，你们贾姓家族在本地势力大吗？

贾：是的。

彭：在本地贾姓家族中，像您这样有知识，有文化，有威望的人能不能在今天的村落事务中起到作用？

贾：现在在本地，有文化、道德修养高的人往往不当干部，没人当。当干部的人都想着挣钱或为自己谋私利。过去家族里也有当过干部的，近年来没有人当干部了。我们的家族都是按照辈分秩序管理，一般都不会出现打闹的现象。

彭：贾姓族人有可能到外地当官，他们在故乡的村落中有没有权威呢？有很多村落的乡贤尽管不是干部，但是他们经常能超越当地干部，能够解决家族内部的矛盾并管理事务，这种情况在当地还有吗？

贾：还有。

彭：乡贤和族长会解决家族事务吗？

贾：是的，家族内部有矛盾的，一般不会拿到外面解决，内部解决就行了。比如，这次族里一个侄儿被车撞了，撞人的人也是本家族的，就在家族内部解决了，没有出现高额赔偿。本来要赔一万七千多元，最后一万元解决了。

彭：这就是我们要考察的。如果一个村落的地方贤达、宗族力量仍然很强，那么这个村落传统就能保存得很好。如果失去了这些，完全由外来人或上面派来的人管理，由他们说了算，这个村落的文化很快就会丢失。地方贤达、宗族的力量在本地还有吗？他们的力量强大吗？

贾：这里每个自然村还存在这些力量，特别是家族里面年长的，做事公平的，能说能劝，有威望，能够给年轻人讲道理的人还在管理家族事务中发挥作用。

彭：您哥哥出版的系列著作中，有没有专门讨论这种乡村地方力量解决村落内部问题的故事和情节？

贾：《古炉》里面有这样的情节和故事。

彭：我们国家现在搞乡村振兴战略也好，恢复传统文化也好，首先得看一下乡村的力量是否强大，如果乡土力量已经被摧毁了，那么这个村落将不被看好；如果村落中这个力量还很强大，村落的"草根性"很强，哪怕有一场运动把她上面的东西都灭掉了，但是"根"还在，一旦时机到来，便会萌发成长，这是我们考察的重点。

贾：原来管理村落的都是年长德高望重的人，现在50岁、55岁就让退休了。实际上，50—70岁年龄的人才是管理农村的最佳人选，这个年龄段的人是最成熟的，是最有智慧和权威的，一是年龄长，二

第一部分 文学民族志

是经验丰富,三是能管好。现在很多农村人不买村干部的帐,农村人有倚老卖老的认知思维,现在村落都是让外面人来管理,过去都有族长管。德高望重、公平的人才能将村落管好。

此文刊发于《民族文学研究》2019年第5期

点石成金

——贾平凹文学中的"石"表述

小 引

《红楼梦》这样开篇：

> 却说那女娲氏炼石补天之时，于大荒山无稽崖炼成高十二丈、见方二十四丈大的顽石三万六千五百零一块。那娲皇只用了三万六千五百块，单单剩下一块未用，弃在青埂峰下。谁知此石自经锻炼之后，灵性已通，自去自来，可大可小。因见众石俱得补天，独自己无才不得入选，遂自怨自愧，日夜悲哀。一日正当嗟悼之际，俄见一僧一道远远而来，生得骨格不凡，丰神迥异，来到这青埂峰下，席地坐谈。见着这块鲜莹明洁的石头，且又缩成扇坠一般，甚属可爱。那僧托于掌上，笑道："形体倒也是个灵物了，只是没有实在的好处。须得再镌上几个字，使人人见了便知你是件奇物，然后携你到那昌明隆盛之邦、诗礼簪缨之族、花柳繁华地、温柔富贵乡那里去走一遭。"

《红楼梦》中宝黛爱情之"前缘"（讹缘）始于木石前盟，木指黛玉前世为绛珠仙草，石指宝玉前世为顽石。神瑛侍者（石）以甘露之水灌溉绛珠仙草（木），为报灌溉之恩，绛珠仙草情愿随神瑛侍者下凡历劫，将自己一世的眼泪报答他。

一 "我是石"

贾平凹在《秦腔》中讲述了"我"（引生）与"白雪"的情缘：

> 中星的爹曾经给我说过，人是轮回转世的，这一世是人，前一世可能是一棵树，下一世或许又成了猪，各人以各人的修行来决定托变的。所以我说来运①前世是个唱戏的。所以我老觉得我和白雪在前世是有关系的，我或许是一块石头，她或许是离大石头不远处的一棵树。②

这不啻为"木石前盟"的乡土版本。在那里，石头是托变的、"转世"的，用来表述"我（引生）"与"白雪"高洁的爱情。书中的"我"是邋遢的，"白雪"是洁净的；可是，白雪不属于"我"，她嫁给了别人，却一直使我魂牵梦萦。乡土的情爱有乡土味，贾平凹的家乡棣花古镇虽不是大观园，却并不缺乏"宝黛式"的爱情故事，在清风街上演了一幕唱着"秦腔"乡土味的《石头记》。

石为贾平凹所独爱，不仅贯穿于他的整个创作，也成了一条借以言说的隐形线索。石头在他的笔下都成了有"灵性"的物什。《遗璞》中的"璞石"同样成了村里人的附会——与"女娲遗石"有关：

> 离公路很远的地方，有条山沟。再往深里走，有座古庙，庙前的河滩里，有一块共四间房那么高，像一只实心碗儿放着。上边凿了四个大字：孕璜遗璞。住在这孕璜遗璞周围的人家，就是遗璞村。
>
> 县志上说：这石头，是当年女娲补天的时候多了一块，就遗弃在这里再没有用。人们都在传说，这石头孕了玉璜，是仙灵之物，于是时常有人前来观赏，遗璞村的人便祖祖辈辈自豪。
>
> ……

---

① "来运"在作品中是一只狗——笔者注。
② 贾平凹：《秦腔》，人民文学出版社2008年版，第37页。

省城老贾是七年前在这里待过的。那时候，村里人发现从县里来了个胖胖的老头，白日里也上山劳动，夜里就在石头前岗头儿坐一阵。他们都不知道这是谁，后来才风闻是犯了错误，从省城来的人，姓贾。就叫起他省城老贾。

一年后，省城老贾就在县里当了书记，他们才知道那是个当官的人物，遗璞村老少都很骄傲。省城老贾也没忘了这遗璞和遗璞村的人，过一些日子，就来看看石头，又给这个村拨了好多救济粮、救济款……。不久，他就在省城当了一个很大的官。遗璞村的人愈是十分地骄傲了。

……

但是，就在这一夜的黎明时分，河滩里响了一声爆炸声，人们都惊醒了。早晨起来，才发现是蛮儿一帮年轻人用炸药把遗璞炸开了，又用铁钎大锤在黑水汗流地砸着，破着，就把石头一块块抬着到水渠工地上去了。

石通灵，它是人的命运的照相，象征着生命的起落；"犯了错误"到了遗璞村，就可以"到省里当大官"；就像那块遗璞，破碎了还在讲述乡土社会的变革故事。而事实上，作家确实曾经到他家乡的地方的一座女娲庙前去拾石头，"觉得收藏女娲庙前的石头一定很有象征意义……好不容易捡到一块"，后来果然在女娲庙里出现了"红光放射"的异兆，一时间在民间流行，成了"民族复兴的瑞兆"。[1]

乡土社会的石也是守土的。石与土相守不仅因为石与土混杂，更为重要的是石与土属性的相互表达、相互支撑。石是硬的，土是软的，这很符合乡土社会的"草根性"：柔弱而坚韧。石是"公"的，"土"是"母"的，这符合生产的人性原理："土地"要生产，所以把土地说作"地母"；而在中国民间宗教中，掌管土地的又称作"土地公"。土地公、土地婆在一起才能管理好乡土。这是乡土逻辑。

---

[1] 参见孙见喜、孙立盎《贾平凹传》，陕西人民出版社2017年版，第308页。

第一部分　文学民族志

在清风街，土地公和土地婆是用石料打凿的，《秦腔》娓娓讲述了"土地石像"的故事：

> 在三角地修建市场，地的北头有一棵苦楝树，本该砍掉这棵苦楝树就是了，但君亭说砍掉苦楝树可惜，让连根刨了移栽到他的后院。结果刨树根就刨出了两块大石头，竟然是人像，而且一男一女。先是人们觉得奇怪……偏偏李三娃的娘来工地上看热闹，说："这不是土地庙里的土地公、土地婆吗？"她这么一说，人们再看那石像，石像头戴方巾帽，身穿着长袍，长面扁鼻，眼球突出没凿眼仁，满脸都是深刻的皱纹，年纪大些的都说是土地公、土地婆。真是土地公、土地婆，那就是神，虽然是小神，小神也是神呀，有人就把石像要放进土地庙去……①

土地公、土地婆如果没有"回归正位"，就像人伦社会秩序的错乱，乡村便无神佑，也断了历史；因为，"土地公和土地婆是现在清风街最大的神，清风街所有的故事它们都知道"②。因为，它们代表土地，也守护故土。

"石"在乡土社会还具有"定性"的品质，当人们将"井"作为"乡"的符号表述时（如"背井离乡"），便明白村落里的那口由石垒起的"井"之"家"的意义。在乡土社会里，石物也常常充任家乡"兴旺"与否的标志物。《古炉》中有这样的记述：

> 古炉村有十多个碾盘和石磨，年代最老的，也是纯青石的就数村西头的石磨和村东头的碾盘。支书经常给人讲，姓朱的先人，在这里经管得最兴旺的时候，州河上下十五里地的人都羡慕。有一个风水先生看了先人的相貌，相貌并不是发达的相貌呀，就到古炉村里来看地理，说村西头的石磨和村东头的碾盘虽无意摆设，却恰是左青龙右白虎，但缺乏南朱雀北玄武，仍算不上多么出众，便又怀疑是朱家祖坟

---

① 贾平凹：《秦腔》，人民文学出版社2008年版，第124页。
② 贾平凹：《秦腔》，人民文学出版社2008年版，第203页。

坐了什么妙穴。风水先生提出到坟上去看看，先人说等一会儿再去吧，风水先生说：那为啥？先人说：坟旁边有他家的萝卜地，几个孩子在那里偷拔着萝卜吃，咱突然去了，会吓着孩子的。风水先生感叹说：哦，不用去了，我知道古炉村为啥兴旺了！[①]

对于乡土社会的坚韧与忍耐，"石"为最生动的形象表述。

二　石美丑

贾平凹的《丑石》非常有名，入选中小学的课本和课外阅读材料：

　　我常常遗憾我家门前的那块丑石呢：它黑黝黝地卧在那里，牛似的模样；谁也不知道是什么时候留在这里的，谁也不去理会它。只是麦收时节，门前摊了麦子，奶奶总是要说：这块丑石，多碍地面哟，多时把它搬走吧。

　　于是，伯父家盖房，想以它垒山墙，但苦于它极不规则，没棱角儿，也没平面儿；用錾破开吧，又懒得花那么大气力，因为河滩并不甚远，随便去捎一块回来，哪一块也比它强。房盖起来，压铺台阶，伯父也没有看上它。有一年，来了一个石匠，为我家洗一台石磨，奶奶又说：用这块丑石吧，省得从远处搬动。石匠看了看，摇着头，嫌它石质太细，也不采用。

　　……

　　人都骂它是丑石，它真是丑得不能再丑的丑石了。终有一日，村子里来了一个天文学家。他在我家门前路过，突然发现了这块石头，眼光立即就拉直了。他再没有走去，就住了下来；以后又来了好些人，说这是一块陨石，从天上落下来已经有二三百年了，是一件了不起的东西。不久便来了车，小心翼翼地将它运走了。

---

① 贾平凹：《古炉》，人民文学出版社 2017（2011）年版，第 21 页。

第一部分　文学民族志

　　这使我们都很惊奇！这又怪又丑的石头，原来是天上的呢！它补过天，在天上发过热，闪过光，我们的先祖或许仰望过它，它给了他们光明，向往，憧憬；而它落下来了，在污土里，荒草里，一躺就是几百年了？

　　奶奶说："真看不出！它那么不一般，却怎么连墙也垒不成，台阶也垒不成呢？"

　　"它是太丑了"。天文学家说。

　　"真的，是太丑了。"

　　"可这正是它的美"，天文学家说，"它是以丑为美的"。

　　"以丑为美？"

图2　笔者观摩"丑石"[①]

　　"是的，丑到极处，便是美到极处。正因为它不是一般的顽石，当然不能去做墙，做台阶，不能去雕刻，捶布。它不是做这些玩意儿的，所以常常就遭到一般世俗的讥讽。"

　　奶奶脸红了，我也脸红了。我感到自己的可耻，也感到了丑石的伟大；我甚至怨恨它这么多年竟会默默地忍受着这一切？而我又立即

---

①　据笔者与贾平凹胞弟的采访，现在贾家门前的这一块石头，并非作家描述的那一块，原来的那一块已经被用于建筑，现在的这一块是后来搬移来的。

深深地感到它那种不屈于误解、寂寞地生存的伟大。①

"丑"的石,蕴含着"美"的变:"丑到极处,便是美到极处",此番道理却成为至上的美学,已然超越了"丑"与"美"的边界范畴,成了彼此的辩证。这块"丑石"横在贾平凹老家的门前,由不得人们牵强附会,蓦然想起读到作家的"自传"中有这样一段话:

> 我是一个极丑的人。
>
> 好多人初见,顿生怀疑,以为是冒充顶替的骗子,想唾想骂想扭了胳膊这样交送到公安机关去。当经介绍,当然他是尴尬,我更拘束,扯谈起来,仍然是因我面红耳赤,口舌木讷,他又将对我的敬意收回去了。
>
> 我原本是不应该到这个世界上做人的……。②

读过无数"自谦"的表达,如此"自毁""自损"者还没见过。但若见到作家本尊,任何人都绝然不会认可作这样的"自画像"。可是为什么他要这样描写自己呢?读了《丑石》或许能够豁然。

"美丑"意含了"真假"。在审美范畴,"真假"的界线是主观的设定,常常并无"对错","情人眼里出西施",无所谓对错。贾平凹在他的乡土文学《高兴》中有这样一段令人捧腹的描述:

> 五富说:"你知道镇长的二叔吗?"
> 我说:"是那个石匠?"
> 五富说:"他刻了一辈子石狮子,专门到西安的动物园看过一回真狮子,他回来给人说,动物园里的狮子不像狮子。"③

---

① 贾平凹:《丑石》,载《自在独行》,长江文艺出版社2016年版,第241—243页。
② 贾平凹:《自传》,载《游戏人间》,百花洲文艺出版社2017年版,第6页。
③ 贾平凹:《高兴》,作家出版社2007年版,第110页。

第一部分　文学民族志

"愚顽"常常是人性中至为可爱的品性；它标榜着坚硬、坚持，不改变、不附和；但它的前提仍然"变而不变"，其中已然包含着变通。这便是"狐石"的孤独，也成了"聊斋"中的"狐狸精—美人"之"变形"故事依据；石头成了幻象的媒体，将它系在脖颈上。《狐石》是这样写的：

我想，这世上的相得相失都是有着缘分的，所以赵源在显示它的时候，我开了口，他只得送与了我。赵源说：我保存了它七年，不曾一日离过身的。或许是这样，我说，可我等了它七年。七年不是个小的时间。那是在乡下，冬天里的一场雪，崖根下出现了一溜梅花印，房东阿哥说夜里走过狐了……。

我捧在手心，站在窗前的阳光下，一遍一遍地看它……。惊奇的是，这狐的模样与我七年前想象的狐十分相似。这狐肯定是要来迷惑我的，但它知道，它是兽，我是人，人兽是不能相见的，相见必是残杀，世间那么多狐皮的制品，该是枉杀了多少钟情的尤物。但它一定是为了见到我，七年里苦苦修炼，终于成精，就寄身在这小小的石头里来相会了。

这样的觉悟使我心花怒放，愈是整日面对了狐石想入非非，一次次呼它而出，盼望它有《聊斋》的故事，长存天地间的一段传奇……也就在这个冬天的那场雪里，一日，我往园子赏一株梅的，正吟着"梅似雪，雪如人，都无一点尘"，梅的那边有五个女子在叫着"狐！狐！"……我几乎被这场面看呆了，失态出声，浪笑戛然而止，该窘的原本属五个女子，我却拽梅逃避，撞得梅瓣落了一身。这一回败露了村相，夜梦里却与那女子熟起来，她实在是通体灵性的人，艳而不妖，丽而不媚，足风标，多态度，能观音，能听看，轻骨柔姿，清约独韵。虽然有点野，野生动力，激发了我无穷的想象力和创造力。终有一天，我想，我会将狐石系在了她的脖颈上，说：这个人儿，你已经幻化了与我同形，就作我的新妻吧。①

---

① 贾平凹：《狐石》，载《自在独行》，长江文艺出版社2016年版，第236—238页。

人是不变的，因为其出生和身体是"天命"，无法改变，宛若人的DNA，是注定的，无法改变。人又是多变的——无论是人性的多样性，成长的经历，还是社会语境的变迁，都表明嬗变的必然。这就是"命运"中的"命"与"运"的关系："命"无法抗拒；"运"则可以改变。这些道理在贾平凹的"石作品"中鲜活婉转，变化灵动。

在中国传统交错的"命理观"中，"转世"总是纠缠不清，"前世—后世"的连续性与物种的变化总纠结在一起，所以在贾平凹的小说中，各种动物、植物争相出场，映照着人的前世与后生；而这些意念也集结于石头里，狐石是，卧虎是，① 有评论家甚至认为，作家因"寻找动因"，由霍去病墓前的"卧虎"顿悟到了他所追求的美学境界，并由此提升到了所谓有"卧虎精神"。② 此外，龟、羊、鱼、虫（石）皆有价值隐含。③

三 藏石观

喜石者大都爱藏石，视之所爱，常相厮守。贾平凹便是如此，他爱石、写石、观石、品石，也收藏石头，他甚至将收藏视为一种缘分。在《记五块藏石》中他这样写到：

> 人与石头确实是有缘分的。这些石头能成为我的藏品，却有一些很奇怪的经历，今日我有缘得了，不知几时缘尽，又归落谁手？好的石头就是这么与人产生着缘分，而被人辗转珍藏在世间的。或许，应该再换一种思维，人与自然万物的关系不仅仅是一种和谐，我们其实不一定是万物之灵，只是普通一分子，当我们住进一所房子后，这房子也会说：我们有缘收藏了这一个人啊！④

---

① 贾平凹：《"卧虎"说》，载《自在独行》，长江文艺出版社2016年版，第248—249页。
② 参见孙见喜、孙立盎《贾平凹传》，陕西人民出版社2017年版，第45—46页。
③ 贾平凹：《动物安详》，载《自在独行》，长江文艺出版社2016年版，第250—252页。
④ 贾平凹：《记五块藏石》，载《游戏人间》，百花洲文艺出版社2017年版，第71—72页。

第一部分　文学民族志

中国人讲究"缘分",《石头记》与其说是作家的缘分,毋宁透露出了中国人对"在世"的讲究。著名藏石家李饶为藏石配文,著有《小石头记》一书;贾平凹与之为友,专门为该书作序:"玩石人却绝不丧志。玩的石都是奇石,归于发现的艺术,不是谁都有心性玩的,谁都能玩得出的,它需要澡雪的情操,澹泊的态度,天真、美好,这就是缘分。"① 收藏石头之于作家而言,也在收藏交友的缘分,收藏友谊。

收藏石头讲究"缘分",在《缘分》中,贾平凹讲述了在新疆所收的一块白石,石上刻凿了一尊菩萨的坐像,"这石头我从疏勒抱回喀什,从喀什抱回乌鲁木齐,从乌鲁木齐抱回西安,现供奉在书房"。② 这缘分不仅是与"寻石者"老侯之间所结下的情谊,与那块白石的邂逅,更是与"佛"的缘分:"此佛像归我后,正是我《白夜》出版的本月,对着佛石日夜冥思,我检讨我的作品里缺少了宗教的意味。在 20 世纪的今日中国,我虽然在尽我的力量去注视着,批判着,召唤着,但并未彻底超越激情,大慈大悲的心怀还未完全。那么,佛石的到来,就不仅仅是一种石之缘和佛之缘,这一定还有更大的用意,我得庄严地对待,写下文字的刻录。"③

白石之"白"总是会被人附会许多东西,色白有慈悲、洁净、纯粹之感,佛石取"白",老子的讲经石也是白的,"出奇的皆是白色,这白色沿着三角的两边线而下是两绺白胡须,头部正下则白色愈浓,蔓延下去……这不是老子是谁?说是齐白石也可,但齐白石没有这般高古;说是泰戈尔也可,但泰戈尔没有这般飘逸,且我一看见他就心神虔诚庄重,这就只是老子"④。"老子"是作家对"白"的自我认定,重要的是,虽然这是个体性的,却可以得到广泛认可。

石虽愚顽,却因其经世恒久而成为人间世事的"观世者"。藏石也因此有了类似"观世之眼":世事之变,石不变;"我"以不变应万变。也因

---

① 参见潘硕珍《贾平凹的石头情》,《石友》2013 年第 3 期。
② 贾平凹:《缘分》,载《游戏人间》,百花洲文艺出版社 2017 年版,第 101 页。
③ 贾平凹:《缘分》,载《游戏人间》,百花洲文艺出版社 2017 年版,第 103 页。
④ 贾平凹:《玩物铭·老子讲经石》,载《自在独行》,长江文艺出版社 2016 年版,第 233—234 页。

此,"我"也就多了一只眼。贾平凹的《三目石》这样记述:

> 一日在家独坐,诗人朋友来说我孤寂。我不孤寂,静定乃能思游。朋友含笑,陪我对坐;遂说身体,说儿女,说今日天气,不免无聊起来。朋友叫苦:善动者他,喜静者我,两人血型不同。他说送你一块石头,我走啦,就走了。这石头不大,白色,可以托在掌上。但石上三只目形,是圆睁的目,或者是睁而不能闭的目,如鸡与鱼。之所以称目,是有七层金线圈,中间更为金黄圆心,很有些像午夜猫眼,组合一个品状。
>
> 我平日收集石头,皆以丑为美,全没这般精妙的物件,好喜欢了,就那么坐下来两目对着三目,也可说三目对着两目,竟嗒然遗忘身与石……。现在理性的东西太多,科学的分类过细,现代人已活得十分得琐碎。三只眼比两只眼多一只眼,看到的更多的是具象,是整体,是气韵,苍茫而神秘的世界里,生命就与神同一了。两只眼比三只眼少一只眼,一定是在抽象,穷尽物理,可能得出结论生命就能制神了。谁是谁非,我不能把握。只知道,现在我们有太多的形而上,欲望着要认识世界,世界却与我们陌生了……。①

《三目石》表面上讲的是藏石,实则说世事。"三目石"的寓意:以三只眼"观世"。贾平凹甚至将收藏石头作为观察人生的一个途径。《三目石》道出了他读石头的悟性。石之悟性何妨惜为"我"之悟。贾平凹爱石成癖。他每次外出,总要弄回一两个石头,堆得架上是,桌上是,床上也是,最为巧合的是,贾平凹曾在河滩上拣到一对石头,其纹路恰是"平""凹"二字。② 品石需要有"心"、有"境"。贾平凹收藏了一块形似琵琶的石头,上面是一个稍微弯曲的长柄,下面的石块为椭圆形。此琴无弦,以石敲之,各处音响不同。石如是,生活如是,生命亦如是。

他收藏的一块硕大的珊瑚化石,整个石头呈焦黑色,珊瑚节已磨平,

---

① 贾平凹:《三目石》,载《自在独行》,长江文艺出版社2016年版,第239—240页。
② 参见潘硕珍《贾平凹的石头情》,《石友》2013年第3期。

图 3　贾平凹收藏的三目石

现出鱼鳞一样的甲纹。"化石之观"不独表明"东临碣石"的沧海桑田,①更表明永恒的世道,永久的道理。"观"未必只是眼睛在看,还包含着"悟之眼"。生命仿佛化石,死了还不忘记运动。岁月可以记录生命的年轮,同时刻录着生命的道理。贾平凹的诗作《鱼化石》这样表达着诗意:

四十五条鱼在一个石头里游动
　　它们是自由死的
　　　死了
才保持了上千年的自由

　　石头陈列在博物馆
　　这就是一块历史

　　参观者经过了这里

---

① 曹操《观沧海》:"东临碣石,以观沧海。水何澹澹,山岛竦峙。树木丛生,百草丰茂。秋风萧瑟,洪波涌起。日月之行,若出其中;星汉灿烂,若出其里。幸甚至哉,歌以咏志。"

想到了水

一只猫跑进来

想到了腥味

化石代表了生命——生命的永恒之"观";这样的景观让后人有了机会通过化石而"观世""悟世",人们又因为有了这样的"世界通"而到达生命的达观。

结　语

《红楼梦》的"前身"是《石头记》,宝玉的"前世"是一块石头,因为"通灵"而入凡尘。顽石与宝玉,如何辨(变)之?曹雪芹是点石成金的人。无独有偶,贾平凹何妨也在"点石成金"?他曾说:"在茫茫苍苍的崇山峻岭中,我仅仅是一块小小的石头,在白雪似的天鹅的天国里,我还是一只丑陋的小鸭。"[①] 谁都明白,天鹅是从"小鸭"脱变来的;而"贾石头"其实就是"真平凹"。变故者,橡笔使之然;变故者,万物使之然;变故者,生活使之然。

当然,如果读者仅仅认为,"石头记"只是作家个人经历的隐喻的话,那就大大窄化了叙事的意义。笔者更愿意相信,作家笔下的"石"原本就脱胎于乡土;换言之,"石"是乡土性的缩影:它硬实、承受,坚如磐石;它经久、演化,品性不改;它丰富、多样,情趣盎然。是乃乡土也!

[①] 参见孙见喜、孙立盎《贾平凹传》,陕西人民出版社2017年版,第41页。

乡土之真:基于贾平凹《高兴》的原景考察*

引　言

　　中华文明的基础、基石和基本是"乡土"。这是具有共识性的认知。我们所有生计、生产和生活都离不开它;所有的道德伦理、经验价值、观念认知、礼仪传统、政治制度、生活习俗都建立其上。因此,任何"创新"和"发展"都是建立在传统的本土土壤之上的。因为,祖先的"魂"在那儿,祖宗的"根"在那儿。①

　　博大宽广的乡土社会,是中华民族之根脉所在,亦是乡土文学的创作源泉。20世纪以来,乡土文学一直在中国文学发展史上有着至关重要的地位。无论是从作家的数量还是其作品所代表的艺术水平来看,乡土文学都不愧被称为"百年中国的主流文学"②。20世纪初鲁迅的《故乡》,萧红的《呼兰河传》,大部分作品都包含了作者对本土的真实记忆;当今作家贾平凹的《高兴》、陈忠实的《白鹿原》,以"我的觉醒、我的在场、我的声音、我的独立、我的艺术"的方式直接还原了乡土社会"生活的真实"。对真实的表达,是乡土文学"非虚构"写作理论的要旨,也是乡土文学最突出的特性。对于人类学而言,回到"原景"中去,找寻作品背后真实的故事,是解读作者书写真实意图的最直接方式,也是构建文学民族志的传统范式。我有幸追随厦门大学彭兆荣教授,前往陕西商州棣花镇对贾平凹

＊ 作者简介:纪文静,女,南京旅游职业学院副教授,香港理工大学访问学者。
① 彭兆荣:《生生不息:乡土景观模型的建构性探索》,《思想战线》2018年第1期。
② 孟繁华:《百年中国的主流文学》,《天津社会科学》2009年第2期。

的乡土文学作品开展人类学调查研究，尝试对贾平凹《高兴》作品背后乡土社会的"真人、真景、真事、真情"进行溯源。

乡土之真人：乡土社会基于"血缘和地缘"的身份认同观念

真实的农民身份。小说中主角刘高兴、作者贾平凹、配角五福等都是真实的农民身份。小说中的"高兴"的第一种身份是从丹凤县棣花镇清风街走出来的农民。真正的刘高兴就是丹凤县棣花镇贾塬村一位真正的农民，原名刘书祯（《秦腔》的书以他为原型），是贾平凹的同村发小，长贾一岁，从小学到初中毕业他们一直是同班同学。小时候，刘高兴曾与贾平凹一同下河摸鱼，上树掏蛋。很多人认为"高兴"这个名字来自贾平凹。采访得知，他取"高兴"这个名字已经有三十多年了。当时刚刚包产到户，每个人都认为他很快乐，所以叫他高兴。

小说中的"高兴"隐藏着作者的影子。贾平凹说自己是个乡下人，尽管他住在这个城市几十年，但内心里他还认为自己是一个农民。作者以农民的身份游走于都市的边缘，是小说中"高兴"的真实同行者。

小说中的五福、孟夷纯、韩大宝、黄八、杏胡等群体画像虽是贾平凹虚构出来的人物形象，这些人却真实地存在着。他们的原型是瘸子、白殿睿、老孙的同乡、拾破烂老人的女儿以及西安城整个拾荒者群体。他们都是真真切切的农民，他们都真实地挣扎在城市的边缘。

真实的农民工职业。小说中的"高兴"第三种身份是一个在西安拾破烂的农民工。现实中的刘高兴也做过许多农民工职业，最终以拾破烂结束了自己的职业生涯。1976年，刘高兴从部队回来，为县委做饭，成了副业工人。受"不孝有三，无后乃大"的传统思想影响，80年代，刘高兴为了偷生孩子，他带着妻子和女儿去了渭南县城的煤窑，成了煤窑工。刘高兴先后生了五个孩子，一家七口的生计，给他带来了沉重的负担。迫于生计，他后来卖过油条，背过矿，做过泥瓦工，四处辛苦奔波讨生活，日子过得十分窘迫，人却非常乐观。后来五个孩子逐渐成人，先后外出打工，刘高兴的生活才稍有改善。刘高兴看到在外打工的孩子们能挣到钱，便前

第一部分 文学民族志

往西安投奔他的儿子。他说,他和儿子住在塑料棚屋里,太热了,每天晚上都把水倒在地上降降温后,再铺竹席才能睡觉。这些辛苦他不在乎,令他愤怒的是他的儿子老是和他唱反调。当刘高兴有钱时,就把钱存起来,但是他儿子会把钱都花完。父子常常因为这些事情发生冲突,后来矛盾越闹越大,他们大吵了一架,刘高兴一恼火就出来单干拾破烂了。如今的刘高兴年岁已高,孩子都已有了工作,就回到了棣花镇安享晚年,练习书法,但是捡破烂的职业惯习却延续下来,成为他打发晚年生活的方式之一。贾平凹正是从刘高兴身上看到了中国农民对待苦难的隐忍、知足、乐观、勤劳、善良的优秀品质,才以他为原型来书写真实的农民。

真实的城市边缘人。小说中的"高兴"的第二种身份是真实的边缘人。贾平凹曾说,刘高兴作为一个农民形象已经有别于普通的那些农民,也不是乡镇企业家,或带头致富者这一类的新农民,他有文化,有智慧,只是生在农村而已。小说中的"高兴"爱看《红楼梦》,能识文断字,会吹箫,自信、乐观、有自己的想法,更善于在城市中适应生活,他身上具有一种有别于其他农民的新农民气质,他渴望摆脱农民身份,渴望得到城市的认同,却又时常怀念家乡的乡土气息,游离在农村和城市的夹缝中,成为城市"边缘人"。现实中的刘高兴有一个出口成章的父亲,他的父亲刘五林并不识字,但却受耕读传家的传统影响,了解中国许多传统文化,会讲戏本,会说书,还会讲《水浒传》《三国演义》等古典小说故事。正是这些原因,刘高兴被父亲供到了初中,他热爱读书、书法和传统文化,并写过书。棣花镇耕读传家的乡土传统赋予了刘高兴淡淡的文雅气质。刘高兴的追求和理想是独善其身达济天下。理想和生存,让刘高兴前往城市讨生活,在现实中这条路他走得异常坎坷,强烈的自我体认感和渴望得到城市认同的需求,却始终未得到满足。最终如小说中描述:

> 去不去韦达的公司,我也会待在这个城里,遗憾五富死了,再不能做伴。我抬起头来,看着天高云淡,看着偌大的广场,看着广场外像海一样深的楼丛,突然觉得,五富也该属于这个城市。石热闹不是,黄八不是,就连杏胡夫妇也不是,只是五富命里宜于做鬼,是这

个城市的一个飘荡的野鬼罢了。①

离开了土地农民的身份又是什么呢？小说中做了悲观的认定，离开土地的农民最终成为孤魂野鬼。费孝通先生曾说，乡土社会是中国社会最本质的特征，不管是城市人还是乡村人都会延续乡土血缘和地缘下的人的身份特点。费先生认为，"怎样才能成为村子里的人？大体上说有几个条件，一是要生根在土里：在村子里有土地。二是要从婚姻中进入当地的亲属圈子。这几个条件并不是容易的，因为在中国乡土社会中土地并不充分自由卖买。土地权受着氏族的保护，除非得到氏族的同意，很不易把土地卖给外边人。婚姻的关系固然是取得地缘的门路，一个人嫁到了另一个地方去就成为另一个地方的人，（入赘使男子可以进入另一地方社区）但是已经住入了一个地方的'外客'却并不容易娶得本地人作妻子，使他的儿女有个进入当地社区的机会。事实上大概先得有了土地，才能在血缘网中生根。这些寄居于社区边缘上的人物并不能说已插入了这村落社群中，因为他们常常得不到一个普通公民的权利，他们不被视作自己人，不被人所信托。"② 正是这样的乡土"血缘和地缘"身份认同观念导致了刘高兴的边缘人身份。

乡土之真景：乡土社会"单系继承制度"下的土地消亡

真实的乡土消亡。耕地的减少，人口的流失、乡土意识的淡化是作者在小说中探讨的主要话题。小说中曾生动描述这些问题：

> 清风镇就那么点耕地，90年代后修铁路呀修高速路呀，耕地面积日益减少，差不多的劳力都出去打工，但五富笨，没人愿意带他，我就把他承携了。③

---

① 贾平凹：《高兴》，文艺出版社 2010 年版。
② 费孝通：《乡土中国　生育制度》，北京大学出版社 1998 年版，第 72 页。
③ 贾平凹：《高兴》，文艺出版社 2010 年版。

第一部分 文学民族志

　　小说中刘高兴与五富在清风镇的田地已经少到不能养活人了。现实中刘高兴也曾满心忧虑地告诉贾平凹，棣花镇啥都好，就是田地越来越少，修公路、铁路、修景点都要占用田地，没了田地在哪种庄稼？没有庄稼，没有收获，怎么填饱肚子？

　　耕地是农民的命根子，传统的农民从不轻易抛弃他们的土地。然而，几千年来延续的农耕文明传统与秩序已经和新时代乡土社会快速的发展变革产生了巨大的碰撞，一直以来靠土地吃饭的农民来不及适应新的变化，又常常因为话语权的缺位而扮演失语者。另外，社会转型对人的价值观念产生了巨大冲击，将乡村放在了城市的对立面，认为城市都是好的，乡村都是土的，落后的。这些观念使原本传统的乡土意识逐渐淡化，人们追求城市、物质、金钱的欲望愈发强烈。这两种原因的结合，再加上基础设施、经济环境等其他条件的限制，年轻人都去城市打工谋取生路。中国的农村，特别是中西部农村地区开始变得越来越荒凉，甚至人迹罕至。现实中刘高兴悲观地认为，商州是最贫穷、最封闭的地方。它既不是粮食产区，也没有石油、煤炭和天然气资源。从历史上看，赚钱的方法是开餐馆、做小买卖。他说，在商州，人口三十万人，超过二千万的财政收入供应大学生上学，几乎每年从民间支付一亿元。每年一亿元，老百姓的收入就像一捆麦秆，被挤压、被拧挤了，一滴水都没有了，只留下了一小撮糠渣。这些学生在大学毕业后很少回到自己的家乡，他们在一些城市做临时工，不停地换工作，打印名片。贫瘠的商州山区水土流失了，钱被学生带走，有知识的精英也离开了，中国历史上人口迁移最多的地方，是城市，是城市的大口，把乡土的油水给吸走了。

　　真实的生存境遇。家乡村落的空巢化，人满为患的城中村，现实中的刘高兴及其拾荒群体的尴尬窘迫生存境遇，为小说提供了真实的素材。

　　经济的发展，让人们的生活水平普遍提高，然而城乡差距越来越大。一直以来依靠土地吃饭的农民看到城市和农村的差距后，改变自身的生存状态已成为他们生活追求的目标。于是越来越多的中青年农村劳动力离开农村进入城市，成为打工者。另外，随着城市化进程和城市外延的扩大，农村逐渐成为城市的重工业区、开发区、旅游区。不允许在城市中存在的大工厂进入农村，农民的耕地面积越来越小，生存空间被挤压得所剩无几。这些迫使越来越多的无地农民离开家园到城市谋生，"空巢"现象愈演愈烈，而城市却又"人满为患"。在这种境遇下，农民做着城市中最危险、最辛苦的工作，却拿着最少的收入，他们背井离乡来到城市，卑微地去换取城市人的认同，物质与精神的双重贫困，将他们推向社会的最底层。小说中对拾荒者的生存环境进行了生动地描述：

  池头村原本也是农村，城市不断扩张后它成了城中村，村人虽然还是农村户籍，却家家用卖地钱修建了房子出租。这些房子被盖成三层、四层，甚至还有六层，墙里都没有钢筋，一律的水泥板和砖头往上垒，巷道就狭窄幽深。五富说：这楼坍得下来？我往上望，半空的电线像蜘蛛网，天就成了筛子。①

  小说中耕地的消失导致了农民的生活窘境。然而，现实中土地消失还需要从传统乡土社会寻找它的踪迹。费孝通先生从中国传统社会的单系继承制度进行了分析。在传统中国的封建社会里，继承制度规定无论是身份继承还是财产继承都实行长子、嫡长子继承制，封建皇权的传承尤其严格遵循此制度，官宦和大户人家也普遍遵循此制度。② 这种传统观念使农民对土地形成一种感情与道德价值认知。一方面，尽管农业靠天吃饭，土地的生产率只有部分受人为控制，但是这部分控制作用提供了衡量人们手艺高低的实际标准，并且根据收成判断人们的品质好坏，另一方面，土地相对用之不尽的特性使人们的生活有相对的保障，给人们带来了安全感。而土地在道德上的价值体现在：农民从父亲那里继承土地，起源于亲属关系，又在对祖先的祭祀中加深那种情感，同时也表现在对某块土地的个人依恋上，若把从父亲那里继承的土地卖掉，就要触犯道德观念。

  按照这种传统观念，土地基本上在家庭内部流动，而家庭日益增长的

---

① 贾平凹：《高兴》，文艺出版社 2010 年版。
② 陈小玉：《土地碎片化与农业规模经营——费孝通土地问题思想研究与启示》，《西部学刊》2006 年第 3 期。

■ 第一部分 文学民族志

人口加剧了土地的压力,在村中土地总面积一定的基础上,土地仍被不断地分化,每家继承分得的土地面积日益狭窄。在土地分散到一定程度时,一家所继承、分得的土地产出无法供给家庭的基本生活需要,使家中主要劳动力不得不另谋出路而放弃土地的生产方式。随着社会的发展,费孝通先生总结的传统土地观念已逐渐变化。建设的需要,劳动力的富余以及经济科技因素的影响,最终导致乡村土地的抛荒或改作他用。

乡土之真事:乡土社会"差序格局与礼治秩序"的根深蒂固

真实的"破烂王国"。现实中刘高兴对西安破烂行业的认知,为贾平凹带来了一个新的创作主题,刘高兴、瘸子、白殿睿、老孙的同乡拾破烂所经历的人与事为小说提供了真实的素材。

小说中,刘高兴和五福去同乡韩大宝处谋生路。韩大宝让他们去拾破烂,并告诫他们拾破烂这一行水很深,它们有一套规则,分成了五个等级,各自形成了各自的地盘,门门道道讲究规则,要时刻注意不要越了规,为他找了麻烦。

现实中刘高兴曾绘声绘色向作者描述过西安城乡结合部的农民工样态。在西安城中村农民工来自四面八方,关中东、西部人经济条件比较好,经验也比较丰富。他们大多在开发区的一些大公司工作。来自陕北的人身材高大,善抱团,往往聚集在一些建筑承包商的手下,在宾馆和住宅区做保安,或建房子,或修路。陕南的汉中和安康人像脾气好的南方人,他们大多在一些服务行业工作。商州最贫困,但凡一个人干了什么,干得还可以,必是一个撺掇一个,先是家族亲戚,再是同乡,纷纷出来了,逐渐形成了以商州人为主的送煤和拾荒群体。[①]

真实的千里寻人与乡土"礼治"秩序。小说中虚构了刘高兴和孟夷纯的悲剧爱情故事,隐喻了现实中农村女性进入城市所遭遇着的重重困境。孟夷纯的兄弟被杀,警方没有钱追查这起谋杀案,而受害人的家人需要付

---

① 贾平凹:《高兴》,文艺出版社2010年版。

钱才能继续调查。迫于无奈,她只能靠出卖色相赚钱独自去寻人。

现实中的"千里寻人"是贾平凹在创作期间调查的一位老人寻找他被拐卖的女儿的事。老人的女儿在城里打工受骗,被拐卖到山西一个穷乡僻壤的山村里。老人和他的妻子很穷,他们把拾破烂的钱存起来,一存够钱就去山西寻找女儿的下落。他们花了两年时间才发现女儿被卖到了五台山的一个小村庄。老人觉得家丑不可外扬,没有报警,直到遇到贾平凹,才一起到派出所报了案,最终得以解救。

小说中孟夷纯"千里寻人"的过程是曲折的,付出了肉体、尊严和自由。现实中老人千里寻儿的悲酸和残酷比小说中的描述有过之而无不及。现实中老人的租房地派出所出警都需要费用,因为警员人手不够,还要等一个月,且要提供准确详细的地址。最后老人在同乡老孙的帮助下,找到老孙老家的派出所去救人,费用也为老人省了一大半。现实中老人的女儿被拐卖后,当地人家将她像牲口一样整天拴在屋里,给他传宗接代。解救时老人的女儿已生下一个不到一岁的儿子。在营救过程中,当地村民都出来堵截,他们质问营救者:"没有人会嫁给这个村的男人,嫁过来的都跑了,你们想让我们这个村灭绝了吗?"他们撕破了前去救人的派出所所长的衣服,用石头砸营救的人,最后所长不得不朝天鸣枪,才得以脱险。老人的女儿救出来了,女儿的夫妻却散了,儿子也没了,女儿又落下了心病始终不肯再见外人。

"破烂王国"的秩序和运行展现了费孝通先生的"差序格局"。在"差序格局"下,人与人之间的关系,是以亲属关系为主轴的网络关系,每个人都以自己为中心结成网络圈子,同时又从属于以优于自己的人为中心的网络圈子。这种差序格局的形成往往受到血缘、地缘、经济水平、政治地位、知识文化水平等因素影响。网络圈子的大小和这些因素的强弱成正比。血缘组织越大,圈子就越大,其属性规则以伦理辈分为基础。地缘越是接近就越易形成差序圈子。圈子的形成可能是一种因素的结果,也可能是几种因素的综合作用,这种综合作用体现出社会的差序格局。中国传统乡土社会大都以家族为中心向外扩大,离中心势力的远近可以来划分不同的人际格局和亲疏关系,也就产生了很多边缘势力。中国人对世态炎凉特别有感触，正是由于这种富于伸缩的社会圈子会因为中心势力的变化而改变。圈子的属性规则以伦理辈分为基础。费孝通先生将"伦"的定义解释为"从自己推出取得和自己发生社会关系的那一群人里所发生的一轮轮波纹的差序"①。这样就有了中国乡土社会中"私"和"人治"特点。

小说与现实中的"千里寻人"展现了乡土社会是人治而非法治的事实。然而，正如费孝通先生所言，人治"并不是说乡土社会是'无法无天'，乡土社会是"礼治"的社会"②。所谓"礼治"是靠"风俗、习惯、礼法"，在这种秩序下习惯有着深远持久的影响，同时还包含着维系私人道德的秩序和经验统筹的秩序。这些秩序在格局网络构成的框架下发挥着独特的效能，从不同方面引导和强制人们做出行为的选择与妥协。

乡土之真情：乡土社会"文化本色与文化自觉"认知的紧迫

真实的乡土情结。商州方言土语和地方饮食赋予《高兴》这部作品浓浓的乡土气息。小说中的高兴和五富来自商州清风镇，而贾平凹亦是商州人，所以有商州人语言风格特征的词汇和谚语在小说中被大量使用。作者大范围地运用方言或谚语，不仅仅是为了达到一种语体效果，其根本原因在于贾平凹真实的乡土情结，他要用自己的方式捍卫乡土文化。

> 清风镇把大碗叫老碗。
> 那个地方我去过，苦焦得很。
> 他说：碎事。给了我一根纸烟。
> 大牛棚成了雨天雪天村民剧中闲谝的场所。
> 他说我脚心有颗痣，脚踩一星，带领千兵。
> 鸟翔在天，鱼游浅底。
> 五富说：你是皇帝他妈，拾穗图新鲜呀？③

---

① 费孝通：《乡土中国》，北京大学出版社2011年版，第27页。
② 费孝通：《乡土中国》，北京大学出版社2011年版，第48页。
③ 贾平凹：《高兴》，文艺出版社2010年版。

小说中刘高兴和五福对商州的糊涂面、豆腐乳等美食多有描述。现实中商州的豆腐是当地名吃。豆腐是一种很受国人欢迎的食物。在冬季蔬菜匮乏的北方和土地贫瘠的西部地区，豆腐变成了美味佳肴，被誉为"国菜"。在小说中，豆腐散发着商州的乡土气息，也凝结成刘高兴的乡土美食情结。商州吃的文化传统一直影响着贾平凹及其作品创作。进城三十多年，贾平凹的饮食习惯一直没有变，率性而吃，珍惜粮食是其本色。他不喜欢去大饭店，不喜欢扎堆儿吃饭，就喜欢在小饭馆俩仨人聊着天、吃着饭。他对粮食的敬仰如同敬神一般，"对于粮食的珍惜，是我们最基本的道德。一个人对自己的父母不孝敬，对粮食不珍惜，这样的人我们是不交的"。[1] 粮食来自土地。土地才是我们的命，我们的神，这正是贾平凹想向读者振臂疾呼的乡土信仰。

方言和饮食文化是乡土社会的文化象征，作者花大量笔墨将乡土特有的符号解读给读者，不仅仅是为了展现他真实的乡土情结，更为了向大家展现一个生动、多样、立体、复杂、系统的乡土社会。我国延续了五千年历史的农耕文化，无论是乡土语言文化还是乡土生态、生养、生命、生计、生业文化都有着独特的地方系统和运作机制，表现出它自身独特的演进秩序和规律，这就是费孝通先生提出的"乡土中国"。如果只是采用"一刀切"的方式推进乡土社会历史的演进，必然会引发一系列问题和危机。只有提醒大家认识到并解决这种危机，才能真正实现作者为乡土书写的理想，这正是贾平凹作品表达的真实意图。

真实的家园情结。"家园"是人的出生地和栖居地，人与家园是一个生命共同体，是人们的生活、生长、生产、生计最落实的地方，也因此成为人们文化认同的最后根据地。[2]

现实中家乡发生了一系列变化，何处是家园的忧患一直是作者真实的家园情结，也一直以来是贾平凹想通过写作追寻的答案，《高兴》作品中倾诉着对城市文明认同与批判的矛盾心理，也流露着告别家园时不舍的眷恋和痛苦的反思。这种忧患的家园情结促使贾平凹在城市和乡村

---

[1] 贾平凹：《我是农民》，陕西旅游出版社2000年版。
[2] 彭兆荣：《找回老家：乡土社会之家园景观》，《贵州社会科学》2018年第2期。

第一部分 文学民族志

之间不停地奔波寻找，痛苦挣扎，最终形成了贾平凹眷恋、期待、悲观三种不同的家园情结。首先是眷恋的家园情结，在小说的开始，就有这样的描述：

> 以清风镇的讲究，人在外边死了，魂是会迷失回故乡的路，必须要在死尸上缚一只白公鸡。
>
> 人生的光景是分节过的，清风镇的一节，那是一堆乱七八糟的麦草，风一吹就散了，新的一节那就是城市生活。"清风镇的一节"是他们城市生活的泉源，虽然"乱七八糟"，却充满了怀恋。①

贾平凹还花了大量笔墨描写小说中的人物对清风镇的思念，这不仅是对家园的眷恋，更是作者期待回归的记忆中的乡土家园。

> 麦收时节到了，在城里拾垃圾的刘高兴和五富止不住对家的牵挂，去城郊看麦，他们为自己不能回家而躺在麦地里哇哇大哭。
>
> 五富问刘高兴"啥时候回？"刘高兴说："混好了就不回去了。"五富很诧异，问道："我要回，我想我老婆菊娥。"对五富而言，清风镇才是他的家。
>
> 跟着五富去郊外看麦田，受伤的心在乡土景色中得到慰藉："我们看到了一望无际的河畔麦田，海一般的麦田！五富一下子把自行车推倒在地，他不顾及了我，从田埂上像跳河潭一样四肢飞开跳进麦田，麦子就淹没了他。②

我们的家园还能回得去吗？小说中的刘高兴和五福都回不去了，即便是五福变成了鬼，也只能是野鬼罢了。小说中的结局将作者对美好家园的怀念和期待一步步趋向了负面的乌托邦。这正是现实中贾平凹真实的、悲观的家园情结。然而，现实中的刘高兴最终还是回了家，用他的话：家里

---

① 贾平凹：《高兴》，文艺出版社2010年版。
② 贾平凹：《高兴》，文艺出版社2010年版。

自在,落叶归根。

贾平凹眷恋的乡土文化和家园是如何形成的?正如费孝通先生所说:文化是依赖象征体系和个人的记忆而维持着的社会共同经验。这样说来,每个人的'当前',不仅包括他个人'过去'的投影,而且是整个民族的'过去'的投影。历史对于个人并不是点缀的饰物,而是实用的,不能或缺的生活基蠡,人不能离开社会生活,就不能不学习文化。文化得靠记忆,不能靠本能,所以人在记忆力上不能不力求发展。我们不但要在个人的今昔之间筑通桥梁,而且在社会的世代之间也得筑通桥梁,不然就没有了文化,也没有了我们现在所能享受的生活。[①] 因而,乡土文化必然是生于斯,死于斯的世代黏着的结果。正是这样的乡土文化使乡土社会的人们往往不会背井离乡。死在外边的人,为什么一定要把棺材运回故乡,葬在祖茔上呢?一生取给于这块泥土,死了,骨肉还得回入这块泥土。[②]

贾平凹期待回归理想中的乡土家园。然而,文化虽然是世代黏着的结果,却永远处于变化发展之中。我们需要乡土文化有自知之明,并对其发展历程和未来有充分的认识。换言之,是文化的自我觉醒,自我反省,自我创建。费先生曾说:"文化自觉是一个艰巨的过程,只有在认识自己的文化,理解并接触到多种文化的基建上,才有条件在这个正在形成的多元文化的世界里确立自己的位置,然后经过自主的适应,和其他文化一起,取长补短,共同建立一个有共同认可的基本秩序和一套多种文化都能和平共处、各抒所长、联手发展的共处原则。"[③] 正如费先生所言"各美其美,美人之美,美美与共,天下大同"。

小　结

我们根据费孝通先生的乡土中国理论,通过回到"原景"对贾平凹

[①] 费孝通:《乡土中国》,北京大学出版社 2011 年版。
[②] 费孝通:《乡土中国》,北京大学出版社 2011 年版。
[③] 费孝通:《对文化的历史性和社会性的思考》,《思想战线》2004 年第 2 期。

第一部分 文学民族志

《高兴》作品背后的"真人、真景、真事、真情"进行追溯，找到了贾平凹《高兴》作品背后的乡土逻辑，也找到了乡土社会振兴的方向。

贾平凹创作《高兴》的主旨是将"真人"的故事展现给读者，不仅仅要展示农民拾荒者的生活状态，更要展示整个农民工群体城市边缘人的真实身份和窘迫的生存现实，也提醒我们中国乡土社会正在进行的各种工程项目导致了诸多的危机和悲剧，而危机和悲剧的根源在于"真景"中的土地、人口、乡土意识等乡土核心要素的消亡。作者通过对残酷"真事"的艺术虚构来印证乡土社会危机的危害性、紧迫性和不可逆转性，最终告诉读者，唯有捍卫乡土社会的"真情"，才是回归家园的必选之路。贾平凹在《高兴》中的真实逻辑在一定程度上印证了费孝通先生用一生去揭示一个道理：村落何以生动，乡土何以富强。① 这个道理为我们正在进行的乡村振兴战略带来了更多的思考，回归家园，乡村振兴首先要解决几个根本问题。

1. 认清"乡土中国"的内涵和特征。"乡土中国"并不是具体的中国社会，而是中国基层传统社会的一种体系，它支配着社会生活的各个方面。它与其他体系是共存的，不是非此即彼的关系。乡土文明强调着人与自然、人与乡村、人与人、人与自我之间的和谐共存，是乡村命运共同体的"精神家园"，其所蕴含的自然、淳朴和静谧是历代人们的精神原点。

2. 树立乡土文化自信。乡土文化是中华文明之根，认知"乡土"价值，秉持"各美其美，美人之美，美美与共，天下大同"的文化认同原则，才能承传和保护乡土文化，确保乡村发展的可持续性。

3. 厘清三种关系：第一，"重农"与"国情"的关系。"农正"是"政治"的原始依据，中国的事务，农不振兴，遑论其他。第二，"重农"与"强国"的关系，是由"中国逻辑"决定的。有些人认为我国经济发展奇迹是城市化率提升的结果。事实上，城市化并不必然以耗损乡土为前提。第三，"土地"与"人口"关系，这是由"中国安全"决定的。"中国以世界上7%的土地养活22%的人口"，如果我国的强大以从"粮食自

---

① 彭兆荣：《论乡村振兴战略落实路线图》，《贵州社会科学》2018年第10期。

给"到"粮食进口"为代价，中国的安全从另一个方面在降低。①

4. 探索和创新城乡协调发展的新路径。城乡协调发展不是将田地变高楼，不是将农民变成工人，而是一个城乡生态、人文、经济协调发展的过程，一个将传统的以农业为基础的乡村改造为工农结合、城乡协调发展的过程，一个"中国特色"的乡土工业本土化的过程。其目标是乡土重建与社会重组。

---

① 彭兆荣：《论乡村振兴战略落实路线图》，《贵州社会科学》2018年第10期。

历史建构与记忆书写的多重路径

——阿来小说《瞻对》的人类学解读[*]

瞻对（ཇ୮གས་མདོ）系藏语音译（今四川省甘孜州新龙县），因元至元十年（1273）新龙高僧羌堆·喜绕降泽获封"瞻对本冲"而得名，意为挽铁疙瘩的官，属吐蕃等路宣慰使司都元帅府所辖，遂其所辖之地皆以土司封号代称。明代，瞻对土司家族分为两支，分领瞻对上、下两部之职，世袭往复。明洪武六年（1373），太祖朱元璋再封瞻对五土司。上、下两瞻由五土司分治，分别为：上瞻对峪纳土司（今谷日一带）、上瞻对茹土司（今大盖一带）、上瞻对撒堆土司、下瞻对拉充土司、下瞻对拉衮土司。道光二十八年（1848），波日·贡布朗吉领导藏民起事并统领全瞻。清同治四年（1865），赏十二世达赖喇嘛管辖后80余年间，又改称"瞻对日龙宗""羌堆主母宗""怀柔""瞻化"等名[①]。瞻对民风剽悍、匪患不断、久征不降，作者阿来将之喻为一块难以融化的"铁疙瘩"。然而，这块受清廷七次镇压而未果的"铁疙瘩"，最终在1950年被解放军以一个排不费一兵一卒地融化了。至此，这段上演于汉藏边界两百余年的康巴传奇终结于"大势所趋的历史"中。

在《瞻对：终于融化的铁疙瘩——一个两百年的康巴传奇》（以下简称《瞻对》）中，阿来致力于以非虚构的纪实性文本，真实而理性地呈现藏族社会的变迁过程和生活样态。其缠绕于国家政权、地方势力、民间武装中的文字，

---

[*] 作者简介：红星央宗，女，藏族。厦门大学人文学院民族学与人类学系博士研究生。

[①] 四川省甘孜藏族自治州新龙县志编纂委员会：《新龙县志》，四川人民出版社1992年版，第25—27页。

无不流露出一个局内人在社会历史叙事和政治空间交替转型中的身份焦虑和认同迟疑。在作者以地方精英的社会使命和现代文明的诗性感知共同构建的文学世界观中，小说充满了文化迷失后的怅然慨叹和寻根意图。然而，瞻对的变迁进程并非仅是一场乡土社会与现代城市的博弈，且不论《瞻对》以汉文正史为主体的线性叙事能否佐证其地方社会变迁的"大势所趋"，但文中对民间传说、口传神话、个人经验等口头文本的谨慎处理甚至排斥，无疑放弃了再现历史情境的书写契机。而那些生动得甚至有些荒诞的口述史和个人经验，恰勾勒出瞻对的温情、意趣和虔诚。在如此交错而独立、互竞而共生的历史记忆模塑下，《瞻对》亦不是一场负隅顽抗的地方知识与攻势强劲的公共话语之间的拉锯战，抑或是由四方模式的神圣王权转向二元模式的民族国家的祛魅史。相反，其作为置于多重语境阐释下的叙事单元和书写主体，提供了族群内部成员依据历史心性建构历史事实、形塑历史记忆的多重可能性。

以史为纲：从夹坝到起事

小说《瞻对》以"悍番夹坝"为开端。清乾隆九年（1744），江卡汛撤回把总张凤于海子塘地遇夹坝被劫，所携驮马、银粮、军器等尽失。川陕总督公庆复、四川巡抚纪山先后具文奏表，朝廷震怒。由此，瞻对这块隐匿在康巴腹地的弹丸之地，成为两百余年间"示之威，以革其心，以警刁顽"的川边要塞。同一时期，川甘青毗邻地区的夹坝活动尤为频繁。如果洛夹坝以劫掠周边蒙藏部落及青藏道往来人员财物为主要目标，道光年间其夹坝活动又与青海黄河以南藏牧抢劫蒙古族案件呼应[①]，行动规模、劫掠范围、社会影响较过往更甚。另外，以偷盗窃取、杀人越货等为主的小规模袭扰亦在毗邻地区的村落中时有发生，而朝廷、土司治下无力、鞭

---

① 果洛地区草场纠纷问题自明代肇始以来，至清乾隆年间蒙藏间的生态资源竞争愈演愈烈。因双方资源分配不均造成的黄河以南藏族越界河北抢劫蒙古族牧场，导致地方社会秩序日益混乱。以"地窄人稠，不敷放牧"的草场划分和蓄草矛盾，亦逐步上升为有组织、大规模、频繁性的劫掠活动。乾隆五十五年（1790年），果洛夹坝抢劫西宁所属尼雅木错部落；道光元年（1821年），四川所管格尔族古萨尔旺扎勒父子伙同果洛人瓦喇木滚蕴端等10余人，抢劫玉树商民；道光八年（1828年），玉树雍希叶布族百户多尔济旺吉尔所辖部落遭劫牲畜，并有人员伤亡。

第一部分　文学民族志

长莫及，直至20世纪三四十年代此类事件亦屡见不鲜：

民国三十二年十月二十七日朱倭保正呈请瞻化县政府

呈为呈请事，且贱村坏民生勒巨美、安美根却二人逃跑，投奔炉霍摩密益西泽登家下，嗣后代起人来，贱村格绒打死，并抢去差马三匹。此案已迭向政府报告，未蒙清理。仅值钧座莅任，故特恳请令□生勒巨美等抵偿人命，赔偿马匹，□沾德便。①

民国三十二年十月二十七日麻日村保正呈请瞻化县政府

呈为恳请制止暴动，以安生业事。窃呷绒同甲西工布泽里，因亲戚关系，随时来往，屡次来贱村扰乱，以致前时公布泽里派人将贱村抢了五家百姓。再有格日甲西照规定每年应帮贱村差贵一百三十元，现已三年分毫未给，现又听闻呷绒工布泽里等四处搬兵，有抢贱村之企图。务恳钧座严令禁止，免生意外，则贱村感激无涯也。②

民国三十四年十一月十七日易日沟村村民呈瞻化县县长张

为具报告事：窃民于阴历十一月十三日失去绵羊一只，十四日晨早机西志玛寻至八隆水沟边，看见三贼盗正在剥羊皮。当即认明系自隆甲呷洛、章谷降村、巴登彭措三人，遂由巴登彭措放枪射击，弹穿即系志玛左肋，嗣经邻居及亲朋将即系志玛拾回家中……机西志玛因伤过重，于是日午夜毙命。恳请仁恩作主，捉拿贼盗归案，依照康俗习惯赔偿命价，则民等沾德无涯矣。③

瞻对夹坝活动之频繁，盗匪之剽悍横豪，"驰名全康，临县人闻瞻对挖名，莫不慌怯避之也"④。从地缘因素看，瞻对（今新龙）地处雅砻江

---

① 朱倭保正，呈请瞻化县政府生勒巨美等斗殴致死之事，1943年10月27日，新龙县档案局藏（内部资料）。
② 麻日村保正，呈请瞻化县政府呷绒等滋扰劫掠之事，1942年10月27日，新龙县档案局藏（内部资料）。
③ 易日沟村村民，呈请瞻化县县长政府机西志玛命价之事，1946年11月17日，新龙县档案局藏（内部资料）。
④ 阿来：《瞻对：终于融化的铁疙瘩——一个两百年的康巴传奇》，四川文艺出版社2014年版，第42页。

中游高山谷地，雅砻江由北至南纵贯全境。其东邻炉霍、道孚县，南接理塘、雅江县，西依白玉县，西靠德格县，北界甘孜县，呈南北走向的狭长地势、宽阔圆滑的山原地貌。境内多高山、峡谷、丘陵、现代冰川，属青藏高原亚湿润气候区。全境平均海拔在3500米以上，南部略低，最低点子拖西乡雅砻江河谷海拔2760米；北部稍高，最高点卡瓦洛日海拔5992米①。较之于康熙年间开市的重要茶马互市商埠打箭炉（今康定），瞻对长期远离康巴贸易核心区域，又受限于河谷地形，草场稀缺、耕地较少，生产资料匮乏、经济发展滞后。由此，低投入、高风险、优回报的夹坝活动成为瞻对人获取生存资源、改善生活质量的首选。通过劫掠、偷盗、强取等行为，其以较小的人力投入快速获得了较为丰厚的钱财和较为丰富的物资，一定程度上缓解了地方的生计问题。从社会组织上看，基于父系继嗣建立的部落社会是骨系血缘的亲属团体。团体内部强调忠诚以及维护团体稳定的忠诚行为，因此不同团体因势力扩张、资源争夺等而造成的暴力事件和人员伤亡，则引发了世仇和命价。其作为一种调停原则和道德规范，巩固了不同团体间势力的相对平衡和团体内部的团结稳定，维系了一定时空范围内的社会秩序。从上述材料看，以亲属关系为依据的复仇行为，及以命价处理夹坝问题的俗约，在瞻对仍然存在；从政治制度看，瞻对的政体结构较为特殊。玉珠措姆在对瞻对政治制度分析中指出，不同于政教合一制度和政教联盟制度，"瞻对地区诸土司或部落首领等世俗领袖在自己的领地内为最高统治者，拥有封官、司法和征收赋税等绝对权力"②，其"首要责任是在本部落被其他部落袭击时，为其成员提供保护，而部落成员则有义务为首领和头人服劳役，并向他们缴纳租税"③。不同于德格土司依托格萨尔和更庆寺，或明正土司追溯朝廷功业以积累声望，瞻对土司的世俗权威并不来自于对宗教或神话的依附，而更多出于以军事行动获取竞争资源的丰产诉求。因而，以资源竞争为目的的劫掠性扩张，成为瞻对地区各势力团体巩固世俗权威、拓展生存空间

---

① 新龙县政府门户网站，新龙概况，地理气候，http://www.gzxl.gov.cn。
② 玉珠措姆：《瞻对工布朗结在康区的兴起探析》，《中国藏学》2014年第2期。
③ 玉珠措姆：《瞻对工布朗结在康区的兴起探析》，《中国藏学》2014年第2期。

的策略，并促成了瞻对这一政治实体的形成。作者阿来在小说中诗意地将之描述为："劫盗，是世界对他们行为的看法；游侠，是他们对于自己生存方式的定义。"①而这群游侠的"精神领袖"、传奇式人物便是瞻对土司贡布朗吉。

　　小说中对贡布郎吉着笔颇丰，其于道光年间起事，随后快速攻陷章谷、统一全瞻、生擒德格土司、意图噶厦辖域。在文中多次出现的民间传说、趣事杂谈中，贡布朗吉多被塑造为机智英勇、聪慧过人、劫富济贫的英雄形象，认为其是护法贡布措达的化身。笔者在新龙（瞻对今名）田野期间，也听当地人谈起今新龙县城茹龙镇格萨尔中心广场规划初期，曾有人建议修建贡布朗吉塑像以代表其地方精神②。同样，书中也描述了大量反映贡布朗吉残暴嗜血的佚闻。但总的来看，官方史料与民间传说中均反映了这一时期中央、西藏、康区三方势力的互相卷入。以贡布朗吉起事为标志，瞻对的话语机制从过去三瞻土司③面临康区各个土司的四方模式，收缩为以瞻对土司为中心分别指向西藏和清廷的二元模式。辐射章谷、康定、德格等毗邻地区的散点区域，亦演化为衔接内地和西藏的带状空间，转变为线性时间框架下的整体叙事。相反，贡布朗吉其人则被模糊为了中央、西藏与康区三方秩序竞争和逻辑重构间的一个表征。由此，贡布朗吉通过世仇制度和亲属团体实现领土扩张，而获得与章谷土司资源竞争的胜利，被表述为为向杀死哥哥诺布的章谷土司复仇，以展示忠诚勇武的气魄和惩罚仇敌的能力；对以军事行动为路径、以对外扩张为手段、以社会整合为目的的二元模式的接纳，被表述为"我既不做汉官，也不做藏官，靠自己的力量壮大起来，这才是我要做的官"的拒斥。可见，历史事实并非全部都是"有意义的事件"，地方叙事可能忽略外部历史。同样，公共话语也可能否定事件主体的言说，将其发生动因片面表述为"大势"。即，其作为社会权力关系下产物，是一定叙事结构的延续。同

---

①　阿来：《瞻对：终于融化的铁疙瘩——一个两百年的康巴传奇》，四川文艺出版社2014年版，第41页。
②　根据笔者2018年9月6日对新龙县甲拉西乡报道人Y某的访谈整理。
③　清乾隆十年（1745年）工布查什获封长官司，携领中瞻对。至此，瞻对从明代的五土司共辖，转为上瞻对茹长官司、中瞻对茹色长官司、下瞻对安抚司三司分治。

样，随后于道光十五年（1835）爆发的撒拉雍珠起事，亦是这一话语机制书写的结果。

图1 新龙县格萨尔中心广场（笔者摄）

图2 新龙县茹龙镇布鲁曼（贡布朗吉）大酒店（笔者摄）

事实上，自乾隆九年（1744）悍匪夹坝处置到光绪二十三年（1897）瞻对归属裁定，清廷对瞻意见由起初的"收回"四川巡抚转为"赏给"西藏地方，一方面反映了清王朝川边政策从积极经营到怀柔安抚的转向；另一方面则说明，在两次鸦片战争和19世纪以来西方近代科学理论对中国传统天下体系的剧烈冲击下，一种以狭长民族走廊为地缘空间、以整体历史为时间体系，摆动于汉藏族群边界的政治秩序和叙事逻辑正在生成。

文学解构：从历史到小说

作者阿来一直强调《瞻对》是一部纪实小说，全书大量引用汉、藏文史料，详尽梳理了清乾隆年间至20世纪50年代中央对瞻七次用兵的经过。这些文献不仅影响了作者的写作思路和历史观念，引导了其对民族和宗教、社会和政体、事实和记忆的阐释路径，更重要的是它们直接构成了作品的内容。小说开篇对"江卡汛撤回把总张凤被劫，川陕总督公庆复、四川巡抚纪山先后具文清廷奏表"的描述，系《清实录》史料转录。其较大程度地保留了原文表述，由此奠定了全书以文献分析为主体的解释框架，从而使《瞻对》作为小说的行文结构和叙事逻辑更稳合理、严谨。由此不难发现，小说所采用文本的形式决定了其在对瞻事件中的阐释效度。

克利福德在《写文化》中探讨了民族志写作的话语空间，其揭露了基于科学范式而消抹言说和体验主体的割裂式经验，引导了糅合客位和主位实践的文化文本生产趋势，挖掘了民族志写作的诗学维度。在此意义下，小说与民族志具有相似的虚构性，言说和体验主体对事实的诠释具有多元性。然而，民族志式虚构仅说明了文化内涵和历史事实的不完整性，并非杜撰捏造。尽管，《瞻对》所呈现的所有材料都看似恰如其分地推动了瞻对事件的起承转合，较为精确地印证了事件的发生经过和因果逻辑。但作者声称在大量田野工作中搜集的口头材料文本，却未能补足地方语境下瞻对在民族国家进程中"顺大势而为"的历史事实。正如人类学文本研究传统所强调的与文献研究的差异——后者着力于考量材料所陈述的内容是否客观存在、真实有效，前者则将材料作为一种现实表征，强调揭示书写文本的社会情境——文本源自现实，却遮蔽现实；文本依据记忆，又强化记忆。由此，在对《瞻对》的人类学解读中，"将文献与口述历史视为'历史记忆'，我们所要了解的是留下这记忆的'社会情境'及'历史心性'"，而"社会情境及历史心性，及二者的变迁，都是我们所欲探索的'历史事实'"①。

诚然，《瞻对》作为一部在搜集事实材料基础上加以概括、提炼、艺术虚构而写成的小说，以历史纪实之名冠之并无不妥；但在对"他者故事"（his-story）的叙述中，历史与小说却有截然不同的话语机制。神话学研究认为，文学中的"虚构"隐匿着历史中客观存在的事实。神话则作为一种修补术，借助一套广泛且参差不齐的元素来表达自己。其根据一定的分类原则，通过对这一系列既包罗万象又十分有限的元素进行排列组合，以在工具性组合的结构与设计目的间产生一种中介物。并通过不断搜集、配置、补全中介物，支持结构稳定、完整。对此，杜梅齐尔在对萨克索（Saxo Grammaticus）文本的分析中指出，萨迦（Saga）②可视为一种"小说体神话"。其是对神话的移植和再写，很大程度上保留了神话的书写机制和叙事意图。哈丁古斯的萨迦即是对北欧约德尔神话的解构和重组，而非忠于丹麦王朝史实的"真实"记录。萨迦的叙事在某种程度上反映了一个以个人的、情欲为动力的故事情节，取代一个由社会古老习俗予以规范、全部记载的脚本的"重新神话化"过程。在杜梅齐尔看来，三功能论自中世纪以来一直保持着活力，且是民间文学中一个常见的主题。在独眼者（Borgne）和独臂者（Manchot）成功合作的主题中，斯堪的纳维亚材料提供了对该主题的神话呈现形式。而罗马文本则反映为史诗，尽管作者意在将其转换成为关于起源的"历史"。但实际是，"在对一个社会（在罗马是人界，在斯堪的纳维亚是神界）关涉重大的情景中，在一种极端危险的情境下，拯救社会是由两个人物的联合行动完成的，而且这些行动是相继进行且互补的。这两个人，一个是独眼，它是在事件发生前变成独眼的，

---

① 王明珂：《历史事实、历史记忆与历史心性》，《历史研究》2001 年第 5 期。
② "萨迦"（Saga）意为"话语"，是一种北欧民间文学的书写体例，即短故事。萨迦指 13 世纪前后被冰岛和挪威人用文字记载的古代民间口传故事，包括神话和历史传奇，其内容多为古代斯堪的纳维亚人与天地斗争的英雄事迹。流传至今的萨迦不少于 150 种，大致可分为"史传萨迦"和"神话萨迦"两类。

第一部分　文学民族志

另一个则是在事件发生时变成独臂"①。尽管两个故事组合的主题、动机、计划是吻合的,但却发生在完全不同的情节中,这就导致神话与史诗的比较无法假定两者存在任何一方向另一方借用的情况,无法论证这一结构功能模式从一个社会流向另一个社会的可能。恰如从神话到小说,这一文学体例的转换反映的是,现代性书写下社会组织形态阐释范本的嬗变与调适。

由此观之,《瞻对》中推动事件发生的逻辑动因"大势所趋",不可谓一种历史叙事下的理想构建。《哈丁古斯的萨迦》所依据的北欧约德尔神话中,瓦恩族与阿斯族之战的实质性后果是两个社会的功能整合和国家政治的发生。当一个阿斯式的兄弟会政治集团通过战争兼并了瓦恩式的本地部落,其便从以掠夺为主要方式的社会生产中摆脱出来,而拥有了较为稳定的社会财富和人口基础。由此,一个通过结构功能整合而完善的理想社会模型被建立。那么,瞻对(宗)从一个以夹坝为主要生计方式的部落制社会,通过兼并式的资源竞争不断扩张,最终被具有宗教权威的西藏和具有政治权威的清廷整合为瞻化(县);"大势所趋",即可被视为对其社会结构及组织逻辑的重现与再写。如郑少雄在分析文学化历史叙事的复杂性中指出,"康区历史上的空间感发生过重要转型"②。从格萨尔王时期的四方模式,到明清土司时代的二元模式,再到改革开放后的自由市场模式,康区的时间则"从循环的宗教时间转变为中原王朝的政治时间,再到现代线性时间"③。"这一过程及结果既是康区的经验事实,也是历史叙事的功效。阿来的情感体验和文学追求是自下而上的,而其史观却相反。"④"大势所趋"即在某种程度上反映了阿来所笃定的"历史的规定性",实为一种完美历史进程的文本建构。

---

①　[法]迪迪耶·埃里邦:《神话与史诗——乔治·杜梅齐尔传》,孟华译,北京大学出版社2005年版,第99页。

②　郑少雄:《康区的历史与可能性基于阿来四部长篇小说的历史人类学分析》,《社会》2018年第2期。

③　郑少雄:《康区的历史与可能性基于阿来四部长篇小说的历史人类学分析》,《社会》2018年第2期。

④　郑少雄:《康区的历史与可能性基于阿来四部长篇小说的历史人类学分析》,《社会》2018年第2期。

"人类学家尊重历史,但不赋予它优于一切的价值"①,文明社会与原始社会有着不同的历史感。如果说,冷社会意在消除历史动力对其平衡和连续性的影响,热社会则是力图将历史过程内在化,并将之作为社会发展的推动力。古代社会对历时性叙事的抵御之心,使神话逻辑被保留在异文文本中。文学叙事对神话原型的改写与移植实则是对神话社会的回归,其使保存于历史中的英雄典范得以传递,并通过一个共识的完美结构模型唤起人们对理想社会的追求。《瞻对》中,官方史料基于政治时间将瞻对事件纳入以汉地为主体的主体叙事中;以贡布朗吉英雄事迹为代表口头文本则基于一个非时间机制,丰富了历史记忆的地方话语。此二者共同构建了瞻对事件的历史事实。

整体呈现:从信仰祛魅到秩序重建

小说《瞻对》曾在一段时间内引发了学术领域对族群认同理论和民族理论政策的探讨。如丁增武将《瞻对》作为一个非典型的西藏文本,认为小说"仍然陷于'族群边界'与'历史记忆'的缠绕之中,但其客观的写作背景却是当下愈演愈烈的边疆少数民族之于国家认同的意识危机",瞻对的归化历史反映了"20世纪解决民族关系问题和构建国家认同的基本路径"②。尽管,作者阿来欲以一种文化人类学者式的感性还原真实的西藏,但其在《瞻对》的实际写作中仍采用了现代民族国家的俯瞰视角和先验式的历史叙事框架。《瞻对》中丰富的民间口头文本在其祛魅的主张下被处理为趣闻轶事,最终催生出一个在民族国家构建与地方记忆生产双重进程中不断纠结、迟疑的"漫长时代遥远的浪漫化的依稀背影"③。

应当肯定,阿来在《瞻对》中真实反映了一些藏区宗教信仰状况:"我以为,观察宗教存在的方式和影响力,就可以知道这个社会正不正常。

---

① 舒瑜:《列维-斯特劳斯的历史观》,《西北民族研究》2010年第2期。
② 丁增武:《"族群边界"与"历史记忆"双重视域下的国家认同——评〈瞻对〉及阿来的"非典型西藏文本"》,《民族文学研究》2016年第1期。
③ 阿来:《瞻对:终于融化的铁疙瘩——一个两百年的康巴传奇》,四川文艺出版社2014年版,第307页。

第一部分 文学民族志

藏区社会不正常，寺院太多，僧人太多，宗教影响力太过强大。寺院都开发成旅游景点，俗人去庙里上香祈求，都只为满足现实中一些过于实在的愿望。官员和商人面对僧人神佛，内心的企求更是不可告人。"[1] 寺庙大兴土木，"那么多宗教建筑却看不到几个僧人，替我做向导的新龙本地人士说，他们都很忙，都在作法化缘，不然哪有这么多钱盖这么多漂亮的房子"[2]。笔者在访谈中同样发现，一些新龙信众对于这一性质的僧人持否定态度。人们甚至以"甲拉"（ གྲྭ་)一词来代指那些在寺院中不勤于修行，而倾心于到处化缘、求供养的僧人。这种价值倾向不仅存在于民间，在2009年新龙年鉴民族工作一项中还专门提到了针对游僧制定的"五到位"管理制度："一是思想教育引导到位。深入寺庙开展政策法规宣传，请威望高、爱国爱教的宗教界人士用过讲经说法，教育宗教人员和信教群众不随意外出化缘，更不能假冒高僧外出化缘；二是寺院内部管理到位。要求各寺庙认真落实宗教人员外出请（销）假制度和月报告制度，从严把好第一道关口，有效防止僧尼不假外出；三是主管部门督促检查到位。县民宗局不定期到寺庙检查僧尼驻寺情况和外出情况，对管理不严、制度落实执行不力的民管会班子和私自外出化缘人员，按照《宗教事务条例》规定予以严处；四是寺庙联动管理到位。要求全县53座寺庙联合行动管理外出游僧，凡因私自外出化缘被清退出寺者，任何寺庙不准再收入寺，各寺相互监督；五是对外出化缘人员清理带返到位。"[3]

《瞻对》中，阿来已作出在官方史料记载之外寻找地方性知识的尝试；但，由于无法剥离口头文本的宗教背景，控制民间口传者对历史故事的改写程度，其并未将之纳入叙述瞻对事件发展的动因分析中。而正是小说在组织文本中所采用的信仰祛魅原则，祛除了重构瞻对地方历史叙事多重路径的可能性——多元的社会记忆恰描摹出因循多样历史心性书写历史事实的文化生境。《瞻对》中，尽管作者已意识到瞻对地处汉藏走廊要塞的特

---

[1] 阿来：《瞻对：终于融化的铁疙瘩——一个两百年的康巴传奇》，四川文艺出版社2014年版，第162页。

[2] 阿来：《瞻对：终于融化的铁疙瘩——一个两百年的康巴传奇》，四川文艺出版社2014年版，第163页。

[3] 新龙县地方志办公室：《新龙年鉴（2009）》，中央民族大学出版社2011年版，第167—168页。

殊地理位置，导致"不是每个藏人心中都向往西藏"；但，以此作为贡布朗吉驳斥西藏政治地位和宗教权威的论据，未免有些单薄。一方面，瞻对社会组织基于亲属关系网络，其通过婚姻联盟维系稳定，并以资源掠夺积蓄势力扩张物质条件和军事力量。土司个人声望的积累通过自然丰产和秩序稳定实现，即作为入世的地方首领，作为出世的英雄神王。显然，贡布朗吉仅承担了地方首领的"祭祀型王权"，而英雄神王的"巫术型王权"则被祭祀辖域内具有武力性格的神山等仪式行为代替。藏文史料显示，贡布朗吉曾出资承办每年藏历八月一日的大型法会。届时，贡布朗吉辖域内所有寺院的僧人及信众都要去降空寺、降觉寺和昔瓦寺参加法会。① 如今新龙县益西寺庄严持明佛众法会中，即有奉祀相底斯朗山神的羌姆。彼时，益西寺辖域僧众需按照"先僧人、后俗众"的顺序，向山神敬献供养，以求来年风调雨顺、人畜安康。可见，瞻对的政治制度虽不同于西藏的政教合一形式，但仍是神圣王权形态构建下的政治结果；另一方面，贡布朗吉并未对宗教采取全盘接纳或否定的态度，而以实用主义为原则权衡利弊，以巩固其政治权威。贡布朗吉邀请宁玛派高僧白玛邓灯示现神迹、预判未来未果后，关押其数年，被视为不敬上师之举。而其又认同寺院的文化教育职能，积极寻求改善僧俗教育环境，邀请著名喇嘛充格古顿仁波切赴瞻教授藏文、传法讲经。② 从宗教势力分布看，瞻对并无一个统一的宗教权威，且藏传佛教各教派在瞻势力较弱，甚至支持西藏噶厦政权的格鲁派从未在瞻有所扩张。而苯教自明洪武年（1373）置瞻对土司以前，即有传统。这一状况不仅与西藏有所不同，还与康区大部地方有所不同。据1997年新龙县寺院简况统计，新龙境内现有寺院62座，其中宁玛派42座，噶举派2座，萨迦派9座，苯教9座。③ 而仅在《定瞻厅志》《瞻化县图志》记载中出现的2座格鲁派寺院格桑寺和大盖珠寺，现已无从可考。④

---

① 降央坚赞：《噶陀寺主简史》，四川民族出版社1996年版，第99页。
② 玉勒楚臣：《瞻对工布朗结简史（手抄本）》，第21—22页；喜绕俄热：《新龙工布朗结的历史》，《甘孜州文史资料选辑》（藏文版）1981年第1辑，第77—78页。
③ 才让太、顿珠拉杰：《苯教史源流》，中国藏学出版社2012年版，第427—428页。
④ 四川省甘孜藏族自治州新龙县志编纂委员会：《新龙县志》，四川人民出版社1992年版，第321页。

第一部分 文学民族志

这一现象既意味着瞻对地区没有宗教团体能够垄断该地区的道德或世俗权威，也表明世俗首领毋需联合宗教团体以巩固期政治声望。由此观之，贡布朗吉"不向往拉萨"并不单单出于对西藏宗教权威和宗教信仰的贬斥、对清廷宗属关系和治边政策的反抗，而源自瞻对地方文化生境、宗教历史及其自身政治意图的综合影响。

人类学的后现代反思开拓了民族志写作的诗学维度，其实在地将田野工作中所接纳的多重视角和声音纳入文本分析中，去编织真实而斑斓的和声。笔者在田野调查中亦搜集到这样的表述，"甲孜村是瞻对夹坝的土匪窝。这里的土匪凶悍，经常下山袭扰百姓，抢夺财物。村里都没有女子敢嫁进来，现在很多人也搬走了。过去村里的寺院每年举行主供格萨尔的羌姆，后来因为村中杀戮太重，停止供养"[1]。——在新龙人口中，甲孜是个不吉祥的地方。这一口头文本反映了书写记忆的地方路径，佐证了社会变迁的历史进程："土匪窝""凶悍""没有女子嫁进来"等表述阐明了言说主体对瞻对夹坝活动的道德评判和情感体验。寺院中停止供奉具有武力神格和地域属性的格萨尔，则在某种程度上反映了现代民族国家进程下，瞻对社会神圣王权形态的陷落，及新政治秩序的生成。这何尝不是人类学的理性，不是民族志的诗学。

结　语

瞻对作为汉藏走廊的重要枢纽，衔接了中央与川边、汉地与西藏的交往互动。小说《瞻对》所详尽陈述的瞻对事件始末，恰反映了其社会记忆在历史空间不断收缩中，由辐射式地方话语纳入线性主体叙事的结构变迁。这一变迁，亦佐证了施帝恩（Gros）关于"康区是一个历史制造（Historically produce）的区域范畴""区域是相互竞争的历史过程和社会空间过程的产物"[2]的论断。在此意义上，阿来所书写"铁疙瘩融化"的故

---

[1] 根据笔者2018年9月8日对新龙县茹龙镇报道人H某的访谈整理。
[2] Gros, Stephane, Introduction to "Frontier Tibet: Trade and Boundaries of Authority in Kham", *Cross-Currents: East Asian History and Culture Review*, E-Journal (19): pp. 4, 1.

事事实上是为社会记忆和历史叙事所共同表征的现代民族国家进程，是以文学写作参与的多元一体格局构建，是言说与体验主体在交互视野下对地方性知识的再生产。诚然，作者阿来自身对于理性叙事和感性反思尺度的矛盾，使小说《瞻对》呈现出对于历史构建机制的过于谨慎，以及对知识生产过程的迟疑摇摆。但，恰是这种矛盾令我看到，主流叙事下地方话语的活性样态和历史建构中记忆书写的多重可能。

文学经典重塑乡土景观:以川端康成《雪国》为例[*]

引言:走进文学"原乡"

《雪国》(ゆきぐに)是日本作家川端康成获得诺贝尔文学奖的代表作之一[①],也是日本文学界外译版本最多的作品。自20世纪80年代初《雪国》中译本面世以来,[②]在世界文学(比较文学)和日本学领域中,中国学者的研究成果蔚为大观。前期研究关注语言技巧、修辞方法、审美内涵、形式意义,大多认为《雪国》的创作与现实有相当距离,将之归为"艺术化"自足的审美经验之阈。20世纪以来,《雪国》研究从对文学作修辞学式的"内部"研究,逐渐转为研究文学的"外部"联系。如马雪峰《日本艺妓文化在"雪国"汉译本中的体现》(2014)、李珂玮《中日"寻根"视域下的别样"雪国"》(2017)等,试图将孤立的文本还原到文学与历史的互文关系中。但批评的目标指向,仍桎梏于文本的创作和鉴赏。

文学作品并不是一个过去完成、自我封闭的世界。读者和文本的融合,除了精神领域的意向知觉外,文学经验也引导着生活实践,并具有开放性和主动性特征。川端康成获诺贝尔文学奖后,《雪国》所描绘的景致

---

* 作者简介:张颖,博士,四川美术学院中国艺术遗产研究中心副研究员,硕士生导师,厦门大学人类学研究所博士后,东京大学东洋文化研究所外国人研究员,日本国立民族学博物馆外来研究员。

① 川端康成以《雪国》《千羽鹤》《古都》获得1968年度诺贝尔文学奖,成为继泰戈尔之后亚洲第二位、日本第一位诺贝尔文学奖获得者。

② 《雪国》中译本始于韩侍桁(1981),此后陆续有叶渭渠(1985)、高慧勤(1985/2000)、尚永清(1997)、林少华(2012)等译作版本。

风物旋即成为"日本之美"的代表。何处是"雪国"？虽然地点本身并不拥有内在记忆，但它对文化空间的建构却具有重要意义。何谓"雪国"之美？作家对审美传统溯源、概括、升华的同时，读者也在不同历史背景下持续接受、表述、呈现，甚至创造着具体的景观场域或行为意义。因此，笔者专程赴雪国"原乡"汤沢进行田野考察，在文本精读基础上添加在地化生活参与，希望能以"文学民族志"方法，达成对文学经典本体价值和现实价值更为完整的理解。

何处是"雪国"？虚实之间的乡土回归

何处是"雪国"？对于大多数研究者而言，这应该不算是问题吧。虽然小说中从未出现过地名，但川端康成在诺贝尔文学奖颁奖演说《我在美丽的日本》（「美しい日本の私」）中明言：日本雪乡越后就是"雪国"的所在地。而他之所以选择来到这里写作，是因为自己最崇敬的禅僧良宽曾在此生活。

（一）安心之所：从良宽的故乡到日本的故乡

> "良宽74岁逝世。他出生在雪国越后，同我的小说《雪国》所描写的是同一个地方。就是说，那里是面对着日本的北国，即现在的新潟县，寒风从西伯利亚越过日本海刮来。他的一生就是在这个国里度过的。他日益衰老，自知死期将至，而心境却清澈得像一面镜子。"①

良宽是日本江户时代禅宗大师，后世将其尊为"大愚"。他出身贵族名门，少时出家修禅，中年托钵云游后返回家乡越后，居草庵、行乞食，书法、汉诗和俳句皆被后世奉为和风典范。良宽的绝命诗（秋叶春华野杜鹃，安留他物在人间）更被公认为深刻体现了日本人的宗教观。这一观点在川端康成诺贝尔获奖演说中不仅被引用强调，还做了细致阐发：

---

① 江藤淳：「〈美しい日本の私〉について」，《东京朝日新闻》1968年12月18日。

第一部分　文学民族志

"良宽的心境与生活，就像这诗里所反映的，住草庵，穿粗衣，漫步在田野道上，同儿童戏耍，同农夫闲聊……他的绝命诗，反映了这种心情：自己没有什么可留作纪念，也不想留下什么，然而，自己死后大自然仍是美的，也许这种美的大自然，就成了自己留在人世间的唯一的纪念吧。这首诗，不仅充满了日本自古以来的传统精神，仿佛也可以听到良宽的宗教心声。"①

良宽（1758—1831）所在的江户时代后期，资本主义开始在日本萌芽。随着新生产方式的出现，江户（东京）、大阪等具有现代城市属性的大都市逐渐成型，城乡矛盾日益尖锐，暴乱频发、民不聊生。良宽以"无我之我，无心之心"的禅宗境界，在乱世中皈依故乡、抚慰生命、安顿灵魂。

与之同理，从川端康成创作《雪国》②到获诺奖期间，日本社会一直处于第二次世界大战阴霾之下，"人的生存价值"必然是作家和全社会都无法回避的问题。1947年川端康成在《哀愁》一文中这样写道："战败后，我总想回归到日本自古以来的哀伤中去。我不相信战后的所谓世相、所谓风俗，更不相信有所谓现实。我似乎也要从近代小说根底里的写实中离去了。"③战争给日本社会带来的打击是全方位的，传统文化精神频临崩溃，"日本之心"无处安放。"日本的战败有些加深了我的凄凉感。我感觉到自己已经死去了，自己的骨头被日本故乡的秋雨浸湿，被日本故乡的落叶淹没，我感受到了古人悲哀的叹息。"④"归乡"成为作家的执念——希望能像良宽一般，以日本自古以来的传统精神，拯救现实中病态的世界。⑤对川端康成而言，国家不只是一种机构性存在，也应是作为精神安放之所

---

① 江藤淳：「〈美しい日本の私〉について」，《东京朝日新闻》1968年12月18日。
② 1935年年初，川端康成以小说连载的方式在多个杂志上发表短文，各篇均有标题，相对独立。如「夕景色の鏡」「白い朝の鏡」「徒労」「萱の花」「火の枕」等。1937年6月，创元社把这些短篇集结发行单行本，冠以「雪国」书名。此后，又经川端康成多次补写修订。1948年12月，创元社再版的「雪国」成为定稿本。川端康成在这本仅8万字的中篇小说上投入的时间和精力，是其创作史上绝无仅有的。
③ 「川端康成全集27卷」，东京新潮社1982年版，第392页。
④ 「川端康成全集33卷」，东京新潮社1982年版，第268页。
⑤ 「川端康成全集31卷」，东京新潮社1982年版，第409—410页。

的"日本故乡"。他以这样的表述,来强调日本人居住的自然、在其中所培育的精神与作为权利构造的国家之间的错综复杂关系。[1]

(二) 虚实之间:"理想国" 与 "生活场"

《雪国》中的归乡主题,既虚且实。有日本学者指出,小说中游手好闲的男主人公岛村,是作家反社会性所设定的一面镜子。[2] 岛村日常生活的"大都市"东京虽多次被提及,却被作家不着点墨地虚置。正因为生活在战争时代东京"故乡丧失"的状态下,他才会远赴雪国寻找"日本的故乡"和发现"日本的传统"。[3] 这一人物形象建构,也是作家个人生命历程的真实映射。在战时军国主义喧嚣的社会背景下,川端康成于1936年发表了《告别"文艺时评"》,反对文艺从属于政治,决定终止从事多年的文学评论工作。从战前到战争结束,他一直过着四处旅行、摄影、下棋的怠惰生活,以至于被反对者们嘲笑为"闲人的归乡"。由此观之,故乡并无特指。对于岛村或川端康成而言,故乡只是旅途的目标,是可以逃避残酷现实的充满"日式美"的理想化空间所在。恰如鲁迅所言:"因为回忆故乡的已不存在的事物,是比明明存在,而只有自己不能接近的事物较为舒适,也更能自慰的。"[4]

然而《雪国》绝不只是充溢着孤冷幽玄东方唯美意象的美文而已。20世纪二三十年代,日本社会各领域都围绕"乡土"[5] 展开激烈讨论和积极实践。川端康成在《乡土艺术问题概观》(1924) 中明确指出:"艺术家的创作以他的个性、地方性或民族性为基础。"[6] 表面上看,川端康成在《雪国》叙事中极擅描摹"雪月花"的风物之美、刻画缠绵悱恻的情爱之美,以万物同一的灵思妙悟,将自然些微变化与人物情感命运融为一体。但其

---

[1] 奥出建:「川端康成における国家観」、田村充正・马场重行・原善编「川端康成文学の世界5その思想」、東京勉誠出版1955年版,第5页。
[2] [日] 长谷川泉:《川端康成论》,孟庆枢译,时代文艺出版社1993年版,第259页。
[3] 参见田中嘉胜「日本の故郷」、编集长谷川泉・平山三男「国文学解釈と鑑賞別冊川端康成雪国60周年」、東京至文堂1998年版,第3页。
[4] 赵家璧主编:《中国新文学大系・小说二集》,导言,上海良友公司1935年版。
[5] 日语中"乡土"的语感与故乡、乡下或地方等用语都不同,它携带着日本人强烈的观念和情感。参见张颖《日本乡土景观研究的历史与方法》,《中南民族大学学报》2017年第5期。
[6] 「川端康成全集10卷」,乡土艺术问题概观,东京新潮社1982年版。

— 121 —

■ 第一部分　文学民族志

出凡入胜的手段，实是以作家在越後湯沢"生活场"中，对土地、人民充满情爱的观察体认为基础的。

川端康成曾多次来到越後湯沢①，《雪国》大多数篇章也都是住在当地温泉旅馆中写成。小说以男女主人公（岛村和驹子）在温泉旅馆的三次幽会为线索展开。文中描写的自然/人文景观，皆能在生活实境中找到对应。作家也毫不讳言，自己在温泉旅馆中结识的艺伎松荣（原名小高菊）是小说女主人公的原型。②《雪国》不可言喻之唯美妙处，正是源于川端康成以自我生命在场的方式，将"个性""地方性""民族性"巧妙地编织联系起来。五月初夏，雪国一片嫩绿，初夏的生机勃勃同驹子的青春热情相映成趣，温情脉脉。暮冬再会，冷寂黑暗衬托出男女主人公情爱的徒劳无助。萧瑟秋日，秋虫垂死挣扎隐喻着情爱终结的宿命。山川草木、森罗万象，自然景物与人类情感构成的真实"生活场"，不仅是故事发生的场景，也是整个故事人物与情节的出发和归宿。因而小说中所有自然与人文场景，在空间上都能呈现出完美的整体联动关系。如非有生活之"实"，何来行文之"美"。川端康成在小说中呈现的日本原乡，本质上是"土地、勤劳、民族三者的综合体，是充满慈爱的传统和点燃希望的人民的生活场"③。

对意义的寻求，是文学批评的前提和目标。正是意义引导着读者深入思考文本，并要求详细解释。但"意义"本身，其实是一个开放动态的结构。前文力求彰显《雪国》文本中蕴含着"乡土回归"的时代要旨，它被作家所"捕捉"，用以传递社会文化价值和思想倾向。下文则试图说明作品提供的文学经验，在不同时代背景下如何通过身体介入、消费满足等方式，持续引导并重塑地方乡土景观的定性和定位。

---

① 根据湯沢历史民俗资料馆统计，川端康成1934年三访湯沢：6月13—21日初访、8月末—9月二次来访时认识松荣、12月6—13日写成「夕景色の鏡」和「白い朝の鏡」。1935年9月30—10月26日在湯沢滞留近一个月，其间于10月22日在高见旅馆霞の間亲眼目睹旭座火灾，写成「物語」「徒労」。1936年7月4—14日，在湯沢期间写成「萱の花」。

② 湯沢历史民俗资料馆"雪国馆"和"霞之間"文学资料馆里陈列有松荣的生平简介、她认识川端康成时（19岁）的照片、用过的衣物饰品等。川端康成与松荣的"温泉之恋"，也成为湯沢町人茶余饭后的佳话。资料来源：2018年8月湯沢町田野考察。

③ 日本乡土教育联盟创刊号《乡土》，东京帝国大学文学部刀江书院1930年版，第11页。

何谓"雪国之美"？文学经验的导向与创生

在获得诺贝尔文学奖后，川端康成系列作品被誉为"重新发现日本"的经典。日本人甚至认为，唯能发现"美丽的日本"，方可达成"日本的自我"。由于《雪国》的风景描写、空间造型手法，被公认为充分体现了川端康成构筑的日本化审美意识，所以越后汤沢成为洁净纯美、远离世俗的"日本原乡"之符号化身，声名大噪。读者们大多并不满足于"好像每个人都经验过，却没有人见过"的虚幻，于是纷纷来到汤沢，寻访与川端康成及小说相关的史迹。而为了与《雪国》文本中的景物情语相配合，汤沢的乡土景观也一再受文学经验牵引导向，创生出活态交叠的"雪国之美"。

（一）城与乡

1934 年 6 月 14 日川端康成初赴汤沢时，曾给友人写了一封信："在水上前站的大室温泉待了一周后，今天我已经穿过清水隧道来到越后汤沢。这可真是个古旧的村子啊。……国境线上的群山仍有残雪，始终云雾环绕，听说有登山者遇难。我将会在这里住到二十一日左右。"[①]

小说中"雪国"的场景描写，基本依照川端康成眼见的汤沢为原型展开：

"穿过国境上长长的隧道，就是雪国了。夜空下，大地一片莹白，火车在信号所前停下来。"[②]

"从山上下来，在村子朴素古雅的氛围里，他立刻感受到一种闲适的情致。向旅馆一打听，果然是这一带雪国中生活最安逸的村子之一。几年前，火车还不通，据说这里主要是农家温泉疗养地。有艺妓的人家，多是饭馆或卖红豆汤的小吃店，门上挂着褪了色的布帘，只消看一眼那扇被熏黑的旧式纸拉门，就会怀疑这种地方居然也会有人

---

① 资料来源：汤沢町高半旅馆"霞之间"文学资料馆。
② 川端康成：「雪国」，东京新潮社 1947 年版，第 5、26 页。

光顾。而那些卖日用品的杂货铺或糖果店，也都会雇上一名艺妓。掌柜的除了开店，似乎还得种田。"①

开篇，川端康成借用长长的隧道，从物理空间和心理空间上将雪国与外面的世界隔离开来。夜空下的莹白，随即将读者引入清纯孤冷、悲哀虚幻的意象中。而现实生活中的雪国汤沢，就是这样一个萧瑟贫瘠的山村。西伯利亚生成的雪云与日本海的水气在汤沢地区遇到山脉阻拦，化为豪雪。雪季约140天，最低气温达到零下20度。四周高山环绕、与世隔绝，再加上河流泛滥、雪崩，以及水温太低、日照时间短对稻米生产的不利影响，恶劣的自然环境使住民们仅靠农业维持生活相当艰难。

直到明治年间国铁信越本线开通，汤沢地区各铁路站点周边的古老温泉村才逐渐显露生机。即便如此，大正初年（1912）该地大多还是萱草房顶、木质屋梁、石头基脚的村屋。1931年，以上越线铁路通车为标志，汤沢温泉观光业进入第一次开发期。1945年当地共有温泉旅馆10家、艺伎20名，能接待400名住客。川端康成初遇的汤沢，就是这样一个"农家温泉疗养地"。因而作家笔下的"雪国"，呈现着自然山村的生活方式：宁静、简朴、纯洁、真挚。

1950后半期日本经济进入稳定成长期，滑雪作为西方舶来的贵族运动开始在日本盛行。汤沢地区雪质极佳，离东京也最近，因此被誉为首都圈雪上运动的天堂。为利于地区整体观光开发，1955年汤沢村、神立村、土樽村、三俣村和三国村5村合并，改设为"汤沢町"。② 温泉旅馆成为大型滑雪场的配套设施，并以汤沢火车站为中心形成了规模化街市。1961年关东新潟国道通车，公路沿线新建了多座滑雪场，来访游客突破年均50万人。滑雪观光业的兴盛，不但使当地住民的生业方式发生变化，农业就业率大幅降低（1950年45%—1980年7.5%）；同时也带动大量从事工程修筑、服务业的外来人口流入。汤沢从一个远离都市、白雪覆盖的传统村

---

① 川端康成：「雪国」，东京新潮社1947年版，第26页。
② 用于乡村地名后的"町"是日本行政区划名称，虽然与市、村平级，但人口通常少于市多于村，相当于"镇"的级别。而用于城市地名后的"町"，通常指市区下辖的"社区""街道"。

落，迅速变身为颇具规模的滑雪度假小镇。

然而1968年川端康成获得诺贝尔奖，却成为汤沢观光业态与景观变迁的意外拐点。"雪国原乡"的绝美意境吸引了大量国内外游客，特别是文学爱好者接踵而至。他们依据小说《雪国》的时空线索，兴致盎然地搜寻与文本记忆相符的物象人事。譬如被作家形容为"美得形似喷泉"的狗尾巴草、"让大门口霎时明亮起来"的玄关红叶，"长得如此之美"的死去的秋蛾……川端康成的崇拜者们甚至希望能在峰峦叠嶂、夕辉暮霭、山花红叶的静美自然中，像小说男主人公岛村一样闻到清新香气。在文学经验引导下，铁道、车站、温泉、神社、山路、旧式旅馆成为承载"日本之美"、安放"日本之心"不可或缺的景观符号。1970年代后的汤沢町景观建设因应文学观光的消费需求，从城市化轨道中脱身，转向了"乡土复归"之路。①

并没有确凿材料证明，而今被视为传统观光线路的"文学散步道"是何时开始设计施行的。游客从汤沢火车站西口出发，途经雪国馆（历史民俗资料馆）、不动瀑布、山之汤、高半旅馆（霞之间文学资料室）、诹访神社、驹子之汤、主水公园"雪国之碑"，最后回到火车站东口，全程历时约3.5小时，几乎贯穿整个汤沢街市。

这条"文学散步道"中的景观构成，可细分为四个层次：一是作家（川端康成）在汤沢的活动印迹，如他居住过的高半旅馆、经常散步的诹访神社；二是小说（《雪国》）中的场景还原，如汤沢火车站、诹访神社前女主人公驹子坐过的"恋语石"；三是与作家作品相关的民俗/文学资料馆，如雪国馆、霞之间；四是与小说情节或意境相配合的地方名胜或新建景点，如不动瀑布、山之汤、驹子之汤和主水公园的雪国之碑。游客们在文学经验的引导下，经由实物图符、仪式音声不断形成聚焦和意义共鸣，通过身体介入获得连贯的自我感知，最终在复合意象中达成文学经验和现实生活的相互渗透。而被重新整理组构的"乡土景观"，既超越了汤沢地方传统，也超越了文本原始形象，所有需要被传达表现的风土信息和景观

---

① 资料来源：「汤沢町志」（1978）、「汤沢町観光総合開発計画書」（1974）、汤沢町观光协会「定期総会資料」、2018年8月笔者对汤沢町各旅馆、餐饮服务者访谈资料。

■ 第一部分　文学民族志

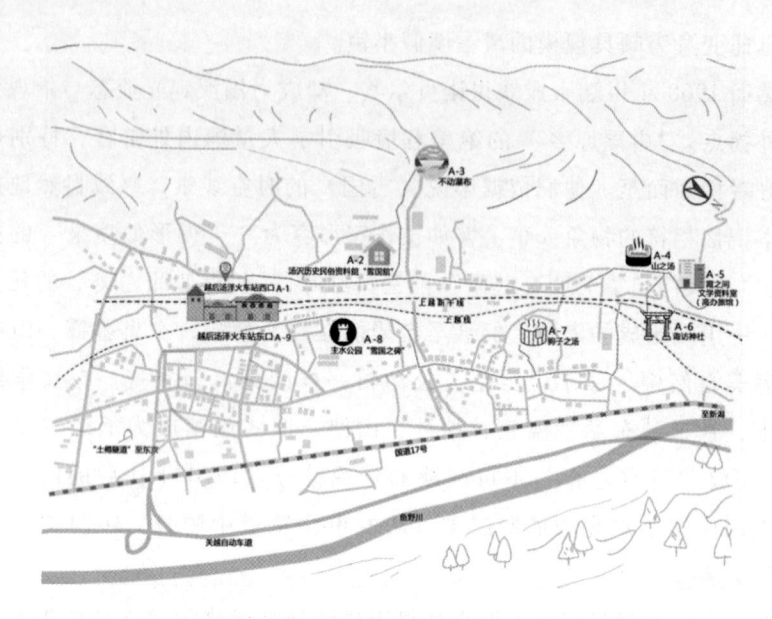

图1　湯沢"文学散步道"路线

资源都转移、存储其中。

如今，从东京乘新干线列车到越後湯沢仅需一个多小时，现代生活的流动性轻易就能延伸到最偏远的乡村。虽然湯沢町的景致风貌在城乡博弈中不断变迁累叠，但因被文学经典赋予"日本原乡"的文化记忆，住民和游客皆能在回忆、认同和文化的延续中形成坚定的"凝聚性结构"——乡土之美不可弃。

（二）雅与俗

对于《雪国》文本的认知和解读，一直在雅俗两端争议不休。究其俗者，认为小说刻画的是"日本30年代东北农村艺妓的生活画卷"，通过社会下层庶民的不幸，表现人与现实社会的矛盾对立。论其雅者，则从禅宗或东方美学中参悟文本背后作家所传达的自他一如、主客一如、万物一如的心性修为。[①] 就文而言，俗中之雅是指在世俗中却有着超越世俗常态的观察与思考。因而文能超凡脱俗，情可委婉曲折，景亦幽然深邃。如前所

---

① 参见孟庆枢《川端康成研究在中国》，《外国文学研究》1999年第4期。

述，汤泽町本是日本北方雪国中一个清冷贫瘠的山村，红叶飘零、暮雪纷纷，皆是季节更替的自然常态。但在川端康成看来，恬淡空寂即是"风雅"。心象与物象合二为一，花影树声，皆含妙理，余情袅袅，幽远景美。川端康成总说风景是刺激他创作的要因，① 但何尝不是他的妙笔，赋予乡土景观"出世之美"呢？

笔者在汤泽町考察期间，居住在温泉街的日式旅馆里。上了些年纪的老板同我闲聊时说："在温泉街最普通、最日常的物事当中，都有川端康成先生的'法眼'在。"② 的确，哪怕是汤泽随处可见的山林野草、蔬果点心，都因有了川端康成的描写而与众不同。外在、物化的景物之美，与内在、感觉的意韵之美，弥漫在汤泽温泉街上，给人一种无法言喻的古雅温存之感。只要你读过《雪国》，文学经验就会将来访者的观念和情感引至川端式的风雅之中。汤泽的温泉旅馆，便是因川端康成及其文学经典成为"日本情趣"的典型代表。

在《雪国》以短篇连载面世前（1934 年），川端康成曾在《温泉杂记》中写道："之前以温泉为主题的文学创作③，几乎都是旅行游记，与宣传单或广告写真无异，不过是留宿客人眼中粗浅的场景印象而已，没有触及那片土地上人民的真实生活。本色的温泉文学不应只停留在咏唱恋歌、赞美景色、猎奇风俗这些表层的东西上。唯能深入人们地方生活中的美丑根底，作品才能超越游客的视野，见到温泉场内部生活的本质。"④ 虽然《雪国》被日本许多文学评论家称为"温泉情话"，但作家在文本中并不细描暮云朝雨，而是用人情替代肉欲，透过温泉场涤净"罪恶"的隐喻，以岛村和驹子在温泉场的交往细节串联出地方生活中同情哀怜、无常宿命的林林总总。汤泽原有的山之汤、岩之汤等，本是村里的平民公共浴场。却

---

① 参见川端康成《我的七条·风景》，《川端康成散文》（下），叶渭渠译，中国广播电视出版社 1994 年版，第 293 页。
② 资料来源：2018 年 8 月 20 日，笔者在汤泽町温泉街的田野访谈记录，此处应要求隐去被访人姓名。
③ 日本被称为温泉王国，全国共有 2600 多座温泉和 7 万家以上的温泉旅馆。日本近代文士一直有喜好温泉的传统，以温泉为背景题材的作品统称为"温泉文学"。
④ 「川端康成全集 27 卷」，东京新潮社 1982 年版，第 78 页。

第一部分　文学民族志

因在文学经典中被赋予了从日常（现实空间）中脱逸而出的特殊体验，在游客眼中便有了雅致情趣。甚至被赋予了彻见心性的禅意或治愈的奇效："深山温泉旅馆中的情侣不会寂寞，温泉之恋是没有丝毫痛处的。"① 原本朴素无奇的汤沢温泉，因文学赋"雅"，获得了与别府、热海等稀有泉质同样尊崇的地位。

小说《雪国》诞生的舞台高半旅馆"霞之间"，也因文学经典被披上传奇外衣。高半旅馆创建于 800 年前，只是山间籍籍无名的小旅店。由于川端康成五赴汤沢都下榻该馆"霞之间"，高半跃而成为汤沢町最高级的日式温泉旅馆之一。目前"霞之间"完全按照川端康成当年入住的原样移设保存，房间外还改建出一个文学资料室，介绍高半旅馆的历史、小说《雪国》的相关资料、川端康成私人衣物用品和拍摄电影"雪国"的诸多资料。旅馆住客、来访的文学爱好者们特别热衷于讨论"霞之间"的房间结构与小说情节的关系，以及川端康成和艺伎松荣在同一空间中的行为细节、隐私故事。

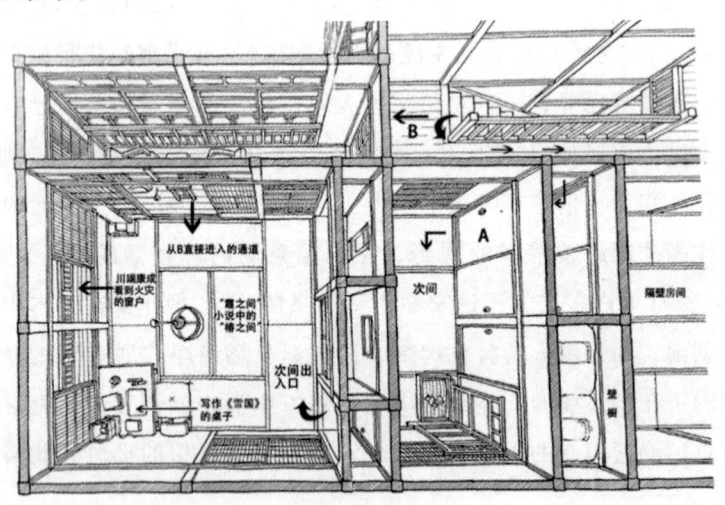

图 2　高半旅馆"霞之间"结构

人们在参观过程中通过不断模拟男女主人公（或川端康成/驹子）上

---

① 「川端康成全集 26 卷」，温泉女景色，东京新潮社 1982 年版，第 154 页。

楼下楼、拉门推窗等情节，凭借仪式化行为达成与文本一致的共同经验和情感期待。围绕着"他"及"他"的所属物，"霞之间"被赋予神圣性。而在这一空间中发生的人情俗事，也在文学经验的引导下重构化生为经典的风雅意蕴。

结语　文学经典重塑乡土景观

《雪国》的经典，在于川端康成对"故乡之美"的成功凝练。而在其文学经验引导下，汤沢町的乡土景观也在不断塑形中同样成为经典的"日本原乡"。当我们走入实地现场，将文学经典安置于当地人的认知架构中寻求解释，就会发现作家、作品、读者、住民、景观，共同沿袭文本历史、创造现实生活。文学经典的生产力让人充满期待！虽然中国乡土景观正因城市化进程加速而面临危机，但相信沈从文的凤凰、莫言的高密、韩少功的马桥、苏童的香椿树街、迟子建的额尔古纳河，亦能带我们找到灵魂归处……

此文刊发于《暨南学刊》2019 年第 4 期

文学想象与地域民俗认同的构拟

——基于张家湾"中国红学文化之乡"构筑的思考*

近年来文学文本（literature）与民族志（ethnography）交融并置，这与人类学的实证主义、经验主义反思息息相关，同时也与文学领域"故事"式的民族志撰写勾连。西方从启蒙主义开始，就关注实证主义对于科学的意义，人类学亦在其中。在人类学田野调查与民族志撰写里，个体的主观意识被遮蔽，注重分析"社会结构对自我的塑造和影响"，但极少关注"个体推己及物的认知社会、表述历史的方式和途径"，随着"民族志诗学"的兴起，民族志文本逐渐从"自然""科学""客观"转向"道德""情感""自我""交互""对话"以及"复调"等更注重人的主观体验这一维度转向，[①] 但依然对于"艺术"与"民族志"持矛盾态度，即在人类学看来，"艺术"与虚构等同，为了调和虚构与"事实"，"理论与实践、科学与人文、理论与素材、物质与象征、思想与身体等"，赫茨菲尔德（Michael Herzfeld）提出了"文字的雕塑"（verbal sculpture），"雕塑民族志这件艺术品将采用一种新的方法——不但要拒绝科学主义（scientism），而且还要拒绝纯粹的审美简化论，同时还要拒绝将思想活动和身体行为相分离的观点，因为这事关我们学习的方式。如此一来，我们就可以将'艺术'（art）'技艺'（craft）和'技巧'（technique）三个概念融合在一起，用古希腊语'techne'来表示，这样就可以打破物质与象征相对立的二元

---

* 作者简介：毛巧晖，中国社会科学院民族文学研究所研究员。
① 刘珩：《民族志诗性：论"自我"维度的人类学理论实践》，《民族研究》2012年第4期。

论藩篱，同时把书写看作语言的雕塑"①。这就进一步使得民族志文本与文学文本交融。反之，文学领域从民族志视域的文本分析从20世纪20年代就已兴起，民族志式的写作在中国更是古已有之。古人观风俗以艺术文本记录更是早期的文学传统，如《竹枝词》，其与安德鲁·阿伯特（Andrew Abbott）以抒情的方式书写民族志②有异曲同工之处。但是无论民族志诗学还是文学文本的人类学（民族志）、文学地理学分析，他们更关注文本对于地域、文化事象的描述、记录，或者地域对于文学的形塑等，但较少关注文学对于地域风情、人文景观的模塑与影响，并在此基础上构拟地域民俗认同。本文试图通过对"曹雪芹墓石"发现争论、北京市通州区张家湾的《红楼梦》地域叙事、人文景观建设以及作为张家湾文化展示的博物馆对于民俗认同的构拟。

"曹雪芹墓石发现"争论与"事实"呈现

1992年7月31日《北京日报郊区版》刊发张文宽、焦保强《张家湾镇发现曹霑墓碑，墓碑证明：曹雪芹葬于通县》的报道。因为《红楼梦》的影响，此消息迅速在全国乃至世界传播，8月1日张家湾镇政府召开"曹雪芹墓碑发现鉴定会"，对于发现的"曹公讳霑墓"墓石进行鉴定讨论，8月16日冯其庸在《文汇报》撰文《曹雪芹墓石目见记》，《北京晚报》8月27日和28日刊发《"曹公讳霑墓"刻石为墓志》《红学家冯其庸在上海〈文汇报〉撰文改变曹雪芹卒年"癸未"说》，《人民日报》《光明日报》亦刊发《曹雪芹究竟生在哪里？葬在何方？》《曹公墓碑真假难辨红学研究再掀波澜》等报道。③ 同一段时间《北京晚报》《北京日报》更是大幅刊发这一主题，通州当地刊物《运河》亦发表这一主题组稿。1992年

---

① Michael Herzfeld, "Serendipitous Sculpture: Ethnography does as Ethnography Goes", *Anthropology and Humanism*, 2014, (1). 转引自刘珩《雕刻民族志：呈现"事实"的艺术形式》，《民族文学研究》2018年第5期。
② Andrew Abbott, "Against Narrative: A Preface to Lyrical Sociology", *Sociological Theory*, 2007 (1).
③ 《曹雪芹究竟生在哪里？葬在何方？》，《人民日报》1992年8月7日；《曹公墓碑真假难辨 红学研究再掀波澜》，《光明日报》1992年9月19日。

的《红楼梦》国际研讨会也专题开展了曹雪芹墓石的讨论。真可谓"一石激起千层浪",《石头记》又因为一块石头引起世人关注。

早在消息发布之前,冯其庸1992年7月25日"我去通县张家湾目验曹雪芹墓石,并到墓石出土地点和曹家当铺遗址做了调查",他认为其无可怀疑。[1] 8月26日史树青、傅大卣确认"碑是真的,没问题"。但在"曹雪芹墓碑发现鉴定会"上意见分歧,当然其核心就是"真"与"假"。后围绕这一论题的讨论结集为《曹雪芹墓石论争集》,涵括了"论文"22篇,"墓石发现经过"7篇,"报导·综述"16篇,"文献资料"23篇,"追补"2篇等。从参与者而言,如冯其庸、史树青以及身居海外的唐德刚等学者专家讨论自不多言,但还有发现者李景柱,发掘过程的撰写者则是张家湾镇政府等。

对于这一已过去26年的《红楼梦》学术史"事件",至此依然众说纷纭,但笔者并无意在此论断或重新讨论,只是通过这一"事件"的追述,呈现红学对张家湾地域文化的介入。张家湾曾因运河而闻名,"为潞河(即北运河)下流,南北水陆要会也。自潞河南至长店四十里,水势环曲,官船客舫,漕运舟航,骈集于此。弦唱相闻,最称繁盛"[2]。永乐年间设"通济仓",为储粮官仓。其四面环绕凉水河、玉带河、萧太后河,交通便利,亦是京师物资供给的重要水运码头。地处便利,自然形成繁盛的贸易场所,云集各地客商,城内有山西会馆、高丽庙等以及祭祀妈祖的庙宇等。之后随着城市发展,张家湾旧城废圮,20世纪90年代仅余南门城垛。[3] 张家湾最初与《红楼梦》的联系,只是涉及江宁织造曹𫖯家产,"所有遗存产业惟京中住房两所,外城鲜鱼空房一所,通州典地六百亩,张家湾当铺一所,本银七千两"[4],但是留存于文献或红学研究者视野的"曹家当铺",与张家湾民众的日常生活实践无关。但是随着"曹雪芹墓石"发现,文学作品《红楼梦》与民众生活勾连、交织。1992年,张家湾修建张

---

[1] 冯其庸主编:《曹雪芹墓石论争集》,"序",文化艺术出版社1994年版,第1页。
[2] (明)蒋一葵:《长安客话》卷六,北京古籍出版社1982年版,第130页。
[3] 贺海:《水泊古镇张家湾》,《北京晚报》1992年8月21日。
[4] 李煦奏折,收藏于北京市通州区张家湾镇博物馆。

家湾人民公园,并准备在其中设碑林,重现地域历史,并成为青少年镇史教育基地。"碑录"是了解民族和地域文化的重要路径,正如谢阁兰(Victor Segalen)《古今碑录》,借助碑刻用文学表述重新谱写地域文化。① 同时这一时期通州县成立了"旅游开发公司",就是此时得知了曹雪墓石拓片之事。② 这既与文献"曹家当铺"所在地吻合,又与民众口述中"不知墓主"坟冢发生关联。据当时仍在世的看坟人"徐瑞和已故的高丽庄看坟人之孙王法明讲,流经张家湾的萧太后河两岸过去是旗人墓地,徐家看的是自家祖上坟地,王家看的是京城里的周家坟,唯岸北两家所看坟地中间的六百亩坟地不知其主。此地因近邻楼子庄、高楼金村、花庄……据高楼金村69岁的王刚和88岁的王金讲,此处是曹家坟"③。这样曹氏家族、曹家园、曹家坟、曹家当铺、曹家井、曹家盐店等进入了张家湾民众的日常生活空间。他们并不关注红学上"真假"事件,只是着眼于红学在本地域留存的文化遗产。

红学文化纳入地域叙事及其文化景观的建构

《红楼梦》可谓中国文化巅峰之一,文学解读、实证考察以及相关各种文化阐释,可谓百科全书式作品,正如"一千个读者就有一千个哈姆雷特",红楼解读亦如此。对于《红楼梦》到底是出自哪个地域,名家众说纷纭。本文只是论述《红楼梦》纳入张家湾地域叙事以及形成当地文化景观,并逐渐内化到当地民众的生活实践,逐渐形成了他们的民俗认同(folkloric identity)。"民俗实践的核心是认同的构建和维系,民俗研究的核心是对认同的研究;因为群体认同的核心是共享的民俗,并且对此共享的民俗的认同也构成不同群体互动和新传统形成的驱动力"。④

张家湾古城已荡然无存,仅存的萧太后河上的古桥和南门城垛已经成

---

① Victor Segalen, *Stèles*, Paris: Mercure de France, 1982.
② 北京市通县张家湾镇人民政府:《关于曹雪芹墓碑的发现经过》,《运河》1992年第3期。
③ 北京市通县张家湾镇人民政府:《关于曹雪芹墓碑的发现经过》,《运河》1992年第3期。
④ 张举文:《民俗认同:民俗关键词之一》,《民间文化论坛》2018年第1期。

■ 第一部分　文学民族志

为文物，作为"遗产"成为古城"物"的叙事。在这一古老的"物"的场域，其原初"城"的功能已经消解，但成为当地老人"讲古"的叙事空间。在地域叙事中，"花枝巷""曹家当铺"成为张家湾古城地理空间的折射。《红楼梦》第六十四回描述了贾珍将尤二姐安顿在"小花枝巷"内一所房子，而"花枝巷"就在张家湾南门内西侧的第一条胡同，曹家当铺即在此。曹家当铺成为张家湾历史变迁的具象表达。曹家当铺的出现当然与当时处于第一码头的张家湾经济、文化地位有关，随着19世纪中期清帝国的衰落，特别是作为发达文化的资本主义的军事、政治、文化入侵，张家湾为代表的"河运"被陆路（铁路）运输替代，通州的京城东大门位置渐趋消逝，张家湾更是迅速凋敝。20世纪60年代，随着经济的改造，曹家当铺成为张家湾第六生产队队址及饲养室，后来八九十年代临街铺面拆建，它成为张家湾派出所和人民银行张家湾营业所等。"曹家当铺"的文化变迁，成为这一地域"历史叙事"的重要参照。从全球文化的交流，地域空间改为了时间序列分布，即费边所说，空间分布转化为时间排列，[①]即西方成为先进"文明"的代表，中国及其他古老文明被纳入"半开化"文化体系。20世纪60年代和80年代社会主义经济的转型，它也成为当时历史的"典型文化"表征，21世纪之后张家湾的古城不复存在，"曹家当铺"作为地域叙事的文化符号留存。曹家坟亦如此，从清代以来传承的当地看坟人，口传讲述曹家，李景柱等村民在"1968年冬，平整土地大会战。张家湾村负责萧太后河以北，花庄以南一线"。施工到曹家坟一带，发现了"曹公讳霑墓——壬午"的一块青色基石，但当时并不为人知，只是到了"张家湾人民公园"建设时期，它要承担地域文化叙事，随即进入公众视野。且不讨论它的辨识，只是它的出现以及当下的存续，更多与地域表达相关。后通州文物管理所所长周良进一步考证《红楼梦》中提到的"葫芦僧乱判葫芦案"之葫芦庙，"王熙凤弄权铁槛寺，秦鲸卿得趣馒头庵"的铁槛寺、馒头庵，妙玉和惜春修行的栊翠庵，以及地藏庵、玉皇庙、达摩庵等也投射到古城张家湾的文化空间。这些在当地民众的叙事与

---

① ［德］约翰尼斯·费边：《时间与他者：人类学如何制作其对象》，马健雄、林珠云译，北京师范大学出版社2018年版，第2页。

— 134 —

表达中，并非出于历史、考古叙事，而在于表述红楼梦中的文化空间与张家湾的重合，同时也在叙述他们的"文化事实"——运河明珠张家湾，从《红楼梦》文化空间表达码头张家湾的水路"繁华"以及"先有张家湾后有北京城"的文化辉煌。这是他们所追诉的"意义"，同时也在凝铸地域的"文化传统"。

2015年曹雪芹诞辰300周年，红学界进行了纪念，并进行学术研讨。学术研讨与民众日常生活无关，但是为了纪念曹雪芹，学术表达上他与张家湾又有紧密关系，当地在萧太后河两岸打造了"红楼文化"景观。曹雪芹像、归梦亭、展示红学文化的"绿色走廊"等，尤其是曹雪芹像醒目，这一塑像并非学术意义上的"事物"，而转化为当地民众的"文化标志"，他们对于曹氏更多口传叙事中人物传说的表达，对于围绕他而形成的"当铺""井""死亡场域——坟园"等，他成为当地文化叙事的"核心"。笔者2018年多次到张家湾调查，在新建的张家湾居民区，民众的公共场域小区广场两侧陈列着红楼故事、红楼文化的普及展板，对于这些我们并非探索它的文化源起，而是关注它们在民众文化中逐渐凝铸的"传统底色"。对于文化建构的质疑，霍布斯鲍姆早已回应，传统不是古代流传下来的不变的陈迹，"表面看来或者声称是古老的'传统'，其起源的时间往往是相当晚近的，而且有时是被发明出来的""'被发明的传统'意味着一整套通常由已被公开或私下接受的规则所控制的实践活动"[①]，艾哈迈德·斯昆惕则论述了"当前，我们正处在人类历史上的一个转折性时期，充满不确定因素。自古以来，人类从未像今天这样动员起来并充满热情地保护过去的遗产，特别是在不同社会间大范围接触和对资源进行以消费为导向的过度开发的背景下。这种遗产保护意识的产生有一个先决条件，即'地方性的生产'（«production de la localité»，Appadurai 1996）及其模式与机制的转变；同时还造成了一个代价，即在周围一切或几乎一切遗产都消失的时候，感到惊恐的人们才去寻找坐标（repères）和里程碑（bornes），以维系他们陷入剧变中的命运。正是在这种情况下才出现了遗产的生产，不论是

[①] [英] E. 霍布斯鲍姆、T. 兰格：《传统的发明》，顾杭、庞冠群译，译林出版社 2004 年版，第 1—2 页。

■ 第一部分　文学民族志

遗址、文物、实践或理念；这种遗产的生产能够恰如其分地被视为一种'传统的发明'"①。民俗恰是民众日常的实践活动，它与从前人们关注的"种族""民族"认同不一样，其核心指向是文化建构的"群体"，也就是邓迪斯所论述的新的"民"的概念，"个人的经历永远只是一种受限的共同的生活"②。张家湾的红楼文化叙事与景观，不关注《红楼梦》的考证、争论，而重在本地域"我者"叙事的建构与形成。因此对于张家湾而言，在红楼文化的地域叙事与文化景观建构过程中，它也在形成当地新的认同。

张家湾镇博物馆：文化展示与文化传播

　　博物馆到底是来源于西方文化，还是中国古已有之，这可能不是关键，但对于博物馆在文化遗产的展示中的意义则普遍引起关注。博物馆在特定的空间中，将一民族、一地域的文化凝练于其中，它通过空间布局、时间序列、文化提取与凝练来"展演"民族、地域叙事。这一"展演"有着文化选择、我者视域与他者凝视的交错，但无可否认它像故事或诗歌一样，是地方性知识表达、传播的重要介质或场域。2007年修改的《国际博物馆协会章程》将博物馆工作对象外延到非物质文化遗产，明确指出博物馆要成为保护、研究、传播、展示非物质文化遗产的积极力量。③张家湾博物馆是中国第一个镇级博物馆，其建筑规模与陈列技术都处于前列，其布展、文化的主要策划者为曹志义。曹志义从小出生于张家湾镇张湾村，他在笔者的访谈中讲述了博物馆的建造过程，从2014年筹备建设，其原型为"张湾村村史馆"，④后认为"运河文化""古镇文化""红学文化"为

---

　　①　[摩洛哥]艾哈迈德·斯昆惕：《非物质文化遗产及其遗产化反思》，马千里译，巴莫曲布嫫校，《民族文学研究》2017年第4期。
　　②　[法]茨维坦·托多罗夫：《共同的生活》，林泉喜译，华东师范大学出版社2017年版，第2页。
　　③　朱莉莉：《非遗公众活动：强化博物馆非遗传播效应的思考——以南京博物院非物质文化遗产馆为个案分析》，《民族艺术研究》2018年第5期。
　　④　2018年7月至8月笔者多次前往张家湾调研，对曹志义先生进行了多次访谈，很多内容表述来源于访谈，特此致谢。

这一地域的主体，运河文化重在图片和文献展示，博物馆的造型也是船帆结合，当然还有一些实物展示，古镇文化重在张家湾的古地图及周良考证的古镇文化，张家湾城布局、文化标志成为《红楼梦》地域叙事的再现，尤其是一些典型景观，如"曹家当铺""花枝巷""小花枝巷"，以及独特景观"三桥夹一庙""三庙夹一桥"等。

在红学文化展示中，首先是"学者"话语的全面表达。张家湾博物馆的题名由冯其庸撰写。作为"曹雪芹墓石发现"考证、研究的重要推动者，冯其庸在红学学术史上的成就当地民众并不关心，但作为张家湾红学文化缔造的重要推动者，他们积极将其与地域叙事联结。在博物馆内红学文化展示中，通过电子屏幕显示，滚动播放冯其庸在张家湾曹氏墓石发现中的讲话、所撰写的文稿以及在张家湾里二泗一带举办的红学研究活动。学术活动只是地域文化展示的依托，同时也成为向"他者"讲述的"权威"表达。其次则是物的展演与叙事。博物馆的镇馆之宝可谓"曹公讳霑墓"墓石，而红学文化恰以此为核心，包罗了《红楼梦》版本、文献中曹家当铺与曹氏家族资产的陈列、曹氏家族相关的圣旨陈列等。物的陈列既是文化的导引，也是地域文化"事实"的表达。最后则是张家湾未来建设愿景，希冀能恢复以《红楼梦》为原型的古镇文化景观，或者在当下首都副中心的建设中，在附近的购物中心播映厅不定期上演大型《红楼梦》实景剧。

博物馆与当地公共空间的文化展板、曹雪芹像等文化景观拟建不同，尽管张家湾近年来在城市化进程中，人口流动加大，生活于此地域的并非全部为原住民，但正是这些文化展示让生活在这一地域的人对红学、古镇张家湾有了一定的文化认知，也是在新的历史情境中"文化记忆"的构拟与表达。但博物馆不同，博物馆在殖民时期，它更多是将"小型社会文化"作为展示对象，而在展示中形成政治建构与他者眼中的"文化身份"。[1] 在城市化进程中，乡村很多时候成为旅游的风景，但风景恰是权力与地方话语的表达，不可能只是自然景象，这从18世纪英国的乡村旅游即

---

[1] Carol X. Zhang, Honggen Xiao, Nigel Morgan, Tuan Phong Ly, Politics of Memories: Identity Construction in Museums, *Annals of Tourism Research*, 2018（9）.

是如此。当下的美丽乡村建设也涉及大量的乡土景观,在景观构建中"博物馆"意义突出。博物馆将地域文化建构成"文化的展示",通过这一"展示",既有对于地域文化的"重新构拟",也形成了他者严重的地域"民俗传统",在文化凝视中成为"地方性知识"展演,也是当地"民俗认同"的空间展示。

博物馆更多是向他者的文化输出,因为博物馆观众以外来人为主,比如通州博物馆每周四向公众免费开放,在博物馆的参观记录中,更多都是通州文化工作者或者外来文化调查者,再者就是当地的中小学爱国教育、文化教育课程的学习场地。它对于当地民众生活实践而言,只是"物"的存在,或者"地理坐标",对于他者则是当地民俗传统展示之处,也是他们了解其民俗传承的重要场域。因此其中的"红学文化"恰为向外的传播窗口,是在他者视域中构拟张家湾红学文化的"民俗认同"。

此文刊发于《暨南学刊》2019年第4期

"红毛番":一个增值的象形文本

——近代西方形象在中国的变迁轨迹与互动关系

一个社会形象的形成需要两个前提条件:形象本身和他者的透视。二者共同构成形象文本(imagined text)。形象文本具有两个规则:一为客体的变动性,或称"生长术"。古希腊神话斯芬克斯(Sphinx)关于"人腿"的谜语称得上人类"第一迷思"(the First Myth)。二为"以我为中心"的视野特性。古老中国的第一形象黄帝传说有"四面",分别管理四方。"一点四方"即是方位律制和种族分类的形象表述。如果说黄帝形象还属神话的话,中国历史上的第一个朝代商朝(公元前1523—前1028年)就出现了"中国人/蛮夷人"的区分。"以我为中心"的种属分类和方位律制成为人类文明史上的一个通例。西语"条条道路通罗马"以及在地理上对东方的方位确认无不以"欧洲中心"为依据。一个很有意思的现象已为人们习惯性知识所接受:不同国家在绘制地图时都把自己国家置于中心,以确立"一点"的地位。文化就是一张"地图",这是人类学家格尔兹的著名定义。① 那么,站在某一张文化地图的中心位置去观照他人形象,自然生出不同的形象文本,文化价值也有所不同。"红毛番"便是一个案例。

一

"番"按《说文解字》解释为动物,古义为采田动物之掌。与中华方

---

① [美]克利夫·格尔兹(Clifford Geertz):《文化的解释》,第一章,上海人民出版社 1999年版。

第一部分　文学民族志

位律制中的四方种属"夷、戎、蛮、狄"同为一类，属"中心"外的非我族类。番（蕃）常与"夷"连用，指未开化的野蛮人。对外，"中国"高人一等为不争的原则。在未开化的"番"中又有接受驯化的"熟番"和未受驯化的"生番"之分。于是就有了三个等级。① 西方人来到中国，由于体质特征的怪异性，中国人将他们统归于"红毛番"一类，以便与其他"番类"相区别。又因为其性凶残，民间更附之"番鬼"。时至今日，闽南地区的老人们仍传言红毛番有食人（小孩）习性，这与历史上的记录完全吻合："佛郎机人久留不去，剽劫行旅，至掠小儿为食。"② 顾炎武在所引《月山丛谈》中也有提及。③ 闽、粤两省因据海之利，与西方人交往甚多，他们迄今不改"红毛"之称谓。不过，"红毛番""番鬼"等形象用语更多流于民间。

如上所述，形象具有类似于生长术的运动规则，形象价值的增减变化经常并不来自于形象本身，而来自他人对形象的说明和解释。起初西方人来中国的根本目的是贸易和殖民。然而，初来乍到，他们面对着一个比自己国家更强大的政治国体。加之马可·波罗（Marco Polo）、利玛窦（Matteo Ricci）等西方先驱远道来中国，向他们的欧洲祖先传送了不少中华文明的信息；更有启蒙思想家们对中国的颂誉之辞和追崇时尚，导致了18、19世纪初西方对中国文明的崇信之风。甚至路易十四的家庭教师为之诵经中都有"Sancle Confuci ora pro nobis"（圣人孔子，请为我们祈祷）的句子。④ 但是，明代末期以后，特别到了清朝，中国封建王朝加剧了其自身的封闭性，惧怕与外界交流。清乾隆皇帝在接见大英帝国为他祝寿而派出一个使团留下一句这样的话："联无求于任何人。尔等速速收起礼品，起启回国。"⑤

---

① ［法］佩雷菲特：《停滞的帝国——两个世界的撞击》，王国卿等译，生活·读书·新知三联书店1993年版，第38页。
② （清）张廷玉等：《明史》之《佛郎机传》，中华书局1974年版，第8430页。
③ 《天下郡国利病书》卷119，清嘉庆十六年敷文阁聚珍版本，第54页。
④ ［法］佩雷菲特：《停滞的帝国——两个世界的撞击》，王国卿等译，生活·读书·新知三联书店1993年版，第30—31页。
⑤ ［法］佩雷菲特：《停滞的帝国——两个世界的撞击》，王国卿等译，生活·读书·新知三联书店1993年版，第5页。

"红毛番"：一个增值的象形文本

明朝是中国人开始对西方形象有较为普遍认识的时期。这里有两个原因：一是随着西域丝绸之路的堵塞，海上丝绸之路成为东西方商贸和文化交流的新渠道。福建、广东等东南沿海城市成了重要口岸。中国的海上交通蓬勃发展，郑和率船队出洋促进了中国与世界，尤其是东南亚国家的物产和文化的交流。二是欧洲殖民者，先是荷兰、葡萄牙，接着是西班牙、英国、法国等纷纷来到中国。只是因为中国封建王朝的封闭性，决定了统治者对文化交流所带来的社会文化变迁的恐惧感，一有风吹草动，伴随而来的就是长时间的"海禁政策"。

毕竟西方人来了，也就有机会去认识他们。明朝以前，中国老百姓对西方人并未形成鲜明的概念。最初对"红毛番"的称呼与"和兰"联系在一起。明人对荷兰人的来历一直不甚清楚，明沈德符的《野获编》（卷30）、《明嘉宗实录》（卷33）、《东西洋考》卷6、顾炎武的《天下郡国利病书》（卷93）、《皇明法传续纪》（卷11）等均语焉不详。《明史》则说："永乐、宣德时，郑和下西洋，历番数十国，无所谓和兰者。"[①] 最早记载荷兰人到中国沿海的应是《粤剑篇》，其中提到万历辛丑（1601年）九月间，"有二夷舟至香山澳。通事者不知何国人。人呼之为红毛鬼。其人须发皆赤，目睛圆，长丈许……。"明人张燮记载："红毛番自称荷兰国，与佛郎机邻壤，自古不通中华。其人深目长鼻，毛发皆赤，故呼红毛番云。"[②] 后来，西方人接踵而来，形象相仿，老百姓也分不清国属，一律称呼红毛番。

从此可以看出，外来形象在进入一个特定的社会时，其社会价值首先羼入了该社会结构的规范。概念和语义的确认也自然依那个社会结构而衍出。也就是说，它的能指（signifier）和所指（signified）的语义关系在很大程度上由社会价值结构所规定。西方人到中国，他们的形象符号首先纳入"中国人/番夷人"的二元对峙律范畴；无论从方位律制抑或是种属分类都如此。仿佛结构主义的"文明/野蛮""上等/下等"的结构要素类分。所以，红毛番形象价值的第一个陈述依据是中国传统社会结构的分类。

---

① 刘迎胜：《丝路文化·海上卷》，浙江人民出版社1995年版，第276页。
② 刘迎胜：《丝路文化·海上卷》，浙江人民出版社1995年版，第277页。

■ 第一部分 文学民族志

二

任何一个形象称谓都可能伴着社会价值体系的变化而产生质的变异。它符合形象的第一种规则——变动性。如果说中国人（尤其南方沿海民众）起初将西方人称作"红毛番"只是沿袭着中华传统"一点四方"的思维习惯；那么，随着清朝的衰落，西方人的形象以及凭附于上的称谓也就增加了许多新的内容。因为形象意义的社会指示必然伴随整个社会价值系统的变迁而变化，即结构主义所谓的"不稳定指示"。① 换言之，原生性形象符号的意义随着时空的变化和阐释的多样，产生出在此基础之上新的附意性形象符号语义，出现形象的"增值现象"。而社会形象的增值幅度与形象的分类和过程有关。依照社会形象范围的分类，大致有某一个人、某一阶级和某一集群。以共时性论，人群的范围越大，社会价值的增幅也越大。以历时性论，社会形象的滞留时段越长，社会价值增幅的可能性也就越大。"红毛番"属形象分类中的一个集群，且滞留时段很长，因而比一般历史上的某一个人、某一群人的文化变迁大得多，解释余地大得多，社会评价的长幅也自然大得多。

"红毛番"形象文本的"增值"过程之所以为历史的必然，根本原因在于，以中国历经千年的封建制度和内陆农业文明终究不能与西方资本主义制度和海洋工业文明进行抗争。英国学者赫德逊（C. F. Hudson）在《欧洲与中国》一书中开宗明义："海上的通路让给了欧洲霸权。"他援引一位欧洲人的话，"西方人是世界所有海洋的主人"。② 毫无疑问，殖民与霸权必然借助炮舰和商贸的介入。李约瑟博士曾宣布："中国人的航海舰队，在1100年至1450年，肯定是全世界最伟大的。"③ 到了清朝，中国的炮舰就远远落后于西方了。其实，这种炮舰上的落后，早在明朝就已经清楚地昭

---

① ［法］列维-斯特劳斯（levi-Strauss）：《野性的思维》，李幼蒸译，普隆出版公司1962年版，第174页。
② ［英］赫德逊（C. F. Hudson）：《欧洲与中国》，王遵仲译，中华书局1995年版，第15页。
③ 转引自孙光圻《海洋交通与文明》，海洋出版社1993年版，第4页。

示出来。据记载，明正德十四年（1519）林见素用锡模铸造当时的先进武器"佛郎机铳"，并有"抄火药方以平宸濠之乱"的记载。① 次年，御史何鳌向朝廷报告："佛郎机最凶狡，兵械较诸番独精。前岁驾大舶突入广东会城，炮声殷地。"当时威力无比的"巨炮"更被传为"红夷炮"。②

重商主义作为资本主义发展重要的社会力量，曾在资本主义发展和对外扩张中大有作为。它对产业革命和金融经济起着中介和促进作用。③ 在这方面中西方的差异更殊。关于这点，佩雷菲特倒有一句话说得透彻："对于英国人，'商人'一词代表着智慧，他们是文明的先锋……他们在所有欧洲国家都受尊敬，中国人对此不能理解。"④ 相反，在中国封建等级制度和传统文化中，商人地位最为低下。⑤ 世界性商业贸易与海洋交流相辅相成，与殖民主义拓展殊路同归。于是，西方人瞄准了中国的东南沿海，人员与货物频繁出现在各个口岸。比如福建的泉州（刺桐）港在宋元时期不独为名副其实的"海上丝绸之路"始发站，而且享有"东方第一大港"的美誉。当时泉州就有一条街名曰"聚宝街"，因"聚四方之珍宝"而得名。那里"蕃货远物，异宝珍玉之所渊薮"。⑥ 泉州其时尚有一处"番坊"，专供"殊方异域富商巨贾之所窟宅"。毗邻还有一个"洋墓村"，外国人死后葬于此。⑦ 商业的交流促进了中西方文化的交流，西方人的普遍形象，即较为广泛的民众认识基础也就产生于中国南方各商贸口岸集中的地方。

由于西方与中国的商业贸易由原先的逆差所导致的军事卷入、军事胜利以及一系列不平等条约的签订，中国被迫开放沿海口岸等，西方形象开始产生质变。"红毛番"的语义也因之产生变化。这可在1860年10月13日英法联军侵入并焚烧圆明园后侵略者的欢呼声中得到印证："我们欧洲

---

① 王守仁：《书佛郎机遗事》，《王文成公全书》卷24，上海涵芬楼四部丛刊影印本。
② 刘迎胜：《丝路文化·海上卷》，浙江人民出版社1995年版，第285—287页。
③ 参见黄仁宇《资本主义与二十一世纪》，第一章，生活·读书·新知三联书店1997年版。
④ 在中国封建等级制度中，人被分为四等：文人以及从中选拔出来的官员、农民、工匠、最后是商人。
⑤ ［法］佩雷菲特：《停滞的帝国——两个世界的撞击》，王国卿等译，生活·读书·新知三联书店1993年版，第526—527页。
⑥ （元）吴澄：《吴文正公文集》卷16《送姜曼卿赴泉州路序》，影印文渊阁四库全书。
⑦ 见王建设等《泉州方言与文化》，鹭江出版社1994年版，第165—166页。

人是文明人，我们认为中国人是野蛮人。而这是文明对野蛮的所做所为。"[1] 此时的"红毛番"再不是过去那种叩头纳贡的人种，却成了名副其实的"强人"（强大凶悍的盗贼）。官方则越来越多地改"番夷"为"洋人"了。

这样，从红毛番的原生语义到它的附加语义（洋人）的表述文本中出现了明显的"增值"。它产生于形象符号语义变迁的三种基本指示：

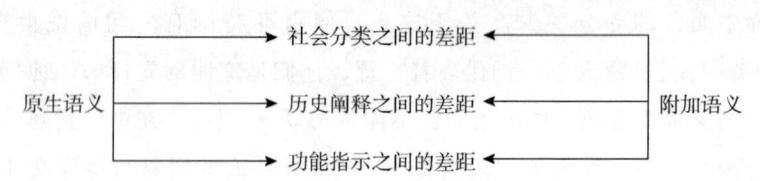

```
                  → 社会分类之间的差距 ←
原生语义    ─────→ 历史阐释之间的差距 ←─────  附加语义
                  → 功能指示之间的差距 ←
```

形象学研究的一个重要目标是视某一个特定形象在不同民族、族群中的变化轨迹及成因，比如西方人在东方的演变，西方眼中变化的东方人等。但是，仅做这样带有影响性质的研究显然不够。笔者认为，以往的形象学更多地将对象置于"文学形象"范畴；事实上一些重要的文化符号形象的跨文化、跨民族的研究也同等重要。长期以来，西方传教士的"东方使命"一直受到不同时期、不同国家的殖民政治、经济和军事等因素作用而表现出明显的殖民政治化变迁；对西方传教士形象的历史评价也因为同样的原因大幅起伏。比如传教士在中国的评价仿佛股市的曲线，起伏不定。然而，基督教遗留下来的"器物性符号"的文化含义却相对稳定；特别当一些符号的意义经过地方化、本土化，或者其形象经过不同民族、地方性群体的接受融合而成为一种新的符号形象之后，它所焕发出来的文化价值值得作深入的研究。本文即以基督教在中国东南沿海——福建省泉州地区所发现的石碑、墓碑上的十字符号形象为例进行阐释。

三

近一个世纪以来，在中国东南沿海，特别是泉州地区陆续发现（包括

---

[1] ［法］佩雷菲特：《停滞的帝国——两个世界的撞击》，王国卿等译，生活·读书·新知三联书店 1993 年版，第 609 页。

"红毛番":一个增值的象形文本

考古挖掘）一些刻有十字架、天使、华盖、莲花、人像及八思巴文铭符的墓碑。此举三例于此：

图1 碑1

图2 碑2

第一部分　文学民族志

图 3　碑 3

第一块石碑于 1926 年在泉州奏魁宫被发现。现藏于泉州海外交通史博物馆。属元代作品。石碑为尖拱形。碑上雕刻有一位头项乌纱帽，端坐于云朵之上、长着两对天使翅膀的男性，他的背后是一个十字架。当地人称之为"蕃丞相"。在泉州发现的"蕃丞相"石碑共有三方，形象大同小异。同类墓碑上有的还有梅花、有飘带的宽袖服饰，有的形象是长耳垂肩等。20 世纪 30 年代，德国学者艾克（Gustav Ecke）曾在北平天主教大学杂志上撰文，认为泉州这方"蕃丞相"的基督教（景教）[①] 石碑是古希腊和波斯有翼神像与基督教天使相结合的产物。这种形象以基督教徒为传播媒介，经过叙利亚、亚美尼亚，向东传入中国。[②]

[①] 景教即于唐代传入中国的基督教聂斯脱利派，以 Nestorius 命名。元代蒙古族入主中原，该教与当时传来的天主教统称也里可温教——蒙古语对基督教教的称谓，意为"有福缘的人"。——笔者注。

[②] 参见吴幼雄《泉州宗教文化》，鹭江出版社 1993 年版，第 253—256 页。

第二块墓碑属古基督教徒开珊朱延珂子云碑石。碑上刻有十字架、捧物的双飞天及八思巴文,①（中间正楷）还有汉文［右：至大四年辛亥,（1311年——笔者）。左：促秋朔月谨题］。现存于厦门大学人类博物馆。学者对墓碑上八思巴文的解释为：开、山、朱、延、可、訾、云、墓,前七个字都是姓,说明墓碑是七姓死者墓葬的集体标志。②

第三块墓碑系古基督教徒的碑石,墓碑雕刻着两个符号：十字架、莲花,此外还有中文"柯存诚,侍者长"。该墓碑现存于厦门大学人类博物馆。

类似的墓碑还有不少,比如1979年在泉州北门外的后茂村发现的一块墓碑,死者为基督教徒王克忠夫妇的合葬墓。墓碑上部镌刻着英文,下部镌刻着中文符号。总体上看,泉州出土的古基督教墓碑多数属于也里可温的。在这些墓碑中,有的雕刻叙利亚文字拼写的中亚地区方言,有的掺杂了蒙古语,有的是回鹘文字拼写的当地方言,有的则是蒙古的八思巴文字拼写的汉语。图二即为泉州地区有纪年最早的基督教墓碑。王铭铭教授猜测"它可能是蒙古人或色目人冒充汉人,或汉人信奉也里可温教的墓碑碣"③。

这些墓碑符号形象曾引起西方学者和传教士们的注意和重视,穆尔教授（A. C. Moule）、艾克博士（G. Ecke）、奈斯教授（T. Rice）、克兹博士（Otto Kurz）、弗郎多（Ferrando）、摩雅教父（S. Moya）等或亲自到泉州稽考,或对墓碑进行解释。尽管对这些不同宗教背景"粘贴式"符号渊源的解释迄今为止仍见仁见智,但对诸如十字、天使形象等与西方基督教有关的符号却有一个共识：即西方形象的东方化、中国化、地方化。克兹博士甚至用了"完全的中国化"。奈斯教授则以"东方化"概括之。福斯特在《刺桐城墙的十字架》④一文中认为,这些符号形象受到"一般基督教的影响",而不仅仅为景教。⑤

---

① 八思巴（1235—1280）,藏传佛教萨迦派第五代祖师,1253年为忽必烈召置左右,从受佛戒。1269年献所制蒙古新字,颁行全国,称为"八思巴文"。
② 照那斯图：《元代景教徒墓志碑八思巴字考释》,《海交史研究》1994年第2期。
③ 王铭铭：《逝去的繁荣：一座老城的历史人类学考察》,浙江人民出版社1999年版,第79页。
④ "刺桐"为泉州的古称。
⑤ Foster, J., Crosses from the Walls of Zaitun, See *Journal of the Royal Asiatic Society*, Parts 1-2, 1954.

■ 第一部分　文学民族志

　　毫无疑义，对于这些随西方基督教而来的符号所构成的形象意义我们至少需要进行两个层面的认识：一，符号形象的缘生意义。二，中国的地方化过程。十字符号的意义大致有以下几种：最有代表性的当然指基督教把象征思考的地理位置的十字形点状与耶稣的十字架相关联。与之联系的传说是在天使的指引下，诺亚让儿子闪（Shem）和孙子麦基泽德（Melchizedek）把亚当的遗骨从埋葬的洞穴转移到地球的中点。而人们更为熟知的十字架的基督教象征指处决耶稣的刑具。通过再生，十字架又成了永恒的生命象征。十字符号同时具有空间意义，它是上下左右的交汇点，在不同民族的文化理解中，它大都有方位，特别在丧葬、建筑等方面超越了简单的丈量性器具的功能指示，而与教堂、庙宇、墓地等生命（肉体和精神）象征联系在一起。它具有对称价值，人们还可以从形体结构中附加不同的含义。当然，十字符号还有一个较为普遍的指喻，即象征着"生命树"。总之，十字符号的生命理解和宗教含义大都与"生—死—再生"的原型（archetype）相伴相属。泉州墓碑中的符号形象自然与"生—死—再生"的原型息息相关，只不过"东方化"罢了。

　　基督教十字符形象在泉州的墓碑中显然演变出了崭新的意思。人们看到，石碑上的十字符号、天使羽翼属于古基督教的；莲花、"华盖"属于佛教性质的；乌纱帽、梅花则属于中国本土的东西。由于这些墓碑多为元代遗物，自然少不了蒙古文化的因子，如八思巴文。事实上，在泉州地方还有大量回教（伊斯兰教）等的符号。我们当然不会因此做出那些墓碑的拥有者——人或家族同时笃信多种宗教，隶属于多种教派这样的判断。纵使是教徒，他们也只能皈依其中的一种宗教。事实上，宋元时期，世界上的主要宗教都有过传入泉州的史迹：有印度教、回教、基督教、摩尼教、喇嘛教，且留下了许多派别的痕迹。所以，我们偏向于认为，那些墓碑上的宗教符号更多地属于"形象的借用"。它的意思与当地人的生死观念相吻合。或者说，这样的符号形象借助是在"地方知识"（local knowledge）支配下完成的。但是，为什么从宋元到明初这一历史时期在中国东南边陲沿海会出现如此集中罕见的宗教文化交流和交融现象，为什么像泉州这样的地方可以接纳多种不同背景的文化等问题，值得我们进一步探讨。

四

西方形象的历时性演变呈现复杂、多方面的视觉转移。它主要体现于以下三个方面：（A）官方的文献；（B）民间的看法；（C）文人的观点。三者对西方人的态度虽因国势的江河日下所产生的变化轨迹大致趋同，但因各自所处的角色身份、认知水平、地域分布等的不同又呈差异；有时甚至相背，产生了不同的形象文本和解释上的距离。

统治集团对待西方形象所依据的是政治权势和中华文化的大传统背景。"红毛番"初到中国完全以一种臣服的面目出现。当然，这只是一种战略上的需要。事实上，欧洲人前来朝贡是本着贸易精神，所谓"朝贡贸易"不过是物质交换的形式。而且西方人通常总能在交换中占得便宜。他们的朝贡"不过表诚敬而已"[①]。中国历代封建皇帝为了满足其"宗主国"的身份和面子，结果总要"厚往而薄来"[②]。尽管如此，尚可言"开放"。到了清朝，统治者的封闭性发展到了极端。可是一俟中国封建统治者的那般颐指气使，被西方炮舰击垮后便颓然转变为儒弱。"宗主国"遂成"附庸国"，"红毛番"的意义便产生了质变。这条线索在官方文书中有清晰的痕迹。明朝时期的官方文书和圣上谕旨中还有明显唐宋盛世的气派。到了清朝，语用上也有了不小变化，"洋人""西洋"渐渐与"番夷"替换。在乾隆皇帝的官方文书里，这种变化最明确。比如在对付西方商人来华经商的规定上，皇上的敕谕就出现了"西洋""洋行""夷商"并出的文字。[③] 国家也遇到了祖上前所未有"受气"于"红毛"的事端，"洪案"的发生就是一个例子。[④] 这些事端则每每在以西方人拒绝"叩头"之类的

---

① 见《明太祖实录》卷88、卷71，"中央研究院"历史语言研究所校勘，上海古籍书店据中国台湾影印本复印1983年版。

② 见《明太祖实录》卷88、卷71，"中央研究院"历史语言研究所校勘，上海古籍书店据中国台湾影印本复印1983年版。

③ 转引自孙光圻《海洋交通与文明》，海洋出版社1993年版，第372页。

④ "洪案"是英国东印度公司通事洪仁辉（西名詹姆士·弗林特，James Flint）在广州经商时与清政府发生的轰动中外的案件，事实上是西方势力试图通过商业扩张来迫使中国清政府开放口岸和市场的必然过程。

第一部分 文学民族志

礼仪上表演出来。当时的一份诏书这样行文："中国为天下共主，（西洋）岂有如此侮慢据傲，甘心忍受之理。"① 到了鸦片战争以后，西方形象在官方文书中就产生了彻底的改变。

西方形象在民间的演变有所不同，尤其是中国东南沿海各省。其文化形态与中原文化（精英文化）多有异殊，构成了所谓的"小传统"与"大传统"的形态差别。以闽粤两省而言，它们原本在传统中华文化和方位律制中皆属"南蛮"范畴。他们倚海洋交通之便利，历史上与海外交流甚多，形成了较之精英文化不同的重商传统。"福建一路以海商为业"。② 更有甚者，他们"私自下番，交通外国"③，"赁货通番愈过愈炽"④。在与外番的交往中，他们一方面对"番夷形象"的认识在主体上与统治阶级保持一致，这既是民族认同（ethnic identity）的需要，又有利益上的关联；另一方面，由于小传统的直接作用以及地方性利益，民间对"番夷形象"的认识与官方又有出入，局部甚至发生相当激烈的抵触情况。⑤ 事实上，封建政府的"海禁政策"，一防外番进入，二防愚民外出当海盗，三防内外勾结。这些特殊的情境经常导致民间与官方对番夷形象评价的不同。西方文化（如宗教）在中国东南沿海的附着力相对于中原的"中心地区"也就强得多。不少西方的传教士在这些地方成为受欢迎的人士，艾儒略（Giulio Aleni）等便是典型。⑥ 文化上出现了所谓的"合儒"现象。许多西方传教士也产生了不同程度的"归化"（即西方"洋"人的中国"土"化），或曰"濡化"（acculturation）。这可以在他们死后葬于当地的墓碑上看得清清楚楚。⑦

---

① ［法］佩雷菲特：《停滞的帝国——两个世界的撞击》，王国卿等译，生活·读书·新知三联书店1993年版，第587页。
② 《东坡全集》卷56《论高丽进奉状》，影印文渊阁四库全书。
③ 《明永乐实录》卷12，"中央研究院"历史语言研究所校勘，上海古籍书店据中国台湾影印本复印1983年版。
④ 《泉州府志》卷25《海防》，1984年据泉山书社1927年乾隆版补刻本。
⑤ 参见庄景辉《明末清初的福建海商与陶瓷贸易》，《海外交通史迹研究》，厦门大学出版社1996年版。
⑥ 参见林金水等《艾儒略在泉州的交游与传教活动》，《海交史研究》1994年第1期。
⑦ 闽南地区考古挖掘出大量凿有基督教（景教）、佛教、道教文化于体的墓碑，比如"蕃垂相"的尖拱形墓碑（Pointed arch-shaped Headstone）即为一例，正中刻有一个"华盖"，由十字架承托，翼翅天使坐在其中，为男性，头顶乌纱帽，集三教于一体。

"红毛番":一个增值的象形文本

中国文人在对西方人认识和描述上独具特色,并充满着矛盾性。首先表现在他们忧患意识中的两重性:一是认识到清代封建王朝的衰败和"西学东渐"的必然性。梁启超就曾深刻揭示中华帝国停滞的根源:"中国自古一统,环列皆个蛮夷,不患外侮。故防弊之意多,而兴利之意少;怀安之念重,而虑危之念轻……使能闭关画界,永绝外敌,终古为独立之国,则墨守斯法,世世仍之,稍加整顿,未尝不足以治天下。"① 魏源则讥统治者"徒知侈张中华,未睹寰瀛之大"②。二是封建传统濡染和造化出的狭隘民族主义情绪,比如在士阶层中就有许多人公开宣称:"宁愿看到民族灭亡,也不愿看到生活方式的改变。"③ 这些因素决定了中国文人在看待西方形象上的矛盾性和不稳定感。大致上看,明清时期中国士大夫对西学的态度有三类:一是以徐光启、李之藻为代表。"欲学超胜,必先会通"。认为只有学习外来优秀的文化遗产为我所用,方能赶超西方国家。二是以方以智、王夫之为代表。认为西方之术不过"剽袭中国之余绪"。除少数"测术"以外,勿需过于认真。三是以杨光先等人为代表,对西学持全盘否定态度。④ 同时,中国文人在看待西方形象上带有浓厚的个性色彩和个人经历因素。不少知识分子因与西方传教士私交甚好而对西人褒扬有加。⑤ 一些留洋的学人则对西方形象进行个性化评说,带有明显的"文人文本"色彩。"文人文本"在一定程度上起到了连接官方与民间的作用。

官方、民间和文人三者分别塑造出的西方"形象文本"从未完全叠合。如果我们将三者对"红毛番"的解释和"红毛番"自身的变动一并加以观照,其形象文本会出现如下变化:

(A) 官方文本(official text)简 T1 ——→官方政权变化需要 T1′

---

① 梁启超:《变法通议·论不变法之害》,见李华兴等编《梁启超选集》,上海人民出版社 1984 年版,第 7—8 页。
② (清)魏源:《圣武记》,上海中华书局据古微堂原刻本校刊《四部备要·史部》卷 12,第 9 页。
③ 吴象婴等译:《全球通史:1500 年以后的世界》(The World since 1500 A Global History),上海社会科学院出版社 1992 年版,第 474 页。
④ 参见许苏民《比较文化研究史》,云南人民出版社 1992 年版,第 450—451 页。
⑤ 参见林金水《艾儒略与明末福州社会》,《海交史研究》1992 年第 2 期。

第一部分　文学民族志

（B）民间文本（folk text）简 T2 ——→小传统的解释模式 T2′

（C）文人文本（literary text）简 T3 ——→文人个性化等因素 T3′

横向"T1——T1′"是对形象认识的历时性过程。纵向"T1——T2——T3"则表示中国主要社会阶层对西方形象认识和解释的距离。其中每一个文本延续的生命力并不一致；比如，我们今天已经无法从官方和文人的叙述中再看到"番夷"（红毛番）之类，它已经为"西方人"所替代。民间（东南沿海）却依然沿用，而且还将长时间地沿用下去。说明一个形象文本在民间的延续能力最大，文人文本次之，官方文本再次之。又由于形象文本在历史演进中的文化融合作用和阐释量的增加，会产生社会价值的"附加值"。以红毛番形象为例，以上关系还能延伸出另一个文本：

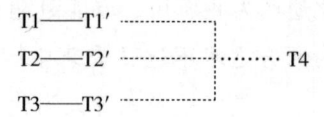

$$
\begin{array}{c}
T1\text{——}T1' \\
T2\text{——}T2' \quad\cdots\cdots\cdots T4 \\
T3\text{——}T3'
\end{array}
$$

T4 是整合后的西方形象的文本，它不仅糅合了其他文本的品质，而且会依照社会文化变迁的法则参与各种解释，具有特殊的"附加值"，需要引起特别关注。所以，我们言及"西方形象"的时候，首先要弄清楚具体指哪一个形象文本，当代形象学研究多以文人文本为依据，问题在于：如果文人文本失去另外两种认识根源和参照指标，恐有无本之源之嫌。

此文刊发于《厦门大学学报》（哲学社会科学版）1998 年第 2 期

附录一　文学民族志的概念、方法及实验

——一个跨学科的文体实验*

引　言

彭兆荣教授是一位有深厚跨学科素养的人类学家，其学识涉及人类学、文学、旅游学、艺术学等多个学科研究领域。他曾任厦门大学人类学研究所所长，厦门大学旅游人类学研究中心主任、博士生导师，也曾到法国尼斯大学人类学系、法国国家科学院"华南及印支半岛人类学研究中心"学习和研究，是法国巴黎大学（十大）客座教授、巴黎大学（索邦）高级访问学者、美国伯克利加州大学（UC Berkeley）人类学系高级访问教授。目前他担任的主要学术职务有：中国人类学学会副秘书长，中国文学人类学学会副会长，中国艺术人类学研究会副会长。著有《中国艺术遗产论纲》《重建中国乡土景观》《文学与仪式》《饮食人类学》《旅游人类学》《遗产：反思与阐释》《人类学仪式理论与实践》等 20 部（含合著）著作。主编"人类与遗产""厦门大学人类学文丛""文化遗产教材丛书"等 6 套，在国内外发表学术论文 500 多篇。2019 年 11 月 22 日至 24 日，在中国比较文学学会文学人类学研究会第八届年会召开之际，彭兆荣教授做了以"文学民族志"为题的主题报告。

---

* 被访谈人：彭兆荣，访谈人：王艳，采访时间：2019 年 11 月 23 日，访谈地点：广西民族大学。原文《文学民族志的概念、方法及实践——一个跨学科的文体实验》发表于《青海社会科学》2020 年第 3 期。

第一部分　文学民族志

王艳（以下简称王）：彭教授，您好，首先感谢您拨冗接受我的访谈。今天您在年会上的主题发言非常精彩，让人耳目一新，提出了一个新的概念"文学民族志"，作为一门新兴的交叉学科，文学人类学已经在借鉴、吸收、融合中西方理论的基础上，形成了自成一体的理论体系和方法论，但是从未有人提出过"文学民族志"这种全新的文类，请问您提出这个概念的动机是什么？

彭兆荣（以下简称彭）：我使用"文学民族志"（literary ethnography）并非刻意标新，学术界将文学（literature）、民族志（ethnography）并置已经比较普遍，但都将二者保持于两个不同学科之间的互动关系上，鲜有将民族志作为一种方法应用于文学研究中，即使是文学人类学（literary anthropology）这一分支学科亦罕见之。所以，"文学民族志"就是将两个学科结合在一起，特别是：以人类学参与观察的方法介入作品，包括到作品的发生地，对作品中的原型、原景、原物进行调查；所以，文学民族志包含着多学科交叉，特别是方法论借助的实验性质。

这几年鉴于我们大量文学人类学的主力军都在文学系，他们没有受过人类学训练，有的甚至完全没有，只是用了"人类学"这个词。人类学田野作业讲究参与观察，要求参与到生活中去跟人们同吃同住同劳动，成为他们中的一分子，尽可能从他们的角度去理解社会，去对社会进行性质的判断，人类学是所谓的"质性研究"。所以田野调查的原则就是参与观察，今天有些人将田野调查简化为访谈，像记者一样。但在传统的民族志中很少用访谈的方式，你去看经典的民族志，基本上看不到访谈；虽然也有，但是在很特殊的情况下，你是他的一个成员，比如说你要去调查一个部落首领，你可能有一个问题会问他，会出现这种情况，但不是我们今天所说的"访谈"；因为参与观察在大多数情况下不需要"访谈"。

我们现在谈谈文学与人类学，我也是学文学，同时也学人类学，因此将二者结合在一起对我来说似乎是天然的。最近做了一些文学研究，我很清楚地看到我自己需要有一点回归，抽一些时间来做文学人类学。主要有以下几个原因：第一，某种意义上说，也是忠诚于文学的；毕竟自己在文学方面积累和积淀了很多文学知识。第二，我也为文学人类学这个学科考虑，试图去拓展一个创新性的东西。更重要的就是第三点，鉴于大部分文学人类学的爱好者、参与者都是文学系出身的，他们没有经过人类学知识谱系和田野调查的完整训练，所以就会造成两种情况：一种是讲很大的概念，讲很空泛的概念，人们在听的时候好像是这样子，听完以后不知道他在说什么。特别将西方的概念没有消化就直接搬来用，更加有害。针对这些情况，我希望通过一种方法论和方法的试验，能够对这些年轻的学者有启发。当然，我是在做一个实验，也是在做一个示范。

以我自己的经历，我以前博士论文《文学与仪式》做的就是这个，所以我觉得做起来还是不错，有心得。同时，我在民族地区有过非常艰苦的、长时间的田野调查经历，对于像瑶族这样的少数民族，有时一次调查就达数月。而无论调查得如何深入，最终总是要用文字来完成，因此也可以说是"文学"，其实像克利福德·格尔兹（Clifford Geertz）的《文化的解释》，他就把它当作"文体实验"，甚至将自己当作"作家"。我现在进行"文学民族志"研究，同样有收获，而且我以后会出一本论文集，不过不着急，大约用五年的时间吧，邀请一批学者一起来做。

王：民族志是人类学的翅膀，自人类学诞生以来，民族志经历了较长的发展过程并产生了诸多文类，人类学家对民族志范式的探索从未间断，新的人类学书写和文化表述方式正在悄然而至。您今天提出"文学民族志"的时候，我脑海里出现了很多新的民族志，比如"网络民族志""微信民族志""自我民族志""体性民族志""音乐民族志"等，其中庄孔韶教授"人类学诗学"的概念在字面意思上与"文学民族志"最为接近，不知道我这么理解对不对？

彭：我跟庄老师不一样，庄老师是做人类学出身的，他的导师是林耀华。他所涉及的一些文学，一定程度上是因为他的老师林耀华以小说的文体来反映民族志，《金翼》就是用小说体来做民族志。人类学写民族志可以用小说来写，而且生动有特色。今天我们在讲"实验民族志"，允许大家以不同的方式来表述。因此，我们也可以将民族志当作一种表述文体，比如像黄树民先生写的《林村的故事》，它是用跟踪采访的方式，对主人公"林书记"的生命史进行追踪。就好像去观察一个人，一直跟踪他，一

第一部分 文学民族志

直进行跟踪性的"采访",写他的生命史;他通过对"林书记"生命史的跟踪,对 1949 年以后中国沿海渔村的变迁有一个完整的呈现。事实上这是一种文体试验。所以庄老师不管是写诗也好,做"人类学诗学"也好,还是做影像民族志,以及现在他在进行绘画民族志的尝试,都是民族志"实验"。当然,他追随他的老师用小说来写民族志,还是其他方式,都是民族志,都是在人类学范畴中来探讨民族志表述方式的差异和可能性。

我跟庄孔韶的最大差别在于——哪怕我们讨论同一个话题,我们的情况也不同:第一,你知道我从大学一直到博士都是做文学的,所以我是受过完整的文学训练的。然后我 80 年代去法国留学,2000 年又再度赴法,两次去法国留学,后面又去美国留学,全部是学人类学的。所以我从 20 世纪 80 年代开始,就是"两条腿"走路。而且,从 20 世纪 80 年代开始,我就与一批在贵州进行人类学调查的西方人类学家、人类学博士候选人一起从事田野作业。两只脚踩着两条船上一起走,我一直在探讨着这两个学科怎么可以走到一起?因为我的学习训练一开始就是两个类型的,那么我们现在的文学人类学,不管是"三驾马车"还是怎么样的,我都像我今天讲的,因为我在中文系待了很长时间,中国的文学是有很长的历史的,他们的传统做法是经史子集,文字著书,就是这样子的,哪怕是大师也是这样一套。所以叶舒宪老师只是在近代传统学问上在二重证据、三重证据后提出四重考据,但他只是在取证上,还是没有到达真正的文学人类学方法论的革命。就是说叶舒宪的四重证据法它只是告诉你,我们要用四种方法去证明一个东西,但是怎么去证?他并没有说。其实要推证很多问题。我做了几十年研究,我的博士论文做的就是这个东西,我也用田野的方法去希腊考证,去现场,去推证文学的对象。

王:您提出文学民族志作为一种应用性的实验方法,包含了"四合四维"的表述——阐释性结构,所谓"四合",指文学民族志是一个"四合一"的立体表述,包含了作家、作品、当事人(或对象),以及民族志者对"事实"进行"田野作业"(fieldwork)的深描性表述。所谓"四维",指由此连带性地推展出阐释的"四种维度":作家、读者、当事者、人类学者在不同语境、不同时代所包含的阐释性之间的巨大维度。① 这种全新的民族志方法您试验过吗？

彭：我讲的这些要求和"四合四维"是不是一开始就这么完整的，后面是不是没有可能突破或者没有可能进行完善的？不是！这本身是试验性的东西。而且他还有回归到中国本土的问题，比如说回到你的格萨尔史诗的研究，你的调研中间就可能存在着另外一个问题，而且你可能，也可以从这个"范式"中有所突破和创新的。因为藏族是游牧民族，虽然你的田野现场或许是一个固定的地方，比如说是一个举行祭祀的地方，它是一个固定的场所，但是藏族是一个游牧民族，它的整体文化是在游牧中变化的，一直是在变迁中呈现自己的文化，像这种动态性的族群和文明怎么来做文学民族志，你可能在我所说的基础上有所创新，有所突破。我也希望你写一篇文章，在这个问题上，你对"四合四维"进行验证，这就是你的创新了，我未来在编辑论文集的时候把你的文章收进去。你既通过这样的方式去做到你的格萨尔研究里头，然后尝试用一种新型文学人类学的方式，你也可以通过仪式的角度进入去进行新的探讨。还有，因为《格萨尔》是游牧民族的产物，但是它又是一个史诗化的表达，它是非遗，还包含了仪式和口头传承的东西，它也是藏族人民心目中认同的崇高性的表述，包含的东西非常多。"五合五维""六合六维"都是可能的。

但是因为贾平凹的情况不同，他的家乡就在那里，他从小就在那长大，所以那些所谓的"规则"，彭老师是从这个案例里面找出来的。文学民族志是可以创新的，是试验的过程，我也希望王艳能够在这方面有所突破，而且你们做藏族的应该有突破，如果在这方面已突破了，那么既继承了传统，又有在格萨尔中间研究文学民族志，那么彻底的创新，那多好啊。到时候也许我去兰州的时候，如果时间充分，我们去你的一个田野点去看一看格萨尔，因为我是去过几个地方的，包括在玉树，有一个山头上有一个遗址遗物，我们可以去看一下。其实我希望今天文学民族志概念的提出和其中几个原则，以及"四合四维"的方式方法，对

---

① 彭兆荣、杨娇娇：《乡土的表述永远的秦腔——贾平凹小说〈秦腔〉的人类学解读》，《暨南学报》（哲学社会科学版）2019 年第 2 期。

第一部分　文学民族志

彭老师来说只是一种试验性的、范式的探索，我希望这个探索对你们有启发，而且你们可以在你们的案例中间有突破，有突围。这多好啊，对不对？

王：您提出的"文学民族志"，之前有没有人写过？或者说，之前有没有人就是这么做的，用的其实就是文学民族志的方法，但是并没有提出这个概念？

彭：没有，反正中国没有。因为我一直在这条线上走，文学人类学我很清楚的，像彭老师这种既学人类学又去做文学的，实在是很少的。某种方面来说，文学民族志的原则、它的方法和那种规矩的提出，对我而言，除了我刚才的三个动机以外，对自己的知识结构来说也算水到渠成，也是属于我自己的。我做了三十多年的田野，会很自然地把所有的东西放在田野中间来看。所以如果你对彭老师提出的文学民族志感兴趣的话，我希望你在接受原则的基础上去创新。而且你的研究对象包含的这种维度，空间更大，拓展的维度更宽，你是应该有机会做得更好的。我的人类学是在世界名校，跟着世界名师学的，是法国国家科学院人类学学部委员 Jacque Lemoine 教授带出来的，是美国加州大学伯克利分校的终身教授 Nelson, H. Graburn 带出来的，受过很严格的训练，包括我跟法国老师在印支半岛和华南这一带做瑶族的调查，做了十几年，我的法国老师是国际瑶族学会的主席，我跟他了很长时间。以彭老师超过35年的田野经历，我现在还在做田野，包括去年去青海的果洛去做藏族的调研。我当然会很自然地把今天要讨论的对象放在我的经验和知识背景中间。

王：民族志是"对事实的记录方式"（ethnography as a record of fact）[①]作为一种独立的文类，民族志从一开始就强调亲眼所见、亲耳所闻、亲身体验，要求人类学者到事件发生的"现场"，但文学作品往往是虚构的。您所说的文学民族志的研究对象是什么？您今天讲的贾平凹的《秦腔》是要给我们作出示范吗？

彭：我选择的记录首先是乡土性，具有乡土表述的，所以在文学范畴

[①] Thomas Barfield, *The Dictionary of Anthropology*, Malden MA: Blackwell Publishing Ltd., 1997, p.160.

当然对象就是乡土文学。这并不是说除了乡土文学以外就没有了，比如说贾平凹的《废都》，老舍的《茶馆》等，都是城市的。那么当然暂时就不在我这里头来讨论，但并不意味着我不讨论它，或者不值得用文学民族志的方式去讨论。我之所以先选择相同序列进入，只是先做一个选项进入，之所以选择乡土文学，是因为中华文明是农耕文明，乡土性最有代表性。我认为中国的乡土性是中华文明最有代表性的土壤，这就是我今天首先选择"乡土文学"的理由。中国自古以来是农耕文明，虽然像你们这样游牧文明跟农耕文明确实在历史上曾经相互交叉，甚至有相互冲突等，但这个并不妨碍乡土的性质、主题和原型。我们讲黄河文明就是将黄河流域视为"源头"，也是为什么把黄河作为母亲河的原因。农耕当然就是中华文明最具主体性的。农耕文明以黄河流域和长江流域为代表，黄河流域代表的北方叫麦作文化，长江流域代表的南方叫稻作文化。而在农耕范畴，更有代表性的其实是长江流域，麦作文化其实是外来的，在甲骨文里"麦"的意思是"来"，就是外来的意思。而稻作才是真正中国自发的。稻作产生于长江中下游，江西、湖南、江浙这一带是稻作文明的发祥地，这个是公认的。良渚文化去年成为世界遗产，良渚文化遗址中很多人只关注其古代城址。其实最重要的在我看来是水稻种子和栽培技艺，以及良渚遗址中的水渠。现在良渚文化主要是讲它的城市，在我看来水和水稻才是最重要的。长江流域和黄河流域，当然主体就是中华民族文明的原生性起源，所以乡土性最有代表性，就像费孝通讲《乡土中国》那样。当然，它是不是意味着乡土性中就没有其他的文明，比如游牧文明？不是的，其实游牧跟农耕在历史上一直是相互配合的。历史上的秦始皇想用长城把它们的关系阻断，尽管如此，二者还是没有中断。在中原一带，比如说在山西是连结草原的，比如说大同，过去就是大草原，所以它其实是游牧文明跟农耕文明交集的地方。这也就是费孝通所说"多元一体"。

我的文学民族志只是先进入乡土文学，并不是说就没有游牧文明、半游牧半农耕的文明样态。我只是先试验选择最有代表性的。那么选择了乡土性以后，乡土文学的作家就到我眼前了。贾平凹、莫言、沈从文当然就在里头，我也列了你们的藏族作家阿来这些主要讲他乡土性的东西。所以

第一部分　文学民族志

我试图先去通过乡土作家、乡土文学来映照和反映中华农耕文明的大背景。那么，在乡土文学中有没有农耕文明和游牧文明双璧同辉的价值呢？当然有。我上次去果洛，我真正在那个地方受到非常大的启发，甚至可以说受到震撼。我感受到藏族人民的最了不起的地方是什么？你知道吗？是他们用生命实践跟大自然灵魂同在的那样一个关系。我看藏民吃过一顿午饭，没有产生、留下任何垃圾，非常了不起。我们去的地方曾经是牧区，两个藏民骑马过来，然后走到一条溪流边，溪流是雪山流下来的水。非常干净，他们在溪流旁边找两块三块石头搞成一个三角形，然后就在草地上捡几块牦牛屎、牛粪来做燃料，把它点着，然后从藏袍里头拿出一个铁钵，放在上面，从溪流里舀一瓢水放里头，然后他在这里头拿一点出来，就是你们的藏粑？水开后，就把那个水跟藏粑调好了，就吃完了。那是干净的水，就回到溪流里头，都是干净的！然后用这个水把那个锅搞干净，吃完以后又塞回藏袍，就走了，他一顿饭就吃完了。没有留下任何垃圾。全世界，今天还有哪一个民族能够做到这一点？了不起。这算不算"乡土智慧"？我认为算的。

王：按照您用人类学的方法解读《秦腔》，能不能归纳一下文学民族志的具体方法是什么？具体谈一下？

彭：我是这样，首先把贾平凹重要的作品都读了，包括他的散文和有关他的传记。然后选择他的代表作品，尤其是《秦腔》，是他最重要的代表作，是他最用心写的，他获得茅盾文学奖时在获奖感言中对作品进行了定位。我就要去细读，每页都认真读，我把里头在哪里、什么时候唱秦腔，全部都记录下来。比如他高兴的时候唱秦腔、白喜唱秦腔、红喜唱秦腔、出生的时候唱秦腔，朋友聚会唱秦腔，要去细读，才能清楚地看到秦腔在整个人生活过程中间究竟在一个什么地位？秦腔成为当地人民生命、生活、生计、生产、生业的有机部分。阅读完了以后，你对秦腔在他家乡丹洛棣花镇的印象会很深，那么你就会想他为什么选择秦腔。在我们一般人看来，秦腔只是一种艺术的表达，民间艺术的表达有那么重要吗？

要回答这样的问题，只有亲身到当地去感受。在现场会产生现场感，它不仅是作者的家乡，也是你可以与作者和作品真实交流的场境与语境，特别是有许多民俗,只有到了当地才能更好地了解和理解,知道在什么背景底下的意思和意义,包括风水,比如书中有描述到公路开通了以后发生怎么样的变化,路得怎么开通,他都写得很清楚的,如果道路的修建违背了地方的风水,对当地会带来什么样的后果。读完以后你到现场去,你就会很清楚地看到,包括道路的方位、现在的情况,当地民众的生活场景。

贾平凹是那土生土长的人,他在《秦腔》中之所以没有选民族历史,没有选经商,没有选择务农,没有选择其他的方式来表达他的家乡,而选择了秦腔,这说明在他的心目中,秦腔最能代表当地人的生活和生命表达。那么他怎么选择?从哪个地方来选择?当然他就有义务要把秦腔写好,这对我来说比较重要。事实上,作家的家乡有许多东西可以写,他都把它撇去了,比如说商洛古道、宋金街、与异族争战的历史故事,这些曾经有过非常激烈的民族斗争的历史,在当地都有留下痕迹,然而他都不选择,作品中也不怎么反映。那个地方曾经是女真和汉人打得很厉害的地方。所以,读者就可以想到,当作家选择一个对象的时候,他其实放弃了很多。我们可以称之为"提炼"。于是,我也就围绕着他的作品和作品的背景因素进行调查,清风街、二郎寺、魁星楼、戏台等,去了解作品中呈现的场景以及围绕着这些场景的相关因素和元素,包括动物、植物等。你到现场一看就非常清楚。然后再去与当地的乡亲们交流,了解他们怎么看作品。

为此,我专门与地方民众交流,看看当地的老百姓是如何看《秦腔》的。事实上,贾平凹写完、发表了小说《秦腔》以后,作家本人战战兢兢,他不知道他的乡亲们会不会不高兴,会不会满意他这样描写他们的家乡,因为小说中也有描写男女关系以及其他东西,包括家族关系、商业利益等。我从当地的领导、他的兄弟、民众,包括街上摆摊的人口中去了解他们的看法,大家都非常认可作品。在调研中也带出了一些其他情形,比如在贾平凹的家门前有一个丑石,作家专门写过一篇散文,非常有名。今天在他门前的丑石并不原来作家描写的那块丑石了,那块丑石在建筑的时候搞掉了,后来就换了一块放在那个地方。贾平凹很喜欢收藏石头,他在散文中通过丑石写自己。在他的家乡,我访问了不少人,包括他胞弟,清

第一部分　文学民族志

楚地感受到他在什么程度上真正代表了当地民众，才知道他为什么可以获得这么高的荣誉？是不是他的小说真正好到那个地步呢？好是好，但是你去了以后，你的结论一定是到现场才得出来的，他的小说真正代表了当地民众的心声。再比如说沈从文的《边城》，能不能说作品代表了当地人民的心声，你没有去现场，你怎么知道？这也可以说明文学民族志的必要性。

王：我是不是可以理解为从"文本"回到"本文"呢？您以《秦腔》为文本，回到小说创作的原型中去寻找、印证"本文"？

彭：你要这样总结，我当然也认为可以，但是从文本到本文，"本文"其实也是一种文本。如果本文是指生活本身，那么，生活的被认识过程也可以理解成"文本"。这是理论上的一个抽象的说法，而真正的你要从文本到本文再到文本，这个里头是有很多东西要做的。你刚才问的方法，我现在就是去印证，去印证"本文中的文本"：

第一个，原型印证。比如说小说的原型，如果我们把《秦腔》中的"秦腔"视为一种原型，即文化原型去印证，你要去看一下作家为什么选择秦腔，没有选择别的。那么秦腔原型中间究竟代表的、包含的、隐含的价值有多么大，这实际上是一个文化价值和认同。所以今天我在台上一讲，所有在座的陕西人，大家都心潮澎湃，他们都愿意唱，哪怕不会唱，也想吼。你一下就会知道，其他人并不会因为"秦腔"而激动。你就可以知道，确实是对秦人来说，秦腔原型中包含着当地民众的生命呼喊和呐喊。

第二个，整体印证。秦腔在当地人民的生活中间究竟在什么时候会出现？如果按照小说中所描述的那样，人的一生中要是没有秦腔，根本是活不出来的。因为当地人一出生就在听秦腔，死了还得听秦腔，高兴的时候听秦腔，悲伤的时候听秦腔，讲话讲不顺的时候，就唱秦腔，唱得比说得顺，人们听了也就顺了，朋友见面喝酒时要唱秦腔，也就是说，当地民众的生活中如果没有秦腔就不是他们的生活，秦人没有秦腔就不是秦人了。而这一切，你需要到当地去印证，去感受。事实上即使到当地，并不是时时处处都能听得到秦腔，现在当地民众的日常生活并不像以前那样了，但是秦腔的"魂"还在。

第三个，细节印证。比如说小说中讲的清风街，我去到现场印证，我发现好像清风街的方位有一些变化，小说中的清风街，我如果没有记错的话，是东西向后来改成了南北向，那么你就印证了今天的改道和原来的之间的区别。比如那个地方的树是一种当地经常讲的树，那么你去印证那些树。还有就是丹江，小说中描写当地的那条河叫丹江，其实就是作家门前一条小小的河流。它为什么叫丹江？丹就是红色，说是因为那条河里头的鱼是红色的。你可以去看，是不是红色的鱼特别多等。你可以在细节上去印证，然后再看看作家为什么挑这些细节，不挑那些细节；挑这个事件，不挑那个事件，你就可以很清楚地知道他要什么。

第四个，景观印证。贾平凹写了当时的农村，他在家乡长大，即使他后来离开了家乡，但他还是经常回家。他回家经常做什么事情呢？看到家乡变化太快，他既高兴又感慨，他经常一个人坐在山边，一个人坐在河边，去感受家乡的变化，他感到既高兴又悲怆。因为家乡过去的景观正在快速消失，他原来记忆最美的东西也慢慢地没有了，现在的发达，比如公路交通，他看到这些内心其实很矛盾。这种矛盾可以在现场去核实，去核实书里头的景观和今天现实的景观的差别。印证在贾平凹内心和记忆中的家乡也是现在变化中的家乡。

第五个，符号印证。《秦腔》中有大量的隐喻和象征，这些隐喻和象征大多是符号化的，这些符号被作家赋予了不同的意义和意思。小说的男主人公叫作"引生"，女主人公叫作"白雪"。"引生"这个人恰恰是一个没有生殖能力的人。一个没有生殖能力的男人，但是他在精神上的恋爱是"白雪"，一种很柏拉图式的爱，更加强烈，震撼人心。一个生殖不健全的人去爱他的女神，生活中他是不能表达的，难以表达的。小说在描写男主人公想女主人公的时候，非常有象征性，经常以动物来传递信息。贾平凹是受到魔幻现实主义文学和意识流影响很深的作家。他的作品会通过各种动物去表达人的思想和感情，比如让知了飞到白雪家外面的树上去叫。再比如老鼠，作家很喜欢老鼠，他说他以前很穷的时候自己在家里写作，他家的屋梁上总有一只老鼠在那里跑来跑去，他说我从来不赶那只老鼠。为什么？因为他成了作家的伴，贾平凹在休息的时候就跟它对眼，常常跟朋

第一部分　文学民族志

友一样的。他不仅不赶,他有什么东西还给老鼠吃。当时乡下很穷,如果家里有老鼠,说明你家里还有吃的。如果家里已经没有老鼠了,说明你穷到连老鼠都不来了。隐喻还有一个作用,避免政治灾难,因为你太直接批评时政,有危险。

王:您今年发表了两篇论文用人类学的方法解读《秦腔》《古炉》《高兴》①,您是不是要用这种方式来重新解读中国的乡土小说?

彭:比如说我再举贾平凹另外一部小说《古炉》为例,小说中充满了隐喻和象征。小说总是要反映现实,如果要平面、客观地反映,当然就有可能针贬时弊,然而这是有风险的。为了规避风险,作家会以特别的表现手法来反映生活,这其实也是中国文化表述的传统。《红楼梦》就是这样。《古炉》反映"文化大革命"时代的事情。作家的内心是矛盾的,他要反映那个政治时代的事情,又要保护自己。比如他要表现党支部书记的专横,他就写村支书家里的公鸡,那公鸡走起路来一摇一摆的,像领导干部走路的样子;它(他)在村子里到处视察母鸡窝,它看到一个母鸡窝变了形,就非常生气暴跳如雷。作家以这种方式来隐喻村支书横行霸道。村支书的公鸡就这么厉害吗?当然他其实是自保。当然作家也有一些直接表现他不满的,只是作家的内心很忐忑,所以他自己讲,他在政治上是比较幼稚的,他担心自己写的有时候不正确。

当然,我也只是尽自己的努力去体验,去核实,有的时候并不尽如人意。我不是陕西人,不会讲当地话,这会失去很多文化精髓。我对当地也不熟,10天是不足以进行深度了解的,还是会有隔阂。但是,无论如何,到现场去感受、体验、调研、核实,总会离作品更近些。我希望这种试验能够带给中国文学人类学,尤其是你们这一批年轻的、没有完整受到人类学训练的学者一些启示,毕竟我们在"文学人类学",它不是一个标签。

王:最后,我还想请教一下您,我现在在做《格萨尔》史诗的研究,它是一个跨文化、跨族群、跨地域、跨语言、活形态的文学文本,在研究

---

① 彭兆荣:《两种权利博弈中的三种"生态"——贾平凹乡土小说的人类学解读》,《民族文学研究》2019年第5期;彭兆荣、杨娇娇:《乡土的表述永远的秦腔——贾平凹小说〈秦腔〉的人类学解读》,《暨南学报》(哲学社会科学版)2019年第2期。

的过程中,人类学田野调查的方法是主要的研究方法,依您之见,少数民族的史诗是不是文学民族志呢?

彭:《格萨尔》是一部伟大的史诗,这完全没问题;问题在于"史诗"是一个形容词还是一种"文类"。如果说《格萨尔》是"史诗",是形容其伟大、不朽,我完全赞同。但当前非遗把它定位于史诗,更多是属于"类别",我对此就有一点看法。因为,我们在大学中文系学习到的"史诗"是西方的文体分类,看一看《荷马史诗》就能明白。中国古代的汉族文学中没有史诗,少数民族也没有西方式的"史诗",有自己的伟大作品,是什么?完全可以有自己的说法,未必要袭用西方的。史诗究竟包括什么没有定义,那么现在我们说格萨尔也好,亚鲁王也好,都是从非遗的角度定位,那么史诗是什么?史诗包括什么?没人能够回答,所以我们今天所用的"史诗"是从西方搬来的东西,而这样的结果我个人认为是一种窄化。因为中国没有史诗,你说史诗我就问你史诗有什么特点,你就得去查西方的文学词典,诸如西方的四种文类说法,史诗、传奇、戏剧、讽刺。它是从西方土壤中生长出来的,与我们藏族的文化不一样。你去看一下荷马史诗就会知道了,荷马史诗其实是写历史,神话历史。那么我们格萨尔也好,亚鲁王也好,还真不完全是这个东西。我们格萨尔、亚鲁王有族群认同、民族认同、族源认同,荷马史诗没有这些。荷马史诗认同哪一个民族?没有。那是一个"城邦国家"的时代,讲究不同群体的联盟。格萨尔也好,亚鲁王也好,是我们藏族和苗族的伟大祖先,名正言顺。西方史诗中间没有这个要求,没有这一款,可是中国这一款如果按西式的"史诗"的话,许多自己的文化就被遮蔽了。你是藏族,你也可以实验一下文学民族志的方法,观念上、认知上、非遗的分类上有很多东西可以做,可以反思和突破。这样的研究彭老师做不到,你可以做得到,我希望你们新一辈的学者做得更多更好。

谢谢彭老师,您今天谈的话题很有意思,您提出的"文学民族志"的概念对我很有启发,受益匪浅,相信以后也会对更多的年轻学者有所启示!

附录二　实验民族志语体

一口气读完黄树民的《林村的故事——一九四九年后中国农村变革》（以下简称《林村的故事》）。人类学家魏捷兹、何翠萍在跋中以"小说"语体述之，认为黄树民在"这个文类（genre）中找到了更能贴切地表达当今中国社会新的现实的书写文化（writing culture）的新方式"。换言之，小说的文类在《林村的故事》里呈现出某种历史叙事的最大空间。这本书受到国际人类学界的广泛好评，被认为是了解中国当代自一九四九年以来农村生活和历史变迁的"最佳入门之作"，与一种合适的言说性语体的成就无法分开。

人们当然不会愚蠢地认为，以文学的对话式语体民族志反映中国农村历史的变迁是最为贴切的一种文体。至为重要的，是看以什么社会身份表述什么内容之间的合适程度，以及呈现出历史叙事的社会真实性是否能够获取读者良好的、有价值的理解。黄树民成长于中国台湾，在美国接受人类学训练，现在在美国的大学执教。虽然不会有人怀疑以他的阅历、资历和学问，能用方言交流并经过多次、长时间对一个小村落的田野追踪调查，完全可以写出一部高水平的传统民族志来。但是，他所要写的正好是中国历史最具政治意味的一个阶段；地处边陲的林村又因其与小金门咫尺之遥的"前沿公社"之战略地位加重了这种色彩，使得作者无论如何对它进行历史的"深度描述"或阐发相应的政治见解，其特殊身份在读者心中都可能遗留下一个"阴影"。何况，以他这种"中国人"身份倘直接对中国共产党的历史政治做评点，免不了引起人们对类似"东方主义"论者萨义德"巴勒斯坦—美国"身份的关切和好奇。黄树民选择了类似私人对话体的民族志叙述，使他和叶书记之间的关系获得了最大限度的平衡与默契。作者表面上只扮演一个特定语境下"合适的提问者"，林村的历史主要由叶书记——一个"合适的回答者"来完成。细心的读者会发现，林村故事的叙事主体已经被问者和答者的共同叙事所取代。该书的出版引起西方知识界的重视，还有一个重要原因，那就是合适的语体和文类建立在满足了西方社会对于中国共产党执政以来"神话和传奇"般政治历史的认知想象和心理期待层面上。

在《林村的故事》里，叶文德的党支部书记身份之于林村的历史变迁和政治变革叙事更多地表现为一种策略性符号——借助他的口来传达政党政治的合理性与悖理性以迎合作者"采用生命史的方法"（life history approach）记录林村近半个世纪历史的真正意图。因此，它不是一般的个人传记，亦非学术界近来时兴的口述史记录。毫无疑义，叶文德是个"提纲"人物，他的生命史与林村自解放以来的历史变革相互映照。二者的关系主要表现为官方政治与地方知识系统间的冲突。这种冲突让人们清楚地看到中国共产党历史上的政治运动与传统地方性伦理和社会价值之间经过一次又一次冲撞"阵痛"后的整合程度。而且，对政治"结果"进行反思性思考，"倒叙"性理解国家和政党政治的地方性贯彻的变异显得愈发必要和深刻。

"作品"从作者与叶书记相识那一刻起，就揭开了中国共产党的政治与这个地处闽南小村子所代表的缘生性地方知识（primordial region knowledge）体系的矛盾。父亲墓碑被人砸毁的激怒与愤懑写在叶书记脸上的却是苦恼和无奈。一方面，他是忠诚的共产党员，是党在基层指派的地方干部，还身兼治保主任；那张头顶"借来的警帽"相片的"父母官"形象指喻着党在地方上的行政及专政力量（党政首长＋执法首长）。另一方面，大队书记不是国家干部，仍是靠工分吃饭的农民。叶文德所依赖的全部智慧和价值无不附丽于生养他的那一隅土地。他的形象被残酷地分裂为两面："公共形象是个暴君般强悍有威严而傲慢的人，私底下却有温和感性的一面。"对这种两面性的回应同时体现在村民对待他的态度上，"白发苍苍的老妇人"可以跪在他面前哀求；乡民也可以愤怒地砸他的祖坟。这便

第一部分 文学民族志

是乡土社会。乡土社会的根本属性是什么？依照我的理解，"社—祖"为两个关键词。社，表示人与土地捆绑关系的发生形貌；它历史地延伸出了社稷、社会、社群、社火。祖，则表明土地人群在生殖、传承观念和行为上的照相，它延伸出祖国、祖宗、祖传、祖庙的土地伦理等意群构造。如果脱离这样一种土地伦理，便背离了传统的规约和归属，是为叶文德所深谙。

叶文德的首长身份，除了他个人的经历、机敏和睿智外，还有两种"平衡"力量同时集中在他的身上。首先表现为与地方宗族势力的冲突。林村的主要宗族力量来自于林姓。由于林氏宗祠后面的"龙脉"在挖水沟时被砍断，破坏了原来的好风水，致使林村发生了两次大的瘟疫，人口锐减，"倒房"（断支）者众。由于叶文德的曾祖父母只有一个女儿，为保根脉不断，他的祖父便以招赘方式来到林家。他身上也同时凝聚本姓与外姓的双重宗族因素，并使之在后来林村宗族的争斗中起到平衡作用。事实上，林村宗族间的纷争和械斗一直不断。与邻村的宗派斗争也时有发生。叶文德与陈宝珠的婚姻就实现了林村林姓与邻村陈氏宗亲长期以来历史积怨的化解。第二个因素是他的中农成分。自"土改"至20世纪80年代初，中国各阶级的成分划分基本上决定了这一时期人们的政治生命。"中农"成分使叶文德获得了在严峻的阶级斗争中处于"骑墙"位置，在历次阶级斗争中他也因此很少受到冲击。一俟时机成熟，他就会自然地走到前台。以上三种因素决定了叶文德成了林村半个世纪最成功、最具影响力的地方权威。

值得一提的是，林村没有地主。这不能不说是一桩罕见的案例。地主成分的划分主要根据田地的数量和"剥削程度"两项指标。林氏宗亲林柏亨虽然在田地面积上达到了地主的额定指标，"剥削程度"却只有27.3%，未及规定的30%，故而被划为富农。村里两户外姓的田地都达到了三十亩的地主划限，他们的特殊性在于都是在海外经商发迹后回乡置的田产，而且回乡时间不足三年。依照规定，地主必须租地给佃农至少三年。林村无地主的历史事实，从一个侧面证明了闽南宗族力量的作为以及海洋农业与海洋商业类型密不可分，并同构出地区性生态经济的传统。未来主义大师奈斯比在分析中国近代经济形态时曾有这样的观点，以南方沿海（以闽粤两省为代表）的"商业文化"与以北方核心地区为代表的"宦官文化"形成鲜明的对照和冲突。为了平息两种文化的冲突，通常情况下，南方"商业文化"会以贿赂的方式求得和解。若不能，他们便会以宗族网络关系迁移到海外，并保持与乡亲、乡党间亲缘、地缘长久的联系。

从人类学民族志研究对象与田野作业方法结合的角度看，叶书记无疑是一个理想的报道者。他身上集中表现出官方政治力量和地方草根力量之间高度的聚散效率。比如，从20世纪50年代到70年代的三十年间，"政府锐意要扫除'封建迷信'，而民间仍坚持着对传统的执著"。两股力量交汇在叶文德身上不独停留于他时时记住"共产党员"身份的层面；这一身份意味着他必须与"封建迷信"作斗争，即使无力，至少也要保持一种"出淤泥而不染"的高洁。两件连带性事件充分表现出叶文德身处其间的矛盾。第一件是叶文德与父亲的分家。叶文德的分家与传统民族志中注意到和归纳出的分家模式迥然不同。造成叶文德与父亲分家的主要原因是父亲与村里几位有影响的长者一起积极投身于募款建宗庙的工作。作为共产党的村支书，他不能容忍这样的"封建迷信"。作为儿子，他无法阻止父亲。他也深知，乡土社会的宗庙与宗族之间的维系纽带与地缘关系无法断裂。官方可以通过政治运动来改变它、摧毁它，却也徒劳无功。最后他不得不选择分家，"而且必须在村庙预定建成的农历三月二十三日之前正式和父亲划清界限。这样，他就可以不必负什么责任了"。另一桩事是庙会活动。庙会活动构成了林村地方知识谱系中一个不可缺失的部分。颇有讽刺意味，若不是黄树民这位来自美国的教授在场，叶文德或许永远也不会出现在庙会活动的"场合"。其理由依然铿锵有力："我是共产党员，又是本大队的领导，理应给大家做个模范，反对迷信才是。"与此同时，他的内心时时为痛苦所折磨，他深知任何力量无力铲除"草根"，剩下的只有无奈地、远远地躲着抽闷烟。

《林村的故事》当然不只是一个闽南农村党支部书记的口述史记录，人们更愿意把它视为一种实验民族志的文体实践。人们有理由相信作者在其中充当着"提领"的关键。它的一个作用在于避免惯性地在说到宗族制度时不得不引入弗里德曼的理论，谈到地方经济活动和市场规律时必须

■ 第一部分 文学民族志

核实施坚雅的模式,谈到闽台文化圈的婚姻形态需要考虑武雅士对韦斯特马克婚姻理论重提及地方性解释,谈到区域宗教时不可回避地带过中国台湾人类学研究常用的"信仰圈""祭祀圈"……这一切对于黄树民来说无疑非常稔熟。他选择这样的文体,除了他身份叙述的便利以外,同时必须冒着民族志写作文体在创新性实践中可能受到的争议甚至失败的危险。当然,恰恰也正是这种勇于创新的胆识使作品获得巨大成功。事实上,如果将《林村的故事》的写作仅限于一种民族志文体的实验,显然远远不够。在我看来,这种文体写作凸显出意想不到的价值,即将一般意义上主位(叶)和客位(黄)之间的第三位(他位结构)异质性提示出来。表面上看,书中的他(叶)与我(黄)的关系非常清晰。细揣之后,人们豁然发现,一问一答的背后演绎着一个更大的叙事逻辑和历史自在体。叙事逻辑和历史自在体并不拘泥于故事叙述中的个别"事实"。人们不会要求作者对报道者的每一个细节进行勘验和核实。作者和读者也都明白,当叶文德要求将他的真实姓名公布于众的时候,他的叙述自然会策略性地有所修饰甚至有意遮蔽。尽管如此,人们有理由相信二者的对话足以揭示"一九四九年后中国农村变革"的历史真实性。而这种真实性并不限于所谓的"主位/客位"二元关系中的任何一方或者二者间简单的词汇和语义交流,它会促使人们对隐匿其后巨大的历史真实性进行追问。这种求索超越了传统民族志对每个细节性事实追求的圭臬,达到对历史真实的逻辑把握。

在现代历史民族志的讨论中,一个挑战性的观点是:言说性历史与言说者——经由具体作者(有着时代限制、国籍规定、族群认同、地方知识系统、个人身份等特征)所描述和记录过去发生的人物和事件的"客观性假定"完全不是一回事;属于"制作历史"(making history)中的某一个"历史制作"(historical making)片段。表现为历史记忆与失忆的同时性发生。我们完全有理由相信,如果换一个报道人,其言说事实与叶文德的言说会出现选择上的差异,却可能不抵其间对同一个历史真实的叙事。这样的道理同样适用于"林村"这一个案例。在半个世纪的中国历史发展中,林村不过是无数边地区域中的一个,与其他村落肯定存在着许多"事实"性差异。比如我曾在闽西客家地区的王村做过调查,那里的国家力量与草根力量的协调主要通过两类完全不同的权威关系"各负其责"获得,即官方指派的地方干部和村落传统的长老会。前者主要向官方负责,后者则向民间负责。二者有时会出现交叉,然大致上的责、权、利关系很清楚。林村的情况却有所不同,官方与民间事务的平衡主要通过像叶文德这样"地方上的党代表"的实践来实现。他甚至将现代法律与乡规民约糅到一起。简言之,我们可以把不同的村落个案视为半个世纪以来中国历史变迁中的"事实性差异",但它们完全可能取得对相同"历史真实"叙事(narrative)上的一致。

实验性的叙事体实践使我们加深了对另一种建设性意义的理解,即把作为"客位"的黄教授对同一历史变革的认识置于动态过程。这很重要。依据传统民族志撰写模式,读者不容易看到人类学家本身在田野作业中认识上的变化图像和心路历程。《林村的故事》就不同,作者形象非常鲜活。黄教授的提问经常表现出因地方知识的欠缺所导致的"半对半错",或认识上的不足所演出的"尴尬",通过叶的纠正和陈说达到对事件的深度描述。有的时候,甚至是作者在情景中的行为"失当",如对米糕的浪费所引出诸如"饥饿岁月"的重大话题。黄教授的林村岁月也不由自主地成为一个活脱脱的个性缀入作者自我"生命史"的插曲之中。在这个意义上,作者与叶书记的客位与主位构造出一个完整的生命史共同体。

掩卷之余的思索带给人们的收获无疑是全观性的,然而想不到的"格外"体验达到了对中国一九四九年来农村变革的崭新认识,这在很大程度上受益于一种合适的民族志语体。

此文刊发于《读书》2002 年第 9 期

第二部分

文学人类学

导论　文学人类学:一种新型的人文学

文学人类学之于人文学

作为学科,文学和人类学皆隶属于"人文学科",不过,当二者走到一起就出现了"1+1=3"的效益——"人"(人类学)+"文"(文学)="人文学"。这是个程式简称,如果这么说,定然贻笑大方;人文学当然不是指"文学人类学",而是指更大的学科背景。但是,"人文学科"与"人"一起降生,却是不错的。西方就有学者这样比喻,人文学科(the Humannities)的存在一如人行走在这个星球上一样久远。什么是人文学,这个问题今天已经不再能够用一个简单的定义来回答。人文学从人文主义(humannism)一词而来,事实上,该词一度表示"对伟大的艺术家和哲学家作品的研究"[①]。现在的人文学科与西方的历史背景有关。在中世纪,人文学科这一术语用以区别研究人的学科与研究神的学科。数字、艺术以及哲学属于人文学科,它们都与人有关。[②] 表面上,"人学"与"神学"相对应,并成为人文学产生的一个历史原因,然而"神"是被人"造"出来的,这是人们蔽言却共识的。

人文主义的核心价值是"以人为本"。考之谱系,"人文主义"交织了人类(human)、人道(humane)、人道主义(humanism)、人道主义者

[①] [美]理查德·加纳罗、特尔玛·阿特休勒:《艺术让人成为人》,舒予等译,北京大学出版社2013年版,第3页。
[②] [美]大卫·马丁、李·A.雅各布斯:《艺术中的人文精神》,缑斌等译,中国人民大学出版社2015年版,第3页。

(humanist)、人本主义（humanitarian）、人权（human right）等不同语义和意思，其词根来自拉丁文 humanus，核心价值即"人本"。自古希腊到文艺复兴，到启蒙运动，进而全球化，人文主义成为人类遵循的一种价值。"以人为本"演变为一种普世性。古希腊诡辩派哲学家卜洛泰哥拉氏（Protagoras, 480-410 B.C.）有一句名言："人为万事的尺度。"可为古典人文主义注疏。今天人们所使用的"人文主义"成型于"文艺复兴"，在历史的延续中彰显西方社会"个人"的主体价值，最好的宣言是莎翁《哈姆雷特》中"人是宇宙的精华，万物的灵长"。"以人为本"在不同的语境中累叠交错着复合语义，形成了"人文学科"（studia humannitatis）。根据对"人文主义"的知识考古，西方的人文主义大抵包含以下内容：1. 以人类经验为核心和主体；2. 借此形成知识体制；3. 物质世界与人类认知化为利益纽带；4. 凸显人的尊严；5. 形塑成解决实际问题的智慧和能力；6. 人类的认知处在变化中，并保持与真实性的互证；7. 人类个体作为践行社会道德的主体；8. 具有反思能力和乐观态度；9. 历史上的"英雄"在不同代际中具有教化作用；10. 人的思想解放和自由表达具有人权方面的重要意义等。[1]

与西方相比，中国传统的"人文"语义迥异：中国的"人文"并非托举"人本主义"的主体价值，而是"天地人"三才的"中和"。具体而言，是相对"天文""地文"来说的"人文"，特别是"天文"，人们在对"天文"的观察、理解和诠释中呈现"人文"精神。因此，"人文"与"天文"在意象上一致。于是"天象"成了人们观察附会人类社会的照相，反之亦然。《周易·贲》曰："观乎天文，以察时变。观乎人文，以化成天下。"这是最具"道理"的中国知识形制。依据这样的逻辑，"天文""地文""水文"诸自然之象无不在"人文"之中集结交错。"天地之心"（《周易·复》）讲的正是这个道理。在中国，"天"的观念代表着自然的整体关系，"天在商人宗教信仰中并不等于最高神"[2]，而是与地（天—地、上—下）形成关系。"顺天"即顺应自然，"道法自

---

[1] 参见彭兆荣《中国艺术遗产论纲》，北京大学出版社2017年版，第5页。
[2] 许倬云：《西周史》增补二版，生活·读书·新知三联书店2012年版，第115页。

然"是谓也。换言之,中式"人文学"的特别之处在于,从来没有脱离"天地人"的整体而形成独立的"以人为本"格局,这是中西方人文价值中最根本的差别。

中国"文"的本义与纹饰有涉,形态和形式上更接近于人的呈现"艺术"。甲骨文作"亽",象形,指人胸前有刺画的花纹形,与古人的文身有关。《说文·文部》:"文,错画也,象交文。"可知"文"指身体修饰,交错文象所引申。这是"人文化"的一种解释。"人文"与"文化"可视作孪生子。从这个意义上说,中国传统的"人文"首先强调人与自然的关系,即"天地人和",在此之下,进而才是人与人的关系。如果说西式的二者关系表现为"自然/文化"(二元对峙),而中式人文则是"自然—文化"(三元之参)之形态。[①] 如果说西方的思维遵循的是二元对峙中的"排中律",中式则遵循的是三元互参中的"中和律"。看看今日世界的许多矛盾和争端之要者皆与"二元对峙"与"三元中和"有关。

概言之,"文学人类学"以人文学为背景并无问题,但对于中国的文学人类学者来说,首先需要将西式的"以人为本"的人文与中式的"天文—地文—人文"之"天地人和"的人文进行厘清和辨析。

文学人类学之于人类学

"文学人类学"在人类学的视野里,或可视为人类学的分支学科,归于应用人类学范畴。人类学是一门专事研究"人"的学科,"文学"作为人类的一种特殊的表述方式——宏观地看,它当然在人类学的视野中。然而,在很长的历史时段里,人类学遵循着一种"客观"原则,也就是科学民族志,即以一种"照相机"的方式记录对象,不去试图改变对象;也就是说在很长的时段,人类学明显属于"应用"却并不主张"应用"的学科。众所周知,人类学自诞生以来就是一门直接介入人生、

---

① 参见彭兆荣《体性民族志:基于中国传统文化语法的探索》,《民族研究》2014 年第 4 期。

第二部分　文学人类学

现实、世事的学科，一直在做着"应用"的事情。从大的角度看，人类学与殖民主义为时代的"孪生子"，人类学在殖民时代历史性地充当了殖民扩张"无意中契合"的角色。我国在解放以后，正是鉴于这一点，简单地将人类学归属于"殖民学科"而使其遭到取消的命运。这种做法当然不可取，但确实说明人类学从一开始就具有应用的性质、应用的价值和应用的功能。

具体而言，早期的人类学家在进行整体性田野调查时，不可避免地涉及调查对象生活的全貌，包括具体的生活内容。从这个意义上说，人类学从一开始就具有"参与性"，这也是人类学田野作业（fieldwork）基本方法"参与观察"（participation and observation）的要求。但早期人类学时代并不主张通过人类学知识和人类学家的主动介入而改变对象。事实上，"应用人类学"对于具有应用性质的人类学而言，对"应用"的认可有一个过程，包括对"应用"概念的使用，以及维度与限度；李亦园先生做过溯源：

> 应用人类学可以说是把人类学家对人类、文化、社会的观念与知识应用于改善增进人类社会生活的学问。从十九世纪最末期以至于今日，由于各时代的需求不同，人类学的观念与知识被应用于解决的问题亦因之而异，而它的名称也因人因时代而有不同。最早用 Applied Anthropology 一词的是美国人类学家 Daniel G. Brinton，他在一八九六年向美国科学协进会发表其就任主席的讲演，题为 "The Aims of Anthropology"，在这篇讲演中提到人类学的应用，而称之为 Applied Anthropology。但是，Brinton 当时所说的人类学应用稍异于今日所说的应用，而 Applied Anthropology 一词的现代用法实起于英国功能派人类学大师 Alfred Radcliffe-Brown，他于一九三〇年发表了一篇对澳洲和纽西兰科学协进会的报告，即以 Applied Anthropology 为题。但是另一位英国功能派大师 Bronislaw Malinowski 则用 "Practical Anthropology" 一词（1929）。另一位人类学家 Gordon Brown 将他在东非以人类学知识应用于当地行政治理的经验写成 "Anthropology in Action"（1935）一书，

Anthropology in Action 一词也就成为应用人类学的另一名称了。[①]

其实，人类学家谈论人类学"应用"的不少，有点像人类学家谈"文化"，见仁见智。按说，文化人类学是专门研究"文化"的，即便如此，人类学家对文化的看法莫衷一是。1871年英国著名人类学家爱德华·伯内特·泰勒爵士曾给文化下过一个著名定义："文化是包括知识、信仰、艺术、法律、道德、风俗以及作为一个社会成员所获得的能力与习惯的复杂整体。"这个定义几乎将整个社会内容全都包揽。后来，随着人类学的发展，"文化"定义的数量更是直线上升；据美国人类学家克罗伯和克拉克洪统计，从1871年到1951年，人类学家关于"文化"的定义已有164种之多。迄今在人类学界到底有多少文化概念，实无法统计，或连"大数据"也爱莫能助。所以，人类学家干脆放弃对"文化"在定义上做公认定性的努力，而将其作为一个更加开放的表述、阐释、分析和交流平台，人类学也不断在这一"平台"上注入、加入越来越多的内容。[②] 人类学家对"应用"看法和边界也像对待"文化"一样。基辛将应用人类学置于"变迁"的背景上，即认为"变迁"是不可避免的，社会如此，文化如此；人类学参与文化变迁因此也不可避免。[③] 如是说，人类学的"应用"不仅会随着文化变迁发生变化，概念也会发生相应的变化。

其实，即便是"人类学"也并不是人类学家言谈的专利，它也是一个开放的话题，德国哲学家康德写过一本《实用人类学》，在哲学家的眼里，人类学的形貌便不同：

> 一种系统地把握人类知识的学说（人类学），只能要么存在于生理学观点之中，要么存在于实用的观点之中。生理学的人类知识研究

[①] 李亦园：《人类学的应用》，载李亦园主编《文化人类学选读》修订第三版，食货出版社1980年版，第445页。

[②] ［美］杰里·D. 穆尔：《人类学家的文化见解》，欧阳敏等译，商务印书馆2009年版。

[③] ［美］基辛（R. Keesing）：《人类学与当代世界》，陈其南、张恭启、于嘉云等译，巨流图书公司1989年版，第131—132页。

第二部分 文学人类学

的是自然从人身上产生的东西,而实用的人类知识研究的是人作为自由行动的生物由自身作出的东西,或能够和应该作出的东西。①

虽然,上述看法颇似人类学家的观点,但在著述中人类学却被"高悬哲理化"。在康德那里,"人类学"显然换了一幅哲学的面容,尽管在书中的第二部分"人类学特性"中确有与今天人类学研究的话题相交织,但基本上属于"哲学"的人类学。这说明,对于相应的话题、范畴、内容,学科背景的定位很重要,尤其在今天,学科林立,且樊篱如"圈地"的学科分制时代,更是如此。

不过,"应用"与"文化"又有不同,"文化"的边界实为有界无疆,而"应用"边界相对而言是比较确定的,如果我们将"文化人类学"定位在应用人类学范畴,那么,了解人类学之于"应用"的大致面向,对于理解文学人类学是需要的。以下是人类学"应用"的几个基本面向:1. "应用人类学"之称讲求的是超越传统学科的边界,而将解决现实问题作为"直接行动"的基本追求指标;所以,人类学的"实践"成为应用人类学的一种原则。自从 20 世纪 70 年代以来,Practicing Anthropology 有取代 Applied Anthropology 的趋势。② 2. 人类学家的身份调整,以往人类学家更多的只是完成客观描述对象的民族志任务,然而,"人类学在行动"促使人类学家以更主动、积极的姿态介入对象的现实生活中,诸如发展(发展人类学)、经济(经济人类学)、教育(教育人类学)、医疗(医疗人类学)等分支也呈雨后春笋之势。不过,应用人类学的介入在某种程度上表现为主动"干预"(intervention)。3. 应用人类学本身包含着较之以往更多领域边界的交叉和跨越,包含那些并非以操作性实践为主的学科领域,"应用"便包含着对不同学科的价值、知识和方法的借用和整合,诸如哲学人类学、文学人类学等。

---

① [德]康德:《实用人类学》,"前言",邓晓芒译,重庆出处社 1987 年版,第 1 页。
② Barfield, T. (ed.), *The Dictionary of Anthropology*, MA: Blackwell Publishing Ltd., 1997, p. 21.

导论　文学人类学：一种新型的人文学

文学人类学之于文学

　　从文学出发，文学人类学显然是文学自身在发展中的语境需求、学理需求和方法需求的产物。所以，也是学科在发展中的"水到渠成"。

　　文学人类学的出现，首先是全球化背景下的历史语境决定了文学在"知识生产"上的革新，需要借鉴人类学的知识范式。"全球化"成为一个重要的认知性语境。在笔者看来，"全球化"有两个基本指喻：第一，指当下的普遍认识。"全球化"指20世纪80年代以来在世界范围日益凸现的新现象，是当今时代的基本特征，包括出现了相应的地区性、国际性的经济管理组织与经济实体，以及文化、生活方式、价值观念、意识形态等精神力量的跨国交流、碰撞、冲突与融合。由于全球化涉及面极其宽泛，所以迄今仍没有一个统一的定义。不过，20世纪下叶是通常界定全球化的时间段。第二，指"地理大发现"给世界真正带来了"地球是圆的"——"全球"的认知逻辑。可以这么说，没有对"地球"的地理认知，便无"全球"可言。而人类学的兴起与人类对世界的全新认知与知识表述有关，叶舒宪教授说：

　　　　没有地理大发现所带来的全球航行和全球贸易，世界一体化的实现就根本没有可能。建立在世界一体化基础上的知识更新和观念变革，直接催生出世界文化的整体意识，以及把世界各地的人视为同类的"人类"意识。人类学只有在世界文化的整体意识和人类意识形成之后才得以诞生。"大发现"不仅是地理的大发现，而且也是人类的大发现。[①]

　　如果说，"地理大发现"证明了世界是一个"圆球"，即证明了世界的"全球性"的话，那么，20世纪80年代出现的所谓"全球化"话语便是当代历史语境生成的大背景，文学人类学的出现正是从"全球性"到"全

[①] 参见叶舒宪《文学与人类学——知识全球化时代的文学研究》，社会科学文献出版社2003年版，第4页。

球化"的历史语境中生成出来的。

其次，作为一个"旧而新"的学科——所谓"旧"，无论是文学还是人类学都属于旧学科；所谓"新"，则指文学与人类学的结合无疑是近几十年才出现的新的分支学科。那么，文学与人类学聚首的学理依据是什么？这是需要回答的。大致上看，以下诸点构成了文学人类学的学理依据：1. 契合"人学"。"文学是人学"，这句高尔基的名言在文学界传得久远；事实上，类似的说法和提法史上不少名人皆有提及。从大的原则看，文学反映人类的社会生活，与人类学原本异曲同工。因此，文学与人类学聚合，对学者们来说并不感到有"勉强凑合"的生硬。2. 知识生产。任何历史的变迁与语境的变化，都将带来新知识的全新装备和武装，就像今日之人所说的话语古人是断然听不懂的了，那些新潮的词藻，那些新生产的知识完全属于新的时代，所谓"知识更新"是谓也。有学者将当代的知识更新归结为"人类学的文学转向"。[①] 这一"转向"除了表述人类学所关注的人类命运在新的生态环境中所面临的诸多问题，这些问题同时也是其他"人学"所必须关注的问题外，还包括人类学在反思原则之下的学科和学者身份的定位和定性。这一新的定位和定性，也促使人类学走近文学。人类学家格尔兹的《文化的解释》就是一个人类学反思性的经典。而他在1987年出版的一部论文集《论著与生活：作为作者的人类学家》中提出"文学文本"——"文学"中的文本通常为人类学讨论所关注的"缺失"。[②] 当今一系列人类学重要的理论性反思的成果，除了上述提到了《文化的解释》外，还包括《写文化——民族志的诗学与政治学》《作为文化批评的人类学——一个人文学科的实验时代》等，都将文学、文本和文体的问题提出来了。[③] 3. 学科重构。新的知识生产必然催生新学科的生产，

[①] 唐启翠、叶舒宪：《文学人类学新论——学科交叉的两大转向》，复旦大学出版社2019年版，第3页。

[②] [美] 克利福德·格尔兹：《论著与生活：作为作者的人类学家》，"前言"，方静文等译，中国人民大学出版社2013年版，第2页。

[③] [美] 克利福德·格尔兹：《文化的解释》，纳日碧力戈等译，上海人民出版社1999年版；[美] 詹姆斯·克利福德、乔治·E.马库斯：《写文化——民族志的诗学与政治学》，高丙中等译，商务印书馆2006年版；[美] 乔治·马尔库斯、米开尔·M. J.费彻尔：《作为文化批评的人类学——一个人文学科的实验时代》，王铭铭、蓝达居译，生活·读书·新知三联书店1998年版。

学科的产生原本就是同类知识、范畴、方法、技能等的总结与规定。新的知识产生新的学科更是全球化背景下的一个生成景观,看看如今的大学,新的学科在极短的时间里大量涌现,便可窥一斑。文学人类学这一分支学科的产生原本就是新知识生产的范例。4. 重回"原始"。文学人类学作为一个新的分支学科,在方法论上也有一个与传统文学不同的地方,即"从开始的地方开始"。于是,"原始"成了文学人类学在确认相关问题和领域时重新确立的"原点"。如果说,人类学家泰勒的《原始文化》成为人类学"发现原始"的标志的话,那么,"发现东方"在欧洲中心话语中便自然生成,① 人类学无意中助长了对"他者"的定位和推展。如果文学人类学有一个与传统文学最大的特色差异,即在去除那些殖民话语有关"原始"的渣滓外,确立了这一新型学科在方法论上的"原始性"。

最后,文学人类学在方法上的革新。文学人类学在大学科的研究属性上,"他者"是一个绕不过的对象和话题,这与传统人类学研究"异文化"有相通之处。"异文化"大都属于无文字表述,那么,文字以外的材料,比如口述材料、仪式材料、符号材料、器物材料等也就必然进入文学人类学研究的视野。传统的文学研究,大致属于"六经注我,我注六经"的文字化解读范式,具体而言,即文学研究的引经据典和注疏方式。而人类学从其诞生伊始便开始了二重甚至多重考据,早期人类学曾经采用"二重证据法",即口述与文献的结合。弗雷泽即为代表,《金枝》即为范;在此基础上哈里森(Jane Ellen Harrison)提出"二重证据法"——结合现代考古学的材料和古典文献去解释古希腊宗教、神话和仪式等。② 由于人类学研究的对象主要是原始的和无文字的,因此,其他方面的材料皆可能成为"证据"。美国人类学家博厄斯在《原始艺术》中就呈现了各种材质、色彩、线条、图像、工具、造型等。③

我国学术史在进入 20 世纪以后,"地下的材料"(文物)日趋成为学

---

① 参见叶舒宪《文学人类学教程》,中国社会科学出版社 2010 年版,第 7—9 页。
② [英] 简·艾伦·哈里森:《古代艺术与仪式》,刘宗迪译,生活·读书·新知三联书店 2008 年版,第 1 页。
③ 参见 [美] 弗朗兹·博厄斯《原始艺术》,金辉译,贵州人民出版社 2004 年版。

术研究采用的资料,"地下"材料成了传统经学之治的重要补充,"二重考据法"也应运而出。代表人物为王国维。此后有学者指出"三重考据"(主要以考古学、民俗学和语言学为依据),代表人物为闻一多。① 近年来,我国的学术界在这方面讨论最为集中和深入者当属叶舒宪教授,他提出了"四重考据"说。② 笔者认为,人文科学研究究竟以几重考据最为合适需由研究对象的研究需要来确定。

文学人类学之于实验范式

文学人类学是与反思原则的时代性有关的历史产物,即"一个人文学科的实验时代"。我们何以将今天视为"实验时代",其范式转型的依据是什么?因为人文学科出现了"表述危机":

> 现时代,人文学科(所谓"人文学科"包含的内容远比传统的社会科学广泛)中处于支配地位的观念正在被重新评估。这些评估不仅波及人文学,还波及法律、艺术、建筑、哲学、文学乃至自然科学。③

换言之,因"表述危机"、传统的权威范式的"失范",新时代语境的呼唤等带来了"实验时代","目前在人类学内部,范式权威的缺失表现在现存人类学研究的多样性上……所有这些工作,在不同程度或方面,存在着各自优点和问题。但是,它们都被民族志的实践所鼓舞,并且反过来激励着民族志实践"④。文学与人类学正在这样的背景之下走到一起,归纳起来就是:在反思时代,因表述危机而进行实验范式的致力,使得二者走到

---

① 参见闻一多"风诗类钞·序例提纲",载《闻一多全集》第4卷,生活·读书·新知三联书店1982年版,第5—7页。
② 参见杨骊、叶舒宪《四重证据法研究》,复旦大学出版社2019年版。
③ [美]乔治·马尔库斯、米开尔·M.J.费彻尔:《作为文化批评的人类学——一个人文学科的实验时代》,王铭铭、蓝达居译,生活·读书·新知三联书店1998年版,第23页。
④ [美]乔治·马尔库斯、米开尔·M.J.费彻尔:《作为文化批评的人类学——一个人文学科的实验时代》,王铭铭、蓝达居译,生活·读书·新知三联书店1998年版,第38页。

导论　文学人类学：一种新型的人文学

了一起。这样的文学人类学景观，使之具有以下几个明显的特征：

1. 反思原则。如果文学与人类学聚会的原因是"表述危机"，那么，对于"表述"反思性的首要任务就是对"书写权力"进行批判；① 因为在人类的诸种表述中，文字一直处于优势并形成了一种特殊的"话语"表述权力。一方面，文字谱系的知识链条历来为"人文"研究之本，致使"书写文化"（writing culture）享有特别的优待。而那些"无文字""非文字"表述迄今仍是直接对一个部族、民族、族群、人群共同体、历史时段、社会性质等进行价值判断的根据。在古典人类学时期，"无文字""原始""野蛮"经常并置、互指。文字书写成为高于其他记录和记忆方式的权力化手段。因此，在人文科学传统的研究范式中，以文献（文字记录的文本）为基本的逻辑前提，也使其他记录和记忆方式在表述上处于"失声"的情状。比如在欧洲，拉丁文的书写文本具有神秘性和权威性。另一方面，而当它与印刷术结合在一起，更助长了这种文字的权威性。更重要的是，当文字与现代民族国家走到一起时，现代国家使之享有特殊的合法性。② 因此，在对"表述危机"的反思中，批判（书写权力）与解放（非书写表述）是同步性的。

2. 主客并置。虽然当代人类学出现了"解放主观性"的趋势，特别是以格尔兹为代表的阐释人类学之"深描"成为"迈向文化的阐释理论"的宣言，③ 但作为人类学家，即便是格尔兹本人也没有根本背离人类学的基本原则，这就是客观性，因为人类学"学科"是与"科学"相伴随，是以"客观"为前提，是以"事实"为依据的，阐释人类学只是对"事实"在认知、选择、阐释和表述上的"事实之后"的追寻。④ 然而，人类学在很长的时段里，"科学"是圭臬；也因此成为压迫、压抑人类学家在整个民

---

① 参见［美］詹姆斯·克利福德、乔治·E. 马库斯《写文化——民族志的诗学与政治学》，高丙中等译，商务印书馆2006年版。
② ［英］班纳迪克·安德森：《想象的共同体》，吴睿人译，时报文化出版1999年版，第51—55页。
③ ［美］克利福德·格尔兹：《文化的解释》，纳日碧力戈等译，上海人民出版社1999年版，第3页。
④ Geertz, C., *After the Fact: Two Countries, Four Decades, One Anthropologist*, Cambridge, Massachusetts: Harvard University Press, 1995.

族志表述过程中的"主观性"的重负。阐释人类学就是站出来抗争这一圭臬的代表。事实上,"科学"也是限度性的,包括自然科学。当然,有的事情可能出现矫枉过正的情势,现在的一些评论家过多地强调阐释人类学"解放主观性",扩大了人类学家的主体性任意。虽然,格尔兹强调了人类学家的"作者"身份,却是以田野作业为前提,即对客观事实在评判上所拥有的主体权力,没有放弃以"事实"客观性追求为前提的原则。不讳言,实地的田野作业,即以获取"事实"和资料的方式和手段也不是万能的。"田野调查工作有一定的局限性",因此,"超越民族志"而进行"合作人类学"便成为一种趋势。① 据此,我们也可以将文学人类学视为如马库斯所说的"合作"。

3. 学科整合。任何学科的边界原本都不是封闭的,某种意义上说,所谓"学科"只是出于便于研究和教育的目的而人为划分的"边界",而文学与人类学两个学科则更是如此。所以,当二者走到一起时,一方面表明原有学科开放边界的相互介入;另一方面呈现出在新学科实验时代的全新领域。换言之,这既是一个学科的"新圈地",又是一个学科的"破圈地"。"科学"与"学科"从来就是相互配合和更新的:科学是总纲,学科是编目;科学是原则,学科是对原则的实践;科学是实事求是的精神,学科是对实事求是精神的贯彻;科学是命题,学科是对命题的求证;科学是方法论,学科则以具体的方法践行之。现在的学科,大致由来于西方19世纪的"分析时代"。科学越是发展,18世纪的"百科全书式"的方法已不可能,学科分类也就越加细致。但是,越是学科的精细,越是表现出对不同学科协同的诉求。从学科上看,文学人类学无疑是上述诸种关系的呈现与实现。

4. 多维介体。当代"表述危机"的一个症结在于过分依赖书写的表述方式。从表述的历史线索看,"文字"的书写历史比起口述、音声、体姿、图画、仪式等表述要晚得多。今天,新的形势显然迫切地催促人们借助不同介体和方式,以使得表述朝着具有更完整性和多样性的方向推展。当我

---

① [美]乔治·马库斯:《超越"仪式"的民族志:合作人类学概述》,陈子华译,载《广西民族大学学报》2020年第1期。

们批判"书写文化"的表述方式的时候,并没有否定其作为表述方式的存在权利,而是批判因为书写权力的存在,压抑、压制了其他的表述介体和方式;所以解放其他表述介体和表述方式也就成为当今的重要任务。作为常识,同一件事,同一个对象,同一个历史事件,是可以用文字、绘画、雕塑、口述、歌唱、身体、行为、仪式,现在还包括影视、数字化等不同的表述方式加以表现的。其实,中国古代就是以多种表述介体反映和呈现"礼仪"的。"礼是按着仪式做的意思。礼字本是从豊从示。豊是一种祭器,示是指一种仪式。"[①] 我国古代的礼器有"礼藏于器"之说;说明"礼"由"器"来表述之重者。如果缺失了器物(比如礼器)的介体和表达,"礼仪之邦"便无从谈起。

此文刊发于《吉首大学学报》2021年第1期

---

① 费孝通:《乡土中国 生育制度》,北京大学出版社1998年版,第51页。

再寻"金枝"——文学人类学精神考古

小　引

　　谁人不晓特纳的《金枝》绘画？浸淫于想象中的灿烂金色，
带着作者的情思移驻致美的自然神韵，哦，梦幻般的尼米小林地湖呀，
祖先传扬的荣耀——"狄安娜之镜"。……
狄安娜是否还徘徊在那荒凉的林中？

——J. G. 弗雷泽①

　　这不是诗人的夜下歌唱，不是颓废文人的无病呻吟，而是人类学家在执著寻索。伴着由祖上而来口耳相闻的"金枝"传说，伴着年年相随的"狄安娜祭仪"，先民在自然压抑之下的恐惧，以及在仪典中娱神虔敬的静穆所挥发出特有的人文精神楚楚动人、拳拳可掬。

　　那仪式中人为的真实和由此蒸腾的人文情致是怎样地共生共携？人类祖先们是怎样地在他们的特有行为中巢筑起自己的精神家园？那浮现于外的巫术行为与深纳于内的情愫是怎样地"交感"（sympathetic）作为？这，便是弗雷泽所要寻找的"金枝"；这，便是被 T. S. 艾略特强调的"一部深刻影响我们这一代的著作"。②

---

　　① ［英］弗雷泽（J. G. Frazer）：《金枝》，麦克米兰出版公司 1922 年版，第 1 页（译时作诗化处理）。
　　② 参见《外国现代文艺批评方法论》，江西人民出版社 1985 年版，第 32 页。

这位孜孜不倦的学者，剑桥大学的知名教授，人类学公认的开山祖之一，也许没能明白，为什么自己的著述对后来的文学理论和文学创作影响如此巨大；而在人类学领域，后生们送给他诸如"书斋里的学者""太师椅上的人类学家"等名号。

弗雷泽等人所开辟的畛域正是文学的人类学。岁月仿佛沧桑洗礼，涤去了尘埃，留下了真金。这就是为什么及至20世纪90年代，在人类学的"自省"（anthropology in anthropology）中又悄然地将那久久遗下的"弗雷泽情结"搬了出来。弗雷泽式比较文本的方法重新在获得"尊重"的前提下被加以讨论并使得这种讨论具有着鲜明的现代性。因为"现代人类学和现代主义文学之间的关系强烈地互动，而这种强大的撞击力正是来自诸如艾略特的《荒原》和乔伊斯的《尤里西斯》等对弗雷泽《金枝》借用的提示"[①]。

庄严的学术殿堂有时不免掺和着一些游戏的色调。不论人们怎样绞尽脑汁地试图变换花样使自己的穿着能够超越世俗，并为此百般困苦，而一旦省悟，才发现裤子原来总还是"两筒圆管"！不论对弗雷泽的评说"沉浮"几何，他还是他！

一 "金枝"情结

对弗雷泽的粘附力在人类学界其所以远不及于文学领域，并不是早期的"弗雷泽们"所开创的领域与今日人类学"疆界"有多大出入；也不是弗雷泽研究的对象已今非昔比。他当年所潜心的仪式、巫术研究迄今仍被视作标准的人类学研究内容。弗雷泽的"问题"在于他当年没能完成"田野作业"。过去五十年人类学在"强调"上的不同演绎出了所谓的"弗雷泽问题"。"毫无疑问，弗雷泽的《金枝》之于人类学是以一个纯学术化的追求而著名，然而，诸如美国的弗朗兹·鲍亚士（Franz Boas），英国的马林诺夫斯基（Bronislaw Malinowski）和法国的莫斯（Marcel

---

[①] ［美］马克·曼加纳罗（M. Manganaro）主编：《现代主义人类学：从田野到文本》，普林斯顿大学出版社1990年版，第4页。

第二部分 文学人类学

Mauss）等人对田野方法的强调，使之成为人类学作为一种科学和学术上的圭臬。"① 这样，"弗雷泽方法"在人类学领域受到长时间的冷冻也就不足为怪了。

如果田野方法能够成为一把利刃将人类学与文学切出个泾渭分明；如果田野的调查技巧是一柄"风月宝鉴"，将人类的丽质与污质截然区分；如果就作为个体的研究者而言，参与观察能够将文化精神的"质"与"量"一成不变地娓娓道来，那么，文学与人类学或许就永远没有凑合在一起的机缘。其实，早期的人类学尚在其雏型时期确曾出现过一种将人类学定位自然科学范畴的努力，一些人类学家试图从体质人类学、考古人类学出发，把人类学取名为"物理学的一支""生物学的一种"，是解剖学、数学、化学等。② 从现在的文化人类学发展来看，这种说法显然与其学科定位相去甚远。人们不再沿袭"旧说"的事实就足以说明一切了。

人是社会的动物、文化的载体。人类学与人类本身一样从诞生之日起就在寻找着它的"人话/神话"。这种一语双义形同人类的人性/兽性（Humanity/Animality）构造出一个永恒精神家园的"迷思"（Myth）。③ 对于它的"天问"式求索，简单的"田野作业"永远无法穷尽。如果说那正是弗雷泽所欲寻觅的"金枝"妙谛的话，人类学只是发展到了今天，才在文学的人类学那里拾得了某种体验与欢娱。"路漫漫其修远兮，吾将上下而求索"！两千年前中国诗人屈子着实地为当代人类学家好好地上了一课：千万莫把人类对精神考古的痴醉建筑于"田野"中的那些图表、数据般"技术化"的企望之上，寻求本身比"求得"崇高百倍。浮士德博士那震撼人心的呼喊："哦，你真美呀！"——"找到"恰好成为他的死期！这，方为文化之谜底。

弗雷泽真正循着"金枝"神话遗迹，在它的"积存库"——仪式里步

---

① ［美］马克·曼加纳罗（M. Manganaro）主编：《现代主义人类学：从田野到文本》，普林斯顿大学出版社1990年版，第16页。

② 参见［英］A.C. 哈登《人类学史》，第一章"体质人类学的先驱"，廖泗友等译，山东人民出版社1988年版。

③ 人类学家利奇（E. Leach）曾就此问题作过专门讨论。参见他的《社会人类学》"人性与兽性"部分。1986年英文版，第86—89页。

履蹒跚。对于神话和相关仪式的比较研究，要求研究者像对待现实中的一个可确认单位社区那样进行数据调查，显而易见其荒唐！威克利（J. B. Vickery）就尖锐地指出："现在人类学家们责难（其实并无可指责）《金枝》，说弗雷泽除了给人们一芽'镀金的细枝条'（a gilded twig）外，余者就所剩无几……而弗雷泽伟大工作的贡献在于他以一种特殊的表现方式将现代神话诗学的想象传达出来。"① 更重要的是，《金枝》提供充足的文本资料让读者相信原始人的生活深深地为春天以及生命律动仪式所浸润，这些生命、生长和生产的仪式成了后来神话学研究的滥觞和中心活动。② 即使在今天，我们可以从所谓的生命的"通过仪式"（the passage of life）和再生仪式（rebirth ritual）中清晰地洞见弗雷泽的影子和原型的力量。它与文学家笔下的生命体何其相似。让我们再品味一下莎士比亚的不朽剧作吧：《配力克里斯》里的隐士萨利蒙使泰莎复活；《冬天的故事》里阿波罗命运的神谶，那料峭的激情和悲剧与一年一度动植物的再生及仪式；《辛白林》中的太阳崇拜和预言；《李尔王》头戴的野草帽在暴风雨的旷野中再生出"另一个李尔"与耶稣头顶棘刺之冠死而复活如出一辙。这种对生命景观的描绘和对生命循环强烈的潜意识的企盼指示出人类文化的另一种"实在"——精神实在。有叶芝（W. B. Yeats）《基督重临》的著名诗句为证：

> Surely some revelation is at hand,
> Surely the second coming is at hand,
> The second coming!
> 无疑神的启示就要显灵，
> 无疑基督就要重临，
> 基督重临！

有的学者根据自己悉心研究和统计，把神话和史诗中的英雄生命分解为八个部分，形成一个完整的"生命圈"。它们是：生、入世、退缩、探

---

① 见［英］威克利《罗伯特墓葬与白神》，林柯恩出版公司1972年版，第12页。
② ［英］洛斯文（K. K. Ruthven）：《神话》，梅索恩出版有限公司1979年版，第5—10、36页。

第二部分　文学人类学

索或考验、死、地狱生涯、再生、最后达到非自觉的神化或新生。① 但丁的《神曲》正好是一个完型图解。对于人类在神话仪式里的认知规则，人类学家与诗人其实认识得一样透彻。诚如杜尔凯姆（E. Durkheim）所言："世上的一切事物全都在信仰中分成两类，即现实的和理想的。人们把万事万物分成这样的两大类或两个对立的群体。它们一般是用两个相互有别的术语来标志的，而这两个术语大多可以转译为'世俗'和'神圣'……信仰、神话、教义和传奇，或是表象，或是表象的体系，它们表达了神圣事物的本质，表现了它们所具有的美德和力量，表现出它们相互之间的联系以及同世俗事物的联系。"② 有意思的是，贴上"功能主义"标签的人类学家杜尔凯姆早在 1885 年，当他还是个不名一文的师范学院的学生时，一个叫赫尔的图书管理员向他推荐了弗雷泽的关于图腾崇拜和神话仪式等方面的论著，从此他被引进了人类学的神圣殿堂。

　　如果说，导致后来很长一段时间（大约五十年）人类学界对弗雷泽的不屑一顾，是因为他不曾在"田野"里留下两个脚印，只依靠文本的比较或听人口述而生产出的"产品"，与从田野归来的人类学们的民族志有着天壤之别，倒也有情可原。问题是，人们从那些涂上了现代人类学色彩的"作者"们的许多作品中同样看到了"金枝"那种东西。历史本身宛若一个故事，尽管由于叙事（narrative）的单一要求，拂去了本来可以说明更深刻内涵的丰富轶事，却并不妨碍读者将它们作同一类看待的归纳。马林诺夫斯基"功能主义"的价值首先得益于他本人长期生活在特罗布里安岛（Trobriand）；同时，他的一系列著作不啻为对民族志（ethnography）写作的一种规范。虽然他的有关神话、巫术、仪式、宗教等方面的研究无不被嵌入在以"具体个人的基本需求上"，对此他还严厉地批评了杜尔凯姆以集体表象面目出现的"社会功能"说。③ 可是马氏本人的不少著述如《西太平洋上的探险队》《野蛮社会的犯罪与风俗》等与"弗雷泽们"的作品却

---

① 参见［美］利明（David Leeming）《神话学》，纽约 David Leeming，"Mythologies"，*Oxford University Press*，1976，pp. 96 – 97.
② ［法］杜尔凯姆：《宗教生活的基本形式》，见史宗主编《20 世纪西方宗教人类学文选》，上海三联书店 1995 年版，第 61 页。
③ ［英］马林诺夫斯基：《巫术、科学与宗教》，纽约 1948 年版，第 55—59 页。

并无本质差异。这一点亦已得到学界的共识。鲍亚士、萨皮尔（Sapir）、赫默斯（Hymes）等在语言和宗教上的论述与弗雷泽及剑桥学派，即"神话—仪式学派"（Myth-Ritual School）的风格完全一致。[①] 就是到了利奇、列维-斯特劳斯（Levi-Strauss）那里，人们还能看见由泰勒（E. B. Tylor）、弗雷泽等人垒筑起的传统。21世纪初叶，因《金枝》的出现引起了文学与人类学一次极有声势的聚合，在比较文化的大前提下，文学家、人类学家对神话仪式中所呈现出的"原型"，诸如"十字架与复活""替罪羊""弑圣杀老"等研究趋之若鹜。加之艾略特、叶芝、乔伊斯等大文豪笔下的文学人类学特征一时演为时尚，《金枝》成了文学写法的时髦和规范。[②] 可悲的是，"弗雷泽"的名字在人类学的学科内反愈发显得苍白、苍老和苍凉。

二 两个"F/F"：事实/虚构

老柏拉图的文艺思想中有一个极著名的观点："影子的影子"。他认为作品中所描写的与"真实"隔着三层：第一层是诗人头脑中的"理念"，第二层是现实中具体的东西，第三层才是文艺作品中所描绘的。这样，现实是理念的影子，作品中反映的则又是现实的影子。柏拉图将理念视作一切真实的策源地也就把他推到唯心一畴。不过，柏拉图倒是慧眼识得"真实"永远具有其不同层面和不同意义的性质。而对真实的认知也构成了文学人类学的首要问题，只是其视线与柏拉图完全相反。

作者理念——自然真实——文本作品（柏拉图模式）
自然真实——作者理性——文本作品（文学人类学模式）

诚然，两种模式在认识方向和逻辑上存在着截然相反的差别，但从根本上都不妨碍"文本作品"的同一性——即制作和接受上的相同和相似。

[①] 参见彭兆荣《对话：在"诗性王国"与"世事王国"之间》，《人类学与民俗研究通讯》第28—29期。

[②] 见［英］威克利《"金枝"的文学冲击力》，普林斯顿大学出版社1973年版，第138页。

■ 第二部分 文学人类学

不过，在很长的时间里，文学家与人类学家在看待文本上很难统一。前者认定文艺作品的生产过程是从"fact"（事实）到"fiction"（虚构）；也就是说文学的创作支持作者主体意识的放纵。后者则认为其民族志的生产过程是从"fact"（事实）到"fact"（事实），反对人类学研究对主体意识的放纵。特别是美国历史学派的鲍亚士对人类学方法的全面规定（包括要求人类学家学会调查对象的语言，深入土著人的生活，忠实地对社会进行记录等）[1]，以及英国功能学派的马林诺夫斯基民族志写作的典范作用，很快在学界形成了一种认识上的错觉，即民族志所描述的事实＝现实中的事实。不幸，鲍亚士和马林诺夫斯基都"出了一点事"。前者涉及现代人类学界的一桩最大的"诉讼"——他的女弟子米德（Mead）与弗里曼（Freeman）对萨摩亚青春期的调查与结果有根本性冲突。[2] 马氏则因自己的那篇长期秘而不宣的日记被披露，让读者猛然在他的标准化民族志和日记两种文本之间找不到原先心目中那种不改的"真实"。于是，人们开始怀疑田野调查究竟能在多大的程度上划清人类学与文学间的界限。与此同时，人类学家的"知识"也受到了拷问。"人类学家的知识总是带有偏见的，因为人们不可能告诉你每一件事情。某些文化中最优秀的东西对你来说正是最难捕捉的。给你提供信息的人的知识无论如何总是不完全的，在某种意义上总是'错的'"，因此，"民族志与文学作品一样需要诠释"[3]。而像福斯特（E. M. Forster）的文学作品《印度之行》不是也很"人类学味"吗？在写作之前，他亲自去了印度；在印度，有他在剑桥读书时期的同窗好友印度籍学生马苏德做陪同和向导；福斯特本人也就民族冲突等问题在当地进行了寻访；其中的"山洞游览"极具异族情调，受害者穆斯林

---

[1] 参见 [美] 鲍亚士《总体人类学》，第 15 章"研究的方法"，D. C. 赫尔斯出版公司 1938 年版。
[2] 20 世纪 20 年代初美国学术界开始对纽约青少年因青春期骚动而引起犯罪的原因展开讨论。绝大多数学者认为，青春期骚动和由此引起的危机是生理和心理在一定时期的表现。人类学家鲍亚士则认定其为文化的作用。为了求证，他让他的学生米德去完成。米德在萨摩亚作了一年多的调查后，完成了她的成名作《萨摩亚人的青春期》，书中用"事实"讲述了在另一种文化氛围里，青春期是平稳的。据此，她和她的老师在这场论辩中成了赢家。后来，另一位名叫弗里曼的人类学家也到了萨摩亚，并长期居住在岛上，对米德书中的论据进行核实；最后他得到的结论与米德完全相反，并完成了《米德与萨摩亚人的青春期》一书。
[3] [爱尔兰] 泰特罗：《文本人类学》，王宇根等译，北京大学出版社 1996 年版，第 47 页。

医生阿齐兹的官司又具有强烈的种族背景认同下的冲突等，只不过《印度之行》没有被打上"人类学作品"名称而已，否则，它与中国著名人类学家林耀华的《金翼》在质上有什么差异呢？

无独有偶，一些人类学家也开始对民族志中的"事实"产生了怀疑。格尔兹（Clifford Geertz）在《文化的解释》中认为，人类学家在田野作业过程中的那些先期建立联系、寻找提供信息者、誊写文书、梳理谱系、制作地图、做日记等技术性环节并非最关键因素，重要的是与人类学家的知识体系有关。因为它决定着人类学家在田野调查中对"事实"的选择，理解，分析和解释。① 他甚至公然宣称，人类学家在其完成的民族志当中，使人信服的并不是经过田野调查得来的东西，而是经过作者"写"出来的。他干脆把作为"作者"的人类学家与文学家放到一起去强调"作者功能"（author function）。② 比较文学家弗克玛（Douwe Fokkema）也说出了几乎与人类学家相同的话："在科学研究中，研究者——作为决定研究资料和决定被当作研究'事实'的资料间的结合权威——和研究对象同样地重要甚至比后者更重要。"③ 在文化的比较研究作为学科强势的今天，文学的人类学化倾向不仅为文学与人类学提供了"联姻"的契机，更重要的是，人们已经愈来愈相信，两个"F/F"之间并不是不可逾越的。

事实/虚构的可交换性或曰"互文"性的逻辑依据可以从以下三个层次的关系和演绎中获得：

（A）自然（Nature）→文化（Culture）

"自然/文化"在西文中是一对相关的概念。前者指不以人类意志为转移、未经过人文雕饰的存在。后者原指经过人类的"栽培""养育"，致使生物脱离野性的状态。"文明"则强调外在的人文法则，提倡"人文自然"（human nature）——人性。中文虽与西文在指喻上有所不同，精神却完全一致，指人文绘饰，与"野"（自然状态）相对。"质胜文则野，文胜质则

---

① 参见［美］格尔兹《文化的解释》，纽约1973年版，第5—6页。
② ［美］马克·曼加纳罗（M. Manganaro）主编：《现代主义人类学：从田野到文本》，普林斯顿大学出版社1990年版，第4页。
③ 见［荷］弗克玛等《文学研究与文化参与》，俞国强译，北京大学出版社1996年版，第29页。

第二部分 文学人类学

史"。(《论语·雍也》)文明亦有同义,指与野蛮相对的文化状态。李渔的《闲情偶寄》如是说:"若因好句不来,遂以俚词塞责,则走入荒芜一路,求辟草昧而致文明,不可得矣。"简单的考释,徒欲使自然/文化二元对峙单元中的品质差异凸现。这样,就又把我们带回到了利奇的分类,得到了在"自然/文化"中的人类学基本命题"野性/人性"。① 既然文化附丽着丰富的人类精神,也就宣告其人文品质。任何绝对的纯粹计量化追求和刻板只能是一厢情愿。

(B) 历史 (History)→故事 (Story)

这是一对非常容易混淆的概念。首先,二者的词根相同,但叙事角色有所不同。后者虽未显示人称代词,实则昭示着确定的"某述";前者,不言而喻,"他的故事"(His-story)。表面上,后者更接近于"事实"的本身,前者则浸染着第三者色彩。本质上恰恰相反。故事的讲述可以人言言殊,历史的他述包含了在"它的"(It's)上有"他的"(His)——本来那样的叙述。其次,历史是掠越时空的故事贮存和记录。所以,早期的文字叙述很难用今天的学科分类来看待。希罗多德因为留下了一本《历史》而被冠以"历史之父";盲诗人荷马的《伊利亚特》和《奥德赛》被看作神话史诗;赫西俄德的《农作与日子》——一部典型的农作教科书,却不妨碍他用诗化笔触来讲述"潘多拉之瓮"的神话故事。他还是对人类五个阶段划分(the Five Ages of Man)的第一人。② 一千多年以后的人类学进化学派也只不过提出了与之相类似的认识。然而,《农作与日子》却被视作文学作品。可谁又能想到,考古人类学家施里曼、伊文思偏偏就是根据荷马史诗所提供的线索挖掘出了震撼世界的特洛伊和麦锡尼遗墟。更令人诧异的是,史诗中许多神、半人半神(英雄)用过的器具描述(比如酒具、胄甲等)竟与考古学家从墓穴中挖出来的一模一样。③ 这说明文学的发生原本就是很人类学的。文学中的"虚构"隐匿着历史上曾经实实在在发生过的事实,无怪乎在神话学研究中,

---

① 人类学家利奇(E. Leach)曾就此问题作过专门讨论。参见他的《社会人类学》"人性与兽性"部分。1986年英文版,第86—89页。
② [英]博拉(Maurice Bowra):《古代希腊文学》,牛津大学出版社1959年版,第41—42页。
③ 参见彭兆荣《痛苦的宣泄:从酒神、模仿的关系看希腊悲剧的本体意义》,载《外国文学评》1988年第2期。

"神话即历史"学派（Euhemerism）极具强势了。①

（C） 进程（Course）→话语（Discourse）

历史是时空的进程和人文话语的双重叠加。文化的不可复制性缘自于它的历时性。所谓"文化的复原"永远是一个有条件的限制性概念。科学的追求只能在有限的条件下尽其所能。"文献/地下/田野"所体现的正是这种努力。对于逝去了的事件的了解，在很大程度上要依赖于历史的文献记录。但是，文献是文人记述的，其中必然充满了文人话语。所以，任何"记录都不能成为单一的历史部分，即真正发生的遗留物……历史的记录本身充斥着人的主观性——视野、视角和'事实'的文化漂移"②。有些学者基于对历史进程中人文话语的认识，提出了所谓"虚构的存在"或曰"非真实的真实"（fictitious entities）。③ 从本质上看，"虚构的存在"就包含着现行时髦"话语"——"说"的历史化明确意喻。叶舒宪教授在他的《诗经的文化阐释——中国诗歌的发生研究》一书中从"诗""颂""言"的考掘入手，极为精致地将个中关系道出："诗和礼一样，原本是王者统治权即神权的确证，王者的衰败自然使诗和礼由官方向民间转移，这也是由神圣向世俗的转移。"④ 这样，《诗经》既交织着一个时期社会多层面的叙事："风""雅""颂"，又呈现了历史进程演变所导致文学话语的转变。当然，也导致两个"F/F"的互渗。

三 从田野到文本

按一般的说法和理解，"田野"和"文本"仿佛成了人类学家与文学家各自研究对象和手段的分水岭。"田野/文本"在品质上似乎也就成了绝

---

① ［英］洛斯文（K. K. Ruthven）：《神话》，梅索恩出版有限公司1979年版，第5—10页。
② ［美］迪尔内（Emiko Ohnuki-Tierney）主编：《跨越时间的文化：人类学方法》，斯坦福大学出版社1990年版，第4页。
③ ［美］迪尔内（Emiko Ohnuki-Tierney）主编：《跨越时间的文化：人类学方法》，斯坦福大学出版社1990年版，第279页。
④ 叶舒宪：《诗经的文化阐释——中国诗歌的发生研究》，湖北人民出版社1994年版，第158—159页。

然不同的东西。其实,是大误大谬也!

具有现代意识的人类学家绝对不会因田野而弃文本。因为他们知道,二者并非构成"实践/理论"——有人引伸为另一种关系:"田野研究/书斋研究"的简单排中律。文本中可以有"田野",书斋也可以有"田野"。"为了使我们对一些旅行者的人类学式观察更加准确,确认这些非人类学家所提供的信息更加精确,书斋里的人类学研究是需要的。"① 英国的社会人类学在研究宗族与家庭时,传统的做法是从收集谱系开始,以便保证研究者建立一个纵向的视野。谱系多为文本。倘若人类学家需要进行横向的比较研究,书斋式的文本研究就更不可缺少。没有人相信世界上的人类学家拥有"孙行者"的本领,上天入地,跨越时空,事事身体力行。何况,历史上许多类型的文本原就有民族志的性质,就是"田野"里生长出来的果实。具有现代意识的人类学家很清楚地知道,他们并不是田野中的"照像机",他们必须对田野中的事实进行解释。"对于田野工作者所提供的事实,社会学家和民族学家会在他们比较的框架结构中缀入自己的解释。"② 在格尔兹之后,人类学界出现了一种越来越在比较文化的大趋势下对文学理论的借鉴,具体表现在对文本性质的关照和在民族志撰写中对个性化解释行为的认可。正如泰特罗所云:"人类学也改变了它的视角,从追求纯客观化的对某一事物的描述,到现在意识到这只是一种关于某物的写作,同时,有意识或无意识地,它也总是一种自我建构的行为。"③ 田野中的"事实"逻辑与某一个人类学家对待这些"事实"的逻辑原本不是一码事。他把现实中无数排列零乱的东西按照自己的理解和解释写进民族志(文本),同一个"事实"已经产生距离。后来的民族学家在参阅某人的民族志过程中又必然产生出"误读行为"——参与了自己的解释行为;随之又产生出了新的"事实"。文化变迁即是这样一种过程,文化的研究也是这样一种过程。这就是文学人类学的精神,推而广之,是人文社会科学的精

---

① 参见[英]优里(James Urry)《英国人类学田野方法的发展和人类学评述与质疑》,载《皇家人类学院进程》,1972年,第45—57页。

② [英]库柏(Adam Kuper):《人类学与人类学家——现代英国学派》,路特里奇和凯根·保罗有限公司1987年版,第193页。

③ [爱尔兰]泰特罗:《文本人类学》,王宇根等译,北京大学出版社1996年版,第46页。

神。因为，它本身就是颠扑不破的事实！

具有现代意识的文学家绝对应该重视"田野"的现实作用。文学的"人学"性（高尔基语）决定了其研究对象——人的社会化与文化变迁进程。比较文学家弗克玛指出："一种文化变化理论需要一门人类学，一个关于人的概念，或者是一种关于人类能够做什么或能够学做什么的观念。"① 如果文学家笔下的人物完全没有社会生活中的指标，或者说，没有"田野"的气味，那么，白纸上的黑色字符只能停留在"文本"（text）的层面上，没有或者少有转化到"作品"（works）的层面。"接受理论"认为，作者用笔墨书写的或由铅字排印出的文字组合，在未经读者阅读之前只能称为文本；只有经过读者阅读之后它方产生效益，才能最终称得上是作品。这样，读者无形之中成了"文本/作品"转化机制的"上帝"。而读者选择文本的第一依据不是其他，是"源于生活、高于生活"的真实，是浓郁的"田野气息"。因此，广义的田野作业对文学批评和文学创作具有绝对的必要性。对此，人类学与文学在此的追求完全一致。"田野作业远比因技术性操作所引出的事实要多。"② 如果人们只追求由技术性操作而来的数据事实，他根本犯不着历尽艰辛地到"田野"中去，他本人就是一个真正的实体。那样，文学也就沦落为记录隐私的雕虫小技。在文化人类学眼中，人的价值有以下基本指标：（a）人的本性；（b）人与自然的关系；（c）时间；（d）人类的追求和目标；（e）人与人的关系。③ 而要获取这些，有效的途径是：田野与文本的融合。

具有现代意识的文学家很清楚地知道，不同的文本的价值是不一样的。文学人类学对文本的研究首先要确认哪些文本具有"人类学性质"，即"田野潜质"。列维-斯特劳斯在南美的巴西做过田野调查，却没有妨碍他将古代希腊、罗马等许多民族的神话传说和文本一并收罗起来进行参照，也没有妨碍在比较文化的背景下做他的结构主义营造。人们不会将其他做过调查的和没有做过调查的材料区分开来，进而去褒扬前者，贬抑后

---

① 见［荷］弗克玛等《文学研究与文化参与》，俞国强译，北京大学出版社1996年版，第97页。
② ［美］弗里德曼（Maurice Freedman）：《社会和文化人类学主潮》，纽约1979年版，第23页。
③ 参见［美］罗伊·雷诺等主编《文化人类学的主要流派》，纽约1973年版，第233页。

第二部分 文学人类学

者。其实,斯特劳斯常用的神话材料恰恰并非是他"实地"考察得来的。①这一点,原本很"弗雷泽式"。人们之所以对他的神话研究不作苛责,是因为相信他选择的文本材料拥有丰富的人类学品质。并且更相信他能够用人类学的方法将文本中的潜质抽取出来。这样,文本人类学研究的两个必要条件被揭示出来:1. 文本中的人类学品质。2. 研究中的人类学方法。现在让我们回过头来看看当代中国的文学人类学研究,以萧兵、叶舒宪、王建辉主持的《中国文化的人类学破译》系列为例,若按上面两个必备条件来看,笔者认为是合格的,甚至是高规格的。自然,这并不能阻止笔者对其中的某些解释和某些结论持置疑的态度。诚然,我们的耳边不断地回荡着雷纳·韦勒克的话语:"文学的人类学批评是当今文学批评中最富生命力的一翼。"②

我们也同样真诚地期待着文学人类学批评春天的到来,但是,文学和人类学毕竟是两个各自有着不同的研究对象、范畴、方法的学科;二者无论是"联袂演出"也好,"学科对接"也罢,都不能漠视两个学科的本质差别。"联袂""对接"是跨学科的互补,是两个学科间的相互提示。以"我者"对"他者"的简单消化或粗暴解构都是有害的。③重要的是一种方法,一种视野。莎士比亚的悲剧《哈姆雷特》取材于古老的民间传说,与浮士德一样,它同样为人类学家们所稔熟。"特别是文化人类学家,他探究哈姆雷特传说的来源,从莎士比亚以前的戏剧追溯到撒克逊文学,从撒克逊文学追溯到有关自然界的神话传说,却没有因此远离了莎士比亚;相反,他愈来愈接近莎士比亚所创造的那个原型。"④

同时,人类学家对文本的关注点与文学家亦呈迥异。1966 年,一位人类学家在西非的特夫(Tiv)人中进行调查时,就以莎士比亚悲剧《哈姆雷特》中的亲族关系(Kinship)为话题,向当地土著首领讲述欧洲的亲族制度的古老传统,并通过亲族关系来解释为什么王子会"忧郁",原因在于父亲死后不久母亲就嫁给了叔叔。根据传统,女人只能在丈夫死后两年

---

① 参见[法]列维-斯特劳斯《结构人类学》"巫术与宗教"部分,谢维扬等译,上海译文出版社 1995 年版。
② [美]雷纳·韦勒克:《二十世纪文学批评主潮》,《中外文学》1987 年第 3 期。
③ 参见彭兆荣《文学人类学解析》,《当代文坛》1993 年第 4 期。
④ 参见伍蠡甫《现代西方文论选》,上海译文出版社 1983 年版,第 343—344 页。

才可再嫁。人类学家的故事立即遭到土著首领的激烈反对："两年太长了，在她没有丈夫期间谁来为她锄地？"① 于是，人类学家很容易地通过对哈姆雷特的故事讲述得到了对特夫人亲族制度的了解。寻找文本中的"田野"，除了吸吮其中的生活滋养外，还有一个重要的意义：改善作者的知识结构。学者们经院理论的学习、文字知识的训练作为进行研究的必需，恰好在另外一个方面——对乡土知识和民间智慧了解和掌握疏远了；而无论是人类学抑或是文学研究，尤其在当代，对后者的学习、了解和掌握都必不可少。"讲述老百姓的故事"已不再是中央电视台的一个"栏目"，事实上它已经构成了社会、文化的焦点。对此，民俗学（Folklore）悄悄地"成为联接人文科学之间的渠道"。社会科学家们无不争先恐后地加入对那"共有文化"（common culture）的资源开发中去。② 也只有到了这个时候，"田野/文本"便成了一个有机的维系体，对它的撷英采蜜总是自然的、美好的。

  哦，神秘的"金枝"，你在哪里？
  ——那是老弗雷泽的呼声。
  "生活你真美好！"
  ——那是浮士德博士的绝命词。
  "路漫漫其修远兮，吾将上下而求索！"
  ——那是屈子的衷情。
  ……

或许，人类永远得不到那枚"金枝"，它总是恍惚于前却令人遥不可及。然而，人类难道不正是在这种永无止歇的寻索中瞥见生活的美丽，发现人文精神的绚烂么?!

此文刊发于《文艺研究》1997年第5期

---

① ［美］霍华德（M. C. Howard）:《当代文化人类学》，小布朗出版公司1986年版，第184页。
② ［美］弗里德曼（Maurice Freedman）:《社会和文化人类学主潮》，纽约1979年版，第64—65页。

文学与学文:一个比较文化的视野

"文学"在今天指一门独立的学科、学问,也是现行大学体制中的一个科系设制。但是,考其原始,索其脉络,现代的"文学"已被"窄化""僵化""退化"。"文学"之"文"在历史的知识谱系中与文字、文身、文饰、文路、文脉、文化、文明等皆有关系,形成了各自表述却又彼此呼应的完整的知识表述,远非文学这个现行学科可以囊括。重要的是,如果对这些知识脉络和复杂关系不厘清、不了解,对文学的原始、原生、原初意义的认识就不够、不足,那么,对文学的完整意义的了解和认识也就无从谈起。鉴此,谈文学,先学文。

"文"的意义——特别是当它与不同时代、社会、环境、族群、知识等联系在一起时,与各种符号、文物、器具、构件、行为、样态等发生关系,就会产生不同"语境"(CONTEXT)中的"互文"(context),对其做一个类似于"知识考古学"的梳理,无论就文学的反思、文学的理解还是文学的阐释都大有裨益。大致看,"文"的知识表述可从以下几个方面的维度进行讨论。

1. "文"作为历史和文明的演化标识。一直以来,人们习惯性地将历史上出现的各种形态、形式的文字符号视为进入文明门槛的标志。这在早期的人类学研究领域非常明确。在人类学进化学派的代表人物摩尔根的《古代社会》中,人类文明被划分为三个阶段:蒙昧、野蛮和文明,而人类进入文明阶段"始于标音字母的使用和文献记载的出现。文明社会分为古代文明和近代文明社会。刻在石头上的象形文字可以视为与标音字母相等的标准"。标音字母的发明和文字的使用作为文明社会的标志,一直使用至今。① 虽然，摩尔根对文明进化的划分在今天看来已不足为训，但文字的出现和使用作为"文明社会"最重要依据在学界仍不失为最具代表性者。我国学术界今天仍围绕着摩尔根的观点中究竟是"文字的出现"还是"应用于文献记录"为文明标志的讨论。在我国的线性历史表述看，所谓"惟殷先人，有册有典"——到了商代才有成文的历史。② 如果以当今的考古材料来看，在距今 6000 年前的仰韶文化和大溪口文化的陶器上的刻划符号是否算作"文字"仍有争议。换言之，我国"文字符号"与"文献记录"出现之间有一个很长的历史时段，这对我国文明阶段的划分至关重要。需要澄清的是，"文明"二字在我国古代典籍中虽有出现，却没有今天我们使用"文明"的意思，意指"文采光明、文德辉耀"。《易·大有》："其德刚健而文明。"西文中的"文明"（civilization）与城市、教化、公权等有关。这大概也是我国在讨论文明起源的时候将文字与城市放在一起讨论的原因。③ 不过，这种套西式"文路"于中国"文脉"之"文法"是否符合我国历史和国情，还有待于更深入的讨论。

2. "文"作为国家政治话语的表述方式。在今天，"文字"首先让人们想到的是与印刷术结合在一起的"印刷文字"符号形式，它又成了现代民族国家（nation-state）话语权力的官方表述，即"在积极的意义上促使新的共同体成为可想象的，是一种生产体系和生产关系（资本主义），一种传播科技（印刷品），和人类语言宿命的多样性这三个因素之间偶然的，但却是爆炸性的相互作用"④。这是当代著名学者安德森·本尼迪克特《想象的共同体：民族主义的起源与散布》中的重要判断，它属于民族国家一种独特的话语表述形态。从历史的角度看，我们也可以把国家的形态往前推至帝国时代，文字书写作为的记录、记忆和存留形式，以及在表述形态

---

① ［美］路易斯·亨利·摩尔根：《古代社会》上册，杨东莼等译，商务印书馆 1977 年版，第 11—12 页。
② 李学勤主编：《中国古代文明与国家形成研究》，云南人民出版社 1997 年版，第 5 页。
③ 李学勤主编：《中国古代文明与国家形成研究》，"第一篇"，云南人民出版社 1997 年版，第 5 页。
④ ［英］班纳迪克·安德森：《想象的共同体：民族主义的起源与散布》，吴睿人译，时报文化出版企业股份有限公司 2005 年版，第 53 页。

上所遗留下的痕迹，即只要文字与任何一种国家政治结合在一起，便获得了相比其他表述方式和手段更具公认的合法性和权威性。印刷术起源于中国，是为世界所共识。与丝绸和瓷器相比，印刷术对现代社会的意义更为重大。它的出现大大提升了社会生产程度，创造了非凡的审美杰作，但是，印刷术的重要意义在于这项技术本身。① 其实，我国的印刷技术从出现到发展本身就是一段值得大书特书的文明史，印刷技术的三个因素——印版、墨和纸张，早在印刷技术发明以前，比如青铜时代就已被工匠们所掌握。拓片技术用于复制和留存方式，中国人千百年来一直使用。② 所以，就世界范围看，印刷文字何时进入国家政治性话语表述体系以及形态是不同的和多线的。我们当然也可以因此质问，非印刷性文书或前印刷性文字是否不具备国家政治性话语表述的范式特征？至少从我国的国家发展史来看，回答是肯定的。秦始皇当时在统一六国之初，"焚书坑儒"成为其建立和维护帝国政治统治的一个重大的政治手段和历史事件。也就是说，前印刷时代，文字（或手书、或刻划、或镌镂）已然与帝国政治结合到了一起。所以，现代国家与印刷技术的结合只不过是国家历史形态中的一种"后表述"而已。

3. "文"作为制作书写材质的多种样态。与语言相比，文字的历史要短暂得多；但是，文字符号的出现是与制作、刻划、书写的方式和材料融为一体的，这一点通常被许多学者们所忽视，或者将文字与书写材料置于不同学科范畴分别对待。文明的一个关键因素，就是将人类生产生活方式中的工具革命与文化变迁视为有机部分，甚至是关键部分。古代文明公认最古老的文字是埃及的神圣文字（Hieroglyph）和苏美尔的楔形文字，其可追溯的年代是公元前三百年。中国古代的甲骨文以"龙骨"（龟背壳等），金文以金石、铜器等，竹简以竹材等为材料，以及从后来的混合材料制成的纸张，可以清楚地看出，文字形态与材料形态不可分离。无论是以"泥块""泥板"、动物背壳、由矿物质融铸而成的器件，抑或是植物材料；无论是以塑形、打凿、镌刻还是书写，文字与书写材质形成了

---

① ［德］雷德候：《万物》，张总等译，生活·读书·新知三联书店2005年版，第191—192页。
② ［德］雷德候：《万物》，张总等译，生活·读书·新知三联书店2005年版，第207—208页。

一个彼此相关的共同体，共同演绎着文明的发展线索和线路。即使到了纸质文字时代，文本还有不同的装帧、装订手段、手法和收藏方式上的差异，比如"善本"。不同的文字与不同的材质、制作手段、保存方式相结合，对文明进化和文化类型都是一个非常重要的说明，而作为文明进化的一种基本判断，文字与特殊材质的构造关系也是文明、文化独特性不可或缺的依据。比如，中国殷墟的陶器制作形制、做法、纹饰、陶质材料，在这些材料上所刻划的符号文字以及若干雕成的花纹，与殷商时代的甲骨文及青铜器之间形成了亲密的关系。[1] 中国文字的"写法"可凿、可刻、可陶、可镌、可镂、可图、可书于不同的材料；反过来，不同的材料又张显和表达着不同的书写方法和艺术。中国的文书史不啻为世界上最伟大的材料史。同理，我们也可以在西方的文明史上看到同样的材料线索和隐喻性表达，赫西俄德在《农作与日子》中把人类文明的演进时采用的几种物质材料进行分段——"黄金时代—白银时代—青铜时代—黑铁时代"比附归纳。今天，考古学上的所谓"石器时代"仍是一个世界性通用概念。

4. "文"作为记录神话时代的方式和手段。约翰传福音书中说，语言与神同在，语言即是神。所以，从历史的变迁轨迹看，文字以神话为背景，其原初性功能是记录神意的工具和手段。[2] "天文"便是一个极好的注疏。许慎在《说文解字》卷十五"叙"中说，在文字出现之前，人们曾经历过一个"观法取象"的阶段，而"天文"正是所谓"天人合一"的照相——"从天文现象中寻找表达世界存在之事物的象征符号（象）"[3]。在对"天文"的观察、理解和阐释中，人们发现了"人文"精神，或者说，"人文"与"天文"在意象理解上是一致的；"天象"是人类观察附会于人类社会的照相，反之亦然。而有"天文"便有"地文""水文"等。而"天"是神话的终极解释。再比如，"图腾"是神话时代的衍生物。"图腾"一词虽然来自北美印第安人奥吉布瓦（Ojibwa）语言中的 ototeman,

---

[1] 李济：《殷墟陶器研究》，序，上海世纪出版集团2007年版，第3页。
[2] [日] 白川静：《汉字》，林琦等译，厦门大学出版社2005年版，第7页。
[3] 王铭铭：《心与物游》，广西师范大学出版社2006年版，第94页。

第二部分　文学人类学

即今天 totem 的来源，意为"他的亲族"。张光直先生认为，在中国"图腾"这个词指称古代器物上动物的图像。例如半坡村的仰韶文化的陶体上画的鱼形，于是鱼便是半坡村住民的图腾。殷商青铜器上铸有虎、牛、蛇，或是饕餮的纹样，于是虎、牛、蛇、饕餮这些实有的或是神话性的动物，便是殷商民族的图腾。① 他同时认为，"中国古代文明是所谓萨满式（shamanistic）的文明"，巫师有通天地的本领，而通天地又有各种手段，包括仪式用品、美术品、礼器的独占。② 这些祭祀仪式的用品大都有各种纹饰符号，也有其独具特色的"文法"和"文路"，它们都是神话时代的认知要理，也是记录方式和手段。将天—地—人—鬼沟通的方式记录在器物上，传递着人类的文化表述和人文精神。我们无法想像，如果离开了对自然的认识、理解、判断、启示和物化符号系统的文化表述，人文精神几乎无从生成和传达。同时，我们也清楚地了解到，在神话时代，记录的方式和手段多种多样，前文字符号充其量只是众多记录、表述中的一种，且在很长一段历史时间里并未获得特殊的权力话语性质。孔子的"论语语体"恰恰是重口述的表述。

5. "文"作为认知形态的物化构造和模式。西方的文字系统是由抽象的字母构造组合而成，"letter"既可以指字符，可以指文字；"letters"可以指文字作品，也可以指制造文字作品的文人。这种抽象的表音和相对简单的工具符号将西式的思维形态、认知形态特点展露无遗。反之，中国的文字系统是具象的表意和相对复杂的工具符号，即"象形文字符号"。无论是相对简单的表音符号系统还是相对复杂的表意符号系统，其实都是认知形态的果实，也都是人类祖先对自然的模仿的结果，仿佛弗雷泽在《金枝》中所总结的人类原始巫术产生和造型的根本原则"象生象"（like produce like）。③ 德国学者雷德候将中国的汉字系统总结为"模件构造"——"模件即是可以互换的构件，用以在不同的组合中形成书写的文字"——

---

① 张光直：《考古人类学随笔》，生活·读书·新知三联书店 1999 年版，第 117 页。
② 张光直：《考古学专题六讲》，文物出版社 1986 年版，第 4—11 页。
③ Frazer, J. G., *The Golden Bough: A Study in Magic and Religion*, Charpter Ⅲ, New York: The Macmillan Company, 1947.

相同的模件可以组合成为"万物";他引用周敦颐的太极图说,"万物生生,而变化无穷焉"①。在此,中西方文字系统鲜活地呈现出了两种完全不同的思维和认知形态,前者是用有形表达无形,所谓"大象无形";后者是在抽象中塑造模型。中国的文字造型如同积木的搭建;它根据自然和生活形态中的"象形"原则,像建筑一样,在造型结构的整体中分别制造出各种基本的"模件"(module),诸如"口""又""言"等(它们又以更小的元素——笔画所组成),既可独立使用,更多地却是成为其他文字组合的"模件",组成出各自单元(汉字),进而进行序列的连贯,形成文本。② 汉字的这种特点不仅反映出中国特色的"形/意"间的变通,也衬托出文字构造的美学原则。而这种"模件化"特点又可以在中国的建筑、器物、园林以及造型艺术上清晰地瞥见——属于中国式思维形态的构造形制。文字记录有时反而相形见绌;比如对我国商周时代青铜器作用的解释——通常人们都到《礼记》中寻找答案——我们虽然可以从《礼记》文书中了解到祭祀为中国古代头等重大的事情,却无法看到青铜器使用规定的具体记载;毕竟我们所见的《礼记》是在商朝灭亡一千多年后成书的。因此,礼器本身仍是我们索取历史信息的主要途径。③"文物"也因此有了一个崭新的阐释,即它不独为一种有形的遗产,更是一种文与物结合在一起的认知方式和表述记录。

6. "文"作为人类行为的原生形貌和形态。众所周知,我们现在所知的,与"文"发生各种关系者大多属于延伸形态以及演化符号的衍生意义;原初形态、原生符号中的原始意义已经发生很大的变异。以汉字"文"为例,原始意思中的"文"并非与"字"一并出现;一种解释认为,"文"指的是如象形文字的单体字,"文"与"字"的结合是后来的事。"文"原为文身的意思,具体地说,就是在人的胸部施行文身。对于"文"的这种起源风俗,一种猜测认为,它是以一种特殊的礼仪将尸体神

---

① [德]雷德候:《万物》,张总等译,生活·读书·新知三联书店2005年版,第22—23页。
② [德]雷德候:《万物》,张总等译,生活·读书·新知三联书店2005年版,第14页。
③ [德]雷德候:《万物》,张总等译,生活·读书·新知三联书店2005年版,第42页。

第二部分　文学人类学

圣化。① 换句话说，"文"的发生形态属于某种原始意义上的风俗习惯和仪式行为。如果按照涂尔干《宗教生活的基本形式》中的分类："一个神圣的事物，一个世俗的，这种区分构成了宗教思想的特征。"而诸如信仰、神话、教义等表象体系属于神圣的，而具体的物质、手段等则属于世俗。② 我国"文"的发生学形态（即对尸体的文身）中"神圣/世俗"却是无法泾渭分明，更无法分割对待。也就是说，"文身"的观念、思想、行为、仪式、符号、工具、技术、手段与意义完全交错在一起，形成了"文化"整体表述。"神圣/世俗"是后续的、人为的、衍生的概念、分类和总结。我们同样可以借此反观中国文字体系，以及由于文字体系延伸出来的诸如书法艺术等，它们都有一种与众不同的文脉，这就是形体异而脉络通。每一个书法家写出的文字是不一样的，它们各有其风骨，甚至同一个书法家在写同一个字的时候，也不会完全相同叠合，但这并不妨碍人们在汉字书法的"文脉"中去做艺术欣赏和理解，这关乎中国传统书法的"文理"问题。它也被认为是"百科全书式的心智"表达。③ 又比如中国古代青铜器，作为文物，"纹"也是其理，"文""纹"通假，"文"是在人的身体、尸体上描绘，而"纹"则是在器物、材料上刻划。形式上无论有多么大的差异，贯彻其中的脉理具是一致性的。如果我们将甲骨文与古代青铜器的神兽纹置于一畴，会发现其中共通的脉理。④ "文化"正缘此而出。这样的"文脉""文理"在西方是没有的。

7. "文"作为"形而上/形而下"之技术系统。反思汉字、汉语中的"文"，人们还会发现，它与原始（今天仍有不少遗留在乡土社会中）巫术、占卜、天象、律令、时节等行为、技术有着密切关系。传说文字由仓颉所创，《春秋元命苞》说他："四目灵光，生而能书。于是穷天地之变，仰观奎星圆曲之势，俯察龟文鸟羽、山川指掌而创文字。"这个故事透露

---

① ［日］白川静：《汉字》，林琦等译，厦门大学出版社2005年版，第20页。
② ［法］E. 涂尔干：《宗教生活的基本形式》，见史宗主编《20世纪西方宗教人类学文选》，上海三联书店1995年版，第61页。
③ ［德］雷德侯：《万物》，张总等译，生活·读书·新知三联书店2005年版，第251页。
④ ［日］木已奈夫：《神与兽的纹样学——中国古代诸神》，常耀华等译，生活·读书·新知三联书店2009年版，第12—14页。

出一个鲜为人知的变化轨迹："仓颉造字"所倚者为原始巫术，包括卜术、邪技、口占、灵异、天象等。沿着这一线索，我们无妨将文字理解为一种特殊的巫术变体，以及一整套特殊的观察、记录和制作技术；同时，它又构成了我国乡土社会中民间智慧最具活力的部分。在我国，各种各样属于原始宗教、民间宗教、自然宗教的行为技术已经深刻地融入了广大人民的生活之中，大凡各种重要的活动、仪式，比如在人生的"通过仪式"（The Rites of Passage）①中的出生、结婚、死亡等各种礼仪中，都可以看到充满各种技术手段、技术方式的技术系统。再比如在我国的东南沿海和台湾地区民间流行的"童乩"（也叫"乩童"），属于一种占卜巫术，以测吉凶。一种解释认为，"乩"亦为"稽"，即查测之意。② 具体做法是童乩根据所卜之象和各种纹路测查、记录，并对各种符图、符号纹测度吉凶之兆。事实上，中国的文字体系中有不少原始表述形态都与之有涉。有意思的是，这些原始技艺既属于一种"形而下"的技术，也蕴含了对宇宙万物、天地人、自然规律的认知和理解，因而也具有"形而上"的意思。在今天，其中不少则属于所谓的"无形文化遗产"（the intangible cultural heritage——官方译为"非物质文化遗产"）。在遗产学研究中，无形文化遗产的技术系统是非常重要的传承部分，也是重要的研究范畴。

8. "文"作为一种文学特指的隐喻类型。文有类，曰文类（genres）。作为一种专业指称上的文类，在文学范畴，专指文学作品的类型、种类，通常叫"文学形式"，③ 在西方曾经专指传奇、诗歌、戏剧和讽刺。弗莱认为，"文字中的常规、文类和原型不会简单地出现，它们一定经过从不同源头，或许从同一源头那里的历史性演化"④。沿着神话的历史演化线路，他在原型模式批评⑤对"文类"做如下整理与归纳：

---

① Van Gennep, A., *The Rites of Passage*, (Translated by Vizedom, M. B. and Caffee, G. L.), Chicago: The University of Chicago Press, 1960.
② 王铭铭：《心与物游》，广西师范大学出版社2006年版，第87页。
③ ［美］M. H. 艾布拉姆斯：《欧美文学学术语词典》，朱金鹏等译，北京大学出版社1990年版，第126页。
④ ［加］诺思洛普·弗莱：《批评之路》，王逢振译，北京大学出版社1998年版，第17页。
⑤ ［加］弗莱：《批评的剖析》，"第一篇"，陈慧等译，百花文艺出版社1998年版。

第二部分 文学人类学

（1）黎明，春天，出生。英雄的出生仪颂。大地的生物复苏，再生，生命战胜了黑暗、冬季与死亡的神话。它的复合形象是父亲和母亲。原型的哲学与美学形态特质表现为极致的狂喜；与之相配合的艺术叙事门类为酒神颂歌和传奇。

（2）正午，夏天，婚礼。英雄的胜利仪赞。神圣的荣耀，光辉普照，通往天堂道路的美丽神话。它的复合形象是在未婚妻的相伴下，英雄走在胜利的旅途中。原型的哲学美学形态特质表现为神圣的庄严；与之相配合的艺术门类为喜剧、牧歌、田园诗和小说。

（3）黄昏，秋天，死亡。英雄的死亡仪礼。毁灭的命运，垂死的英雄，野蛮的弑戮，祭献与牺牲，孤独的英雄神话。它的复合形象是叛徒、出卖者和诱拐者。原型的哲学美学形态特质表现为悲壮的苦难；与之相配合的艺术门类为悲剧和挽歌。

（4）夜晚，冬天，颓绝。英雄的苦楚仪殇。理性的坍塌，命运的苦斗，人类的毁灭与复归于混沌神话。它的复合形象为巨人与巫师。原型的哲学美学形态特质表现为拼搏与抗争；与之相配合的艺术门类为讽刺。

弗莱形象和精巧地把人文精神、艺术类型、神话叙事等都揉在一起，仿佛是生命的诗性演绎：春天的神话与传奇对应；夏天的神话与喜剧对应；秋天的神话与悲剧对应；冬天的神话与讽刺对应。[①]"文类"在季节的自然演化中获得了形态上的契合。

9."文"与"非文"间的历史性代际关系。如果说，在历史的演变中"文"的书写直接来源于某种仪式行为（文身）存在着解释上、历史上的证据链的话，那么，口述与文字在生产上，毫无疑问，都是历史纽带上两个密切相联的知识形态或表述方式的代际关系。可是，由于在后来的国家形态中，文字符号和书写类型被附丽了社会的权力价值，才造成了特殊"书写文化"的话语。克里福德在《写文化》中认为，文字过程——隐喻、

---

① E. M. Meletinsky, *The Poetics of Myth* (Translated by Lanoue, G. & Sadetsky, A.), New York & London: Garland Publishing, Inc., 1998, p. 83.

书写、叙事——成为影响文化现象"注删"的一种方式。① 一俟书写被赋予了特权,便形成了类似于福科"知识话语",即在一个特定的"权力场"里,"知识"按照既定的规则进行区分和排斥。事实上,正是社会价值体制中这样一种分类决定着所谓"知识"的级差和取舍;比如"官方/民间""雅/俗"等概念分类无不透着权力的气息。

而从"文"的表述方式的生成关系看,它远比口述、绘画、歌舞晚近得多,"文"作为表述方式与"非文"的口述、绘画、歌舞等形成了不可断裂代际关系。现在问题是,当现代文学纳入现代文字体系的国家政治形态之中,那些原生性的、发生性的各种表述,那些无文字民族、族群的多种形态都便处于"失声状态"。而文学人类学的一个目标,正是要尽其所能恢复那些"失声"了的表述声音。

10. "文"之于交织性语际文本的共属关系。就文学而言,"文本"(text)是最真实可感,最可凭据的终端。文本可以理解为某种特定的形式表述。表述的多样性,也决定着文本的多样性。其间存在着两个基本的视角:(1) 文本来源的历史逻辑。虽然历史为我们留下了大量的文学叙述方面的文本,但"文本"与"人本"之间却经常被学科樊篱所阻隔。换句话说,我们要怎样尽可能地将文本中的人类智慧(Homo sapiens)全貌性地挖掘出来。反过来,文学应该如何在浩如烟海的文本当中挖掘出"本文"——最具备和代表人类体貌和文化的特性。从"本文"到"文本"划出了一道"自然—文化"的历时性发展轨迹;也彰显出"从动物到人类"的进化图景。文学人类学研究正是要致力复归从"文本"到"本文"基本形貌。只有这样,才能满足最为根本的学术逻辑:来来往往、归纳演绎同为一物。一言以蔽之,人类本性和人文价值,是为文学人类学研究之本。②
(2) 文本的多样性决定了对单一性文本的采纳和对单一性文本在理解上的偏见。刘禾在她的《语际书写——现代思想史写作批判纲要》一书中,借用"刘三姐"这一特殊历史表述现象——多文本共谋——的剖析,揭示了

---

① J. Clifford. and Marcus, G. (ed.), *Writing Culture: The Poetics and Politics of Ethnography*, Berkeley: University of California Press, 1986, p.4.
② 参见彭兆荣《文学与仪式》,北京大学出版社2004年版,第2章。

在政治"暴力"时代的文本建构意义。在她的分析中,"刘三姐"形成了一个不同文本之间语际交流、合作、共谋的属性。"刘三姐"作为山歌文本、歌舞剧文本、民间文本、官方文本、历史文本、传奇文本、口传文本、民俗学文本、民间文学文本、电影文本……。在讨论中刘禾借用了人类学家费边(Fabian)的《时间与非我:人类学如何建构其对象》中对"我们/他们"的时间、空间的交错解读,"自我/非我"的边界必定被找破。[1] 假定我们相信"刘三姐"历史的原真性文本是山歌,那么,今天世界华人圈内所熟悉的"刘三姐版本"已经完全变成了一种"非我文本",而其意义的获得和变化都建立在各种文本的语际书写之间。

综上所述,文学与其说是一个学科上的"自我满足"的"自圆其说",勿宁说是文化与文明上的"自我的他说"中"自我的他性"表述。

此文刊发于《西南民族大学学报》(人文社会科学版)2011年第1期

---

[1] 刘禾:《语际书写——现代思想史写作批判纲要》,上海三联书店1999年版,第155页。

民族志"书写":徘徊于科学与诗学间的叙事

一 "书写之痒":一种民族志表述的反思

民族志（ethnography）作为民族学重要的组成部分，完整地表现了人类学家田野调查的记录、描述、分析和解释。[①] 但是，民族志无论作为一种学科的原则，还是调查的方法，抑或是人类学家书写的"作品"，不同时代、不同学派的人类学家都有着不同的主张，这也构成了人类学重要的理论内容。

古典人类学家弗雷泽在他的代表作《金枝》中，为人们讲述了一个关于古罗马狄安娜的神话原型在意大利尼米湖地区的仪式叙事：在当地庙宇有一棵神圣树，便是传说中的"金枝"。它由获得"森林之王"称号的祭司守护着，任何觊觎者若能在与祭司的争斗中杀死他，便可得到祭司之位和"森林之王"的称号。所以，它便成了"决定命运的金枝"。这一神话叙事不仅经历了从克里特到意大利半岛的地理迁移，也经历了不同国家、族群长时间传承的变化；其原始基型仍属神话的叙事范畴，即它并不是历史事实，而是以一种神话传说式的叙事类型来解释祭祀仪式的起源。[②] 弗雷泽以此神话仪式为原点，从世界各地同类型的口述和文献资料的比较中发现了巫术和宗教的规则与原则，即著名的"相似律"与"接触律"，它们同属于"交感巫术"范畴。[③] 毫无疑问，《金枝》是一部伟大的人类学作

[①] Barfield, T. (ed.), *The Dictionary of Anthropology*, UK: Blackwell Publishing, 2003, p. 157.
[②] Frazer, J. G., *The Golden Bough——A Study in Magic and Religion*, New York: The Macmilan Company, 1947, pp. 1–9.
[③] Frazer, J. G., *The Golden Bough——A Study in Magic and Religion*, New York: The Macmilan Company, 1947, pp. 11–12.

第二部分　文学人类学

品,在很长的时间里,它在"民族志"的概念和叙事范式的讨论中既受推崇,也受质疑。这一切都与民族志在不同时代所遵循的原则有关。

民族志作品被视为人类学学科的产品和"商标"已属共识。从宽泛的意义上说,民族志研究包含着两个相互关联的部分:第一,人类学家对研究对象进行现场"参与观察",即所谓"田野调查";第二,民族志者在调查的基础上进行描述性文本写作。一般意义上的民族志表述主要体现为"文字文本",即"志"的书写记录。众所周知,传统的民族志素以"科学"为圭臬和标榜。早在19世纪的初中叶,人类学就被置于"自然科学"的范畴,被称为"人的科学"。① 马林诺夫斯基在《西太平洋的航海者》中除了确立"科学的人类学民族志"的原则外,更对民族志方法(诸如搜集和获取材料上"无可置疑的科学价值")进行了规定,并区分了不同学科在"科学程度"上的差异。② 美国"新进化论"代表人物怀特坚持人类学学科诞生时所秉承的"进化论"和"实验科学"学理依据,进一步地确认民族志为"文化的科学"。③ 由于人类学属于"整体研究"(whole),因此,总体上可归入"形态结构的科学"范畴。④ 然而,对人类学的"科学"的认定从一开始就存在着不言而喻的争议性,无论是就科学的性质抑或是叙事范式而言都是如此。争论的焦点主要集中在:(1)在民族志中,原始的信息素材是以异文化、土著陈述、部落生活的纷繁形式呈现在民族志者面前,这些与人类学家的描述之间往往存在着巨大的距离。民族志者从涉足土著社会并与他们接触的那一刻起,到他写出最后文本为止,不得不以长年的辛苦来穿越这个距离。⑤ 但是,民族志者个体性的"异文化"田野调查在多大程度上能够填平"主观因素"与"科学原则"之间的距离?学界对这一问题的看法迄今为止仍见仁见智。(2)"文献文本"属于文学性表述,尤其是最近几十年,民族志的"文学性"(比如文学的

---

① [英] A. C. 哈登:《人类学史》,廖泗友译,山东人民出版社1988年版,第2页。
② [英] 马林诺夫斯基:《西太平洋的航海者》,梁永佳等译,华夏出版社2002年版,第2页。
③ 参见 [美] L. A. 怀特《文化的科学》,沈原等译,山东人民出版社1988年版。
④ Johnstorn, F. E. & H. Selby, *Anthropology*: The Biocultural View, U. S. A: W. C. Brown Company, 1978, p.11.
⑤ [英] 马林诺夫斯基:《西太平洋的航海者》,梁永佳等译,华夏出版社2002年版,第3页。

隐喻法、形象表达、叙事等）影响了民族志的记录方式——从最初的观察，再到民族志"作品"的完成，到阅读活动中"获得意义"的方式。①因此，"写文化"（writing culture）便成为民族志无法回避和省略的反思性问题。

对于第一个问题，即人类学家对民族志田野的"叙事范式"，在20世纪初中叶，经过连续两三代社会科学家们的努力，已经形成并得到公认。田野调查基于较长时间（一年以上）的现场经历，这对于一般民族志研究而言已得到了普遍的认可。比如早期的民族志研究都以如下案例为典范：博厄斯在巴芬岛爱斯基摩人中为期两年（1880—1882）的调查；② 拉德克利夫-布朗在印度洋安达曼岛上两年（1906—1908）的研究；③ 以及马林诺夫斯基在美拉尼西亚东部的特洛布里安岛上四年的研究（1914—1918）等。但对于人类学家在田野调查中"主体的对象化"问题存在不同的看法，比如过分"自我的他化"可能被认为是"植入其中"或"沦为研究对象"，从而导致"不知庐山真面目，只缘身在此山中"的主体性迷失；另外，深陷其中的人类学家可能因此减弱对客观性把握的能力，甚至减退研究的热情。尽管如此，长时间的田野调查毕竟可以保证民族志者与被调查对象朝夕相处，深入他们生活的内部。④ 这些都属于民族志研究参与体认的原则范畴。因此，田野调查的"参与观察"作为社会人类学的基本原则并未受到根本的质疑和改变。按照帕克（Park）的说法，这种研究原则和方法有别于"图书馆式"的研究原则和方法，帕克将其形象地描述为"在实际的研究中把你的手弄得脏兮兮的"。⑤ 据此，民族志者亦被戏称为"现实主义者"。

第二个问题，即"文献文本"属于文学性表述，较之第一个问题则完

---

① ［美］詹姆斯·克利福德、乔治·E. 马库斯：《写文化——民族志的诗学与政治学》，高丙中等译，商务印书馆2006年版，第32页。

② Boas, F., *The Central Eskimo*, in (U.S.) Bureau of American Ethnology, Sixth Annual Report, Washington, D. C., Smithsonian Institute, 1888, pp. 399 – 669.

③ Radclife-Brown, A. R., *The Andaman Islanders*, Cambridge: Cambridge University Press, 1922.

④ Graburn, N. H., *The Ethnographic Tourist*, in Graham, M. S. Dann (eds.), *The Tourist as a Metaphor of the Social World*, Trowbridge: Cromwel Press, 2002, p. 21.

⑤ 帕克（R. Park）于20世纪20年代在美国芝加哥大学任教时对他的学生所做的著名解说。

第二部分　文学人类学

全不同：虽然在表面上它属于"表述"范畴，但由于它不仅关乎民族志者经过"辛劳"获得的资料在"真实性"上是否被认可，而且关乎人类学家在身份上属于"科学家"抑或"作家"的问题。从历史上看，文化人类学的先驱们曾热衷于将自己视为"文人"（men-of-leters），如弗雷泽、泰勒、哈里森、雷纳、穆勒、史密斯等；或者干脆把人类学当作研究语言和文学的科学。[①] 这些打着"科学"旗帜的先驱们中的一些人，也因同样的原因被人讥讽，比如弗雷泽便被其晚辈称为"太师椅上的人类学家"。[②] 然而时过境迁，当代一批有影响的人类学家，如克利夫·格尔兹、维克多·特纳、玛丽·道格拉斯、列维-斯特劳斯、爱德蒙·利奇等都对文学理论和实践感兴趣。至于早期的人类学家们，像玛格丽特·米德、爱德华·萨丕尔、露丝·本尼迪克特等，既是人类学家，同时他们也把自己视为文学艺术家。[③] "文学"在这里不只是对一个艺术门类的言说，也不只是指人类学家们的"田野作业"和民族志研究中所面对的"文本"（literary texts）类型，更为重要的，它涉及同样作为"作者"（author）在确定什么样的材料能够进入他们民族志中的"主观性"问题以及对所谓的"表达"范式的选择。这种被称为"实验民族志"的目的不是为了猎奇，而是为了达到文化的自我反省和增强文化的丰富性。[④] 说到底，民族志范式的变革与当代的知识革命密不可分。[⑤]

还有一个问题需要正视，即我们讨论的"文学的文本"，尤其是民族志的"文学性"，已经远远超出好的写作或独特风格的范围。当文字性的表述方式成为一种权力的时候，对文学表述形式的理解和解释必定是"过

---

① Freedman, M., *Main Trends in Social and Cultural Anthropology*, New York & London: Holmes & Meier Publishers, Inc., 1979, pp. 62–65.

② 高丙中：《民族志发展的三个时期（代译序）》，载［美］詹姆斯·克利福德、乔治·E. 马库斯《写文化——民族志的诗学与政治学》，高丙中译，商务印书馆 2006 年版，第 32 页。

③ ［美］詹姆斯·克利福德、乔治·E. 马库斯：《写文化——民族志的诗学与政治学》，高丙中译，商务印书馆 2006 年版，第 32 页。

④ ［美］乔治·E. 马尔库斯：《作为文化批评的人类学：一个人文学科的实验时代》，王铭铭、蓝达居译，生活·读书·新知三联书店 1998 年版，第 11 页。

⑤ ［美］乔治·E. 马尔库斯：《作为文化批评的人类学：一个人文学科的实验时代》，王铭铭、蓝达居译，生活·读书·新知三联书店 1998 年版，第 24 页。

度性"的。就像一个人一俟处于"位高权重"时,对他的溢美之辞必定"过誉"。事实上,位置的权力构造远比位居其上的人更重要。同样,某一种表述方式的权力化与历史语境的"话语"有关。安德森认为,在民族国家建立的历史过程中,资本主义、印刷科技与人类语言的多样性三者结合,使这一"想象共同体"即现代新型国家的出现成为可能。① 可以这样说,文字书写构成了现代国家预先搭建舞台的一个基桩。在很大程度上,"写文化"是国家权力在叙事方式上的一种延伸。所以,我们今天对民族志"写文化"的讨论表面上针对的是一种叙事方式,本质上却在反思建构这一叙事背景的政治语境和权力构造。

二 "事实之后":一种民族志解释的思辨

格尔兹以民族志者面对不同的"异文化"场景和长时间"事实"变迁为题,以现代性的视野开宗明义:"让我们设想一下:当一个人类学家在四十年间卷入两个地方的事务,一个是东南亚的村镇,另一个则是北美边陲的村镇时,你会说它们已经发生了变化;你会对那些变化进行对比,描述当地人民过去的生活和现在的形貌。你会以一种叙事方式,即以故事来讲述事物之间的关联性:从一种形态变到第二种形态,再成为第三种……问题是,事物越是变化,距离它最初的形象和想象就越远。然而,描述所面对的各种事物、现象以及它们的变化却是人类学家的常规性工作。"② 人类学素以标榜"人的研究""关于人的科学"为原则,可是在具体的民族志研究中,民族志者的操作性常规却建立在对特例的、混杂的、陌生化的、变化的事物或事件的观察之上,包括诸如青春期通过礼仪、礼物的交换、亲属制度的术语及范围等,使之介于观察对象与观察者之间混杂的形象塑造与形态描绘中。它既非方法论,亦非主观性可以准确地把握与界

---

① [英]班纳迪克·安德森:《想象的共同体:民族主义的起源与散布》,吴睿人译,台北时代文化出版企业股份有限公司 2000 年版,第 54—55 页。

② Geertz, C., *After the Fact: Two Countries, Four Decades, One Anthropologist*, Cambridge, Masschusetts: Harvard University Press, 1995, pp. 1–2.

定。二者之间相互渗透与影响使分类和认知产生了借位。① 换言之，民族志者在对"客观事实"的观察、认知以及表述中必定包含了对"事实"的选择和解释的"主观性"因素。

以传统的观点，一部合格的民族志，除了遵循"参与观察"这一田野作业的原则外，还要尽可能地表现出"当地人的观点"。这构成了现代民族志与古典民族志的一个分水岭，也构成了马林诺夫斯基与自己的老师弗雷泽之间一个显著的区别。② 两代人类学家在秉持"科学"原则、搜集资料以及写作风格上都有迥异的差别。比如在使用以往那些行政官、传教士、商人或旅行者们的文献和口述材料时，弗雷泽是欣然接受的。《金枝》主要正是靠这些材料说话。而马林诺夫斯基则认为，那些材料是不可靠的，因为那些提供材料的人"缺乏专业训练"，存在着"先入为主的判断"，过于"务实"，"与追求事物的客观性和科学性的观点不相容"。③ 如果说弗雷泽与马林诺夫斯基都建立了属于他们那个时代的民族志里程碑，那么到了格尔兹那里，马林诺夫斯基的"科学民族志""功能主义"以及沉溺于"追求事物的客观性"的范式也成为一个被跨越的门槛。就像当年"跨越"他的"老师"那样，马林诺夫斯基同样被晚辈所"跨越"。

有意思的是，以格尔兹为代表的解释主义人类学在坚持"田野作业"的基础上，对各类文学文本、口述材料等持相对宽容的态度。原因是：在他们眼里，"田野"和"文本"都属于同性质的"事实"，而重要的却是对事实的"解释"。换言之，"田野/文本"的关系显然形成了对现代人类学基本理念的又一次挑战，也就是说不认为它们构成绝对的二元对峙关系，甚至认为二者具有并置的同一性。在这里，"解释"才是终极性的。

---

① Geertz, C., *After the Fact: Two Countries, Four Decades, One Anthropologist*, Cambridge, Masschusetts: Harvard University Press, 1995, pp. 96 - 97.

② 从某种意义上说，马林诺夫斯基与弗雷泽之间的关系——包括辈份关系和学理关系，都是继承与创新的师徒关系。马氏尚在大学读物理学的时候，就着迷于弗雷泽的《金枝》，甚至可以说，是弗雷泽和他的《金枝》将马林诺夫斯基引入人类学领域。有意思的是，《西太平洋的航海者》出版时，马林诺夫斯基正是请弗雷泽为之作序。

③ [英]马林诺夫斯基：《西太平洋的航海者》，梁永佳等译，华夏出版社2002年版，第4页。

格尔兹在《文化的解释》一书中曾有过一段人类学者耳熟能详的精辟阐述。他认为人类学家撰写民族志，与其说理解民族志是什么，莫如说所做的是什么，即人类学家以语言为媒介，以知识的形式所进行的人类学分析。他借用赖尔（Ryle）的"深层描绘"展开讨论，以日常生活中的"眨眼"为例生动地说明解释与描述的多重性和意义的多重性，即"眨眼"的事实只有一个，意义却是多种多样的：可能是纯粹生理性的，可能是对某一个人的故意行为，可能是在特殊语境中意义结构的表述。所以对"眨眼"的事实与意义有着不同的解释。他的结论是，综观社会行为的象征王国——艺术、宗教、意识形态、科学、法律、道德，诸如此类，人类学家并不是以追求客观王国的形式置身其中，而是以自己独特的解释介于其中。[1]

在谈到人类学家作为主体解释的自由与搜集客观材料的使命时，格尔兹认为，人类学家在其完成的作为文本的民族志里，使人信服的并不是经过田野调查得来的东西，而是加入了民族志者的主体性意见，像作者一样"写"出来的东西。甚至直截了当地将同是"作者"的人类学家与文学家放在一起去强调"作者功能"（author function）。[2] 由于以格尔兹为代表的解释人类学对"作者解释"作用和意义的强调，对传统人类学研究一味只管最大限度地在"田野作业"中将人类学家自身当作简单的"照相机"，无疑起到了矫正的作用；并将民族志范式与"写文化"同置一畴，同时也为古典民族志做了一个新的、带有"昭雪"意味的申辩与声援。

不言而喻，民族志研究可以归入"实践科学"的范畴；但是，民族志批评对于"实践科学"的辨识显然并不局限于单一性地对客观事实的搜集。如果那样的话，任何民族志对"异文化"的描述都不及原住民来得细致和完整，任何一位人类学家对某一个地方性民族的了解都不如被了解对象自身，人类学家所做的描述也不及"地方志"工作人员细致和全面。从

---

[1] Geertz, C., *The Interpretation of Culture*, New York: Basic Books, 1973, p.6.
[2] Manganaro, M., *Modernist Anthropology: From Field to Text*, Princeton, Princeton University Press, 1990, pp.15-16.

第二部分　文学人类学

计量学的角度看，一个只要掌握书写能力的"当地人"，对于"当地事情"的记录肯定比短期生活在那里的人类学家的记录要清晰、详尽。我们之所以不认可简单地从计量学上进行判断，是因为民族志作为"实践科学"，原则上要求人类学家保持与对象的"距离"。换言之，"客观记录"并非民族志叙事的全部，甚至未必是最根本的一种途径。

基德尔（Kidder）曾经就实践科学在探索社会奥秘的方法与途径上的多种可能性提出了建设性的意见："实践科学属于许多探索社会领域方法中的一种。实践艺术和宗教则属于其他的方法。我们为什么要学习这些方法？它们何以成为实践科学？第一个理由是这些方法有助于正确地判断人民和民族的表现形态，预测他们的未来。第二个理由是它们有助于理解社会生活中的事物，发现与这些事物相关联的脉络以及形成相互关系的原因。也就是说，这些方法不仅使人们了解到事物、预测事物演变的方向，而且对这些现象做出解释。第三个理由是有助于控制事件并使之产生人们期待的效果。"[①] 我们很清楚地看到：一方面，人类学家在田野作业中努力采用"实践科学"的方法和手段，以获得客观事实的科学性；另一方面，他们针对客观事实所做出多样性、个性化的解释。

文本可以类同于一种叙事。叙事经常被比喻为故事的讲述。人总介入于"故事"之中。理查德森认为，人类的本质有多种表现形式，除了人的"生物存在和经济存在"之外，还有一个基本的属性，即"讲故事者"（story teler）。它表明，"社会人"总脱离不了社会和历史的情境。从这个意义上说，人都在故事之中，同时故事又确认人的讲述时态与语境。人是故事的制造者，故事又使人变得更为丰富；人是故事的主角，故事又使得人更富有传奇色彩；人是故事的讲述者，故事又使人变得充满了想象。在这里，叙事本身具有自身的功能—结构性质。格尔兹试图通过"事实之后"的命题告诉人们，获得"事实"不是最重要的，"事实"包含着阐发的多种可能性，那才是至关重要的。另外，我们有必要强调，"叙事文本"也是一种客观性的物质存在。文本成为"文字类型的表述"也会产生类似

---

① Kidder, S. L., *Wrights Man and Cook's Research Methods in Social Relations*, New York, Holt-Saunders, 1981, p. 13.

于历史神话的成因和逻辑：在虚拟与事实、主观与客观的内部关系的结构中再生产出超越对简单真实的追求，而寻找到另外一种真实——"诗性逻辑"（poetic logic）。① 换言之，文本表述一旦脱离了作者就具有了经久性，从而成为"事实"（fact）之后的"真实"（reality）。

三 "装饰之美"：一种民族志范式的困惑

列维－斯特劳斯在《忧郁的热带》中曾对旅行中所观察现象的复杂性表示困惑："我所做的正是一个空间考古学家的本分工作，锲而不舍地要从残片遗物中去重现早已不存在的地方色彩，不过这种工作是徒劳无功的……有这种认识以后，幻想便开始一步一步地布下它的陷阱。我开始希望我能活在能够做真正的旅行的时代里，能够真正看到没有被破坏、没有被污染、没有被弄乱的奇观异景其本来面貌。"②

列维－斯特劳斯试图通过民族志研究对象的偶然性与变化性的事实存在，表达这样的观点：把客观事实的"表象"记录与描述当作这一学科的根本原则是一种对科学的误识。在他看来，不断变化的场域、时间的永恒变迁使人们对现象的描述变得苍白无力，人类学家所要做的是在变化的表象中洞悉隐蔽在其后具有普世价值的"结构"。他在《忧郁的热带》中所引入的"旅行文化"对民族志范式的反思在"后现代"的今天显得更为重要。利奥塔德用极简单的话说："我将后现代定义为对元叙事的怀疑态度。"③ 20世纪60年代以降，随着世界政治格局的改变，全球化经济与科技主义的发展，后现代主义演变为一种世界范围的文化思潮。它对人类社会生产与生活方式的改变起到了非常重要的作用。这个异彩纷呈的世界是由围绕在我们周围的发达资本主义企业和自由的政治制度所开创的，现在

---

① Sahlins, M., *Historical Metaphors and Mythical Realities*, Ann Arbor: The University of Michigan Press, 1981, pp. 10 - 11.

② ［法］列维－斯特劳斯：《忧郁的热带》，王志明译，生活·读书·新知三联书店2000年版，第36—39页。

③ Geertz, C., *After the Fact: Two Countries, Four Decades, One Anthropologist*, Cambridge, Masschusetts: Harvard University Press, 1995, pp. 96 - 97.

第二部分 文学人类学

它被称为"后现代"。①

"后现代"展现出以下三个方面的明显特征,同时三者又具有互证性:(1)移动性/多样性。"全球化"使得"现代性"叙事更加充分,不限于政治、经济领域,社会、文化的各个方面也出现空前的"移动—流动"景象。学者根据"全球化的文化潮流"的变化情形,归纳出了五种"移动—流动"的图景:族群图景(ethno-scape),技术图景(techno-scape),财经图景(finan-scape),观念图景(ideo-scape)和媒体图景(media-scape)。②后现代社会的这种移动属性使文化呈现出与传统意义不同的多样性。(2)扩容性/增值性。后现代主义的移动属性通过大规模的群众旅游活动使社会出现了前所未有的"扩容性",即"社会内存"空前扩大,它必然导致表述上的另一个特征:"形象和象征的增殖与扩大。"③ 民族志要在这一个特定的情境中去观察对象的变化,并把它看成一个由"符号"(signs)和"象征"(symbols)构造的系统。④ 民族志在当代旅游文化的情境中要面对所观察对象从内容到形式上的"扩大化"。(3)遮蔽性/虚假性。伴随着社会化再生产和技术主义的作用,民族志已经从传统的对"孤岛社会"的观察和了解进入了复合性、互动性、多边界社会;技术主义又加剧和强化了对文化的"装饰"作用,致使民族者首先必须对对象的"真实性"进行甄别和确认。⑤

当传统的研究对象发生了变化,民族志的方法和范式势必也要产生变革。今天的民族志者要如何面对"旅游文化"?如何观察没有固定空间、没有确定的单位边界?以什么方式获取有效的资料?如何透过遮蔽性事物的表象去把握内在真实?这些都是民族志需要解决的难题。

当今的民族志挑战包括:(1)事件的短暂延续性和参与者的即时参与性。这使得哪怕是最勤勉的人类学家也只能进行有限的田野调查。考

---

① [英]马林诺夫斯基:《西太平洋的航海者》,梁永佳等译,华夏出版社2002年版,第4页。
② Appadurai, A., *Disjuncture and Differencein the Global Cultural Economy*, in Mike Featherstone (ed.), *Global Culture, Nationalism, Globalization, and Modernity*, London, Sage, 1990, pp. 295 – 310.
③ Lash, S. & J. Urry, *Economies of Signs and Space*, London: Sage, 1994, p. 256.
④ Urry, J., *The Tourism Gaze*, London: Sage Publications, 2002, p. 75.
⑤ 参见彭兆荣《民族志视野中的"真实性"多种样态》,《中国社会科学》2006年第2期。

虑到研究瞬间性的局限，人类学者对大量有效数据进行采集的唯一方法就是无数次的重复观察和询问成百上千的移动者，但是这种方法必然会采集到大量的没有研究深度的定量数据。被调查对象在特殊情境中的特定心理状态：包括精神高度集中的、陷入沉思的、注意力分散的、严肃认真的、心理状态不稳定的等。这些状况必然会影响民族志者的工作，包括进行访谈、调查、填表，甚至观察时的深度和效度。（2）被调查者在特定的情况下很难表现他们的真实心理状况，或表现心理上的多变，导致调查出现不真实和混乱的状况。（3）由于民族志者对事件的短暂参与，很难期待他们将参与者置于连续的生活背景下对其做出深度的解释，致使民族志者无法贸然下结论。这意味着，以传统的民族志方式对移动人群进行研究时受到了极大的限制。为了探索新的方法，人类学家们正在进行多方面的试验。格拉本（Graburn）教授曾经采用一套组合方法对游客进行调查（包括一些人类学家或其他学科的学者采用民族志方式对世界上一些代表性的旅游目的地、游客类型的归类），值得我们借鉴，具体情况见下表：

移动群体的民族志研究方法[①]

	1	2	3	4	5	6	7	8	9
旅行中参与式观察	*	*	*	*	*	*			
旅行前、后的参与式观察	*	*		*	*				
随机访问	*	*	*		*		*		*
问卷		*							
日志		*							
访谈	*								*

[①] 表中数字代表研究者及其研究的移动群体。"1"：N. 弗雷（N. Frey），在西班牙和其他欧洲国家的游客。"2"：T. 塞兰尼米（T. Selanniemi），在地中海和芬兰的游客。"3"：D. A. 康斯和 D. R. 康斯，在美国和加拿大的游客。"4"：N. 格拉伯恩，在日本的日本游客和中国游客。"5"：J. 比尔（J. Beer），在东亚和东南亚的日本游客。"6"：J. 黑斯廷斯（J. Hastings），在跨太平洋游艇上的美国游客。"7"：P. 范登·伯格（P. Vanden Berghe），在墨西哥的北美游客和欧洲游客。"8"：J. 哈里森（J. Harrison），在加拿大的加拿大游客；M. 利特尔（M. Litrel），在美国的美国游客。"9"：山夏（S. Yamashita），在巴黎的日本游客。资料来源：参见 Graburn, N. H., *The Ethnographic Tourist*, in Graham M. S. Dann (ed.), *The Tourist as a Metaphor of the Social World*, 2002。

续表

	1	2	3	4	5	6	7	8	9
档案	*	*							*
电视、媒体				*	*			*	
群体认同		*	*			*	*	*	*

从 20 世纪下半叶以来，民族志研究带有明显的"空间的实践"（spatial practices）①和"非地方性"（non-places）特征，②因而被称为"构建田野"（constructing the field）。③那么，面对如此诡谲和充满变幻的社会情境，"非参与观察"的民族志研究是否成为可能？它是否预示着民族志实践进入一种"实验的时代"？这不仅意味着传统民族志原则将受到挑战，方法论上也面临着某种意义上的变革。有学者因此将这种转型与变革上升到"挽救式民族志"的层面来看待。特别是在"旅游文化"（traveling culture）④成为社会的重要现象，而"旅行理论"（traveling theory）上升为当代批评的重要组成部分时，⑤民族志研究的转型与变革也就显然势在必行。⑥因此，很多旅游民族志的田野研究就在使用旅游民族志的方法，比如倾听个人对其近期经历的回忆，甚至在一些田野调查中研究者与报道人一起进行参与式观察，之后一起讨论各自的体验，揭示由回忆所表达的旅游体验的不断变化之本质。其他一些研究手段大多是在田野调查之后才运用的。⑦

---

① Cliford, J., *Routes: Travel and Translation in the Twentieth Century*, Cambridge Massachussets: Harvard University Press, 1997, pp. 52 – 91.

② Auge, M., *Non-Places: Introduction to an Anthropology of Super modernity*, London: Vergo, 1995, p. 195.

③ Amit, V. (ed.), *Constructing the Field: Ethnographic Field work in the Contemporary World*, London: Routledge, 2000.

④ Cliford, J., *Routes: Travel and Translation in the Twentieth Century*, Cambridge Massachussets: Harvard University Press, 1997, p. 17.

⑤ Said, E., *Traveling Theory*, in M. Bayoumi & A. Rubin (ed.), *The World, the Text, and the Critic——The Edward Said Reader*, New York: Vintage Books, 2000, p. 196.

⑥ Graburn, N. H., *Tourism, Modernity and Nostalgi*, in A. Ahmed & C. Shore (ed.), *The Future of Anthropology: Its Relevance to the Contemporary World*, London: Athlone Press, 1995.

⑦ Graburn, N. H., *The Ethnographic Tourist*, in Graham M. S. Dann (ed.), *The Tourist as a Metaphor of the Social World*, Trowbridge: Cromwel Press, 2002, pp. 28 – 30.

简言之，对民族志叙事和"写文化"的反思在很大程度上已经超越了某一种表述方式，甚至超越了某一个学科的樊篱和学科所遵循的原则范畴，而成为对叙事范式的认知与厘清。

此文刊发于《世界民族》2008年第4期

文学可以如是说:人类学的一种关涉

——兼述叶舒宪教授的相关研究

> 人类学也许可以比作这样一种国际象棋,它已经发展出奇妙而惊人的开局。
>
> ——罗伊·瓦格纳[1]

文学人类学——许多人视之为一个新兴的分支学科,这固然不错,却十分"浪费";[2] 理由是,文学人类学恰好是人类在思维与表述、形态与原型、客观与主观等多层次结合和互动的学科交融,涉及认知性知识,参照中国传统文化体系,还包括超越二元对峙分类,文化表述的差异,冲破"写文化"(writing culture)[3] 的权力规训和话语界限等——完全不是一个小小的分支学科所能负载的。在此,叶舒宪教授,毋庸置疑,是我国在这一全新领域中最重要的推手。

思维之镜可以鉴

我们相信,所有的文化现象都是以人为主体的认知性产物;文化所以不同,在于思维和表述的差异。两点需要厘清:1. 思维具有人类的共性,

---

[1] 转自[美]伊万·布莱迪《人类学诗学》,徐鲁亚等译,中国人民大学出版社2010年版,第35页。

[2] "不浪费的人类学"为我国学者庄孔韶教授所提出。

[3] 参见[美]詹姆斯·克利福德、乔治·E. 马库斯编《写文化——民族志的诗学与政治学》,高丙中等译,商务印书馆2006年版。

只有这样，人类方可藉以沟通和交流；人类学家在了解"异文化"（other culture）时，通常以思维形态为选择路径，即要了解特定部族的文化，需要体认其思维；只有到达思维的层面，才有机会"知其然亦知其所以然"。换言之，只要在分类上属于"人类"（mankind），必有其相通与共者，而思维即在首先。2. 每一种文化皆有其特定、特殊和特点，这也是在思维相共属性的前提下而言者；否则，文化的多样性便没有根据。换言之，认识与尊重不同族群的文化差异，也只有在人类思维相共的前提下方可达成共识。共性是思维性认知；差异是多样性表述。

缘此，人类学家常常使用诸如"野性的思维""原始思维""神话思维""前逻辑思维""原逻辑思维"等术语；其中必包含二者之要。美国人类学泰斗博厄斯在《原始艺术》中开章明义：

> 我们以两条原则为依据——笔者认为研究原始民族生活的各个方面都应该以这两条原则为指导：一条是在所有民族中以及现代一切文化形式中，人们的思维过程是基本相同的；一条是一切文化现象都是历史发展的结果。[①]

然而，思维的同质性是有限度和限制的，特别是在跨越时间链条的"断裂"时需要特别谨慎。这一点在西方学者那里常显悖论而无法突围，根本原因在于死抱着"欧洲中心"不放，将自己置于"现代"（包含着"文明""进步"等语义），而将非西方的"他者"——按照萨义德的"他者说"，东方他者是被欧洲人凭空制造出来的，东方他者原是一种思维方式，[②] 一并置于"原始"（包含"野蛮""落后"等语义）范畴，并配合以"社会进化论"要旨。这样的设限在凸显权力的同时，又将自己推到了矛盾深渊，不能自拔。这便是"西方悖论"；纵使是列维-布留尔——《原

---

① [美]弗朗兹·博厄斯：《原始艺术》，"前言"，金辉译，贵州人民出版社2004年版，第1页。
② [美]爱德华·W. 萨义德：《东方学》，王宇根译，生活·读书·新知三联书店1999年版，第1—2页。

第二部分　文学人类学

始思维》的作者，晚年也已倾向于放弃自己的原始思维说，无奈他的这个"孩子"（即"原始思维"）已经长大和独立，他已无法控制。所以，他在为《原始思维》俄文版补作的序中有这样的文字：

> "原始"一语纯粹是个有条件的术语，对它不应当从字面上来理解。我们是指澳大利亚土著居民、非吉人（Fuegians）、安达曼群岛的土著居民等这样一些民族叫作原始民族。当白种人开始和这些民族接触的时候，他们不知道金属，他们的文明相当于石器时代的社会制度。因此，欧洲人所见到的这些人，与其说是我们的同时代人，还不如说是我们的新石器时代甚或旧石器时代的祖先的同时代人。他们之所以被叫作原始民族，其原因也就在这里。但是，"原始"之意是极为相对的。如果考虑到地球上人类的悠久，那么，石器时代的人就根本不比我们原始多少。严格说来，关于原始人，我们几乎是一无所知。①

类似"原始思维"这样的语用与其说是语言逻辑问题，还不如说是"欧洲中心"自我制造的话语麻烦——既认可人类祖先具有共同的属性和特征，又要在"人类"中区隔"我者/他者"。所以，在今日反思的趋势下，其命运可想而知②——正被历史发展逐渐抛弃。

当然，我们也知道，悖论是超语境性的，在具体的语境中，任何悖论都具有其特殊的逻辑，正如"原始思维"一样；无论是概念的使用还是价值的限度，"原始思维"都存在着不可克服的矛盾和悖论，无论是突出"欧洲中心"的政治话语之用意，还是任何自我认同的"连续性"断裂，都将它推到了无法自圆的境地。就思维形态而言，当文化人类学在开始的阶段，以认识"他者文化"为己任的学理依据和学科规定，具有产生"制造"原始"野蛮人"的历史土壤和表述语境。今天，在同样的窘境中反思被自己"制造"的对象时，人类学这一学科相对豁达地在其内部进行反叛

---

① ［法］列维－布留尔：《原始思维》，丁由译，商务印书馆1981年版，第1页。
② 参见叶舒宪《文学与人类学——知识全球化时代的文学研究》，社会科学文献出版社2003年版，第50—51页。

性革命,即断然摒弃诸如"野蛮""落后"这样的词汇,有些人类学家甚至连像"图腾"这样的用语都建议不用,尽管这样的词汇已经构成人类学知识谱系的重要部分。①

有意思的是,当世的人们有鉴于全球化的社会现实所带动的潮流,这股潮流又极大地损害了仍处于相对封闭的地区的族群文化时,就像那些生物物种在现代化的进程中,其生活境遇遭到了灭顶之灾,生存难以为继时,保护生物多样性,进而保护文化多样性于是也在全球化、现代化的轰轰声响中发出嘤嘤细语;于是,"原始"又在不同程度上转换面目,改装上台,诸如"原生态"等表述再次"悖论性"地登上语义场。② 这种"静静的革命",在原本已在反思,甚至批判的"原始"意义上注入了新的意义。更有甚者,西方学术界试图在超现实主义的主张中,重新释用"原始",将"原始主义"作为"现代主义"批判的工具。③ 那些原属于"原始文化"范畴的用语、法术、魔幻等重新被派上用场,充斥在电影、美术、绘画、美学、技艺等诸领域。

值得特别提醒的是,中国传统的文化在许多西方学者的表述中,也被归于"原始思维"的范畴。这里出现了值得认真对待的问题:思维以认知为基础,认知以分类为基本,西方的认知分类为二元对峙论,即排中律式"非白即黑"的表述恰恰不合于我国传统的思维形态和文化表述。中国传统的认知性思维是建立于天地人"三材",即"天人合一"的基础上;这是任何"原始思维"——西方制造的范式都无可适用的。我国的文化是"体性的":一方面包含身体行为,包含对对象的认知,包含对主、客体生命的价值体认;另一方面也包括特殊的表达方式。④ 一如"气"之于生命。甲骨文"气"作"三",⑤ 从西周到东周的古字形演变,确认"气"与

---

① 参见叶舒宪《文学与人类学——知识全球化时代的文学研究》,社会科学文献出版社 2003 年版,第 45 页。
② 参见彭兆荣"原生态的原始形貌",《读书》2010 年第 2 期。
③ 参见叶舒宪《文学与人类学——知识全球化时代的文学研究》,社会科学文献出版社 2003 年版,第 51 页。
④ 彭兆荣:《体性民族志:基于中国传统文化语法的探索》,《民族研究》2014 年第 4 期。
⑤ 于省吾:《甲骨文字释林》,商务印书馆 2010 年版,第 79—82 页。

"三"的关系。① 甲骨文字形 与"三"相似，代表天地之间的汽流。《礼记·月令》："天气下降，地气上腾。"金文 为使之区别于数目字"三"，将第一横写成折笔 。造字本义：易于在天地之间均匀扩散、飘逸的第三态物质，汽流。金文 ，即 （气，自由扩散、飘逸的第三态物质）， （米，代食物），表示食物产生气体。《说文解字》释："氣，馈送客人的饲料和粮食。"这样的思维和表述，不是任何诸如"互渗"可以解释和适用的。②

总之，我国传统文化中的思维形态是独自的、独立的和独特的，以天地人沟通参照为镜鉴，表述则在"中行"（中庸之道），非西式所设计之"原始思维"二元对峙性和"非我即他"（"我者/他者"）的话语表述范畴。

原型之制可以训

原型是文学与人类学通缀的重要结合点，诚如叶舒宪教授所说"原型作为跨文化解释的有效性"，确实成为人类学解释文化的一种有效的范式。③ 众所周知，将原型成功植入文学人类学的学者是加拿大学者弗莱，④ 在《批评的剖析》中，"模型"成为基本的范式入径。⑤ 因为原型具有对特定文化表述的模型性归纳功能，包含着人们熟悉的结构等，故有学者将其归入"结构主义"之一种。⑥ 而弗莱自己说："文学中的常规、文类和原型不会简单地出现：它们一定经过从不同源头，或者也许从同一源头的历

---

① 于省吾：《甲骨文字释林》，林沄"《甲骨文字释林》述介"，商务印书馆 2010 年版，第 501 页。

② "互渗"（participation）是列维-布留尔《原始思维》中的核心概念，强调原始思维中主客相互渗透的关系。

③ 参见叶舒宪《原型与跨文化阐释》之"跨文化阐释的有效性"，暨南大学出版社 2002 年版，第 1—21 页。

④ "原型"这个词来自西方哲学的鼻祖柏拉图，指人们可经验的现实世界背后，还有一个看不见的理念世界。参见叶舒宪《熊图腾》，上海文艺出版社 2007 年版，第 96 页。

⑤ [加] 诺思洛普·弗莱：《批评的剖析》，第一篇"历史的批评：模式理论"，陈慧等译，百花文艺出版社 1998 年版。

⑥ 刘康：《普遍主义、美学、乌托邦——弗莱"文学原型说"散论》，载《弗莱研究：中国与西方》，中国社会科学出版社 1996 年版，第 46 页。

史性的演化。"① 于是，神话便在追溯历史和知识谱系的"源头"时需要给予特别关怀和关照的。就西方而论，"两希"神话也因此成为原型的肇端。

中国的神话原型亦可训，唯有自己的表述。比如中国的时序神话，遵循着一个特定的模式，叶舒宪就此分析："从这个规定的时空秩序的神话中，我们看到了四组等值的象征。它们可以确证对四首仪式歌的多重语义分析，使我们有把握初步确定中国神话宇宙的原型模式的时空坐标：

1. 东方模式：日出处，春，青色，晨，旸（汤）谷。
2. 南方模式：日中处，夏，朱色，午，昆吾。
3. 西方模式：日落处，秋，白色，昏，昧谷。
4. 北方模式：日隐处，冬，黑色，夜，幽都。

其实，重要的仪式化主题——无论是语言性和还是行为性的，都可以理解为类型神话的行为化。通常人们是通过礼的经典化、伦理化来接受它，熟不知，礼更是一种'仪'，其原生形态是仪式行为，属于人依据认同的文化模式的一种践行。人类学所熟知的'神圣—世俗'也都具有模式化、类型化的意思，并通过仪式加以凝固。"② 艾里亚特（Eliade）在分析萨满仪式时，就在日常和现实的社会里，清晰地区隔出它与"神圣"世界的关系，以建构所谓的"整体性他者"（Wholly Other）。③ 在这里，"他者"并不是后殖民主义理论所使用的"我者/他者"的关系，而是通过仪式和仪式的程序、巫术等建立一个超常规的秩序——一个整体的"非常"性的格局和结构。在那里，"常"与"非常"都坚守着各自文化的类型底线。

物之于礼的最基本特征之一就是具有类型性的母题（motif），比如中国的礼器大都围绕着与神、祖先的享用和交流。张光直认为，神属于天，

---

① [加]诺思洛普·弗莱：《批评之路》，王逢振等译，北京大学出版社1998年版，第17页。
② 参见杜尔凯姆（又译涂尔干）《宗教生活的基本形式》，载史宗主编《20世纪西方宗教人类学文选》（上卷），上海三联书店出版社1995年版，第61页。
③ Eliade, Mircea, *The Sacred and the Profane*, New York: Harper & Row, 1959, p.9.

第二部分　文学人类学

民属于地，二者之间的交通要靠巫觋的祭祀。而在祭祀上的"物"与"器"都是重要的工具；"民以物享"，于是"神降这嘉生"。① 中国的神话礼仪通过器物的使用，建立起一种非常特殊的原型关系。这样，对历史的解释，物也就不仅仅是一种实物的遗存，同时也是对这种历史负载的认知和评判。我国古代有"礼藏于器"之说。比如"鼎"等礼器就成了国家和帝王最重要的祭祀仪式中的权力象征。中国迄今为止考古发现最大的礼器鼎叫"司母戊大鼎"。《尔雅正义》引《毛传》云："大鼎谓之鼐，是绝大的鼎，特王有之也。"② 所谓"商曰祀，周曰年，唐虞曰载"都与物的祭祀有关。③《左传》："国之大事，在祀与戎。"④ 郑玄注《礼记·礼器》："大事，祭祀也。"⑤ 因此"鼎"具有母题性、原型性。

如果说，"礼器"的礼仪化多属于展演性表述的话，那么，汉字的原型与"象"的关系，则属于形意性表述。中国自古就会根据不同的现象而带动认知、积累经验和知识表述，这些与人们所说的"思维"相符合；同时，也由此形成了使用方法上的特点。比如《周易》所言"观物取象"和"因象见意"，儒家诗教所倡导的"引譬连类"等，都与中国传统的思维方式发生关系，并形成了鲜明的特点。⑥ 汉语的语汇用法也彰显了语用与类型的关照。叶舒宪教授以"狂狷"为例，说明了这一概念在世界文化表述中的原型意义，以及中国汉语文化中所包含的特别指喻。汉语中的"狂"与古时候人们对"狂犬"的认知有关。有意思的是，孔子将狂与狷归入"可交的小人"之列。《论语·子路》有："子曰：不得中行而与之，必在狂狷乎。狂者进取，狷者有所不为也。"只是这两类人都不"中行"（"中庸之道"）。⑦

相对而言，西方对疯狂母题的表述和演绎，与我国的情形迥异。"疯狂"在西方知识谱系上是一个类型化的表述。在柏拉图的《斐多》篇中有

---

① ［美］张光直：《考古学专题六讲》，文物出版社1986年版，第99页。
② （清）邵晋涵：《尔雅正义》卷七，清乾隆五十三年面水层轩刻本。
③ 王云五主编：《尔雅义疏》卷三，商务印书馆1965年版，第46页。
④ 见杨伯俊编著《春秋左传注》，中华书局1981年版，第861页。
⑤ （汉）郑玄注，（唐）贾公彦疏：《礼记正义》，中华书局1980年版，第1243页。
⑥ 参见叶舒宪《原型与汉字》，载《弗莱研究：中国与西方》，中国社会科学出版社1996年版，第201—211页。
⑦ 参见叶舒宪《阉割与狂狷》，上海文艺出版社1999年版，第230—235页。

这样的讨论：

> 苏格拉底：说到疯狂，有两类：一类产生于人的弱薄，另一类神圣地揭示了逃离世俗束缚的灵魂。
>
> 斐多：这是真的。
>
> 苏格拉底：神圣的疯症又可分为四种：预言式的、发端式的、诗风格、性爱的，由四位天命分别掌管着。

其实，疯狂是动物性的一种超常的表达，具有非常鲜明的原型性依据，比如"酒神"的文化特性正是疯狂，也是人类在正常的生命中的"异常性"表达；也是所谓太阳神式理性的对立面，因此往往具有"革命性"的意味。当然，它也因此成为人类文化史上的重要原型。[①]

至于人类学所惯常的话题，如图腾等，其实也都在泛义上具有原型之意。"图腾"一词虽然来自北美印第安人奥吉布瓦（Ojibwa）语言中的ototeman，即今天 totem 的本源；意为"他的亲族"（以亲属制度的"拟亲"方式解释某些与特定族群有着特殊关系的动、植物等现象）。英国人类学家亚当斯·库柏在《发明原始社会》一书中从后殖民主义立场出发，认为图腾说是西方白人学者为描述文化他者的"原始性"而建构出来的，而弗雷泽、弗洛伊德等都在重蹈覆辙，因此图腾说已不合时宜。[②] 然而，当一个概念经历了历史社会化之后，其语义也已经在不断的"建构""发明"和"误读"中产生新的语义。重要的是，图腾作为一种特定族群对特殊文化类型的集体认同，已然经过了长时间的传承，成为特定文化的实际构成和构造。所以，今日之"图腾"其实仅仅是借用，这一语辞背后语境性的政治话语部分早已淡化，剩下只是对这一概念采借的逻辑性依据和知识性认可的问题。叶舒宪教授也同张光直教授一样，认可并使用这一概念于中

---

① 参见彭兆荣《文学与仪式：文学人类学的一个文化视野——酒神及其祭祀仪式的发生学原理》，北京大学出版社 2004 年版。

② 参见叶舒宪《熊图腾》，上海文艺出版社 2007 年版，第 99 页。

第二部分 文学人类学

国传统文化的分析,比如"熊图腾"。① 当然,此前的诸如"龙图腾""狼图腾"等已经用得很多。

方法之技可以用

　　文学人类学在方法上具有鲜明的特点,即超越了传统文学以文字和文本(literary text)的一体"身段",即不局限的拘泥于单一性的材料证据确实;这种自古而然的文人—文献互疏互注模式,包括"六经注我/我注六注"的方法,在文学人类学的研究手段中早已被突破和打破。不仅是口述的、对话的、交流的、互动的,而且经常是在现场的。也构成人类知识和智慧的一个有机部分。然而,在传统学问的问学中,纵然是"论语式"的正统方法也未能得到更充分地发扬。更值得肯定的是,这些不同的取证方法和由此获得的材料,除了作为学术研究的"佐证"之外,本身已经成为一种全新的展示。比如,汉字的表述历史与汉字的材料史(陶泥、山崖、木材、动物皮、石料、龟骨、牛骨、青铜、帛锦、竹片、纸等)相同构。

　　人类学这一特殊的学科,依据其对"异文化"研究的初衷和原旨,必然而自然地超越了单一的考据方式(文字),从至少二重以上的考据以"求证"之;因为那些"原始民族"多数没有文字,即使有之,亦非"本位"出发,至多是"客位"描述,在欧洲史上,那些传教士、殖民者、冒险家和旅行者,都可能成为"口述者",而这些无法取信的材料必须与文献相互佐证,以配合对特定对象的研究。西方早期的人类学研究常使用之,代表人物弗雷泽即采用"二重证据法",即口述与文献结合的方法。他听取传教士和旅行者的口述故事,并将这些与文献同置,代表作就是人们所熟知的《金枝》。另一位具有相同学术理想的人类学家简·艾伦·哈里森,这位同为剑桥学派的重要传人则在方法明确提出"二重证据法",用考古及文物材料,配合古典文献对古希腊宗教、神话,特别是仪式进行阐释。②

---

　　① 参见叶舒宪《熊图腾》,上海文艺出版社 2007 年版,第 99 页。
　　② 参见[英]简·艾伦·哈里森《古代艺术与仪式》,刘宗迪译,生活·读书·新知三联书店 2008 年版,第 1 页。

众所周知，我国学术史在进入20世纪以后，考古发现对传统经学是形成了一种冲击，这种冲击包括自考古学这一外来学科在近代以降的"西学东渐"过程中，借由日本转道进入中国以来，对我国"地下"的文化遗产进行了前所未有的挖掘，同时伴随着各种科学的方法和手段，对我国旧有的、相对狭窄的金石学方法是一个巨大的启示，并以期在方法上的革新；更为重要的冲击是，由考古挖掘所获得的大量"地下的材料"应用于传统学问的问学之中。张光直先生将考古学概括为"现代考古学基本上是实地研究和实地挖掘地上材料和地下材料的学科。这门学科一方面是发掘新材料，一方面又是研究新、旧材料的"[1]。对于这一在我国传统学问和学术史上，特别是材料史上从未出现过的文物资料，它们如何与"文献注疏"的传统形成配合等问题，迅速成为近代中国学者所关注和热议的话题，一些学者也开始了他们在研究上的尝试。"二重考据法"说由此出世。[2]

对此，不少学者不仅给予了充分的肯定，而且以不同的方式加入讨论和研究之中，但多数未能超出王氏的框架。到了郭沫若那里，算是有了重要的进展，他在继承王氏"二重"之上注入了外国的内容，特别是将人类学的研究方法和手段用于研究中国古史。其他学者，包括闻一多、鲁迅、朱光潜、朱自清、郑振铎、凌纯声、钟敬文等人也都纷纷从各自从事的学科范畴、范围和角度进行讨论和实践。

近年来，我国学术界在这方面讨论最为集中和深入者当属叶舒宪教授，他对四重考据作了图像实例了考述。[3] 所谓"四重证据"，包括传统的文字训诂、出土的甲骨文金文等、多民族民俗资料以及古代的实物与图像。[4] 而叶舒宪近期强调的"实物与图像"是他根据国际学术界对物质文化研究（material cultural studies）以及人类学"物的民族志"（ethnography of object）研究范式所进行的整合性使用。近年来，他借用人类家雷德菲尔德在20世纪60年代所提出的"大传统/小传统"（great tradition/little

---

[1] ［美］张光直：《考古学专题六讲》，文物出版社1986年版，第54页。
[2] 王国维：《古史新证》，北京来薰阁书店1934年版。
[3] 叶舒宪：《图说中华文明发生史》，南方日报出版社2015年版。
[4] 见叶舒宪《文学人类学教程》，第九章"文学人类学与国学方法更新——从一重证据法到四重证据法"，中国社会科学出版社2010年版。

tradition）的概念，[1]"大传统"指城市和复杂的生活方式，并带有强烈的、正式的历史意识；"小传统"则指相对简单的乡村农民生活以及所伴随的地方知识。[2] 叶舒宪将这一对概念改造为"大传统指汉字产生之前就早已存在的文化传统，小传统指汉字书写记录以来的文明传统"[3]。

这使得文学人类学在方法论上有了突破，特别在"考据"上出现了新的划分。文学人类学大量采借当代文化人类学的研究方法，在学科性和取证方式上都可能使用，所取得的材料都可能、可以被利用：包括人类的身体方面的测量数据、DNA 样本，自然环境中的相关资料，仪式现场的各种信息，诸如方向、器物、口述、音声、形体动作、服装等，都可以入用。文学与人类学两学科的交汇，必然会产生方法论上的革新，主要原则体现在：

1. 学术反思。今日之学术，反思不仅作为特定语境下的背景，更是一种原则，在这一原则之下，既往的所谓本体论、认识论和方法论所得到的结果都可能被挑战，诸如"后殖民主义""后结构主义""后现象学"等都包含着对既定的反思、反省和反叛，比如既往的文化"成规""定律"都是建立在"欧洲中心"的逻辑前提之上。而反思的成果必然包括来自方法论上的变革。

2. 学科整合。如果说当今的学术研究范畴有什么最令人"匪夷所思"的话，那便是新学科范畴、领域、分支等如雨后春笋，迅速占领许多学术高地；其中重要的特点在于不同的学科"间隙"，交叉出形形色色的"新学科"。这些新兴学科也必然带动对传统研究方法的革新。人类学所惯常使用的"整合"（holistic）特色和优势因而得到更加充分地发挥。

3. 方法变革。当今之世，人们在对"书写文化"批判的同时，也将那些不为"严肃学术"所认可的文字以外的表述，诸如歌唱、表演、口述、民俗生活、巫术巫技、符号、自然"异象"等从"失语"的状态中解放出

---

[1] Robert Redfield, *The Little Community, and Peasant Society and Culture*, Chicago, IL: University of Chicago Press, 1960.

[2] Thomas Barfield (ed.), *The Dictionary of Anthropology*, Malden, MA: Blackwell Publishing Ltd., 1997, p. 470.

[3] 叶舒宪：《图说中华文明发生史》，南方日报出版社 2015 年版，第 2 页。

来，这些不同的表述和表达相互印证，同构成一个较之传统"权威性"——包括官方文书、御用典材、文人笔墨，以及正统分类，如经、史、子、集等——更为广泛而多样的材料证据链。

在反思性方法论的主导下，各类、各重"证据"都可以、可能出现在文学人类学之中。从这个意义上看，文学人类学何尝不是反思原则下的尝试和实践。

此文刊发于《社会科学战线》2015年第6期

文字的人类学

"文字"的肇始与变迁

"文字"是人类最为重要的表述方式,也是"文明"的重要标志;它的产生和演变也因此成为人类学研究的重要根据。早期人类学"进化学派"就把文字的出现作为"文明社会"的绝对指标。摩尔根在《古代社会》中认为文明社会标志为:

> 这一阶段始于标音字母的使用和文献记载的出现。文明社会分为古代文明和近代文明社会。刻在石头上的象形文字可以视为与标音字母相等的标准。[①]

人类学这一学科的独特性在于:对人类历史上重要社会现象的渊薮都要进行"线性"追索:诸如人类的"人种"是怎么产生的,有什么历史的特点;人类的婚姻制度是如何演变的;人类在社会中的亲属关系和制度是如何形成和变化的;人类获取食物和生产的方式是如何变化的;人类自身的繁衍是以什么方式进行的……当然,诸如人类是如何创造文字、使用文字的,通过文字传承自己的文化是如何进行的,必然也在学科的视野之中和范畴之内。文字人类学研究的任务是,除了寻找人类创造文字的动因外,阐释文字与文明系统的关系也至为重要。换言之,文字的人类学研究

---

① [美]路易斯·亨利·摩尔根:《古代社会》(新译本)上册,杨东莼等译,商务印书馆1977年版,第11页。

文字的人类学

除了寻找文字的普遍文法（universal grammar）外，还要解释不同文明体系中的文字形态，即特定语法（special grammar）。中国的文字体系和形态在世界上独一无二，自然需要人类学的学科解释。

世界最古的文字有三种，（1）苏马利亚和巴比伦人的楔形文字；（2）埃及的图画文字；（3）中国文字。三种古文字独有来源，"一些人企图把这些文字说成一源，这是可笑的荒谬"①。中国文字的创生是"以象制象"——象形文字。但是，世界古代曾经产生过许多象形文字，比如神圣文字、楔形文字等都属于象形文字，但这些象形文字在较短的时间内都相继消亡了，只有汉字至今仍像不死鸟一样长生不老。白川静认为，汉字这一古代象形文字生存至今的理由大概有两个：第一，汉民族的历史没有断隔，没有在新变化上出现过弱败。第二，作为其语言的表记方法，没有其他适当的能够取而代之的手段。②

以笔者之浅见，中国的象形文字之所以长生不老，其中一个重要的原因在于中国文化中的认知性思维一直是依据"象"的，万物以"象"而识，生命以"象"而依，道理以"象"而长存，朝代以"象"而变……万象更新，是谓也。文字亦没有例外。传说文字由仓颉所创，《春秋元命苞》说他："四目灵光，生而能书。于是穷天地之变，仰观奎星圆曲之势，俯察龟文鸟羽、山川指掌而创文字。"由此观之，"仓颉造字"就是根据自然现象的原则创造出象形文字；其所根据的这些现象包括卜术、邪技、口占、灵异、天象等。仓颉之说，即"以象制象"——描字绘画的原始形貌。《孝经援神契》云："奎主文章，仓颉效象。"宋均注："奎星屈曲相钩，似文字之画。"这就是说，根据天象之"兆"判断凶吉。这里涉及表层的"图""画""象""形"等概念认知和分类。

裴德生（Peterson）认为"象"有重要的图形根据，其溯源自《易经》，他对其中的八卦之诸形态特点作这样的解释：

《易传》中所用的"象"这个词，有时在英语中被译为 image

---

① 唐兰：《中国文字学》，上海世纪出版集团2005年版，第7页。
② ［日］白川静：《汉字》第一卷，林琦等译，厦门大学出版社2005年版，第9—11页。

（图像），意味着相似性，暗示一种感知认识行为。"象"经常是动词"观"的宾语，这证实了"象"应译为"image"。然而，"象"独立于任何人类观察者；不论我们是否去观看，它们始终在那里……因此我认为英语单词"figure"更接近《易传》中的"象"的意思。"figure"意味着图像或相像，但也意味着形式或形状，意味着图案或构造，抑或是图样，而且还是一个书写符号；"to figure"是以符号或图像的形式来描绘，但也是使其成形的意思。把"象"等同于"figure"也使其区别于"形"，通常译为"form"。"形"用于分门别类的实物，也用于特定的实物，经常有"可触之物"的含义。"象"在于分门别类的物品以及特定的实物……在《易传》中又增加了"主吉凶"的含义。某一特定事物的"形"和"象"都是可知的；而根据《晚传》，尤以"象"为意义重大。①

以笔者所见，其中有的概念是无法翻译的。如果将我国的"图画"表述与西方通常所使用的"图像"（image）相比，②不仅概念范畴不尽相同，功能也异趣，甚至连图像思维都不尽相同。因为中国传统文字思维世间惟一。

中国"书画"依其象法

众所周知，中国文字发凡的特点公认为"书画同源"，象形亦可理解为"书画"。二者都来源于我们今天可以在最宽泛意义上称为"符号"的原始刻画，然而，二者何时、以何种标准确认其为真正意义上的"文字"，成了学术界讨论的论题。唐兰在《中国文字学》中对此有过一段论述：

---

① 参见［英］柯律格《明代的图象与视觉性》，黄晓鹃译，北京大学出版社2011年版，第116—117页。

② 西方学者一般认为，"图像"（image）一词直到文艺复兴时期才开始使用，并在18世纪以后主要发挥着审美的功能。而"图像研究"和"图像学"这两个术语于20世纪20年代和30年代在艺术史界再度被使用。参见［英］彼得·伯克（Peter Burke）《图像证史》，杨豫译，北京大学出版社2008年版，第12、41页。

文字的人类学

  文字起于图画，愈古的文字，就愈像图画。图画本没有一定的形式，所以上古的文字，在形式上是最自由的。用绘画来表达文字，可以画出很复杂的图画，也可以很简单地用朱或墨涂出一个囫囵的仿佛形似的物体，在辛店期彩绘的陶器里，[①] 我们可以略微看见一些迹象。商代的铜器，利用款识来表现这种文字，有些凹下去的，有些凸起来的，也有凹凸相间的。凹的现在通称为阴文，凸的是阳文。这些款识，是先刻好了，印在范上，然后把铜铅之类熔铸成的，阴文在范上是浮雕，在范母上却是深刻，阳文在范上是深刻，在范母上还是浮雕。深刻当然比浮雕容易得多，而且铸成铜器后，阳文远不如阴文清晰美观，所以除了少数的铭字，偶然用阳文，大部分都是阴文。可见在那时雕刻的技术，已经很有进步了。铜器上的文字，原来的目的，是要人看的，在后世发明了拓墨的方法，把这种文字用纸拓下来，就等于黑白画。[②]

陈梦家似乎不同意唐兰的观点，他说：

  文字与图画是同源的，但文字不就是图画。史前的人类，利用自然石为工具武器，我们常常在史前的遗址洞窟内，发现一些摩光而用过的石斧。它和一般的自然石非常接近，所微异者是它称加入人工的修摩……安特生《甘肃考古记》把墓葬中的骨板而刻画作齿形状的线条者疑为一种原始的文字。这一定受了象形文字以前先有指事的暗示。唐兰却把安氏所搜集的辛店期陶瓷上杂置的图案花纹中间的人物鸟兽画文，确认为最初的文字。唐氏这种锐敏可贵的立说，却是受了另一种暗示，就是这些画文和甲骨文、金文的图形文字非常接近。我们若承认唐氏此说，就得把中国有文字时期提到去今四千五百年左右，约当夏代的时候。反之，我们若可以否认他，就足以证实就目下

[①] 安特生将中国西北地区的史前文化分为六期，从早到晚依次为齐家期、仰韶期、马厂期、辛店期、寺洼期和沙井期。

[②] 唐兰：《中国文字学》，上海世纪出版集团2005年版，第93—94页。

可见的古遗物中，去今四千五百年还没有"有意义的文字"。①

而他认为以上诸种符号都不能算作"有意义的文字"。我们同样可以质疑，什么才叫作"有意义"，这委实难以判断。任何意义都是"被赋予"的，即使提出一些指标也不易赢得共识。何况，迄今所发现的那些岩符、崖符、洞符，②我们甚至不知道是否属于真正意义上的"人类"所作，由于所作的人群都无法确认，又如何可以确认其"意义"？即使是有"意义"，那也只能是假定。许进雄另辟蹊径，以古文字的"通性"为确定文字的准则：

> 一个真正的文字体系，要有一贯的形式及原则，能代表某个社区所公认的意义及发音，而且其序列也要合乎说话的顺序，虽然不是所有的古代图画或符号都是文字，或必然会演化成文字。但是有意的或无意的，以表现事物形象或概念的描写，却是古代文字创造的出发点。世界是各古老，其文字的创造、应用的方法、发展的途径，其规律可以说都是一致的。③

许氏的观点无错，却又失之笼统。对文化现象进行判断的困难在于：要自创一个适用于特定的对象的结论，便难以普世；要尽力寻找同类的公共性质，却对特定个体的判断又难以适用于所有，而且解释可能形同隔靴。

对"文字"的判辨，"文"或为关键词。《说文》释："文，错画也。"在这里，"文实即画"。④但是，根据传说，画的始祖另说有其人。《云笈七签》云："黄帝有臣史皇，始造画。"宋濂《学士集》："史皇与仓颉皆古

---

① 陈梦家：《中国文字学》，中华书局2011年版，第15页。
② 这些史前的各种符号通常被称为"画"，如"崖画"。一般而言，画是有目的、有意义的，"符号"则更偏向于指示尚未赋予意义的"存在"——笔者识。
③ 许进雄：《中国古代社会：文字与人类学的透视》，中国人民大学出版社2008年版，第2页。
④ 陈梦家：《中国文字学》，中华书局2011年版，第17页。

圣人也。仓颉造书,史皇制画,书与画,异道也,其初一致也。"历史上仓颉、史皇有两人说、一人说。《吕氏春秋》云:"史皇作图。"高诱注:"史皇即仓颉。"① 史上所以对画始众说纷纭,仍源于"象"之诡谲,由于它是三位一体(天—地—人)所融汇贯通的"天文—地文—人文",要生硬地附会某一种具象,都有窄化之嫌。

"书画同源",似乎"河图洛书"是一个佐证。书图同时、同地、同现一直是学术索解的谜综。潘天寿视"河图实为吾国先贤发明绘画之动机"②。其实,"河图洛书"为天象地现。其"图"应指天象之"相",非绘画之"画"。前者为自然之态,后者为人工之作。人工之作或模仿于自然,或启示于自然,或缘于心声。仓颉的创始性工作兼俱多"象"。这不仅说明,古时书画同体,文化亦然。而解释的路径应不在具体学科、方法,而在认知、思维,这或许才能体现中国文字学之"象—相—像"的"中文语法"。

这或许也是中国文字何以独傲于世而未被字母系统所取代的一个原因。西方学者习惯于从二元分类对峙导入分析,导致巨大的误差,甚至将中西方图像同置一畴的原生逻辑导致了可能性误解:或是"从一开始就存在着完全的、绝对的差异"(诺尔曼·布列逊)的客观说;或是"中西绘画要拉开距离"的主观说;或是将"图绘"(picture)与"图像"(image)区分开来的视觉说。③ 对于这些判断角度或阐释意图笔者都不认可。从认识论而言,图像首先是自然的成相,特别是"天象"。我国文字雏型实为自然之象的摹本,同时开创了记录、占卜的人为阐释,使之应用于社会与生活。"河图洛书"实为"天象""天意"的反映和折射。而伏羲、仓颉等神、王、皇、先祖所创造的神圣"政治图像学"才是我国书画之源、之基、之初。这并不是在"艺术视觉性"或"图绘—图像"的技术层面可以解释和解决的。换言之,中国之书画一体自有哲学逻辑。

---

① 潘天寿:《中国绘画史》("民国大学丛书"之一),东方出版社2012年版,第4—5页。
② 潘天寿:《中国绘画史》("民国大学丛书"之一),东方出版社2012年版,第3页。
③ 参见[英]柯律格《明代的图像与视觉性》,"前言:致中国读者",黄晓鹃译,北京大学出版社2011年版,第ⅷ—ⅸ页。

第二部分 文学人类学

中国的书法（"书画一体"）无疑是"书画同源"传统的文化遗产，可叹的是，今之书法被挤压到极窄的空间领域。其实，中国的书法经天纬地，旷古叙今。一如明人项穆在《书法雅言》的开场概述：

> 河马负图，洛龟呈书，此天地开文字也。羲画八卦，文列六爻，此圣王启文字也。若乃龙凤龟麟之名，穗云科斗之号，篆籀嗣作，古隶爰兴，时易代新，不可殚述。信后传今，篆隶焉尔。历周及秦，自汉逮晋，真行迭起，章草浸孽，文字菁华，敷宣尽矣。然书之作也，帝王之经纶，圣贤之学术，至于玄文内典，百氏九流，诗歌之劝惩，碑铭之训戒，不由斯字，何以纪辞？故书之为功，同流天地，翼卫教经者也。①

寻求解释是研究者为之努力的工作，结果可能是见仁见智。"仁"者也好，"智者"也罢，皆予人以启发，尤其是中国的文字学。这才是人文学科最值得显耀之处。

笔工独特的材料形制

文字必有附着。中国文字的附着材料洋洋大观，构成文字传统的一个特别之处——形成了世界文明史上特殊的书写材料形制。它们与书写相互配合，成就文字笔工，惟妙惟肖，实可谓"天工"。从这个意义上说，中国的文字史就是一个材料史。《墨子》有"书之竹帛，镂之金石，琢之盘盂"诉说了不同的书契方式。所谓"镂""琢"即在钟、鼎、盘、盂镂刻文字。《礼记·祭统》："论撰其先祖之有德善、功烈、勋劳、庆赏、声名列于天下，而酌之祭器，自成其名焉，以祀其先祖。"② 因此，刻画（划）的器具也非常特别；其中"契"值得一说。"契"的造字由"丰"与"刀"合并，契为本字，甲骨文𢀖，即丰（像纵横交错的刻纹）与𠚣（刀，

---

① （明）项穆著，李永忠编著：《书法雅言》，中华书局2012年版，第3页。
② 参见杜迺松《杜迺松说青铜器与铭文》，上海辞书出版社2012年版，第182页。

刻刀）之合，表示用刀刮刻。造字本义为古人用刀具在龟甲、兽骨上刻画记号、标志。在传统语汇中，"文"与"章"同义，文即章。《文献通考》："文曰章。"这里的"文章"指刀刻的印章。① 故有"布置成文曰章法"之谓。② 皇帝的诏书，官府文书也称"章"。③

我国的甲骨文——公认的"初文"，即以刀代笔刻划而出。《说文解字》："契，刻也。"本义是用刀在龟甲、兽骨上刻划符号，即契形符号。《诗·大雅·绵》有："爰契我龟。"早先原为祭祀所用，正如《周礼》所说："菙氏掌共燋契，以待卜事。"后由契刻转变为书契。《易·系辞》曰："后时圣人易之以书契"，并引申为凭据契约。技法上，篆刻刀法更是一绝，成为以刀代笔、刀笔并置的典范表述。古代故有"书刀"之说，尤以"汉书刀"为著名。④ 书刀是整治竹、木以备书写以及从简牍上删改文字的一种工具。由于书契的工作主要由"吏"从事，故史上常与之连用，称"刀笔吏"，比如《史记·萧相国世家》谓："萧相国何，于秦时为刀笔吏。"⑤ 刀刻书写遂成书写传统。至明清以降，刀法更是细致，有单刀、复刀、反刀、飞刀、涩刀、舞刀、切刀、留刀、埋刀、补刀等。蔚为大观。⑥ 由此可知，我国古代的文字原先并非由"笔"书写，而是由刀刻划。后来"刀—笔"转化，形成了我国独特的"文化—文画—文划"。对于笔的考述，宋人苏易简之《文房四谱》之"笔谱"理之巨细：

上古结绳而理，后世圣人易之以书契。盖依类象形，始谓之文，形声相益，故谓之字。孔子曰："谁能出不由户？"⑦ 扬雄曰："孰有书

---

① （清）朱象贤著，方小壮编著：《印典》，中华书局2011年版，第22页。
② （清）朱象贤著，方小壮编著：《印典》，中华书局2011年版，第264页。
③ （清）朱象贤著，方小壮编著：《印典》，中华书局2011年版，第34、52页。
④ 详见钱存训"汉代书刀考"，载《史语所集刊外编》第4种，台北"中研院"史语所1961年版，第997—1008页；另见钱存训《书于竹帛：中国古代的文字记录》，上海世纪出版集团2006年版，第135页，注55。在汉语表述中，今日仍有"捉刀"（代为书写）之用。
⑤ 钱存训：《书于竹帛：中国古代的文字记录》，上海世纪出版集团2006年版，第131—132页。
⑥ （清）朱象贤著，方小壮编著：《印典》，中华书局2011年版，第229—230页。
⑦ 《论语·雍也》。

第二部分 文学人类学

不由笔？"①苟非书，则天地之心，形声之发，又何由而出哉？是故知笔有大功于世也。《释名》曰："笔，述也，谓述事而言之。"又成公绥曰："笔者，毕也，谓能毕具万物之形，而序自然之情也。"又《墨薮》云："笔者，意也。意到即笔到焉。又吴谓之不律，燕谓之弗，秦谓之笔也。"又许慎《说文》云："楚谓之聿，聿字从聿、一，又聿音支涉反，聿者，手之捷巧也，故从又，从巾。秦谓之笔，从聿，从竹。"郭璞云："蜀人谓笔为不律。"虽曰蒙恬制笔，而周公作《尔雅》："授成王，而已云简谓之札，不律谓之笔，或谓之点。"又《尚书中候》云："元龟负图出，周公援笔以时文写之。"《曲礼》云："史载笔。"《诗》云："静女其娈，贻我彤管。"又夫子绝笔于获麟。《庄子》云："舐笔和墨。"是知古笔其来久矣。②

就文字材料史而言，中国古代的甲骨文以"龙骨"（龟背壳等），金文以金石、铜器等，竹简以竹材等为材料，以及后来的混合材料制成的纸张，通过这一个特殊的材料史，可以清楚地看出文字与材料不可分离。无论是以"泥块""泥板"、动物背壳、由矿物质融铸而成的器件，抑或是植物材料；无论是塑形、打凿、镌刻还是书写，文字与书写材质形成了一个彼此相关的共同体，共同演绎着文明的发展线索和线路。而作为文明进化的一种基本判断，文字与特殊材质的构造关系也是文明、文化独特性不可或缺的依据。比如，中国殷墟的陶器制作形制、作法、文饰、陶质材料，在这些材料上所刻划的符号文字以及若干雕成的花纹，与殷商时代的甲骨文及青铜器之间形成了亲密的关系。③

古代文字刻于甲骨、金石及印于陶泥者，皆不能称之为"书"，却与"书"形成亲缘关系。印于是成为中国传统的一门学问、技术，并与国家政治甚至发生关系。清人朱象贤的《印典》可谓经典，详细梳理了印的谱系：

---

① 扬雄：《法言·问道》。
② （宋）苏易简著，石祥编著：《文房四谱》，中华书局2011年版，第7—8页。
③ 李济：《殷墟陶器研究》，"序"，上海世纪出版集团2007年版，第3页。

古印良可重矣，可以考前朝之官制，窥古字之精微，岂如珍厅玩好而涉丧之讥哉！……《春秋运斗枢》："黄帝时，黄龙负图，中有玺章，文曰'天王符玺'。"《周礼·掌节》："货贿用玺节。"注："玺节，如今之印章。"《录异记》："岁星之精，坠于荆山，化而为玉；侧而视之色碧，正而视之色白。卞和得之，献楚王。后，入赵，献秦始皇。一统，琢为'受命玺'，李斯小篆其文，历世传之，为'传国玺'。"《后汉·祭祀志》："自五帝，始有书契。至三王，俗化雕文，诈伪渐兴，始有印玺，以检奸萌。"今之沿袭，始自古人。不师先世成规，焉证后人之失？然而，时代推迁，变更不一，是非祥考。鲜知取法也，兹集历代，分别尊卑、质式，汇辑《制度》二卷，少备考据。马端临云："秦以印称玺，不通臣下，用制乘舆六玺，曰'皇帝行玺''皇帝之玺''皇帝信玺''天子行玺''天子之玺''天子久玺'。又，始皇得蓝田白玉为玺，蟠虎钮，文曰'受天之命，皇帝寿昌'。"《汉旧仪》："秦以前民，皆以金、银、铜、犀、象为方寸玺，各服所好。汉（一作秦）以来，天子独称'玺'，又以玉，群臣莫敢用也。"……①

廖简小段，将玺印之历史轮廓描绘，可知其为与国家、皇帝、天子"互证之凭"，亦为中国官制一重要佐证和物器。可谓大者也！至于私人信物、民间收藏也详实可靠，其曰：

　　《考古纪略》：②"古人私印，质有金、银、铜、玉，纽有螭、龟、坛、鼻、狮、虎、兔、兽，与官印无异。又有子母印、两面印、六面印，乃官印中所无。子母者，大印之中藏以小印，多则三、四，少则一、二；两面者，其厚一、二分而无纽，上下刻文，中空一窍，以绾组也；六面印者，上下四周皆刻文字，其制正方，下及傍侧为五印，

---

① （清）朱象贤著，方小壮编著：《印典》，中华书局2011年版，第3—15页。
② 《考古纪略》的作者为元代宋无，卷数未详，今不可见——原注。

上作方纽，仿佛以鼻，成一小印也。"①

印以示信之物，所系非轻。故古今封拜之所及，命令之所出，非此莫凭。②

以文字材料史观之，从现存的考古材料，可追溯至竹简和木牍，编以书绳，聚简成篇，如同今日的书籍册页一般。至于这些材料补用于文字书写的最初年代无可考，大致说来，竹、木是较早于缣帛，③它与龟背、牛骨孰先孰后已经不判断，因为不同材料的寿命不一样，人们今天可以看到甲骨、金石是因为其可以久存，而简牍不能。至于简牍与丝缣在时间上亦无显著分野。就可资为证者，中国各种书写材料的使用大致可分三期：（1）竹简、木牍：自上古至公元3世纪或4世纪。（2）缣帛：自公元前6世纪或前5世纪至公元5世纪或6世纪。（3）纸：自公元前后至现代。④

我国的文字学是独特的，对文字学的认识和分析也必然是独特的。人类学作为一种整合性、推溯性、全观性的学科，尤其是中国的人类学范式的本土化建设，需要对自己的文化有独创性贡献，因此需要对自己的传统有独特的见解。中国的象形文字不啻为难得的案例。

此文刊发于《百色学院学报》2015年第2期

---

① （清）朱象贤著，方小壮编著：《印典》，中华书局2011年版，第144—145页。
② （清）朱象贤著，方小壮编著：《印典》，中华书局2011年版，第151页。
③ 钱存训：《书于竹帛：中国古代的文字记录》，上海世纪出版集团2006年版，第63—64页。
④ 马衡：《中国书籍制度变迁之研究》，载《图书馆季刊》1926年第1期；引自钱存训《书于竹帛：中国古代的文字记录》，上海世纪出版集团2006年版，第64页。

口述传统与文学叙事

近期,学术界对口述/书写的热烈讨论,除了反映出后殖民主义背景下学术反思的一种自觉外,人们通过对口述/书写的类似于"知识考古学"的梳理,发现两种表述形式背后潜伏着巨大的"话语"权力和历史叙事。同时,作为口述形式和口述历史,或曰"口述传统",其自身具有发生形貌、社会功能和叙事上无可替代的特点。

历史叙事的口述形态

口述/书写的叙事关系原本是一个历史演化的过程;在这个过程中,对它的概念、定义、分类、方法都在发生变化。在我国,"历"原指记时的历律、历法与历术,并伴以巫术、占卜、天象、律令、时节等行为、技术与意义。[1]"史"依照契文和金文的形态,一种解释为:"持中之物",置中形、中规。故"中"与"史"同源。"史"与"文字"有瓜葛,"史"亦可指书写的官员。"中"为上古史官的形象,即直接使用文字记录的人。比如"吏"与"史"原指官吏——掌握文字,能够书写的人。[2] 这样,"文字"与"史—中—吏"就串在了一起。

传说文字由仓颉所创,《春秋元命苞》说他:"四目灵光,生而能书。于是穷天地之变,仰观奎星圆曲之势,俯察龟文鸟羽、山川指掌而创文字。"这个简约的故事透露出一个鲜为人知的变化轨迹:"仓颉造字"所倚

---

[1] 董士伟编:《康有为学术文化随笔》,中国青年出版社1999年版,第52—55页。
[2] 王宏源:《字里乾坤》,华语教学出版社2000年版,第315—316页。

第二部分　文学人类学

者为原始巫术，包括卜术、邪技、口占、灵异、天象等。换言之，巫术、口诵、歌唱、舞蹈、图画等都可以，也曾作为（现在依然是）历史记录与表述方式。只是在文字出现以后，特别是统治阶级利用文字进行统治，"书写/口述"才分野；"文明"（"文"如日月"明"）便是一个注疏。口述与文字在历史的天平上发生了根本的倾斜。

谈及"口述/书写"，孔子的"论语"语体值得分析。毫无疑问，"论语"属于中国文化史上的大事件。以往人们更多关注"论语春秋"中的"仁""义""礼"等道德伦理，对"论语"的口述形式未以足够重视。太史公作如是说：

> 是以孔子明王道，干七十余君，莫能用，故西观周室，论史记旧闻，兴于鲁而次《春秋》，上记隐，下至哀之获麟，约其辞文，去其烦重，以制义法，王道备，人事浃。
>
> 七十子之徒口受其传指，为有所刺讥褒讳挹损之文辞不可以书见也。鲁君子左丘明惧弟子人人异端，失其真，故因孔子史记具论其语，成《左氏春秋》。
>
> （《史记·十二诸侯年表第二》）

这里有几个相互关联的意思：孔子一生曾试图从政"事君"，"莫能用"，不遂意。他观周论史，整理《春秋》，精作文字，以制义礼。孔子弟子靠口述接受孔子思想，乃文字的"刺讥褒讳挹损"危险性；但口述难免"失其真"，故左氏作文《左氏春秋》。在这里，"从政""制礼""口受""文传"在孔子及《春秋》事典形成了密切关联。孔子的"论语"（《论语》）作为一种文学叙事，在中国历史上有以下几个值得注意的价值：1. 口述首先是一个非常重要的记录和记忆能力，功能上它无法为文字所取代。在孔夫子那里它不仅未受歧视，反而成就了一种伟大的"论语"语体。孔子在表述形式上的成就体现在"口受"与"文传"并置，两翼齐飞。2. 口述与文字的功效并不相同，它可以"人人异端"，也可以"百家争鸣"，建构出一个叙事、理解、诠释上的巨大空间。孔子深谙"口述/书写"的各自道理。而《左氏春秋》不过是"左氏"的理解和解释,亦"异端"也。3. 口述在表述上同时表现出其独特的品质,诸如表演性、圆滑性、现场性、交流性和感召力,为"雄辩"提供了一个形式依据,也构成人类知识和智慧的一个有机部分。西方的"逻辑"与"辩术"密不可分便是一个例证。然而,随着文字获得了"合法性",历史的叙述便出现了"厚文字而薄口述",这成了我们今天反思的一面镜子。人们不禁要问:难道孔子时代真的有必要如此担心和惧怕"文字狱"吗?难道他真的对"口说无凭"的"非法性"做过现代思考?问题最终回到了一个基本的症结点上:文字为什么能够获得历史的合法"凭照"。

历时地看,在文字产生以前,人们可以通过口述、图画、歌咏、巫技、舞蹈甚至凿磋石头等方式来反映、记录当时的社会历史。据推测,人类最迟在大约旧石器时代中期时,发声器官已经进化得比较完善(这个说法没有直接的"凭证",尤其没有"白纸黑字"的记载),相对复杂的口头交际也大约产生了。这是距今大约10万年前的时候。如果把那时以来的人类进程当作是一年的话,我们神圣的文字的发明和使用,都是发生在第12月。埃及书写传统产生在12月11日那天。欧洲的第一本书(Gutenberg's printing press)出现在1445年,大约相当于12月29日。亚洲和美洲的书写传统也一样晚,而且长期以来只是人群中极少数人掌握着这种特殊技术。[①] 从发生学意义上说,书写的一个重要的原始功能就是对口述材料作记录,《诗经》的"采集"即为一范。可是自从人类出现了文字,特别是印刷术的发明和应用,文字迅速上升为其他表述方式无以企及的一种特权符号。历史叙述也习惯性地将有文字的民族视为"高级""进化""文明""有文化"的,把没有文字的民族看作"低级""原始""野蛮""蒙昧"的。简言之,文字书写已不再是一种简单符号和表述方式,它不啻为区别一个民族、族群、性别等高低优劣的圭臬。

但是,这种历史的"合法性"是否具有历史的"合理性"呢?"口述/书写"是否泾渭分明到无法通融的地步?在此,我们不妨带入另一个讨论

[①] 朝戈金:《民俗学视角下的口头传统》,《广西民族学院学报》2003年第5期。

第二部分 文学人类学

话题：盲目（视）。盲人看不到现实中的景物，却未必绝对"无视"。或许没有人去追问，在我国民间"盲艺人"阿炳的《二泉映月》乐曲中，那"二泉映月"之像如何出现？也罕有人关心西方"盲诗人"《荷马史诗》怎么"写"出来的。汤因比对此的解释是：盲人因为无法成为战士，但是可以弹奏动人的弦琴，利用歌喉去完成他无法完成的事业，歌唱的材料是可以从那些没有艺术才能的普通士兵那里获得。使他成为一般战士所不能企望的不朽名声的传播者。[①] 这是一个充满悖论却不乏精辟的见解："盲人"属于残疾的弱势者，诗歌和音乐成了他们的弥补手段，他们却因此成为知识的重要记录者、传播者。叶舒宪教授曾经考述了"诗歌"→"寺人"→"瞽宗"（音乐教育之师祖）之间的关系，他认为："寺人同瞽矇即盲乐师正是对诗的创作和传授起作用最大的两类人物。"[②]

今天我们在任何版本的《伊利亚特》和《奥德赛》的封面上都清清楚楚地看到"荷马著"三个字。盲人不能著书（此指一般社会通用的文字形式，而非盲文符号），是为常识。如果系由他人执笔则应该留下执笔者的名字，是为道理。从我们今天获得的信息可知，荷马生活在大约公元前12到公元前7世纪之间。祖籍迄今无法稽考。他生活和活动地域为爱琴海及周边地区。荷马是一位民间盲诗人。两大史诗具有明显差异，《伊利亚特》的完成经历了数百年民间的口头创作和流传。空间上具有多民族、多地区、多元文化交流与交通等因素。[③] 维柯把"荷马问题"当作重要的问题来对待，在《新科学》里，他以"发现真正的荷马"为题作了重要的阐述：

> 关于荷马和他的诗篇……就曾疑心到此前人们一直在置信的那个荷马并不是真实的。……但是一方面有许多重大的难题，而另一方面又有留传来的诗篇，都似应迫使我们采取一种中间立场：单就希腊人民在诗歌中叙述了他们的历史来说，荷马是希腊人民中的一个理想或英雄人物性格。

[①] ［英］汤因比：《历史研究》，曹未风等译，上海人民出版社1986年版，第155—156页。
[②] 叶舒宪：《阉割与狂狷》，上海文艺出版社1999年版，第148页。
[③] ［古希腊］荷马：《伊利亚特》，"前言"，罗念生、王焕生译，人民文学出版社1994年版，第1—3页。

首先，我们对那些重大事物说明下列各点：Ⅰ，为什么希腊各族人民都争着要取得荷马故乡的荣誉呢？理由就在于希腊各族人民自己就是荷马。Ⅱ，为什么关于荷马年代有那么多的意见分歧呢？理由就在于特洛伊战争从开始一直到弩玛时代有四百六十年之久，我们的荷马确实都活在各族希腊人民的口头上和记忆里。Ⅲ，他的盲目。Ⅳ，他的贫穷，都是一般说书人或唱诗人的特征。他们都盲目，所以都叫做荷马（homéros这个词义就是盲人）。他们有特别持久的记忆力。由于贫穷，他们要流浪在希腊全境各城市里歌唱荷马诗篇来糊口。他们就是这些诗篇的作者，因为他们就是这些人民用诗编制历史故事的那一部分人。……他是一切其他诗人的祖宗。同时，荷马是流传到现在整个异教世界的最早的历史家。①

维柯对荷马问题做了非常精辟的评说，此不赘述。但是，"荷马问题"所引入的口述与书写的问题却给了我们重要的启示。至少，在人类文化的原生形态中，书写/口述并没有类似于今天"我者/他者"的关系。

书写文化的"话语"权力

当代学术界在讨论"书写文化"（writing culture）时，非常强调其现代生成的历史语境，即"民族—国家"作为现代通用的国家政治表述单位大大强化了文字书写符号的"话语"权力。如果说古代书写文化的"权力化"过程还只是根据某一国家的政治伦理和传统节奏进行的话，那么，现代"民族—国家"的全球性表述以及它与现代传媒的有效结合，使之不仅超越了某一个传统国家的边界范畴而具有了全球性价值，同时，还具备了现代技术"再生产"（reproduction）的特征。因此，确认书写文化的现代话语权力，绕不过"民族—国家"的背景因素。

在现代历史的发展进程中，"民族—国家"（nation-state）不期而遇。

---

① ［意］维柯：《新科学》，朱光潜译，人民文学出版社1986年版，第442—449页。

"民族"与"国家"被假定为两条重叠的边界,或历史性地发生"共谋"。经由国家权力和现代技术,如印刷、传媒等的整合作用,使之成为一个典型的现代社会的"想象共同体"(imagined communities)。它是民族主义的渊薮,并具有领土范围内的主权性质。安德森在同名书中为人们勾勒出这样一个认知链条:1. 假定前提是:"民族属性(nation-ness)是我们这个时代的政治生活中最具有普遍合法性的价值。"[①] 2. 它有一个先决条件:在制造出这一个历史价值的原初性行为中,文字起到了一个无法替代的作用。3. 它的社会价值被广泛接受的理由之一是:当文字的书写、叙事功能一方面满足了写作上的特殊要求,同时它又具备现代传媒技术使用上的广泛性时,文字便参与了"想象共同体"的神话制造和传播。[②] 简言之,书写在现代语境下大大助长了"民族—国家"政治权力的实现与实践。

需要强调的是,对于那些在历史上发生过或者还在发生殖民统治的民族和国家,书写与口述的关系因此多了一层历史的指喻,它特别体现在官方认可的、记录有关法律文书的符号系统中出现了"殖民"意味。相反,由于殖民与被殖民国家之间的文化差异总体上成为"统治/从属"关系,口述性表述也因此沦落到另一种"从属"的地位——或者"再从属地位"。具体地说,在某一个国家的历史发展中,口述在与书写的对应关系中处于从属地位;当殖民主义借助其统治确认另一种官方文字符号的时候,口述事实上处于"再从属地位"。这一过程既包含着殖民统治带强制性的权力作用,也包含着被殖民一方在特殊历史语境下所做的策略性让步。所以,作为政治运动的民族主义历史的主要目标是要在外部领域——即国家的物质形态与殖民权力抗争。这是一种与以往我们所说的完全不同的历史,也是民族主义不得已必须从欧美所提供的"模式廊房"(gallery of models)里所做的一种选择。正因为如此,所谓的"不同的历史"在物质领域并不是一个可行的标准。[③] 比

[①] [美]班纳迪克·安德森:《想象的共同体:民族主义的起源与散布》,吴睿人译,时报文化出版企业股份有限公司(台北)1999年版,第8页。

[②] [美]班纳迪克·安德森:《想象的共同体:民族主义的起源与散布》,吴睿人译,时报文化出版企业股份有限公司(台北)1999年版,第50—51页。

[③] Chatterjee, P., *The Nation and Its Fragments*, New Dehi; New York: Oxford University Press, 1999, p.9.

如，在印度的近代历史上存在的殖民主义统治，毫无疑问，印度的历史志一直在试图讲述作为"精英"的历史和"从属政治"之间的关系。另一方面，从属政治在历史的过程中出现了越来越熟悉的趋向，甚至精英文化也在与殖民政治对抗当中不断地调适自己。①

所谓"从属历史"的一个重要特征是：在殖民政治的社会结构中，那些农民阶级和工人阶级不得已需要通过接受教育来摆脱无知。相反，比如英国（殖民者）对印度的殖民统治也就自然而然地承担起了改造和教育的使命，以使他们（被殖民者）成为"有知识"的欧洲人。英国的官方文字无形之中便充当起了这一历史角色。② 从这样的历史背景透视，广大殖民地国家的近代历史，"书写"和"口述"首先还不是孰重孰轻，谁主谁次，哪一种更能反映历史的问题，而是殖民统治的历史与殖民地历史之间"统治/从属"的政治结构。同样作为文字系统的记录和表述，殖民统治的文字记录（欧洲字符系统）成为法律规定的官方文本，这一事实决定了哪怕是很好掌握本民族文字的知识分子也必须在很大程度上与官方法定文字协调以使自己进入"精英"行列，甚至他们的生存（工作、待遇、阶级、身份等）也与法定的官方价值紧密相连。

文字的"话语"权力带有明显的"阶级划分论"——不同的阶级决定着表述方式上的差别。当文字书写成为官方和传媒的"资本符号"和"权力象征"时，传统的口述方式也就降至屈从的地位；这个过程与掌握文字书写的人群价值联系在一起。那些次等阶级（the subaltern classes）——农民和工人被强迫接受那些对他们而言"不适当"的文本；为了达到这个目标，首先需要他们去接受教育以去除无知，或进入教区（parochialism）学习，接受法定的教育和官方意识的引导。③ 由于历史表现与政治表现互为依存、相互作用，那些工人阶级、黑人、妇女和其他受压迫的阶级共同建构了汤普森

---

① Chatterjee, P., *The Nation and Its Fragments*, New Dehi; New York: Oxford University Press, 1999, pp. 12 – 13.
② Chakrabarty, D., *Provincializing Europe: Postcolonial Thought and Historical Difference*, Princeton: Princeton University Press, 2000, p. 33.
③ Chakrabarty, D., *Provincializing Europe: Postcolonial Thought and Historical Difference*, Princeton: Princeton University Press, 2000, p. 33.

所说的"巨大的屈尊历史"。① 很清楚,"民族—国家"的民族主义传播在很大程度上借助了印刷和传媒才取得实现,而印刷术和社会传媒又需要一种统一意识、便于大范围传播、利于权力话语生效的介体,这就是文字。文字在历史进程中帮助建立了社会的精英组织和"金字塔式"的阶级分层。殖民主义也利用文字符号的政治性表述功能和手段来达到殖民统治的目的。这构成"现代性"的基本内涵:一方面,文字的"话语"权力借助殖民主义扩张,使其规则获得了世界性效力;另一方面,人们也在以自己的方式创造着拥有独特品质的"自我",使无数新的历史被"生产"出来。② 也就是说,越是出现文字话语权力的世界性,越会出现多种阶级、多种声音的历史。

"区分与排斥"其实也是一个分类过程。这足以提醒人们方法论方面的思考:即口述更多属于"底层人民"发出的声音和习惯的表达方式。诚如汤普森所说:"口述历史是用人民的语言把历史交还给了人民。它在展示过去的同时,也让人民自己来建构自己的未来。"③ 在很长的历史时期里,由于底层人民的社会地位和生活状态并未受到应有的重视,"某些底层历史资料至今尚未引发足够的方法论思考。口述历史是一个很好的例证"。今天,人类学家和史学家们已经开始研究口述历史,并通过这样的研究确立类似的谱系关系。但大多数口述历史是个人的记忆,用它来保存史实显然容易出错。"问题在于,与其说记忆是记录,倒不如说它是一个选择的机制,这种选择在一定范围内经常变来变去……口述历史的方法论并不仅仅对检验那些老头老太回忆的录音带的可靠性是非常重要的。底层历史的一个重要方面,就是普通人对重大事件的记忆与比他们地位高的人认为他们应该记住的并不一致,或者与史学家可以确认已经发生的事情并不一致……"④

简言之,重视口述历史不仅意味着尊重民众的历史,对文字的话语权

---

① Dirks, Nicholas B., History as a Sign of the Modern, *Public Culture*, 1990, 2 (2), p. 26.
② Dirks, Nicholas B., History as a Sign of the Modern, *Public Culture*, 1990, 2 (2), p. 25.
③ Thompson, P., *The Voice of The Past: Oral History*, New York: Oxford University, 1988, p. 265.
④ [英]埃里克·霍布斯鲍姆:《史学家:历史神话的终结者》,马俊亚等译,上海人民出版社2002年版,第238—239页。

力进行历史反思，而且也具有方法论上的重要价值。

多元历史与多种叙述

考察叙述"谱系"，人们发现一个不争的事实：口头传说（包括民间故事、行吟诗、民间诗歌、俚俗语等）是文字和许多其他艺术形式的先辈。"传说是现代艺术祖传的财产。它是乡土观念、讨人喜欢的形象、有意思的主题、讽喻形式以及象征表达取之不尽的源泉。"① 虽然，文化人类学的"异文化"研究和田野作业的特殊要求，使得人类学家们对"乡土知识和民间智慧"特别亲近和熟悉，然而这并不意味着乡土知识和民间智慧因此成为某些学科的"专利"或"标签"，事实上它越来越成为公认的"共有文化"（common culture），人类学、文学、民俗学、语言学、哲学、历史学等对比较方法的趋之若鹜，很大程度上正是从各自领域对"共有文化"资源进行开发和利用。②

口述与书写的功能指示为表述方式，或曰文类（genres）。作为一种专业指称上的文类，比如在文学批评里它们表示文学作品的类型、种类，通常叫"文学形式"。③ 显然，我们今天的学术讨论在此基础上有所扩大——泛指叙事方式。它构成比较学科，如文学人类学、历史人类学研究一个重要的范畴："文学人类学研究过去一直是，现在仍然对口述和书写文本进行比较研究。"④ 从某种意义上说，对于口述与文字的双重关注决定着人类学的工作性质和研究行为。人类学家们与民众交流的经验正是通过对民间口头表述到文字书写的习惯，使他们更容易确认在审美的、社会的、历史的、心理的变迁和变化情况。这也使人类学家有机会了解有关文字在地方

---

① Ruthven, K. K., *Myth*, London: Methuen & Co. Ltd., 1979, p. 44.
② Freedman, M., *Main Trends in Social and Cultural Anthropology*, New York London: Holmes & Meier Publishers, Inc., 1979, pp. 62–66.
③ ［美］M. H. 艾布拉姆斯：《欧美文学学术语词典》，朱金鹏等译，北京大学出版社 1990 年版，第 126 页。
④ Jason, H., A Multidimensional Approach to Oral Literature, See *Current Anthropology* X (4), 1969, pp. 413–420.

社会中的具体情况。但是人类学对文类研究并不受某一个地方口头文学的限制,尽管它有着远久性的关联。① 在此,我们必须同时确认以下两点异同:1. 作为人类的表述行为,口头传统与书写文化具有传承上的历史关系。2. 作为文类,二者却已经各自具备着不同的品质。

另一方面,文化的现代变迁使这些带有形式范畴的表述经常超越内容的界线差异而产生"异化"。当现代社会的传媒与文字高效地结合在了一起,文字书写的"文类"性质便膨胀扩张。比如印度历史进入了19世纪,就出现了四种基本的文类以帮助表达现代的"自我",即小说、传记、自传和历史。② 这些文类与叙事(narrative)共同成为理解现代性的重要范畴。换言之,文类本身也成为历史变迁的现代遗留。历史为什么选择了这些文类并使它们得以遗留,而其他文类未被选择呢?这一问题值得深入考究。同样,对于许多无文字民族,他们在今天所进行的民间传袭或文化复振的社会实践中,口述已经远远超出了文类的性质;或者说,它超出了作为文类所限制、所承载的全部内涵。正如特纳所说,一般的形式问题不仅包含着文类模式,比如像神话和历史那样的表现形式;从文化的分析上,它们自身具有特殊的文类品质。在具体的层面,如文本结构的细节和表演等。表现上也包含不同的叙事文类和非叙事类型,像口头故事、跳舞和仪式等。③

如果我们把口述性表达视为与历史的原生形态最为接近的表述方式的话,那么,它为人类提供了一个更为悠久的原始面貌并成为许多现代艺术门类的滥觞。比如"诗歌",它可以是一种文类、一种艺术形式。可它直接来自对口述原始形态的分类和再分类。文学叙事当然有着文类上的差别,如小说、史诗等;也有风格上的差异,就像有些表现艺术上有"哥特式""巴罗克"之区分;但是,还有一个更为重要的东西,即意像的原始

---

① Freedman, M., *Main Trends in Social and Cultural Anthropology*, New York London: Holmes & Meier Publishers, Inc., 1979, p. 67.

② Chakrabarty, D., *Provincializing Europe: Postcolonial Thought and Historical Difference*, Princeton: Princeton University Press, 2000, p. 34.

③ Turner, T., Ethno-Ethnohistory: Myth and History in Native South American Representations of Contact with Western Society, In *Rethinking History and Myth: Indigenous South American Perspectives on the Past*, Jonathan D. Hill, ed., Urbana: University of Illinois Press, 1988, p. 243.

形态。它会在不同的表述形式中不断地重叠、重复、重现。这在弗莱那里被当作"原型":"对原型的寻索便是一种文学人类学——它涉及前文学的分类形态(pre-literature categories)的组成形式,诸如仪式、神话和民俗传说。"① 同时,我们也看到,这些前文学的分类形态与文学并非单纯的传承方式,诚如我们在许多不同的表述形式中所看到的,一再显现的东西。

不过,就表述方式而言,人们习惯以口述史"讲述"历史而文字"记录"历史来区别。一种解释是:文字记录只不过是将口述记忆以文本方式"物化"而已,它们都进行着历史记忆。其实,无论是口述还是文字都可以放在知识的范畴中来对待。有学者因此将知识分为三种:1. 介说性知识(prepositional knowledge),即关于事物的知识。2. 感觉和经验性知识(experiential knowledge),即事物本身的知识。3. 技术性知识(skill knowledge),即如何具体做一件事情的知识。② 所以,首要的关系应该是"本来是什么"与"说成了什么";其次才是"以什么方式表述了什么"。从认识角度看,无论口述抑或文字记录都不过是"关于事物的知识"(knowledge about things),却不是事物本身;二者同处于事物的表述层面。现在的关节在于,当一个社会价值借用国家的暴力、行政手段和媒体的作用,将原本属于同一层面的表述方式强行地剥离开来,使其中的某一种表述形式具有合法性,"异化"便不可避免地发生;比如"法律文件"——用文字符号的方式进行记录和协商的时候,文字便不独被当作一种传递信息、记录事件、沟通思想等的符号系统,而被赋予了某种特权。③

任何表述都有一个"时间"的公共品质。无论口述还是文字我们都可以将它们视为对"过去"的讲述和记录。因此,它们在形式上都会反映出时间的特点。"在场(presence)/缺席(absence)"遂成一组相对的概念。它被称为"技术性模式"或"马歇尔·麦克鲁汉尼思克认知系统"(Mar-

---

① Frye, N., The Archetypes of Literature (1951), see Segal, R. A. (ed.), *The Myth and Ritual Theory*, Blackwell Publishers, 1998, p. 223.

② Fenress, James & Chris Wickham, Remembering, In *Social Memory*, Oxford: Blackwell, 1992, pp. 1 – 3.

③ Fenress, James & Chris Wickham, Remembering, In *Social Memory*, Oxford: Blackwell, 1992, p. 9.

shall McLuhanesque model of cognitive system），它强调交流方式的不同直接影响对内容的表述。书写和阅读在"时间"上都属于非直接性的行为，其方式是沿着一个预设性线路行进——自上而下，或者由此及彼。而非文字的交流方式，特别是在可见的形态中，其信息的显示处于全观性印象之中，既无开头亦无结束；语言展示和口头交流皆属此类。所以，模式和结构在非文字表述中被格外强调，而文字则强调其过程。① 逻辑上说，对同一个历史事件的记录，假定排除个人的偏见，人们期望无论以什么方式，口述的或者书写的都"应该"一致。然而事实上却做不到。单就表达和记录方式而言，口述和书写存在着重要的差异，包括"在场/缺席"（一般而言，口述行为既可以"在场"亦可以"缺席"，而书写几乎必定是"缺席"。这样，前者具有更多的感性和展演性，后者更强调理性和记忆特征）。时间制度也有所不同："现场"表现为一种特殊的时间反映，即所谓不强调开始也不刻意结束。时间的"共时关系"表现得更为突出。相反，书写由于缺少现场感，时间的"历时关系"便不可或缺。

对于民族志调查来说，"现场感"的重要性无可置疑。"现场感"可以使其与故事本身一起成为讲述者：即故事对于叙事者来说是活生生的经验，民族志学者可以直接从现场听到各种各样的声音，理解不同解释的背景和意义，并根据不同信息进行个性化的理解和编辑。② 从这个意义上说，人类学民族志研究对所调查的"异文化"有着语言上的要求，即要求民族志学家熟悉当地的语言，除了不通过翻译直接与调查对象进行交流外，还可以从现场的口述中了解具体的事件和情境，甚至可以理解事件和情境之后的原因。同时，也使调查者与"现场"的距离尽可能地缩小。因此，口述在此便不只是一种认识对象反映现实的方式，也是言说意义现场确认的重要因素。

"民族志现场感"的一个重要依据出自人类学"品牌式"的"田野调

---

① Farriss, N. M., Remembering the Future, Anticipating the Past: History, Time, and Cosmology among the Maya of Yucatan, *Comparative Studies in Society and History*, 1987, 29 (3), p. 567.

② Silverman, M. & Gulliver, P. H., Historical Anthropology and Ethnographic Tradition: A Personal, Historical and Intellectual Account, In *Approaching the Past: Historical Anthropology through Irish Case Studies*, New York: Columbia University Press, 1992, p. 34.

查"（fieldwork）；但是，田野调查所带入的"现场感"却给了口述史和口述传统研究一个重要的启示：口述不仅仅是一种叙述和传达的能力——声音的功能；它还时时刻刻建造一种变化着的关系结构。比如说，当一个地方首领在一个族群范围内通过一种方言讲述什么的时候，那是在建造一种关系结构（人群共同体的内部结构）。当人类学家在进行访谈的时候，也建立起了一种关系结构——地方民众（受访者）与人类学家（采访者）关系，亦即我们常说的"主（位）/客（位）"关系。这些不同的人际关系和结构类型，在一定程度上决定着口述的内容和品质。这些内容和品质与文献记录大不相同。相对而言，文献记录拥有一个相对稳定的特性，带有研究者的个性化特征。而口述内容则由现场的人与人的关系所决定，包括交谈的问题、研究的项目以及对话者之间的信任和交流程度。它与文献的不同之处在于：优先权存在于受访者，它诉说什么都只是一个假定。而受访者所说的东西不像文献上所说的那样，只有当受访者的声音被文字记录或者出版的时候，受访者的声音才被省略。[①] 因此，口述传统具有更多的动态性、复杂性和多样性。

概而言之，"口述/书写""口述史/文字史"等话题讨论在当代之所以格外受到重视，除了上述诸原由外，其本身也是"发明传统"（inventing tradition）和"创造历史"（making history）的延续。

此文刊发于《贵州大学学报》2010 年第 4 期

[①] Portelli, A., What Makes Oral History Different, In *The Oral History Reader*, Robert Perks & Alistair Thomson eds., London & New York: Routledge, 1998, pp. 63 – 74.

行吟之歌

——文学旅行志的一种范式

引　言

　　人类作为"动物",确定了"动"的属性。事实上,人类的直立行走是区别其他生物种类的一个重要标志。人类特殊的"移动—旅行"也就成为最靠近这种属性的行为表述。在大部分的时间里,人们行走只是一种现实生活的需要;完成从一地到另一地的空间转移过程,实现人类社会的一个个"通过"(passage),① 包括文明的"进化"、群体的演进、社会化仪轨、人在生命中重要的阈限等。某种意义上说,文明是"走出来"的。② 一部《圣经》包含了行走的完整主题;《荷马史诗》可以说就是"行走的史诗";希罗多德游历了地中海沿岸,包括欧、亚、非三洲的许多地方后写下了《历史》。西方有学者因此认为:"古典学的核心是旅游。"③ 中国的情势亦然,《论语》《离骚》、李白……"路漫漫而求索"。显然,人类最具代表性文学表述是旅行志。

　　人类学的民族志与人类的移动属性天然地结合在一起。可以说,没有旅

---

① Van Gennep, A., *The Rite of Passage*, trans. by Vizedon, M. B. and Caffee, G. L., Chicago: the University of Chicago Press, 1960.
② 彭兆荣:《走出来的文化之道》,《读书》2010 年第 7 期。
③ [英]玛丽·比尔德(Mary Beard)、约翰·涨德森(John Henderson):《古典学》,董乐山译,牛津大学出版社 1998 年版,第 31 页。

行就没有民族志。列维-斯特劳斯的《忧郁的热带》、格尔兹的《事实背后》① 等皆属"旅行志"的传世之作。当代阐释旅行价值最重要的人类学家是詹姆斯·克里福德,他认为旅行是当代人们的栖居方式,是一种自我的空间定义,是大众公共艺术空间的表现形式,旅行线路是实现历史上不同思想个体的连接线。他最具代表性的著作是1997年出版的《线路:二十世纪晚期的旅游和迁移》,他把当代社会现象概括为"旅行文化"(traveling cultures)——远非简单意义上人群在空间上的移动,而是深刻地触及了社会的内部构造;是一种特殊社会文化的表述、表达和表演的范式。②

某种意义上说,"民族志"就是一种以旅行为前提、背景和基理的文字表述范式。一个基本事实是:旅行是实践人类学学科的基本和基础活动。博厄斯考证了包括亚洲、欧洲和非洲的人种在地理环境中持续变动的过程后认为:"从最初开始,我们就有了一张人类不断迁移的地图,这其中包括多种人类群落的混合。"③ 今天的人类(种)本身就是迁徙和旅行的产物。考古学和遗传学证据都支持了博厄斯的这种观点。④ 换言之,文学民族志既包含着人类学田野作业以旅行为前提,也包含着群体对象的迁移性。

逻辑性地,"移动性"成了我们看待文明形态的一个重要的根据,"全球化"的今天尤其如是:既往的"壁垒"被打破,资金、资本、观念、形象、信息、人群、物品和技术都在移动。⑤ 移动的程度、幅度、速度、密度等又决定了文明类型和文化形态的多样性,也决定了文化表述的差异。因此,当代的"旅行文化"更为凸显——羼入了更为广阔的、以"旅行"为基本特征的社会文化现象。⑥

---

① Geertz, C., *After the Fact: Two Countries, Four Decades, One Anthropologist*, Cambridge, Massachusetts: Harvard University Press, 1995.
② Clifford, J., *Routes: Travel and Translation in the Late Twentieth Century*, Massachusetts: Harvard University Press, 1997, pp. 17 – 19.
③ Franz Baos, *Anthropology and Modern Life*, New York: Norton, 1928, p. 30.
④ [美] 卢克·拉斯特:《人类学的邀请》,王媛等译,北京大学出版社2008年版,第22页。
⑤ Appadurai, A., *Disjuncture and Difference in the Global Cultural Economy*, In Featherstone, M. ed. *Global Culture, Nationalism, Globalization, and Modernity*, London: Sage, 1990.
⑥ Rojek, C. & Urry, J. (ed.), *Touring Cultures: Transformations of Travel and Theory*, London and New York: Routlege, 1997, pp. 1 – 4.

■ 第二部分　文学人类学

荒野之诉

旅行中的"三野之歌"窃以为最能表现旅行文学志，是嵌入了文化和文明的文学。"三野"（荒野、原野、田野）无论在语义中有多少重叠，皆旨在强调自然野性与人性之间的默契。文学作为人类一种形象化表述方式，无疑是二者最"真实"（authenticity，亦译作"原真"）的样态呈现。① 综观之，"自然"是文学最基本的主题之一；对"野"的描述已然构成了文学史上重要的叙事范式。由于文学表述凭附于特定的文明体系、特殊的文化价值、特别的认知模式等，即使是对同样话题的描述，亦呈迥异之态，各具特色。

"荒野"被认为是一种文明价值，这在世界遗产体系中主要表现为"自然遗产"分类，特别是在"国家公园"（美国遗产体系）主题中已经得到了确认和公认。② "荒野"（wilderness）的遗产学定义为："荒野是美国文化的一项基本构成，利用物质荒野的原材料，美国人建立了一种文明。他们曾试图用荒野的观念赋予他们的文明一种身份和意义。"③ 从 wilderness 词源的构造可知，"will"（意志、决心），带有一种我行我素、坚决的意思。这个词用于自然界和其他生命形式，包含着自然和形态以及不受控制的动物等。④ "荒野"作为一种特殊的文学表述主题，在美国文学史上留下了深深的印迹。"荒野文学"从美国拓荒时期的 17 世纪一路而下，形成了美国文学重要的历史线索。⑤ 美国著名女诗人艾米莉（Emily Dickinson）有这样的诗句：

Had I not seen the Sun, I could have borne the shade.
（如果我不曾见过太阳，我也许会忍受黑暗）

---

① 彭兆荣：《民族志视野中"真实性"的多种样态》，《中国社会科学》2006 年第 2 期。
② 彭兆荣等：《联合国及相关国家的遗产体系》，"美国遗产体系"，北京大学出版社 2018 年版。
③ ［美］罗德里克·弗雷泽·纳什：《荒野与美国思想》，"序言"，侯文蕙等译，中国环境科学出版社 2012 年版，第 1 页。
④ ［美］罗德里克·弗雷泽·纳什：《荒野与美国思想》，"绪论"，侯文蕙等译，中国环境科学出版社 2012 年版，第 1—2 页。
⑤ 胡英：《美国荒野文学研究综述》，《鄱阳湖学刊》2017 年第 5 期。

But Light a newer Wilderness, My Wilderness has made。
（但自从我的荒野产生，从此照亮一个新世界）

  某种意义上说，荒野是这样的一片土地，它是能够返回原始，规避文明，与地球再次结合；并且可以从中发现自然规律、价值和意义。因此，"荒野"也成为如何看待人与自然关系形态的关键词。人们对于"荒野"的理解，无论是从历史的角度，还是从文化多元的角度，得出来的结论是不一样的。我们更愿意将"荒野"视为一种对自然原始状态最大的赞赏和礼遇。由于荒野本身包含着文明之原始形貌的多种样态，而且不同历史语境与文化认知也会赋予其不同的价值，所以人们并不企望对"荒野"在定义上有完全的共识。韦洛克在回答"何谓荒野？"时做出如下总结：1. 神圣避成地；2. 物种保护地；3. 印第安人的荒野观；4. 清教徒的荒野观；5. 创建没有印第安人踪影的荒野。[①]

  毋庸置疑，美国文学的"荒野"主题与美国历史发展的情形有关，特别是自然保护运动和思想。在19世纪末叶，三种相互关联的运动——保育主义（Conservationism）、[②] 城市环保主义以及保存主义（Preservationism）——的发展是为了应对人口增长、市场国际化和工业化而引发的自然资源消耗、乡村地区土地受损的城市病。三者殊路同归。[③] 他们在"荒野"中似乎找到了一种出路和慰藉，很多富裕的美国人给出的答案是"荒野崇拜"，这是一种在全国范围内盛行的对荒郊野外生活体验的迷恋之情。人们认为周末的荒野经历能使美国的价值观和制度得以保持延续，使青年一代充满活力，并且为那些寻找顿悟的人们提供审美体验。户外运动的爱好

[①] ［美］托马斯·韦洛克：《创建荒野：印第安人的迁徙与美国国家公园》，载《中国历史地理论丛》第24卷第4辑。

[②] 保育运动，亦称自然保护运动，是政治、社会以及在某种程度上的科学运动，主张保护自然资源，包括生物种类及其未来的生存环境。早期自然保护运动涉及渔业和野生动物管理、水、土壤保护和可持续利用的林业。当代自然保护运动已从早期强调对自然资源可持续利用和荒野区域保护，扩展到保护生物多样性，有学者认为自然保护运动是影响深远的环境运动的一部分。载［美］托马斯·韦洛克《创建荒野：印第安人的迁徙与美国国家公园》中的原注——笔者。

[③] ［美］托马斯·韦洛克：《创建荒野：印第安人的迁徙与美国国家公园》，载《中国历史地理论丛》第24卷第4辑。

者们力图通过儿童组织把这些价值观灌输给孩子。①

在美国的移民文化中,"新大陆的欧洲发现者和居民在横越大西洋之前就已经熟悉荒野了"②。这也成为美国文明和文化,特别是遗产价值的基本定位。美国是一个"拓荒"国家;在拓荒的初期,"拓荒者们的处境和态度促使他们在讨论文明的实现时使用军事上的比喻",诸如"征服""镇压"等。然而,欧洲的浪漫主义思潮对荒野的赞美,成了一种时代的价值。其实,在欧洲浪漫主义之前的启蒙运动,特别是以卢梭为代表的"返回自然"理想,"自然"与野性的、原始的状态联系在一起,还包括了早期人类学研究中所说的"野蛮(人)";从而使得 savage(野蛮)与 wild(野)联系在了一起。只是在定位上完全不同,以卢梭为代表将其定位为"高贵的野蛮人"。③

欧洲的浪漫主义文学对原始自然的讴歌,仿佛给新大陆带去了曙光。随着浪漫主义的兴起和传播,19 世纪中叶,一些美国人也开始赞美荒野,感叹荒野自然的壮美;他们以各种表述方式表达"荒野—自然"的主题。在浪漫主义者看来,连绵的群山、幽暗的森林、汹涌的海洋等也是上帝的杰作。比之人工斧凿痕迹明显的城市,"荒野是上帝借以展示其力量和卓越的最畅通的媒介"④。于是"保留荒野"也就成了一种价值践行的口号。⑤ 这样的理念是对现代主义、城市主义的一种反思和批判,也是一种包含着对人类自身发展情状的反省与内视。

中国在"荒野"中赋予的价值不同,它不是美国"拓荒型",而是"造化型"的。我国古代文学主题中的荒野表述之"造化"有以下特点:1."仙境造化"。在古代有关神话的文学表述中,荒野是自然造化的"仙境",我国古代的"神游""仙游""云游"化在一起,成为古代文学独特

---

① [美]托马斯·韦洛克:《创建荒野:印第安人的迁徙与美国国家公园》,载《中国历史地理论丛》第 24 卷第 4 辑。

② [美]罗德里克·弗雷泽·纳什:《荒野与美国思想》,侯文蕙等译,中国环境科学出版社 2012 年版,第 7 页。

③ Ellingson, T., *The Myth of the Noble Savage*, Berkeley: University of California, 2001, p. xiii.

④ [美]罗德里克·弗雷泽·纳什:《荒野与美国思想》,侯文蕙等译,中国环境科学出版社 2012 年版,第 43 页。

⑤ [美]罗德里克·弗雷泽·纳什:《荒野与美国思想》,侯文蕙等译,中国环境科学出版社 2012 年版,第 90 页。

的表述范式；比如楚辞。① 2."天人合一"。我国山水诗对荒野的"魂归"主题，从《诗经》一路而下，未曾间断。② 这种"魂归"主题包含着强烈的"天人合一"人文思想的意义和意象，某种意义上说就是回归生命的本源、生命的家园和生命的归属。3."物我同一"。西方"荒野文化"——无论是欧洲的浪漫主义中"回归自然"的文学，还是美国的荒野文学，都贯彻着一种人与自然二元对峙的认知原则，即我与自然的主客关系。我国古代的山水诗则是"物我同一"的叙事范式，即我与自然的造化关系、同化关系；文学艺术中的所谓"意境"大体可喻。

在中国古诗中，"荒野"常常被作为自然情景的衬托，"诗中有画，画中有诗，诗画一体"，王维的"空山新雨后，天气晚来秋。明月松间照，清泉石上流。"即是写照。山水放歌不仅表达了文人特立独行的思想，也成为文学史上一种表述类型——"行歌荒野中"。如李白的《见野草中有曰白头翁者》：

醉入田家去，行歌荒野中。如何青草里，亦有白头翁。
折取对明镜，宛将衰鬓同。微芳似相诮，留恨向东风。

原 野 放 歌

如果说"荒野"是指尚未渗入，或极少介入的人工因素，最大限度地保存原始自然的状态的话，那么，"原野"则指相对较少，但已经有了明显人工化的自然状态，或特指城市郊野的地带。《说文》："野，郊外也。"具体而言，原野包含着"人在自然中"的意义和意思。在文学叙事中，原野与人类在旅行中的探索、考验、思考主题常常结合在一起，中西方皆然。

英国浪漫主义文学的一个最重要代表流派为"湖畔派诗人"（The Lake Poets），主要代表人物是华滋华斯、柯勒律思和骚塞。他们的诗歌以

---

① 参见萧兵《楚辞的文化破译》（"中国文化的人类学破译"之一），湖北人民出版社1991年版，第1130—1135页。

② 参见王惠《魂归荒野：论中国古代山水诗的回归主题》，《苏州大学学报》2007年第6期。

■ 第二部分　文学人类学

反映英国湖区的风景而著名。值得特别提示的是，湖畔诗歌大多始于诗人散步于原野中的沉思之作。他们大都喜欢旅行和行走。浪漫主义文学有一个传统，就是"用腿行走"。或许也是这个缘故，浪漫主义诗人的腿与他们优美的诗篇经常成为当时文学界的谈资。"瘸子拜伦"与其说是夸饰一个残疾天才，还不如说在称赞他非凡的行走能力。或许对于其他人来说，腿残阻碍人们的旅行和行走，但对拜伦来说，正好相反，残疾成了他一生都在旅行和行走来度过生命旅程的助力。因此，阅读和理解英国浪漫主义最好的版本，笔者以为不是印刷文本，而是旅行和行旅文化的"脚本"。

"湖畔派诗人"代表人物华滋华斯正是一个用腿"作诗"的诗人。德·昆西（Thomas de Quincey, 1785—1859）曾经这样评价华滋华斯的腿："他的腿并非特别难看，无疑它们是超过一般标准的经常使用的腿；因为我估计，华滋华斯以这双腿走了一百七十五万英里英国路——这不是简单的成就。他从走路中得到一辈子的快乐，我们则得到最优异的文字。"[①] 华滋华斯几乎每天都在行走，他用他特殊的方式体验自然、社会和人生，也形成了他独特的思维和写作方式。他的行走与他的诗作同行：

这真快乐呀，我与自然同行
　不与群居生活的丑陋

1770 年，华滋华斯出生在湖区北部的库克茅斯（Cookemouth），他的整个童年就是在湖区度过的，湖区对他一生的影响可谓是决定性的。在他写给他的挚友柯勒律思的诗中（*The Poem to Coleridge*）把湖区的生活经历视为"诗人心灵的成长"。在他的代表诗作之一《序曲》中有这样的诗句：

我选择漫游的云
当我的向导
我不会迷路

[①] ［美］雷贝嘉·索尔尼：《浪游之歌——走路的历史》，刁筱华译，麦田出版社 2001 年版，第 131 页。

柯勒律思则在十年间，即1794—1804年在湖畔有过近乎狂热的行走历史，并反映在他在这个时期的诗歌里。有意思的是，在他这一段旅行过程中，还与他后来的妹夫，也是湖畔派诗人骚塞一起旅行。他与华滋华斯有过几年的旅行合作。柯勒律思的著名诗作《古舟子咏》(Rime of the Ancient Mariner)就是旅行的写照。虽然他们之间的友谊后来出现了裂痕并最终决裂，两个诗人的湖畔行游却留下了杰出的华章。18世纪，欧洲浪漫主义时期，也是欧洲诗人徒步旅行蔚然成风的时期。英国除了"湖畔诗人群"热衷于旅行外，像拜伦、雪莱等也热爱旅行。而在欧洲大陆，以法国为代表的作家、诗人们继承了启蒙主义时期的学风，尤其以卢梭为代表的自然旅行的风尚，同样也在用两脚思考、两脚写作。于是，旅行作为一个"消失的生命主题"，与文学创作的关系被重新反思和定义。

行走与文学主题到了19世纪下半叶20世纪初的历史时段里，出现了一种通过浪游形式的写作时尚，它不是严格意义上的旅行文学，却沿袭了它的外壳。"意识流"便是变体。最有代表性的是英国女作者伍尔芙和爱尔兰作家乔伊斯。《黛洛维夫人》(Mrs. Dalloway)和《尤里西斯》(Ulysses)被认为是红极一时的"意识流"文学和文体的代表作，尤其是后者。如果我们把行走的身体与深邃的思想置于一畴，人们会有蓦然回首之感，"意识流"恰好满足人们行走中不断变幻的观景流动这样一种文体；很大程度上契合了人类学民族志在讨论"范式空间"(a paradigmatic place)的转变和占据的情况。[1] 这大约是许多从事"意识流"文学的研究者们所未曾注意到的。

为了体验、体会和体悟湖畔诗人和诗作，2018年，笔者专程去了留下湖畔诗人步履诗辙的温德米尔湖区，去努力找寻诗歌中的"影子"。现在的湖区已经成为最受英国欢迎、世界知名的湖区国家公园 (The Lake District National Park)。从地理形貌看，湖区顾名思义，湖群遍地，大小一共有16个冰河湖，造就了今日世界罕见的地理奇观。这也成为诗人们流连忘返的一个理

---

[1] Clifford, J., *Routes: Travel and Translation in the Late Twentieth Century*, Massachusetts: Harvard University Press, 1997, pp. 17–19.

由，成为人文荟萃的地方。湖区就是诗人华滋华斯的故乡。华滋华斯纪念馆就在湖区的安伯塞德镇上。湖畔派诗人在湖区居住过多年，写过不少以自然为背景的旅行诗，表达了"回到大自然中去"的理想。虽然，当时在文学界，有些人把他们这种回归自然的诗歌视为"消极的"——我国文学界在很长的时间内将湖畔派文学定性为"消极浪漫主义文学"——但都没有影响他们在历史上的地位和声望。其中道理非常简单，自然是人类的母亲，有谁会对赞美自己的"母亲"有异议呢？如果有，或者历史上曾经有，那么，"异议"就真的值得异议了。到了湖区，很自然就会产生这样的认识。"消极"的简单评价或许只能说明肤浅，因为缺乏现场感。

湖畔诗人回归自然的诗作确实有着诗情画意般美丽，仿佛以诗入画，无妨读读华滋华斯的《咏水仙》的句子：

> 我孤独地漫游，如一朵浮云，
> 在山丘和谷地上飘荡；
> 我晃忽看见那一簇，
> 金色的水仙花迎春开放；
> 在树荫下，在湖水边，
> 迎着微风翩翩起舞。

"水仙"的神话寓意在西方是独特的，表示孤芳自赏的情结。古希腊神话中的水仙花，成为后来人类寻找的"自恋情结"的原型。与其说诗中的孤独是一种美，勿宁说自然的宁静是一种美，而只有"孤独"才能够享受这份大自然的赠礼。

如果说，人工的东西可以好，可能很好；但是，自然永远最好；自然的状态最为高贵。如果说，文学是自然的产物，那么"自然"就是文学的灵魂；若要与自然同行，就要带着"笔墨"走进她。

田园牧歌

"田园牧歌"作为特殊的乡土社会的情景表述，是一种对田野，特别是对农耕、农事、农田的文学歌颂,却也包含着超越现实的某种自然刻意——现实成为文学创作背景的投影和剪影,当然,也包含了深刻的哲理与伦理;是诗人对特定意境画面的"自我制作"。中国是一个有农耕传统的国家,田园牧歌除了反映了农业景观,还反映了乡土社会的原象。唐代诗人王维《渭川田家》不啻为范:

    斜光照墟落,穷巷牛羊归。
    野老念牧童,倚杖候荆扉。
    雉雊麦苗秀,蚕眠桑叶稀。
    田夫荷锄立,相见语依依。
    即此羡闲逸,怅然吟式微。

  这首诗真切地呈现田家的生活场景,也羼入中式"道理"。中式的"道"原就是"走"出来的。"道家"的智慧与田园形貌链接成为特殊的纽带关系。唐代诗人吕岩(即吕洞宾)的《牧童》反映了田野的朴素场景:

    草铺横野六七里,笛弄晚风三四声。
    归来饱饭黄昏后,不脱蓑衣卧月明。

  中国古代的田园诗仿佛山水画,描绘田园风光,反映乡村生活,衬托出了诗人、文人以或回归乡土,或隐逸情怀,或怜农惜农为主题的诗歌风范和流派。开创者是东晋诗人陶渊明,至唐朝的孟浩然、王维等人继承,蔚为大观,形成田园诗派;宋代的范成大成为田园诗的代表。这种"诗画田园"的传统也一直传袭下来,成为中华民族农耕文明中难得的文学表述范式。

  在这方面,中西方在认知和表述上存在着极大的差异。首先,西方以自然之野为主题的诗文,一定程度上是作为城市的对立物出现的,即以乡村的"小传统"(little tradition)的立场反抗城市的"大传统"(great tradition)。所谓"大传统",指城市以复杂的生活相联系的文明方式,而"小传统"则指农村简单的地方性生活和与之相关联的文明方式。[1] 换言之，乡村是城市的附庸。所以，"田园牧歌"是对城市喧嚣的一种逃避。[2] 其次，西方的田园诗表现为一种历史和社会思潮——特别是欧洲启蒙主义和浪漫主义思潮中"返回自然"的理念，是对资本主义"文明"反叛的一种折射。而当时的中国并没有资本主义的原生土壤。最后，西方的"三野"文学在很大程度上是追求理性，理性是公民社会的产物。中国的乡土社会，本质上说是宗族世系式的，没有公民传统；田园成为"家园"的生命寄托，是"耕读传家"的一种自然延伸。

如果说西方的"牧歌是一种方式，借此人们可想象自己逃避都市或宫廷生活的压力，躲进更加单纯的世界之中，或者也可以说是躲进一个苦心孤诣构想出来的、与城市复杂社会形成对照的单纯的世界里去"[3]。"黄金时代的牧歌服务于怀旧和乌托邦的目的。怀旧牧歌的感情冲动与对儿童时代理想化的记忆有关"[4]。由此，将牧歌作"如画式"娓娓诉说者大多为闲逸之人，他们将自己的情感与文学、艺术中的场景和情景相融汇，陶醉于自制的美景，借此逃遁世俗烦忧。在这方面，中西方有相似之处。这种带有"离骚"式的激奋和"诗意"的消遥大都有一个前提：个人的际遇。但中国古代的田园牧歌更多的是对世俗逃逸和对仕途失意的排遣。

这涉及今天人们如何"看待"田园诗的问题，即阐释学中的"文本—阐释"空间维度问题。[5] 在很多人的眼里，农村是肮脏的，农村是落后的，农民是愚昧的，这种观念迄今还在。如果以"资本"和"文字"为前提判断，那或许是这样的；如果以"自然"和"天然"为原则判断，我们可以

---

[1] Refield, R., *Peasant Society and Culture: an Anthropological Approach to Civilization*, Chicago, IL: University of Chicago Press, 1956.

[2] ［美］W. J. T. 米切尔：《风景与权力》(*Landscape and Power*)，杨丽等译，译林出版社 2014 年版，第 23—25 页。

[3] ［英］马尔科姆·安德鲁斯：《寻找如画美：英国的风景美学现旅游，1760—1800》，张箭飞等译，译林出版社 2014 年版，第 6 页。

[4] ［英］马尔科姆·安德鲁斯：《寻找如画美：英国的风景美学现旅游，1760—1800》，张箭飞等译，译林出版社 2014 年版，第 8 页。

[5] ［法］保罗·利科尔：《解释学与人文科学》，陶远华等译，河北人民出版社 1987 年版，第 14 页。

瞬时给出完全相反的画面：从自然方面说，农村是生态的，农村的空气是洁净的，农村的食品是安全的，农村有鸟语花香，农村有小桥流水；从社会方面看，农民是淳朴的，农村的住宅是接地气的，空间是多维的，村落是一个大家庭，传统的亲情还在，农村的生活节律是稳健的，生产是与时节相契合的；从经济方面看，只要靠着土地，生计总是自足的，衣食总是无忧的（"农桑"管吃管穿），人可最大限度地靠自己，而不需要靠别的什么。这也是中国农村的实况。至于哲学问题——根本的是"生死问题"，看一看《农夫哲学》，即生命的自然律，就会豁然。[1]

中国的田园牧歌的场景就是人们生活的乡村。在现实中，在情感认同层面，人们会赋予自己的家园以特殊的情感；田园牧歌有一种特别的情致：我在景中。而文人骚客将田野牧歌理想化、文学化有一个原因，这就是诗歌从现实场景中被区隔开来。这也导致了后来"书斋式"田园牧歌的创作与欣赏的"异化"。我们完全相信，类似的田园牧歌的风光、风土和风景，原来就是从村民、农民甚至农妇那儿咏唱出来的，其中有些被"误解"为文人之作。法国学者葛兰言说："诗人在描写人类情感时，常常借助自然界的景象，这是我们熟悉的做法。当以爱情为主题时，基本上都用风景作背景，而且，传统的做法是，田园诗应该借助乡野景象来精雕细琢，那么，《诗经》的诗人们将这些田园主题包含在诗歌里面，这是否仅仅出于修辞上的考虑？"[2] 葛氏的问题涉及了一个需要厘清的界线，即《诗经》中的诗歌是文人的作品吗？

如《野有蔓草》（郑风）二十：

野有蔓草，野间长满了蔓草，
雾露溥兮（草上坠满了露珠），
有美一人（一位英俊的少年），

---

[1] ［美］吉恩·洛格斯登：《农夫哲学：关于大自然与生死的沉思》，刘映希译，广西师范大学出版社2016年版。

[2] ［法］葛兰言：《古代中国的节庆与歌谣》，赵丙祥等译，广西师范大学出版社2005年版，第38页。

第二部分 文学人类学

　　清扬婉兮（长着美丽的眼睛），
　　邂逅相遇（我们偶然中相遇），
　　适我愿兮（正是我所期待的）。

　　野有蔓草（野间长满了蔓草），
　　雾露溥兮（草上坠满了露珠），
　　有美一人（一位英俊的少年），
　　清扬婉兮（长着美丽的眼睛），
　　邂逅相遇（我们偶然中相遇），
　　适我愿兮（一切是多么美好）。

　　这是一首在农季时间（仲春时节）相会的情歌，引《周礼》可证："仲春之月，令会男女之无夫家者。"[①] 农村男女相会奔情，与农时必有关系，故可以认为这是劳动人民自己的诗歌。文人骚客的相会根本无需迁就农时。事实上，《诗经》中的"风"，多为劳动人民的作品，只不过经过文人的"采风"、修辞。至于"文学家把田园主题视为历法时谚，对此我们无须感到诧异，这一看法极为支持对诗歌所作的道德诠释"[②]。对这样的田园诗的评述，窃以为极有道理。欲作农诗，须先知农时、农事。

　　这也涉及一个大背景——中国传统的"文人阶层"在历史上的生成关系，即耕读传统的"合"与"离"的历史情状。顾颉刚说："诗在早年不过民间风谣，等诸今时之《山歌》《五更》。或者古时王者以为民意之所表现，因巡狩之便，向四方侯国征集：其善者，歌于朝庙，舞于乡国，于娱乐之外稍寓劝惩之意。盖人类于文艺之欣赏与真、美、善之爱好，古今中外所同然，见其美即见其善，见其善即见其恶，如是由文艺之欣赏进而走向善恶之劝惩，本很自然之事。况经孔子删订，遂为儒家经典。孔子之后，儒者究微言大义，如是知三百篇之兴诗实与之一般无二；独深解兴

[①] 参见［法］葛兰言《古代中国的节庆与歌谣》，赵丙祥等译，广西师范大学出版社2005年版，第25—26页。

[②] 参见［法］葛兰言《古代中国的节庆与歌谣》，赵丙祥等译，广西师范大学出版社2005年版，第39页。

诗，附会义理，岂不为古人笑。"① "牧歌"原本出自于田园劳作，后经文人化而变得文绉绉。由此我们可以将讨论的话题简化为：田园牧歌就是田野中的歌，只有走进田野，方可纵歌。

小　结

"行吟之歌"——旅行与诗歌"同行"无疑是文学发生学的原生形态。《荷马史诗》的作者"荷马"是盲诗人；不靠"书写"，靠"边走边唱"。《伊利亚特》原是民间故事与"荷马"共同创造的。② 至于"盲目的荷马问题"，汤因比的解释是：盲人无法成为战士，但他们云游四方，以弹奏动人的弦琴，利用歌喉去完成其他人无法完成的事业，使他成为一般战士所不能企望的不朽名声的传播者。③ 维柯在《新科学》中的解释是这样的：为什么希腊各族人民都争着要取得荷马故乡的荣誉呢？因为他是盲目的，所以叫作荷马（homéros 这个词义就是盲人）。他们有特别持久的记忆力。他们要流浪在希腊全境各城市里歌唱荷马诗篇来糊口。他们就是这些诗篇的作者，因为他们就是这些人民中用诗编制历史故事的那一部分人。④

今天，当新的"移动性"作为全球化的一种属性出现的时候，它是否意味着"文学"又与旅行"走"到了一起？而人类学民族志的范式，对旅行文学是否早就殊途而同归？如果是的话，旅行文学民族志作为一种表述范式已经反身走近我们这个时代，那就让我们伸手去迎接它。

此文刊发于《人文杂志》2020年第5期，刊发时略有改动

---

① 顾颉刚：《史迹俗辨》，钱小柏编，上海文艺出版社1997年版，第18页。
② [古希腊]荷马：《伊利亚特》，"前言"，罗念生、王焕生译，人民文学出版社1994年版，第1—3页。
③ [英]汤因比：《历史研究》，曹未风等译，上海人民出版社1986年版，第155—156页。
④ [意]维柯：《新科学》，朱光潜译，人民文学出版社1986年版，第442—449页。

文学人类学的仪式视野:西方经典文学的一种读法

文学人类学研究的一个"原点"

人类学对仪式的研究形成了一个特殊领域的界面。"仪式"作为一个批评理论的专有词语出现在 19 世纪,它被确认为经验知识的分类概念。这个词的原初所指主要是将欧洲的文化和宗教与其他社会的文化和宗教进行对比。当代解释人类学在仪式符号的"隐喻性叙事"中发现所谓的文化"动力"。马尔库斯认为,人类学家长期以来把仪式当成观察情绪、感情以及经验意义灌注的适当工具。仪式具有公共性,它们常解释仪式因由的神话所伴随,它们可以被比喻为文化创造的、民族志作者可以系统阅读的文本。[①] 这也使得人类学的仪式研究在学术意义上出现与文学批评交流和交通的广阔空间。

在仪式研究的历史上,以弗雷泽为代表的一批人类学家,即被称为文学的"人类学派"所做的研究工作对现代文学的影响非常大。弗雷泽对宗教、仪式、巫术等著述以及各类母题性仪式进行系统整理和专门分析,诸如阿都尼斯(Adonis)、阿提斯(Attis)、奥西里斯(Osiris)等,对"死—再生仪式""丰产与生殖仪式""杀老仪式""替罪羊仪式"等做了大量的材料搜集和类型化整理,并将这些原型性仪式纳入其"进化"理念和"线形"发展的轨道之中。特别是他的代表作《金枝》一书,巨大地影响了整个人文社会科学领域。马林诺夫斯基这样评价:弗雷泽的《金枝》

---

① [美] 马尔库斯、乔治·E.等:《作为文化批评的人类学:一个人文学科的实验时代》,王铭铭、蓝达居译,生活·读书·新知三联书店 1998 年版,第 92 页。

"在许多方面是人类学所取得的最伟大的成就。……他表达了现代的人文精神,即整合了民俗和人类学方面的古典学术价值"①。与此同时,他对仪式"原型"的挖掘和示范为后来的文学研究和创作起到了里程碑的作用。

早在古希腊时期,学者们就已经对仪式有过不少阐述。最为著名、经典者当数亚理士多德关于酒神祭祀仪式与悲剧的关系。他认为:悲剧来源于对酒神祭祀仪式的摹仿,"借以引起怜悯与恐惧来使这种情感得到陶冶"②。因此,"摹仿酒神祭祀仪式——引起怜悯等情感陶冶"一直成为迄今仍然沿说的所谓"仪式假定"(the ritual hypothesis);也成了后来学者们在讨论仪式命题的时候无法回避的一个学术原点。由于这种学术传统与发展之间的相互作用,决定了古典人类学"神话—仪式学派"与诸如神话学、文学研究之间从一开始就交叉浸透。又由于所谓的"仪式假定"长期以来一直在哲学、美学与文学诸领域的渊源关系,其研究也具备了"文人"化(letters)色彩。我们今天甚至无法将诸如威克利(Vickery)、坎培尔(Cambell)、利明(Leeming)等神话学家们的著作和早期人类学家像弗雷泽、哈里森、穆雷等的作品区分开来。这不仅仅因为许多晚辈的神话学家、文学家对以弗雷泽为代表的"神话—仪式学派"推崇有加,③而且在讨论中将"仪式叙事"与"诗学传统"相衔接。

亚理士多德著名的仪式论从酒神狄奥尼索斯祭祷仪式与悲剧的发生关系切入。所以,这个问题也就成为一些学者试图在理论上有所"创新"的突破口。比如许门(Hyman)于1958年发表的论文即从这个亚氏的"仪式认定"开始。在他看来,虽然现代学者的"仪式视野几乎覆盖着希腊文化的全部",把希腊悲剧视为狄奥尼索斯祭仪的衍生物,或者"古代近东神秘文学直接渊源于仪式"④等陈说,但他却认为这一切都不能改变对仪式理论仍需将此作为一个学术起点。现代学者虽然越来越多地把神话和仪

---

① Malinowski, B., *Sex, Culture and Myth*, New York: Harcourt, Brace & World, Inc., Middleton, J. (ed.), 1962, p. 268.
② [古希腊]亚里斯多德:《诗学》,罗念生译,人民文学出版社1982年版,第19页。
③ Vickery, J. B., *The Literary Impact of the Golden Bough*, Princeton University Press, 1973.
④ Hyman, S. E., *The Ritual View of Myth and Mythic*, In *Myth and Literature: Contemporary Theory and Practice*, Ed, Vickery, J. B. University of Nebraska Press, 1958, pp. 56–57.

式的"聚合体"分别处理,但在把仪式与戏剧文学视为缘生纽带这一点上完全一致。他们认为神话与仪式二者虽不易泾渭分明,却也没有必要生硬地将二者死绑在一起;具体分析的时候完全可以分而置之。比如有的学者就相信,戏剧 drama 与 dromenon 相关,在仪式中它表示"做过的事情"(the thing done);渊源上它与神话 legomenon 相呼应,表示"说过的事情"(the thing spoken)。这样也就精巧地将以往仪式与神话相混淆的地方给分别开来。①"诗学"成了一个更具囊括性的言说单位。

综观对这一"原点"的讨论,艾尔斯(Else)的观点代表了全新思索和反叛精神。艾尔斯认为,在早期的希腊悲剧历史里面并没有包含什么"狄奥尼西亚克"(Dionysiac)因素。他提醒人们注意,亚理士多德在《诗学》中并没有提到什么神或者狄奥尼索斯精神被确认作为戏剧的表现内容。② 相反,"大部分所知的悲剧内容与酒神仪式来源无关,从荷马到史诗时代开始,它们主要取材于英雄神话和传说。对于祭祀神话和祭祀仪式,特别是对狄奥尼索斯祭祀仪式的接纳,无论其广泛性和重要性方面都是次要的。换言之,希腊悲剧通常所借鉴和汲取的资源是英雄史诗,而非宗教祭仪"③。艾氏进而认为,总体上的希腊悲剧英雄所表现的是"自我意识"(self-awareness),而绝不是像狄奥尼索斯所表现出的基本精神品质的"自我迷失"(self-abandonment)。④ 与此同时,"仪式假定"的形式与目的关系也受到质疑。一般而言,仪式行为的实践者可以由单一的"演员"完成,而观众如果在"怜悯精神"指导下,在观看演员表演的时候是无法确认自己角色的。⑤ 二者的距离显然非常大。艾尔斯等人的观点代表着一批

---

① Hardin, R. F., *Ritual in Recent Criticism*: *The Elusive Sense of Community*, see (ed.) by Segal R. A., *The Myth and Ritual Theory*, 1998, p. 171.
② Else, G. F., *Origins and Early Form of Greek Tragedy*, Martin Classical Lectures, Vol. 20, Cambridge: Harvard University Press, 1967, p. 14.
③ Else, G. F., *Origins and Early Form of Greek Tragedy*, Martin Classical Lectures, Vol. 20, Cambridge: Harvard University Press, 1967, p. 63.
④ Else, G. F., *Origins and Early Form of Greek Tragedy*, Martin Classical Lectures, Vol. 20, Cambridge: Harvard University Press, 1967, p. 69.
⑤ Hardin, R. F., *Ritual in Recent Criticism*: *The Elusive Sense of Community*, see (ed.) by Segal R. A. The Myth and Ritual Theory, 1998, p. 172.

试图从沉重的"仪式假定"羁绊中解脱出来的现代学者们所做的努力。然而这种努力相当费劲,特别是面对狂热的希腊悲剧观众所表现出来对仪式的那种态度。无怪乎对于希腊观众沉迷悲剧仪式的现象,艾氏很尖锐地用了一个"仪式期许"的概念(ritual expectancy)。他认为,正是由于"仪式期许"现象的存在,"严重地伤害了我们对戏剧的解释,并通过我们的解释达到对悲剧的总体上的认识"[①]。

仪式素有人类历史与传统的"贮存器"之称;因此,它历来倍受人们的重视。它也成为理论"创新"的突破口。怀斯的《狄奥尼索斯字母系统》就直截了当地对此作了回应[②]。逻辑性地,酒神仪式便成为一个关键的历史叙事。换言之,如果要彻底否定亚氏理论,势必要证明酒神仪式与悲剧之间没有历史的、直接的、必然的关系。显然这相当困难。于是,仪式—戏剧理论出现了很长一段时间的"骑墙"局面:不谈仪式假定,只谈仪式的技术性、细节性(现代人类学仪式理论的成就之一就在于通过对仪式内部的技术性处理获得影响力)。而只要涉及原生形态——尤其是戏剧发生形貌,都不得不回到这个"原点"。

西方现代作家对仪式理论和仪式化叙事的情有独钟主要来自以下两种因素:一,现代文学出现了一种对社会不满的批判态度。一些有社会责任感的作家并不局限于一味地批判,而是期待着社会向一个"理想状态"的过渡和转变。他们把对社会的批判和出路的寻找融入到作品中。仪式理论最突出的特点就是强调一个由低"阈限"向高"阈限"的过渡对于任何一个人、社会都不可或缺。弗雷泽的《金枝》通篇讲述的道理就是生命在不同的仪式状态下的转变和过程。就像"杀老仪式"那样:"杀老"对于一个部落的新生和延续恰恰成为宗教上的必然手段。二,人类学、神话学的研究成果自然而然地为现代作家们所心仪。除了古典人类学的著作深深地影响着现代作家以外,神话学研究方面的成就也成了现代作家知识的重要

---

① Else, G. F., *Origins and Early Form of Greek Tragedy*, Martin Classical Lectures, Vol. 20, Cambridge: Harvard University Press, 1967, p. 4.
② Wise, J., *Dionysus Writes: the Invention of Theatre in Ancient Greece*, Ithaca: Cornell University Press, 2000, pp. 1-5.

滋养。威克利的《〈金枝〉对文学的冲击》等一大批著作直接把仪式理论、方法带进了文学创作领域；形成了一种"范式变革"。但是，这样的变革是否有效也曾引起批评家们的质疑："这种范式上的转变，能否让神话使仪式更具有动力并使其意义更加丰富？"这样的疑虑并非没有必要。当现代作家将仪式移植到叙事中的时候，必须考虑到仪式的意义和仪式的操作之间的区别。毕竟仪式是理念和技术同构的体系。

"文学的人类学派"除了在古董堆里发掘出属于人类学的独到表述以外，他们还做了大量多学科的资料准备和比较研究工作，比如弗雷泽就花了大量精力在古希腊神话的考索上，单是酒神狄奥尼索斯神话和祭祀就有大篇幅的描写。① 通过比较，我们看到了埃及的奥西里斯神话与希腊酒神狄奥尼索斯之间的历史影响。与一般的神话学家和戏剧学家不一样，他借用大量异民族的材料进行比对。人类学研究并不急于对仪式和神话的发生形态作哲学、美学上的提升和总结，而是集中对仪式的形式上的操作性、技术性、细节性等进行发掘和处理，这样的研究在学理上更接近于近代"文化中的科学"的意义。具体而言，他们非常重视社会象征符号中的历史文化价值。这种研究的努力使人们有机会看到某种文化的原生形貌。

文学人类学的仪式性范式

人类学"神话—仪式"学派对文学的影响不仅限于批评理论的一个术语；它对文学（文学创作与文学批评）的影响主要来自现代主义人文思想和现代民族志（modern ethnography）理论和方法在文学研究的浸透。随着一些提倡者的大力鼓吹，文学的人类学理论和方法在 20 世纪五六十年代达到了高潮，并在此后的二十年内大有收获。一时间文学的人类学研究竟成时尚。创作与批评两翼齐飞。②

---

① Frazer, J. G., *The Golden Bough*, London: Macmillan Publishing Company, 1947, p. XLIII.
② Meletinsky, E. M., *The Poetics of Myth*, trans by Lanoue, G. & Sadetsky, A., New York and London: Garland Publishing, Inc., 1998, p. 73.

人类学仪式理论对文学影响最大者仍数弗雷泽爵士。原型批评理论家弗莱认为："弗雷泽的《金枝》开创了文学研究在这一领域的先河。"① 几乎与此同时，穆雷于1907年出版了《希腊史诗的诞生》，具体提出了文学的仪式主题。在他看来，造成旷日持久的特洛伊战争和荷马史诗的根由——所谓"诱拐海伦"——其实不过是斯巴达和萨摩斯之间在远古时代的一种婚俗仪式。阿伽门农的愤怒只不过是仪式的一部分。这样，"诱拐海伦"也就回到人类原始时期掠抢婚形态。根据人类婚姻发展史的基本线索，作为人类早期的婚姻形态，掠抢婚确实是许多民族和地区都经过的一种婚姻形式。而且，在古希腊罗马的文明形态里，这种掠抢婚仍有大量的历史遗迹。维柯的《新科学》对此有过考述。他认为古代婚姻仪式的一个特点被罗马人保留下来，就是娶一个妻子要有某种凭武力的表示，作为远古时代男人们凭体力将女人拖进山洞时所施予的暴行，作为正式结婚的妻子被"凭武力夺取"的历史记忆。② 人们可以在荷马史诗里看到，所有的证据中最明确的、最有说服力的都与"夺取女人—妻子"有关。特洛伊战争为了抢夺海伦；《伊利亚特》中最为惊心动魄的情节正是因为对抢夺来的女俘虏分配不匀，致使阿喀琉斯愤怒并拒绝出战。恩格斯说："在荷马的史诗中，被俘虏的年轻妇女都成了胜利者的肉欲的牺牲品；军事首领们按照他们的军阶依次选择其中的最美丽者；大家也知道全部《伊利亚特》都是以阿基里斯和亚加米农二人争夺一个女奴隶的纠纷为中心的。荷马史诗每提到一个重要的英雄都要讲到共享帐篷和枕席的被俘的姑娘……。"③ 穆雷把仪式与史诗拉到了一起，点出希腊古典文学中的人类婚姻史上掠夺婚这一重要的阐释点。

1920年，维斯顿出版了《从仪式到传奇》。作为弗雷泽的追随者，她在神话—仪式的道路上继续着文学人类学的基本范式；并在此基础上有所推进。比如，在弗雷泽看来，一种主要的原始仪式类型是以病老的国王作

---

① Frye, N., *Anatomy of Criticism: Four Essays*, Princeton University Press, 1957, p. 109.
② [意]维柯：《新科学》，朱光潜译，人民文学出版社1987年版，第239页。
③ [德]恩格斯：《家庭、私有制和国家的起源》，《马克思恩格斯选集》第四卷，人民出版社1972年版，第57—58页。

为祭牲——"弑老仪式"。而维斯顿却认为仪式的真正意思是使国王"返老还童"（rejuvenation）或重新恢复生机。这一发现或许并非如此重要，因为弗雷泽的"弑老仪式"和维斯顿的"返老还童"的意义都可以在一个基本主题上找到共同的表述："再生—新生"。与其说维斯顿在仪式中发现了新的深层喻义，还不如说她在仪式与传奇二者之间所建立起一种新的关系更具有范式意义。通过对雅利安（Aryan）戏剧和古典巴比伦仪式的比较分析，她认为在原始仪式和其传奇性表述之间并非时时呈现出单一的关系，事实上，它们的关系具有并置的性质。其中既有融合的因素，也是一种桥梁的交通。[1] 依据这样的线索，仪式的历史性延续融汇进了"诗学"的分类原则和范式。

继续着文学人类学仪式理论的研究传统，近几十年来，文学批评中大量出现仪式理论，"仪式"一词的出现频率越来越高，诸如："弥尔顿的《失乐园》是一个哀悼的仪式。"[2] 歌德的《浮士德》完全是一个社会化"通过仪式"在艺术作品中的范例。[3] 艾略特的"阿尔福雷德·普鲁弗罗克的情歌"（Love Song of J. Alfred Prufrock）的结尾"以一个戏剧化仪式驱动着世界走向它的极端"[4]。"诗歌是一种复活和再生的仪式。"[5] 有人认为叶芝的戏剧作品"不是戏剧，而是一种丧失信念的仪式"[6]。这种趋之若鹜的词汇新潮与其说是在赶时髦，不如说是一种回归——"诗性"的回归。或曰一种发现——"批评"的发现。"回归"，指现代诗学在它的"缘生纽带"上找回了丰富的元语言叙事。"发现"，指文学研究在比较文化的学术背景下，发现了人类学仪式理论非凡的整合性价值。

可以说，文学批评中的仪式理论——从概念到方法论的引入，都与人

---

[1] Weston, J. L., *From Ritual to Romance*, Cambridge University Press, 1920, p. 52.

[2] Wittreich, J. A., Jr, *Visionary Poetics: Milton's Tradition and His Legacy*, San Marino, Calif: Huntington Library, 1979, p. 98.

[3] Hartman, G. H., *The Fate of Reading and other Essays*, University of Chicago Press, 1975, p. 110.

[4] Feder, L., *Ancient Myth in Modern Poetry*, Princeton University Press, 1971, p. 221.

[5] Cope, J. I., *The Theater and the Dream: From Metaphor to Form in Renaissance Drama*, Johns Hopkins University Press, 1973, p. 174.

[6] Gorsky, S. R., *A Ritual Drama: Yeats's Plays for Dancers*, "Mordern Drama" 17, 1974, p. 176.

类学研究密不可分；特别是弗雷泽的思想激励了一大批的现代作家把仪式中的再生、洗礼、入会等带进了他们的故事中。普里查德说："我认为弗雷泽爵士在人类学中最享有盛名……而《金枝》这一个巨大的工程来源于他解答了人们对于原始迷信的困惑。也使他在英国文学和学术界获得巨大成就。"[1] 艾略特、叶芝、乔伊斯、福斯特、庞德、劳伦斯等都深受这种人类学仪式思想的影响，而且在创作实践上烙印了显著的记忆征兆和叙事特长，构成了现代文学中一道特别的风景线。D. H. 劳伦斯就是现代作家中的一个代表，他醉心于将小说的叙事仪式化。尤其在对待一个事件、景物、细节的组织上面都让人有非常庄严而神圣的仪式力量。以《查特理斯夫人的情人》为例，男主人公和那个笼罩在英国沉闷气氛下的矿区在作家笔下被暗示为一种状态。也可以理解为作家对资本主义发展的悲观而带入"通过仪式"的一个必要前提。它必须"通过死亡"的阈限达到"再生"。仪式性叙事在他的作品里面往往成了从一种状态向另一种状态的过渡，由一种身份向另一种身份转变的媒介，这便是仪式性效应。难怪罗斯这样评说劳伦斯的小说："在小说中，仪式成了一种组织原则，这样便将个体生命类型化、社会化——可以推而广之，整个自然——都联系在了一起。"[2]

文学人类学批评理论，尤其是仪式理论，人们除了看到仪式—神话学派的理论和方法外，其他一些人类学家和神话学家们的代表性观点和方法也曾引起学者们的重视。比如我们在坎贝尔的著作《千面英雄》里，就可以清楚地看到人类学家根纳普的"通过仪式"的影子。至于从文艺复兴以来作家笔下大量英雄的生命旅程、主人公的命运多蹇、神喻与伟大形象的决死拼搏无不可以视为"生命礼仪"。从但丁的《神曲》、弥尔顿的《失乐园》、莎士比亚悲剧到歌德的《浮士德》、艾略特的《尤里西斯》，甚至卡夫卡的《变形记》……广义上无不可以在人类生命"通

---

[1] Evans-Pritchard, E. E., *A History of Anthropological Thought*, New York: Basic Book, Inc., Publishers, 1981, p. 132.

[2] Ross, C. L., *D. H. Lawrence's Use of Greek Tragedy: Euripides and Ritual*, D. H. Lawrence Review 10: 1 - 19, 1977, p. 6.

过仪式"中获得一种文学的人类学式理解。同时，人们也可以在唐·璜、浮士德、唐·吉诃德、哈姆雷特等人物形象上体会生命过程中所获得的欢娱和痛苦以及可资为人类提供借鉴的心路历程的范本。

文学原型叙事中的仪式性结构

文学叙事的内部结构存在着二元对峙律的"双位"制度。仪式化叙事特别突出。但是，"二元对峙"并非绝对不含一致性和所谓的"排他的一致性"。换言之，"二元对峙"也包含着"一致性"。这样的结局往往更具有冲突效果。莎士比亚的悲剧英雄并不总是相互杀死对方，正是因为他们之间的对峙性的双位制度具有"一致性"。如果以绝对排斥的方法解决矛盾，就失去了对峙因素中的同一性。此种结构关系在原始宗教仪式中普遍存在。神话中也普遍存在。[1] 我们只要看一下《哈姆雷特》就能明白。哈姆雷特之所以在"忧郁"中徘徊，就是因为他和叔叔的"二元对峙"关系不能构成简单的"排中律"。他和叔叔同时实践着"对峙/一致"的双位制度。杀死对手不能造成震撼人心的力量，相反，杀死对手正好是"自己处决"才显得最为悲苦，也符合逻辑。

早在古典时期，学者们就注意到了莎剧叙事中的仪式性内涵——不独形式的"形似"而且内容的"神似"。引人注目的是，对它研究并不是简单的比较性类同，而是试图在莎剧中找到仪式发生形态上的"基型"（prototype）叙事。穆雷在1927年发表了《诗歌中的古典传统》直接把古希腊戏剧与莎士比亚戏剧进行比较。他发现了莎剧与古希腊戏剧仪式性基型的叙事内涵，即都有通过牺牲的祭献以达到人类对生命认知的矛盾。仪式成了人类与神祇、灵异等交流与沟通的话语表述。人们在莎剧中非常容易看到、找到、体会到人类在仪式行为中的角色、符号和意义。莎士比亚戏剧的演出经常像宗教仪式一样。即使在他的浪漫喜剧中也有明确提示，例如《爱的徒劳》《第十二夜》以歌唱收场，就是一种程式；《仲夏夜之梦》的

---

[1] Girard, R., *Shakespeare's Theory of Mythology*, Proceedings of the Comparative Literature Symposium 11: 107 – 124, 1980, p. 112.

结尾有舞蹈,有游行,都是一种仪式。① 戏剧文学的研究在第二次世界大战之后更加热烈。维辛格(Weisinger, H.)、弗莱、沃特(Watts, H.)、弗格森(Fergusson, F.)、赖特(Knight, G. W.)等人纷纷著书立说,讲述欧洲中世纪戏剧、文艺复兴时期的戏剧与仪式在血脉上的关系。尤其是赖特,作为"新批评"的提倡者,他擅长于发掘莎士比亚戏剧中的仪式"符号"并进行深入分析。②

在这方面,波德金(Bodkin, M.)《诗歌中的原型类型》做出了重要的贡献;她注意到了戏剧与诗歌符号的仪式化效应。如认为《哈姆雷特》所表现的并非代表着一个可以理解的戏剧,也不是直接从原始人类的心理情节中展示一种英雄的心理焦虑,也不是刻意表现人们紧张的心理经历,而是展示了一个整体——传统的批评所缺乏探索的领域。③ 在对弥尔顿的《失乐园》中的"英雄"进行分析后认为,英雄其实就是在神和魔鬼之间摇摆不定的原型形象。"摇摆"成了她用于分析文学叙事中英雄形象的一个原则。在弥尔顿的背后隐蔽着对撒旦形象的原型意图。对于撒旦(恶魔)原型的理解,首先要建构出一个代表人类最高理想的"乐园"和一个代表个性化欲望的"失乐园",即非天堂化的二元建构,进而把撒旦式的形象作为对立、背叛"乐园"的形象来处理。由于人类有"恶"的基因,"英雄"便成了两种基因的混杂而使之不停地在两极中间摇摆,悲剧因此不可避免。莎士比亚悲剧《奥赛罗》便是一个标准的范例。恶魔艾古在《奥赛罗》悲剧中完全充当了荣格心理原型结构的"影子",他其实是英雄奥赛罗无意识层面的"阿尼玛"(anima)。④ 两种原型中的"真实存在"在悲剧叙事结构的二元对峙关系里面不断挣扎:爱/恨、崇高/卑贱等不可化解的符号叙事构造,不可避免地将"英雄"带往悲剧的道路。

---

① [英]奈特·威尔逊:《莎士比亚与宗教仪式》(1936),载杨周翰编选《莎士比亚评论汇编》(下),中国社会科学出版社1981年版,第413页。
② Meletinsky, E. M., *The Poetics of Myth*, Trans by Lanoue, G. & Sadetsky, A., New York and London:Garland Publishing, Inc., 1998, p.75.
③ Bodkin, M., *Archetypal Patterns in Tragic Poetry*, See Burrows, D., Lapides, F. R. & Shawcross, J. T. (ed.), *Myths & Motifs in Literature*, New York:The Free Press, 1973, p.12.
④ Meletinsky, E. M., *The Poetics of Myth*, Trans by Lanoue, G. & Sadetsky, A., New York and London:Garland Publishing, Inc., 1998, p.80.

第二部分　文学人类学

弗莱对原型结构的文学叙事有着独特的看法。他继承了荣格原型理论的旨意：原型是无数个人相似的经验中的共通部分，是人类共通的潜意识的一部分，并且影响了每个个人的经验。[①] 神话仪式是原型的纯粹形式。荣格曾就"原型"的"原"作过原则性注释："Archaic 这个词的意思是原始的，根本的……但事实上，我们已将我们的主题扩大了，因为并不只有原始人的心灵运行程序才能称为古代的。今天的文明人也同样有这种特性。而且，这些特性的出现也不仅仅是间歇性的'返祖现象'。相反，每个文明人，不管他的意思的进展如何，在他心灵深处仍然保持着古代人的特性。"[②] 仪式作为一种"文化的贮存器"和"记忆的识别物"内存和积淀了大量的原型要素，差别在于仪式的表现更加具有实践行为的特征，而原型的叙事则更加的文学化。

文学的叙事经常并不刻意于人类生命过程中生与死的自然演变，却着力于自然的生命现象之于仪式的完成。换言之，就平凡的生命而论，一个人的生与死总是在完成以后或者在"进行时"中被一个特定的族群价值附加于仪式。但是，文学的仪式表述并不像人类学"田野作业"那样做巨细无遗的记录，而是突出人物在语境中的个性特质，唤起人们对文学性格的"同情"。这里的"同情"表现为双位性质：在具体的仪式里，一方面经常被解读为"交感"：即生者与死者的"通灵"。它可以在巫术层面进行神秘的交通。另一方面，以仪式的形式向一个特定的人群共同体昭示传统的理法。比如《哈姆雷特》的"老国王—死"与"叔叔—谋杀—继位"关系与弗雷泽《金枝》的"弑君仪式"（the killing of the divine king）在形式上、意涵上如出一辙。[③] 莎士比亚显然将这样的弑君仪式搬上了舞台。"杀老仪式"的整个悲剧核心集中在"哈姆雷特"的家族符号上：

年老国王：哈姆雷特之父

[①] Jung, C., *Psychology and Religion*, Yale University Press, 1978.

[②] ［瑞士］荣格：《探索心灵奥秘的现代人》，黄奇铭译，社会科学文献出版社1987年版，第118—119页。

[③] Frazer, J. G., *The Golden Bough*, London: Macmillan Publishing Company, 1947: XLIII, pp. 264–283.

（王位的原先拥有者）

↑

国王之弟：哈姆雷特之叔

（弑君并篡夺王位者）

↓

年青王子：哈姆雷特本人

（王位的既定继承者）

悲剧发生的"仪式性"出现了几个不可缺失的因素：一，王位继承的宗族关系。悲剧无论如何演变，王位都掌控在同一个宗族之内。这种王位（包括财产）在一个家族（氏族）之内传承和流通符合封建宗法社会亲属制度的基本法则。因此，杀老也好，弑君也好，继承也好首先都要保证在一个"氏族（原始社会形态）—家族（封建社会形态）"内部进行。关于这一点，维柯曾经作过分析：英雄们的荣誉，fama（英雄们首先由于实行上述凭才德的英雄制度的两个组成部分）和世俗荣誉（希腊人叫作荣耀，kleos，拉丁人叫作荣名），fama，希腊人也叫作 pheme，从上述那些字源，那些逃难者才获得"famuli"（家人或家奴）的称号，"氏族"（families）这个名称主要就是从 famuli 派生来的。① 二，保证王位在同一个氏族/家族中传承的前提下，同时存在特定时代转型的变革因素。原始的氏族部落时期，王位的交替经常要通过武力和杀戮来完成，其衡量依据近乎于自然法则：强者为王。我们相信，氏族部落内部的"杀老"仪式成为更为远古形式——武力夺取的一种历史记忆。《哈姆雷特》悲剧也暗含着同一仪式的转型痕迹：老国王的弟弟所采取的方式更接近于仪式的"曾经形态"。可是《哈姆雷特》悲剧所讲述的历史故事具有"断裂"性质，即将"老国王"的王位假定为"合理的"。（其实，人们完全有理由假设，老国王的王位也以同样的"弑老"方式获得。）由于戏剧特殊的时空制度，观众并不习惯做历时性拷问，却把克劳迪亚的"个性行为"推上了特定时代的被告

---

① ［意］维柯：《新科学》，朱光潜译，人民文学出版社 1987 年版，第 272 页。

席。哈姆雷特王子比较幸运,作为新的社会秩序的代表人物,他年轻,有知识,人文主义,朝气蓬勃……却在社会转型中付出了生命的代价,这不可避免。从这个意义上说,我们与其将"王子的忧郁"当作个性悲剧,还不如视之为社会转型的英雄。

西方现代文学引入原型性杀老仪式的例子很多。艾略特在《荒原》中使用了"绞杀男人"(the hanged man)的意象,完全是一幅"执行死"的仪式变体。如果有人认为现代派文学对神话叙事的兴趣仅仅是一种"范式变革"的需要,这样的认识显然不够。从神话仪式发生学的角度来理解,神话的叙述与仪式的展演很难分离开来。就功能的分析来说,神话和仪式共同凝聚和传承着原型的叙事。"神话不是原始宗教的基本部分,它没有神秘的戒律,也没有对崇拜的盲目力量,它只对仪式进行阐释。"[1] 很显然,它们映衬着人类集体行为的核心部分和心理陈诉。由于原型将人类生命本体中最基本的诉求、担忧、恐惧、希冀凝结在一起,所以,文学对于原型性仪式的引用也自然而然地与人类生命价值联结在了一起。"仪式是一种赋予生命的力量。"[2] 我们不妨将这一句话作为本文的结语。

载史忠义等主编《国际文学人类学研究》,百花文艺出版社 2006 年版

---

[1] Ruthven, K. K., *Myth*, Cambridge University Press, 1979, p. 35.
[2] [英]奈特、威尔逊:《莎士比亚与宗教仪式》(1936),载杨周翰编选《莎士比亚评论汇编》(下),中国社会科学出版社 1981 年版,第 423 页。

仪式谱系:戏剧文学与人类学

一

让我们再一次拾掇起古希腊神话中怪兽斯芬克斯令俄狄浦斯猜的那个谜语:

是什么早晨用四条腿走路,中午用两条腿走路,晚上用三条腿走路?

这一听得腻耳的谜语已经为无数睿智哲人们所破译和解读,它的终极谜底当然是"人",是人文精神。洛克尔担心对它的理解和解释不够周全,费尽心机地以六个不朽的文学经典形象的求索道路予以囊括,他们是:浮士德的路、唐·璜的路、哈姆雷特的路、唐·吉诃德的路、麦达尔都斯的路和冯·阿夫特尔丁根的路。①(洛克尔)可是,阅览大量解谜者,罕见有人注意到这个谜语仿佛是人的生命旅程中"通过礼仪"(The Rites of Passage)中三个完整的"阈限"(threshold)。我们相信,任何社会演变形态都具有人类生命演变形态的经验价值和叙事附会;而"任何社会里的个人生活,都是随着其年龄的增长,从一个阶段向另一个阶段过渡的序列"②。

---

① 浮士德、唐·璜、哈姆雷特原先皆属民间传说中的人物,它们分别由歌德、拜伦、莫里哀、莎士比亚等作家所借用。唐·吉诃德是西班牙大文豪塞万提斯笔下的人物;麦达尔都斯是德国作家霍夫曼塑造的人物;冯·阿夫特尔丁根则是18世纪德国名诗《歌者的战争》中的歌者。
② Van Gennep, A., *The Rites of Passage* (1908), London: Routledge & Kegan Paul, 1965, p. 3.

第二部分 文学人类学

这是人类生命的内容表述,亦是人类生命的形式体现。区别在于:人的生命的轨迹如何,人的生命个体作如何求索是一个方面;另一方面,无论人们的对待生命的态度有什么不同,作为一个完整生命形式总要"通过"三个基本的"阈限":出生、成年(或以婚姻为标志)和死亡。所以,我们无妨将这一谜语译解为最为简单的人类生命过程:从生到死的通过仪式。

这样,就把我们带入另外一个命题——仪式性展演的理解上,它既可以是一个通过仪式,也可以是一出作为"人"的完整无缺的戏剧。作为一个"传统的贮存器"(container),仪式素来为人类学家们所重视,特别对于那些属于"异文化"的无文字民族(no-literary nation)、小规模社会(small-scare society),大约相当于殖民时代西方人类学所惯用的"野蛮民族"和"原始社会";仪式不啻为人类学研究提供了一个观察和体验社会历史生活的不可多得的实践场域。诚如人类学家格尔兹所说的那样:"在仪式里面,世界是活生生的,同时世界又是想象的;……然而,它展演的却是同一个世界。"[1] 正是由于人类学长期对仪式研究的致力,人类学的仪式理论也因此蔚为大观。近三十年来,文学批评和戏剧理论叙事中大量出现仪式理论,"仪式"一词出现的频率也越来越高。

逻辑性地,仪式研究引携出了戏剧文学的人类学研究的一个"公共空间"(public space),而仪式也就成为一个公共话题。就仪式的性质特征而言,它是表达性的但不仅限于表达性;它是形式化的但不限于形式化;它的效用发生于仪式场合但不仅仅限于仪式性场合。"仪式之所以被认为有意义,是因为它们对于一系列其他仪式性行动以及整个社群的生活,都是有意义的。仪式能够反映价值和意义赋予那些操演者的全部生活。"[2] 既然仪式具有"贮存"历史的功能,也就意味着它具有"社会记忆""历史记忆"的能力和事实。以最简单的认知是,"社会记忆"基本上属于机能和能力,它必须建立在另一个前提之上:"社会叙事"(social narrative)。叙事经常被简约地等同于故事的讲述。其实,人的具体和抽象都

---

[1] Geertz, C., *The Interpretation of Culture*, New York: Basic Books, 1973, p.112.
[2] [美]康纳顿、保罗:《社会如何记忆》,纳日碧力戈译,上海人民出版社2000年版,第50页。

贯穿于"故事"之中。理查德森认为，人类的本质有多种表现形式，人除了"生物存在和经济存在"之外，还有一个基本的属性："故事的讲述者"（storyteller）。① 人是故事的制造者，故事又使人变得充满了想象的虚构。没有基本的"故事讲述者"，记忆便有束之高阁之虞。其间的关系理应是这样的：社会叙事和社会记忆互为依据，共同建构成为一个社会传承机制。

毫无疑问，仪式具备着社会功能，正像特纳所说："我们可以最终看到，作为特殊的强调功能，仪式的展演在社会进程中所起到的作用，在具体的族群中起到了调整其内部变化、适应外部环境的作用。就此而言，仪式的象征成了社会行为的一种因素，一种社会活动领域的积极力量。"② 那么，仪式的社会化功能如何作用于叙事呢？我们可以分为几个方面来认识：首先，按照叙事的基本形态，无论叙事是什么？讲述、解释、表现、记忆……都无法遮盖一个基本的事实："任何一种解释，只要它在时间中展开，在过程中时有惊人之处，知识仅仅得之于事后的聪明，那它就是一个故事，无论它如何纪实。"③ 换言之，叙事的"时间性展开"决定着它的历时性，从这种意义上说，它具有物质的性质。其次，时间的一维决定了叙事的过程。但是，叙事的过程并非一本"流水帐"，没有衔接，没有阈限。恰恰相反，叙事的过程刻意于事件过程的波澜起伏，仪式的力量在此起到了非常重要的作用。通过它的程序化的设置，使得叙事在过程中的关键阶段必须"通过"某种程序以保证叙事社会化和文学化。这样，仪式和文本构成了叙事的一个坐标。④ 这个简单的坐标让人们看到文学叙事的"文本"和"仪式"构成了纵横相交的"物质化形态"。这样，文学化文本与仪式性叙事便成为戏剧文学人类学研究拓展的一个新领域。

---

① Richardson, M., Point of View in Anthropological Discourse, see Brady, I. (ed.), *Anthropological Poetics*, Rowman & Littlefield Publisher, Inc., 1991, p. 207.
② Turner, V. W., *The Forest of Symbol: Aspects of Ndembu Ritual*, Ithaca: Cornell University Press, 1967, p. 20.
③ ［美］马丁·华莱士：《当代叙事学》，伍晓明译，北京大学出版社1990年版，第238页。
④ Bal, M., Experiencing Murder: Ritualistic Interpretation of Ancient Texts, see Ashley, K. M. (ed.), *Victor Turner and the Construction of Cultural Criticism: Between Literature and Anthropology*, Indiana University Press, 1990, p. 19.

第二部分 文学人类学

二

某种意义上说,"戏剧"就是上演人生;是"人生礼仪"的舞台剧。毫无疑义,人类学家中对仪式过程研究最为著名者非根纳普(Van Gennep)的《通过仪式》(*The Rites of Passage*)莫属。如果说,泰勒、弗雷泽等人类学家的研究还停留在将仪式作为社会生活的关联性"纽结",以突出"原始社会"的所谓"交感"联系的话,那么,根纳普则将仪式过程带入人类学的一个专门研究领域。换言之,前辈们所做的研究是"社会中的仪式";而根纳普做的则是"仪式中的社会"。正如其著作的名字一样,他首先阐明了所有过渡仪式(Transition ritual)的基本类型。这些过渡性仪式都包含着三个基本的内容"阈限"组合:即分离(separation)、过渡(margin-transition)和整合(reaggregation)。"阈限"(threshold)概念的建立和具有工具性的操作价值使得仪式理论因此具备了"模型"化的分析规则,它将人的生命阶段的物理性质社会化。人的生命过程与社会化过程在仪式理论中被整合到了一起。

当代人类学家维克托·特纳继承了仪式阈限理论,提出了著名的"社会戏剧"(social drama)概念,并将仪式作为一种结构性冲突模型来看待,使之享有"在物质性个案研究中将民族志图释为一个模型的大师称号"。[①]作为结构—功能主义者,特纳的仪式研究集中表现出对二者不偏废的努力。他袭用了根纳普"通过仪式"三段论理论;但在特纳那里,阈限成了"互动性结构形势"(interstructural situation)。他最具有理论特色的是所谓"两可之间",或曰"模棱两可"(betwixt and between),以强调阈限之间的相关性质。[②]较之根纳普,特纳的仪式研究更加深入并弥补了根纳普仪式理论中较为单一、刻板的毛病。同时他把仪式阈限理论中的象征意义挖

---

① Kuper, A., *Anthropologists and Anthropology*, Harmondsworth: Penguin Books, 1973, pp. 183 – 184.

② Turner, V. W., *The Forest of Symbol: Aspects of Ndembu Ritual*, Ithaca: Cornell University Press, 1967, pp. 93 – 111.

掘出来。他发现了仪式过程中几个重要的特征：（一）阈限的模棱两可性。在仪式的动态过程之中，具体的阈限并不总表现在一个方向上，它的功能表述亦非单一维度。一个阈限与另一个阈限的意义存在着"中间状态"——也就是所谓的"中间性"：一方面，它是仪式由一个阈限向另一个阈限延续的必要阶段；另一方面，它同时要把双边性质交待清楚。虽然这个"中间状态"与逻辑上的排中律看上去并不那么密切，但它所蕴含的仪式性象征指喻更为深刻。仿佛交通上的指示灯，由于红灯和绿灯直接与排中律发生关系，非"走"即"停"，在表示上显得具有紧迫感、焦虑感。黄灯却在行动上直接为红/绿的过渡提供"中间性"缓冲和缓和。（二）阈限之间可以化解其分类隐喻，比如"生—死""幼稚—成熟"等。虽然仪式的阈限理论和实践活动带有"工具和机械"的外部特征，其内部运动的意义却受到社会价值的象征意义控制。所以，任何仪式的"通过"其实是凭借仪式的形式以换取对附丽其中的象征价值的社会认同和认可。（三）仪式的阶段处于相对封闭和孤立状态，为另一种过渡提供了理由。虽然在特纳那里，仪式的阈限具有"两可之间"的性质，但这并不意味着阈限与阈限之间缺少相对的独立性。相反，每一个阈限本身不仅在能指上自我包容，而且也具有独立自主的"单位"意义。

伴随着一批现代伟大作家们争相把神话仪式意象带入文学，批评家也注意到了其中的盲点和泛仪式化的不足。毕竟，仪式展演与文学表现并非完全一回事。比如，在根纳普和特纳的仪式阈限理论和实践案例中，参仪者与祖先是在一个明确的、物器化、程序化的行为中建立合理的、逻辑的时间链关系。人们的情感"在具体仪式中是清楚的和确定的；在关键性的场合可以显现出它组成大传统的一个有机部分"。然而，当仪式被带到文学之中情况就不同了。在具体的仪式中，人们的情感基础是"低音部"；在小说和戏剧中情感复合交织成"多音部变化"。① 哈特曼在《超越形式主义》一书中曾对此有过讨论，他认为如果把《浮士德》视为同一个仪式的话，即特纳所言及的阈限关系——神圣与世俗之间，那么，浮士德博士的

---

① Hardin, R. F., *Ritual in Recent Criticism: The Elusive Sense of Community*, see (ed.) by Segal R. A. The Myth and Ritual Theory: An Anthology, Malden: Blackwell Publishers, 1998, pp. 181–182.

第二部分　文学人类学

生命旅程便模糊不清，"它总是通过不确定的、不可靠的对应关系和行为到达现实王国"①。他认为，小说艺术的时代已经到达了由一个从属形态进入了一个宗教或宗教化神话的继续和转换的时代。事实上，《浮士德》正好是一个"小说的神话中心时代和现代精神之间的桥梁"②。不言而喻，文学人类学的仪式理论批评和实践作为一个认知前提，首先必须要在"古典"和"现代"之间建立起一个合适的对接关系。对于现代文学来说，它或许还没有达到在古典神话仪式与现代精神之间真正的"范式转化"。

其实，"故事的讲述"就是"历史的讲述"，也是戏剧的表演。西文中的"历史"的本义为"他讲的故事"（his-story）。既然如此，两个"f"：事实（fact）/虚构（fiction）的错综复杂便不可避免。因此有必要加以甄别和厘清；特别是所谓的"他者的故事"（other histories）。一个既承的事实是：在现代历史学中，欧洲被描述成为具有"独一性"（uniqueness）和"一致性"（unity）。"他者"却被排斥在了"我者"的历史之外，或者被放在了一个完全不同的时间里。③ 历史就是这样被"制作"出来。而这样的历史其实是自我概念的制造者，对自我的行动负责。④ 它不仅直接构造出族群记忆的社会结构中的知识系统、权力话语和资源配置，而且，一个族群的族性认同（ethnic identity）也与之有着密切关联。作为神话—仪式这样一个历史"贮存器"，事实成了一种最具权威的族性和历史记忆形式。它讲述了什么，展演了什么，遗留了什么，记忆了什么都清清楚楚，使我们有机会看到一个社会、民族是怎样进行记忆的：什么被剔除了，什么遗留了下来；什么是事实，什么是虚构；虚构怎样成为一个"事件"，并构成历史的一部分。

萨林斯曾经在他的著作《历史的隐喻与神话的现实》一书中精巧地以夏威夷神话仪式与库克船长的历史传说为例，彻底打破了"想象/历史""神话/现实"之间的貌离神合的价值界线，在虚拟与事实、主观与客观的内部关系的结构中再生产（reproduction）超越对简单真实的追求，而寻找

---

① Hartman, G. H., *Beyond Formalism*, Yale University Press, 1970, pp. 21 - 22.
② Hartman, G. H., *Beyond Formalism*, Yale University Press, 1970, pp. 305 - 310.
③ ［丹麦］海斯翠普、克斯汀：《他者的历史：社会人类学与历史制作》，贾士蘅译，台北麦田出版1998年版，第14页。
④ Sahlins, M., *Islands of History*, Chicago: University of Chicago Press, 1985, p. 152.

到另外一种真实——"诗性逻辑"（poetic logic）。① 历史在此一如神话，本身就是一种叙事。它有一套规则："夏威夷的历史经常重复叙述着自己，第一次它是神话，而第二次它却成了事件。"② 其中的对应逻辑在于：一，神话和传说的虚拟性正好构成历史不可或缺的元素。二，对同一个虚拟故事的复述包含着人们对某种价值的认同和传承。三，叙事行为本身也是一种事件和事实，一种动态的实践。对某一种社会知识和行为的刻意强调或重复本身就成了历史再生产的一部分。它既是历史的，也是真实的。知识的再生产仿佛社会的再生产。布尔迪看到了这一点："社会事实是对象，但也是存在于现实自身之中的那些知识的对象，这是因为世界塑造成了人类，人类也给这个世界塑造了意义。""与自然科学不同的是，完整的人类学不能仅限于建构客观关系，因为有关意义的体验是体验的总体意义的重要部分。"③ 所以，社会意义实质上为"双重解读"（double reading）的果实。

胡克曾经注意到在近东和爱琴海地区中的神话和仪式作为一种文化的交汇点并不局限于像马林诺夫斯基和德拉克利夫-布朗等人类学家所看到的"功能性存在"。他认为，神话经常用于对仪式进行曲折的调整和协同，这使得多种文化相互作用的模式和所观察到的"事实"显得相当具有一致性。这些材料通常可以在更加广泛的意义上作认同：这便是人——作为应用符号的动物——不仅仅只作行为需要上的解释，还要给其以语言或其他"符号"行为上的理由。神话和仪式本身就具备了"事实"与"理念"的相互作用。④ 换言之，人作为生物的动物和社会文化的分子，必定同时具有多种"事实"的认定可能。它既是"本文"（存在化、物质化的事实），又是"文本"（人文化、精神化的事实）。两种"事实"都可同视为叙事。它既具有"肇因论神话"（the aetiological myth）的发生性基型，同时，又

---

① Sahlins, M., *Historical Metaphors and Mythical Realities*, Ann Arbor: The University of Michigan Press, 1981, pp. 10 – 11.

② Sahlins, M., *Historical Metaphors and Mythical Realities*, Ann Arbor: The University of Michigan Press, 1981, p. 9.

③ ［法］布尔迪、皮埃尔：《实践与反思——反思社会学导引》，李猛等译，中央编译出版社1998年版，第7—9页。

④ Hooke, S. H. ed., *The Labyrinth*, New York: Macmillan Publishing Company, 1935, p. IX.

第二部分　文学人类学

为"后发生学概念"——为后来进行各种分析提供重要的本源性价值。我们可以在很多神话的事例中看到仪式的"后续事实"（after the fact），也可以看到新神话产生出的新仪式。许多事实和例子说明，神话和仪式在缘生上趋向于相互作用和影响。① 据此，我们可以从"神话/仪式""本文/文本""事实/虚构"的双重表象中感受到机制化形式变化的巨大的话语表述能力和诠释基础。

需要指出的是，在对古典学的历史研究中，许多学者循着神话仪式所引导的"事实"寻索，却经常忘却了一个更为重要的"事实"：即神话和仪式本身也构成了一种颠覆不破的事实——非纯粹作为载体的神话。换言之，出于某种职业习惯，学者们不停在论证或寻找"神话中的事实"，忘记了作为神话事实的本体要件。有时甚至连基本的认知和认同准则都出了问题，忽略了像"神话和仪式为什么是这样而不是那样"的缘初性问题。这是因为人们通常已经习惯于把神话仪式当作一个认识、反映和解释世界的文本手段，孰不知，它也可以被当作一种相对独立的事实。"神话就是一种重要的社会和文化的事实，因为神话本身分享和分担着社会存在的一个基本方面。"② 事实上，任何神话和仪式无不成为自然和真实（truth）的一个社会媒介机构，它将自然的事件以转换的形态和面目出现，因而变得非常特别。

不幸的是，现代社会的研究者和观察者们经常误将社会中"神话交流的理由"和"社会中神话交流本身"混为一谈。然而，神话仪式作为社会生成形态的一个部分，只是暂时存在的形式，而非存在的理由。如果神话的存在形式被误认为是它的存在理由，那么人们只能从其形式中轻易而片面地去获得相关的信息。据此，穆兹认为马林诺夫斯基从神话中看到一种"功能"；列维-斯特劳斯看到一种"社会冲突的和解"都犯了同样的错误。③ 从这个意义上说，我们在讨论神话仪式叙事中的变形的时候，也不能简单

---

① Kluckhohn, Myths and Rituals: A General Theory, （orig. 1942）See Segal, R. A. （ed.）, *The Myth and Ritual Theory*, Blackwell Publishers, 1998, p. 329.
② Munz, P., *When the Golden Bough Breaks: Structuralism or Typology?* London and Boston: Routledge & Kegan Paul, 1973, p. 118.
③ Munz, P., *When the Golden Bough Breaks: Structuralism or Typology?* London and Boston: Routledge & Kegan Paul, 1973, pp. 119 – 120.

地将它视作一个形式和手段。它本身也具备着自我说明的"事实"。以民族学、人类学的眼光,人类的行为和创造都可以理解为"历史的事件和事实"。人们"造神"具有一个历史的需要和必要。人们当然可以把"神"视为虚幻;但我们必须记住:人类创造这些"虚幻"的过程与结果完全真实。仅此一款,我们至多只有部分权力(承认作为个体的认知权和解释权)说:"那些结果是虚构的或虚假的。"退而言之,即使按照现代学问"证真"的嗜好,我们同时应该给予"虚构"思维、活动和行为以事件和事实的真实性确认。而且,就在我们面对任何"虚构"的时候,它本身就呈现了一种"历史记忆"的事实。

考察西方戏剧文学,酒神狄奥尼索斯不能不是一个需要给予充分关注的形象。因为他既是一种祭仪,西方戏剧的原始肇端,艺术门类的美学发生学基因,文学的原型批评的一个重要依据,同时也涉及古希腊的城邦(city-state)制度,跨境跨国的多民族交流的历史实践,也是还原"西方中心"中"东方因子"的一个过程。然而,在"西方中心"的知识体系和价值理念的历史作用下,在西方"民族—国家"(nation-state)的近代国家体制的作用下,酒神已经的彻底地"想象化"了。"想象"在这里并非简单地"无中生有",而是在某一种权力话语的操控下对具有历史价值的"事实"和"事件"进行制作(making)的过程,因此,它可以是有历史依据的、有限度的和策略性的。安德森有过四个特质的规定:即想象的、有历史事实的、有限的和共同体的。[①] 如果说"民族主义"是"想象的",那么,"西方中心"的历史价值同样不能逃脱"想象"的干系。本文选择酒神为例作历史性的诠释,旨在揭示酒神充满着非西方的"边缘形态的异质性特征"。至少通过这样的研究,使我们清楚地看到,酒神神话和仪式叙事本身充满着的"想象",同样它又被西方中心的价值论策略性地"被想象"着,这一历史过程的同构不断地发生作用。当然,人们注意到,所谓"想象的共同体"实指"民族—国家"形态,但它同时成为历史解释的一部分。我们今天所看到的戏剧文学,哪怕它的发生形态属于远古,都羼入

---

① [美] 安德森、班纳迪克:《想象的共同体:民族主义的起源与散布》,吴睿人译,时报文化出版企业股份有限公司2000年版。

了后来各历史时段和形态的知识积累和堆垒。这是不言而喻的。

三

显而易见，文学人类学研究取向中的重要目标是叙事范式的革新。这种范式革命在仪式研究中找到了一个着陆点。首先，叙事范式可以理解为一种物化结构。列维-斯特劳斯结构主义的基本原则为二元对峙；即在文化叙事结构中，两种对立的因素总是存在并成为基础性结构要素。不少批评者喜欢把结构主义说成机械的教条主义。其实，斯特劳斯本人也并不总把这种结构关系绝对化；但他固执地认为，只是在仪式当中绝对存在。从某种意义上看，文学叙事颇似仪式，存在着一个范式的内部结构。比如莎士比亚戏剧就有一个文化的结构，本质上说它与现代的结构主义并无不同。换句话说，仪式本身兼具叙事的双重指示：一，它首先可以理解为某种文化文本的物质形式和载体；有着可量化的因素：人物、时间、地点、场景、器具、程序等。这些条件的实现以及不同的关系组合，使得仪式结构的叙事有了基本的依附。二，在仪式的叙事范式中，结构要素是限制性的，意义却是非限制性的。因为它同时受到作者、叙事者和诠释者不断重组的作用。

至于文学叙事的内部结构，免不了存在着二元对峙律的"双位制"（doubles）悖论。存在即是悖论。仪式化叙事特别突出。莎士比亚戏剧也是如此。悲剧之所以可以界定，首先因为它带进了一组不能相容、无法调和的"二元对峙"关系。就概念而言，它带有通则性，也是悲剧不可或缺的基本结构要素；否则，悲剧就无从定义。但是，"二元对峙"因素并非绝对不含有一致性的"双位制"。这样的结局往往更具有悲剧效果。莎士比亚的悲剧英雄并不总是相互杀死对方，是因为他们之间的对峙性。但如果以这样的方式解决矛盾，就失去了对峙因素中的同一性。这种结构关系在原始的宗教仪式中普遍存在。[①] 在莎士比亚悲剧中也普遍存在。我们只

[①] Girard, R., *Shakespeare's Theory of Mythology*, Proceedings of the Comparative Literature Symposium, 1978, 11, p. 112.

要看一下《哈姆雷特》就能明白。哈姆雷特之所以在"忧郁"中徘徊，就是因为他在与叔叔的"二元对峙"关系中不能构成简单的"排中律"。在这种双位制里，他和叔叔同时并置着"对峙/一致"的"双位制度"。杀死对手不能造成最为震撼人心的悲剧效果，反之，杀死对手正好是"自己的处决"。简单的责任和使命只能让行为涂上一些悲壮的色彩；延宕的仪式性"通过"——不能行动而不得不行动才造化出悲剧的力量。

对于莎士比亚戏剧中的仪式化叙事，早在古典人类学兴盛时期，学者们就注意到了其中的神话仪式内涵。更重要的是，这样的研究不是简单地比较类同，而是试图在莎剧中找到与仪式之间发生在形态上的"基型"（prototype）叙事。穆雷在1927年发表了《诗歌中的古典传统》，直接把古希腊戏剧与莎士比亚戏剧进行比较，他发现莎剧与古希腊戏剧之中的仪式性叙事基型，即都有在祭祀仪典中通过祭献牺牲的程序达到对生命的认知、宣导、净化。这样的矛盾冲突事实上反映出人类祖先在自然威慑力之下的痛苦与无奈，从而创造出另外一种超自然力量"神族"系统来取得对自然力的约制。这样，仪式便成了人类与神祇进行交流与沟通的介体：它不仅仅是一种简单的形式，仪式也可以理解为人类理念与行为整体本身。莎士比亚戏剧正好达到了"仪式戏剧"（戏剧包含着明确的仪式发生学特征）和"戏剧仪式"（戏剧在表现上的仪式性形式和功能）的完美整合。人们非常容易看到、找到、体会到人类在仪式行为中的角色、符号和意义。类似的研究在第二次世界大战之后更加热烈。维辛格（Weisinger, H.）、弗莱、沃特（Watts, H.）、弗格森（Fergusson, F.）、赖特（Knight, G. W.）等人纷纷著书立说，讲述欧洲中世纪戏剧、文艺复兴时期的戏剧，特别是莎剧都与仪式血脉上的关系。[1]

学者们的研究尽管有着各自的角度和特点，却有一个共同的特征，从仪式叙事入手去探索戏剧的范式表述。因此戏剧与仪式的关系已非我们所理解的亚里士多德定义中的"摹仿"概念——停留于形式上的仿效；仪式与原始戏剧不啻为人类生命体验的过程。在这个过程中，形式与内容、主

---

[1] Meletinsky, E. M., *The Poetics of Myth*, Trans by Lanoue, G. & Sadetsky, A., New York and London: Garland Publishing, Inc., 1998, p. 75.

体与客体无法截然区分。一旦真正将仪式与戏剧区分开来,"做戏"便宣告开始。简言之,"前戏剧"形态(仪式)与戏剧形态的差别在于:"前戏剧"形态是人类生命和生活的"本我"行为;而戏剧形态是"摹仿"行为,是"做戏""演出"行为——对本我行为的夸张、变形和剧场化。戏剧在对仪式的摹仿态度和情感表现上作了理性的选择,并使之在戏剧表演上类型化。从某种意义上说,悲剧、喜剧、正剧还有后来的各种剧种,皆可视为对"前戏剧"行为中的情感和表述进行类分。沃特认为,喜剧是再生神话和仪式的戏剧;悲剧则更接近于神话和仪式生命态度的本身。在神话和仪式之中,生命的延续存在着一个循环的程序。生命圈的展演为"圆形",具有重复的意象。这也就是为什么意大利诗人但丁在他的巨制之前冠以"喜剧"的原因;因为他看到社会的发展与变化含有某种普世性质和重复特征。而悲剧的生命历程却是"线性"的,现实生活中生命的运动沿着时间的一维性一贯而下,不可改变,无可挽回,也不能重新选择过去。[①]

文学的叙事结构也由基本的符号指示功能性制度所组成。由于文学叙事依靠语言作为物质化工具来传递思想,符号作为叙事结构的基础功能自然格外受到作家们的重视,特别是诗歌形式。因缺乏情节的历时性引携,其意涵完全依据作者用语言文字的功能组合来表现作家的意图;而语言文本的内部储存容量与读者在阅读和诠释背景下的伸张尺度全凭叙事本身的内部物质材料和结构范式所规定。从这个意义上说,仪式类似于文学的叙事:一方面仪式是由一系列的物质形态所构成,许多组合"材料"甚至可以量化:时间、空间、场景、"道具"等。另一方面和语言文字的物质化功能相似,在特定的文字叙事的范式中,这些物质化的"材料"除了其原来所具有可感性质地,它还具有很大的隐喻性"结构语义"。"隐喻本身就是一系列复杂单位综合于一体的确认形象,籍以表达一种复杂的意义。"[②]

波德金曾以原型符号结构的方式对戏剧"英雄"进行分析,认为"英雄其实就是在神和魔鬼之间摇摆不定的原型性形象"。"摇摆"(oscillation)

---

① Meletinsky, E. M., *The Poetics of Myth*, Trans by Lanoue, G. & Sadetsky, A., New York and London: Garland Publishing, Inc., 1998, p. 76.
② Read, H. E., *English Prose Style*, Boston: Beacon Press, 1952, p. 3.

成了她用于分析文学叙事中英雄形象的一个原则。她认为在弥尔顿的背后隐蔽着对撒旦形象的原型意图。对于撒旦（恶魔）原型的理解，首先要建构出一个代表人类最高理想的"乐园"和一个代表作为个性化欲望的"失乐园"，即非天堂化的二元建构。只有建立了这样的社会伦理和价值系统，进而把撒旦式的形象作为一种对立、背叛"乐园"的形象来处理，就有了人类"恶"的基因。"英雄"便是两种基因的混杂并不停地在两极中间摇摆。悲剧因此不可避免。莎士比亚悲剧《奥赛罗》便是一个标准的范例。波德金认为，恶魔艾古在《奥赛罗》悲剧中完全充当了荣格心理原型结构的"影子"，他其实是英雄奥赛罗无意识层面的"阿尼玛"（anima）。[1] 两种原型中的"真实存在"在悲剧叙事结构的二元对峙关系里面不断地挣扎：爱/恨、崇高/卑贱等不可解的符号叙事化构造，无以避免地将"英雄"带往通往悲剧的道路上去。推而广之，西方戏剧文学中的"英雄命运"和行动过程便可以理解为一种仪式性的结构叙事——生命的通过仪式。

---

[1] Meletinsky, E. M., *The Poetics of Myth*, Trans by Lanoue, G. & Sadetsky, A., New York and London: Garland Publishing, Inc., 1998, p. 80.

论古希腊剧场的空间形制

原始剧场空间的神圣性

古希腊的戏剧剧场是一个政治地理学空间形制中的有机部分;这个空间形制包括神圣信仰、城邦政治和世俗表达的结构整体,戏剧主题基本上贯彻了三者合一的明确线索。换言之,古希腊戏剧艺术与剧场的空间格局形成了一条纽带。古希腊戏剧中的"神"是一个无形的"在场角色"。因此,剧场的神圣空间首先表现为对神的信仰,众所周知的"神谱"不啻为当时父系制社会的神话图谱。希腊悲剧的一条主线就为命运主线——抗拒和反叛神谕的悲剧。这组成了剧场空间形制中第一个空间关系,即对神的信仰空间制度。

古希腊社会属于典型的父系制社会;宙斯为"众神之父"。赫西俄德的《农作与日子》传递了希腊神谱的一些线索:一些人是由宙斯创造的,另一些人则由比宙斯更早的神,即克洛罗斯(Chronos)时代的神创造的。这些"角色"都是男性,他们无不占据着神圣空间。在原始的亲属制度中,父系制占据共同空间并被加以神话化,在世界民族志中基本上属于通则。更有意思的是,像宙斯这样的神原本是一个超越了简单地理空间的产物,是一个不同地域和族群交流的"希腊化"神圣符号。宙斯这个词根与印欧语根有关系,拉丁文 dies-deus、梵文 dyeus 同样有印欧语根;与印度的特尤斯天父(Dyaus Pita)、罗马主神朱庇特(Jupiter)一样,Zeus Pater,即宙斯天父(Zeus Pere)直接继承的是上天伟大的印欧神。[①] 这种父系制

---

① [法]皮埃尔·韦尔南:《古希腊的宗教与神话》,杜小真译,生活·读书·新知三联书店 2001 年版,第 28 页。

度的神圣化和拟人化成了剧场的信仰空间制度的历史背景和社会基础。

于是，在剧场空间形制中，神圣的空间表达便有了"话语"性质，成为古希腊戏剧的一个主控叙事（master narrative）。它经常将神的意志（神喻）与人的生命（命运）演变为一个并置却不可调和的剧情冲突，以展现悲剧的效果。这一寓于强烈的话语叙事奠基了戏剧和剧场的空间秩序和制度。福柯在《知识考古学》中对话语秩序的两个主题做过这样的解说：

> 第一个主题认为在话语秩序里，要确定一个真正事件的介入是永远不可能的；并认为在所有表面的起始之外，还有一个秘密的起源，它如此神秘，如此独特以至无法完全在其自身把握住它。以至人们就注定通过朴实无华的编年学，被引导到一个无限遥远的起点，一个从未出现在任何一部历史中的起点；而那个起点本身可能是自己的一个空无。[1]

神圣空间的"无形"（空无）在原始剧场中是以"有形"来实现的。以神为"中心"的空间认知早在人类远古时代就已形成，并在原始剧场的空间形制中打上了烙印。根据古希腊的神话传说，"世界中心"的希腊语为"欧姆发罗斯"（Omphalos），意为"脐石"（navel-stone）。围绕它有一个古老的创世神话：天神由浑沌创世，浑沌为"元"，为"空无"；既无秩序，亦无中心。为了确定"天下的中心"，天神遂派两位天使向两极相反的方向飞行寻找，最后在底尔菲（Delphi）会合，那个会合点即是"天下中心"——世界的中心有了空间上的立基点。上帝就在那个点上打造了一块"脐石"（navel-stone），即现陈列在希腊底尔菲博物馆内有一块饰以网状织物的蜂窝状石头。它代表着宇宙中心——神的空间，也因此被人们认定为最具有感召力的神谕者。并非巧合，那里的太阳神阿波罗和酒神狄奥尼索斯的两个祭祀遗址连在一起，形成了戏剧发生意义上的空间表述。

这种神圣关系反映在剧场空间的形制在古希腊很具有代表性，我们以

---

[1] ［法］米歇尔·福柯：《知识考古学》，谢强、马月译，生活·读书·新知三联书店1998年版，第28—29页。

雅典卫城的空间制度为例加以说明。古希腊的原始城邦大都有一个至高点，也就是"中心"。这种以城市为核心所建立的国家政治体制，先以确立神位和信仰中心，进而是权力中心、地域中心、结构中心。现存的雅典卫城遗址 Acropolis 不失为西方古代国家形态"城市国家"的标准模型。"Acro"意为地理上的"高点"，延伸意义为神性、信仰、崇高和权力。这样的模型首先彰显出宗教的崇高性、神圣性，其次是在神面前的公共性和民主性。

从雅典卫城的空间形制的遗址考察，人们可以清晰地看到原始的剧场与神圣的信仰和酒神祭祀连在一起。事实上，原始戏剧和剧场就是神祭仪式的演化。我们在雅典卫城遗址中看到三个不同意义和隐喻的空间制度。

神圣空间——政治空间——世俗空间

神圣空间为著名的帕特农神殿，它座落在雅典卫城最高处，也是整个雅典城的至高点。政治空间表现为城邦民主共和的雏型，它的空间范围是神殿外、台阶下的一个公共空地，后演变为议事场所。世俗空间则地处山地的底层，酒神圆型剧场遗址便在那里。学者们根据大量历史材料和剧场实景，描绘出戏剧和戏剧的空间体制。[①]

我们可以从这个空间形制中清楚地看到，对神的崇拜信仰、城邦政治、民主意识、戏剧表演、城市建筑等从建筑上形成了一个空间整体。雅典卫城的空间格局存在着一个谜结，即雅典的守护神为雅典娜，可雅典娜神殿并不在雅典卫城最高点，却在低于卫城不远的小山坡上。何以如此？柏拉图在他的"理想国"模型中为人们提供了解释这一谜结的根据。柏拉图"理想国"的空间秩序完全是波赛冬式的而非雅典娜式的。因为作为雅典的庇护神，雅典娜神圣的政治权力中心按照几何空间的区位划分与波赛冬的不一致，其空间方向也不一致。[②] 换言之，雅典娜所代表的信仰空间

[①] Wiles, D., *Tragedy in Athens: Performance Space and Theatrical Meaning*, Cambridge University Press, 1997, p. 57.

[②] Wiles, D., *Tragedy in Athens: Performance Space and Theatrical Meaning*, Cambridge University Press, 1997, p. 2.

属于更早的、过时的母系制；而雅典卫城这样的空间建制强调的是神圣的父系制社会空间。有学者通过对"神圣"的拉丁语词的溯源，发现神以及与之相符的品性从一开始就由父系制空间来界定：即"神/神圣/全知全能"系由确定的"殿宇/方位/仪式"的空间制度加以表述。[①] 在剧场形制中，父系制社会空间转换为神圣的殿堂空间，与古希腊戏剧相对应，主导人物命运"神喻"的根本正是"神圣"的父系制转化性表述。

古希腊剧场的政治空间体制

实现"神圣空间"的空间层次是政治空间。它通过与神圣空间的联接，托起了政治性公共制度的规矩与惯习。"波里斯"（polis）既是古希腊城邦制的原始形貌，也是政治学（politics）的词源，而"波里斯"首先是空间概念，它将自然空间和城邦空间融为一体。古希腊城邦的建制有一个特点，即选择所属范围内自然高地作为城邦"首脑"来建设。所以，作为"波里斯"的一部分，在原始剧场的空间形制中，"在神的面前"讨论、商议各种重大公共事务，便有了正统性和公正性。城邦的"中心""中间"也有"公共"的延伸意味；比如希腊语说：某些决议或某些重要决定应该"放在中间（中心）"。国王原有的特权，甚至执政权也应该"置于中间"，"置于中心"；这种权力关系还必须展现和展示在"公共场域"之内。

近来有学者在对希腊古典学进行研究时发现，柏拉图的"理想国"是按照"波里斯"的原型设计的；旨在描绘人类在失去神性之前的那个黄金时代理想城邦的蓝图。他所构拟的理想"波里斯"是人体的缩影，由两个部分、两种性质所构成：头为人的灵魂居所，因而处于政治权力的中心位置，另一部分则处于从属位置和地位。他甚至认为，所谓的"共和"（The Republic）其实就是提供一个空间来容纳诸神所发表的意见。依据他的世界空间格局的模型，神只负责"头脑"和"灵魂"部分，处于权力的中心控制枢纽。神圣的祭祀行为也要符合这样的双重对应关系。因此，在这个

---

① Colpe, C., *The Sacred and the Profane in Encyclopedia of Religion*, Vol.II, Micea Eliade (ed.), New York: Mac Millan Publishing Co., 1987, pp. 511–513.

第二部分 文学人类学

意义上,宗教与政治从一开始便具有了转化的社会效力。也就是说,古希腊剧场的政治空间与城邦国家的民主政治从一开始就密不可分。

"共和"的原始意思指的正是在公共空间(议事场所),以及其中具有的"公正""公开""公平"属性,以强调"公民""公众""公权",借用公共空间来表达早期国家的边界范围和人群共同体的认同意识。这种原始的中心价值甚至还被运用于城市的规划、设计与建筑。比如在防御工事环绕的王宫周围形成了城市的中心,它是"公众集会广场",是公共空间,是安放"公共之火"(Hestia Koine)的地方,也是讨论大家共同关心的事务的场所。城市本身反倒被城墙围了起来,保护并限定组成它的全体市民。在过去耸立着国王城堡(即享有特权的私人住宅)的地方建起了为公共祭祀而开放的神庙……城市一旦以公众集会广场为中心,它就已经成为了严格意义上的"城邦"。①

作为一种特殊的空间表演艺术,剧场的建设必须首先确立地理方位上的空间位置。从古希腊戏剧的空间形制和连带因素来分析,它与希腊城邦制度建立时的城市格局有着密切的关系;也与城邦政治与市民兴趣相辅相成。因此,戏剧的原型与早期的希腊城区格局互动与觞滥,包括我们所说的悲剧、喜剧和酒神颂歌。需要特别强调的是,剧场的原始空间代表了乡土性、民间性和世俗性。根据考证,早先的城区和戏剧并置一畴、融于一体而称作"城剧"(deme theatres)②,有不少考古材料和历史遗址支持这个论断。③ 我们设想当时那些观众就坐在城墙上观看城剧。也就是说,戏剧从一开始就具备"公共空间"的人群集体活动形式。无怪乎,有学者从另外一个角度来诠注戏剧的发生学原理,认为希腊戏剧其实与"广场"(agora)的原始指称有关。④

---

① [法]韦尔南、让-皮埃尔:《希腊的思想起源》,秦海鹰译,生活·读书·新知三联书店 1996 年版,第 33—34 页。

② deme,案指古希腊 Attica 的市区,系希腊城邦制度下的一个特殊的行政区划。

③ Pouilloux, J., *La Forteresse de Rhamnonte*, Paris, see Wiles, D., *Tragedy in Athens: Performance Space and Theatrical Meaning*, Cambridge University Press, 1954, pp. 72 – 78.

④ Wycherley, R. E., *How the Greeks Built their Cities*, London, see Wiles, D., *Tragedy in Athens: Performance Space and Theatrical Meaning*, Cambridge University Press, 1962, p. 163.

大量历史证据和考古资料为我们理解古代希腊戏剧提供了基本思路：首先，剧场的广场空间指喻。古希腊的广场首先是政治集会，其次才是商贸中心。它讲述这样一个事实：戏剧从一开始并非纯粹的艺术，它是一种实现民主政治的民间活动。戏剧雏型和剧场的原型中不仅渗透着政治的空间指喻，而且成为其表现手段之一。任何政治派系、显要人物在发表他们的政治观点时，都必须借助戏剧场所，也或多或少地使自己的言行"戏剧化"：比如政治演讲、雄辩、论争、招揽观众和听众等都变得不可缺少。今天西方的许多政要的"政治演说"也与戏剧的渊源背景有关。

首先，戏剧的原型是祭祀仪式。[①] 它更接近于民间宗教行为，表现出了多重复杂和交织的力量。从这个意义上说，希腊戏剧的原初性式徵与"城邦—国家民主政治"相统一。此外，广场的基本功能之一是用于民众的货物交换。广场可以容纳各式各样的人物和货物。人们利用这样的空间接受演出的可能性相对地大。在中国，"社戏"的原生形态与此有着异曲同工之妙。而城市的出现必定会应其需求产生或培养出一批专务于商业贸易的商业阶层，同时也产生出以城市居民为主的市民阶层，戏剧的发展和演变与市民意识建立了密切关系。希腊的"城剧"说明了这一点。这与中国的戏剧产生有相似之处。

其次，公共空间的仪式功能。由于仪式性的"戏剧表演"成为凸显政治权势、荣耀感的实现形式；并通过时间、空间、程式、人物、器具等的加以实现。仪式和戏剧一样，都可以成为政治权力、观念价值等的建构政治空间的伦理秩序，进而操控权力和资源配置。仪式叙事和戏剧情节在这方面非常相似：即预先设计出时间、地点、气氛、主次等的差别；在一个特别的社会公共场合里面，某一个"位置"、某一截时间、某一种道具在某一个空间领域被提示出来，表现出来，凭附其上的便可能是一个公众认可的伟人，一种公众认同的崇高，一桩公众认识的事件，确立相应的空间范畴。

最后，原始戏剧空间的边缘形态。古希腊的戏剧与酒神狄奥尼索斯祭

---

① ［古希腊］亚里斯多德：《诗学》，罗念生译，人民文学出版社1982年版，第3页。

祀仪式有着不解之缘，在现存的希腊悲剧中，大部分都是为雅典的狄奥尼索斯埃洛色勒斯（Eleutherus）而写。① 酒神在神谱中的地位非常奇特，他事实上是一个"民间代表"，以一种草根形象和方式参与民主政治，具有明显的"边缘性"：1. 从地理空间和位置来判断，许多考古发掘的资料表明和推断，现在所发现的狄奥尼索斯祭祷仪式和希腊的"圆型剧场"遗墟都不在城市的中心位置。笔者曾经专此问题亲赴希腊进行过考察，证明所有的酒神剧场的遗址或地处城市的郊区，或卫城的边缘，或祭祀遗墟的角落。2. 以酒神狄奥尼索斯同名典出的历史上被称作为"乡村的狄奥尼西亚"（rural Dionysia），明白无误地告诉了历史事实；而且它一直作为一个专属性指谓。3. 从"城邦国家"的政治体制和与之发生关系的酒神祭祀活动的组成形式来看，戏剧表演并非头等重要的事情。在与广场相伴的系列活动中，"戏剧"的位置是殿后的。即使在"乡村的狄奥尼西亚"广场活动里面，戏剧表演亦为附加节目。②

酒神原型与戏剧空间

酒神的戏剧文学原型价值为文学人类学的仪式研究提供了一个原生形貌。文学叙事总会不停地出现酒神原型。原型，就文化符号的叙事原则与仪式在生命体验的意义上可以搁置在一起来看待，荣格曾就"原型"的"原"作过原则性的注释："Archaic 这个词的意思是原始的，根本的……但事实上，我们已将我们的主题扩大了，因为并不只有原始人的心灵运行程序才能称为古代的。今天的文明人也同样有这种特性。而且，这些特性的出现也不仅仅是间歇性的'返祖现象'。相反，每个文明人，不管他的意思的进展如何，在他心灵深处仍然保持着古代人的特性。"③ 批评理论大师弗莱继承原型理论并有重大发展，特别是将心理分析理论作了对象上的应用、发挥和提升。比

---

① Robertson, N., *Festivals and Legends: the Formation of Greek Cities in the Light of Public Ritual*, University of Toronto Press, 1992, p. 12.
② Whitehead, D., *The Demes of Attica 510 – 250 BC*, Princeton University Press, 1986, p. 213.
③ [瑞士] 荣格：《探索心灵奥秘的现代人》，黄奇铭译，社会科学文献出版社 1987 年版，第 118—119 页。

如他对原型结构的文学叙事有着独特的看法："我所取名的原型（archetype）是一种典型的或重复出现的意象。我用原型指一种象征，它把一首诗和另外的诗联系起来，从而有助于统一和整合我们的文学经验。"① 不言而喻，仪式作为一种"文化的贮存器"和"记忆的识别物"，内存和积淀了大量的原型要素，差别只在于仪式的表现更加具有实践行为的特征，而原型的文学叙事则更具形象化。比如，文学的生死母题原本与仪式生死主题并无二致：它们都来自人类早期对于自然律动的"互渗"和理解。

酒神祭仪和酒神精神所以成为一种最重要戏剧文学叙事类型，根本原因在于它聚现了人类生命体验和生死母题。荷马在《奥德修纪》中对二者有过精细的描述。尼采断言："荷马式的人物的真正悲剧在于生存分离，尤其是过早分离。因此，关于这些人物，现在人们可以逆西勒诺斯的智慧而断言：'对于他们，最坏的是立即要死，其次是迟早要死。'"② 于是，忘却死的烦恼或希冀死后再生也就成了人们永恒的"心理情结"。酒神不独可以制造出醉境和迷狂，排解、释放由此所造成的积郁，而且酒神与再生母题有直接联系。无论是酒神狄奥尼索斯抑或是他在埃及、小亚细亚的复本奥西里斯、杜穆兹（Dumuzi）都有死而再生的能力。"狄奥尼索斯的神话有许多形式。有一种说，狄奥尼索斯是宙斯和波息丰的儿子；他还是小孩子的时候就被巨人族撕碎，他们吃光了他的肉，只剩下他的心。有人说，宙斯把这颗心给了西弥斯，另外有人说，宙斯吞掉了这颗心。无论哪一种说法，都形成了狄奥尼索斯第二次诞生的起源。"③ 所以，古老的酒神祭祀仪式中有一奇特的仪式："一个想象的上帝生殖器被伟大的母亲祭司簇拥着，信徒们（多为女性）疯狂迷醉，放荡不羁。把想象中的神圣小灵物（即生殖器）撕碎后吞食，这样便把神性注入自己，从而获得了巨大的再生能力。"④

远古时期，人类的生死母题与自然界各种物类的演变进行着直观的参

---

① ［加拿大］弗莱、诺思洛普：《批评的剖析》，陈慧等译，百花文艺出版社1998年版，第99页。
② ［德］尼采：《悲剧的诞生》，周国平译，生活·读书·新知三联书店1986年版，第12页。
③ ［英］罗素：《西方哲学史》上卷，何兆武、李约瑟译，商务印书馆1976年版，第41页。
④ Leeming, D. A., *Mythology*, New York: Newsweek Books, 1977, p.13.

照、直接的参与和直觉的认知。人类学家布朗甚至将来自自然的变化因素放到社会结构中来考察。他说:"自然现象诸如白天、黑夜的轮替,月亮的形态变化,季节的行进,变幻的气候,无不对社会产生作用……人类的这些自然的生命循环表现特征之于社会的存在具有着非常重要的意义。"① 人类对生命体认的社会背景依据来自于生命的自然演绎。无怪乎在原型研究领域里,生命母题("生—死—再生""生—半死—死亡""生—替死'替罪羊'"等)一直是一个体现原型价值的具体单位叙事。换言之,所谓原型,其实指"缘生类型"或"原始类型"的本来意义,即是对具有明确文化倾向的主题的类型化演绎和表述。而母题(motif)正是原型的具体化。弗莱的原型批评理论的基础性工作是自然的四季节律、生物种类的生命形态、人类的心理诉求、神话仪式的母题以及"诗学"门类的叙事特征等置于人类文化两种根本的知性和知识交通的方式:知识的传统承袭和人类心理的积郁。这样的原型叙事仿佛让人们看到一幅生命"通过礼仪"的展示和展演。

酒神的原型在弗莱那里甚至将诗学的哲理、艺术的门类、神话的叙事、仪式的表演、心理的情结、文化的类型都糅在了一起,宛若生命的诗性演绎:春天的神话与传奇对应;夏天的神话与喜剧对应;秋天的神话与悲剧对应;冬天的神话与讽刺对应。② 诗学与人类学的整合在原型批评的话语表述中已经水到渠成,蔚为大观。"为了达到起死回生的目的所举行的仪式大体上是对自然进程的戏剧性表演,他们希望借表演能使自然运行得更为顺利。这里所体现出的是一种类似于巫术的信条,即仅仅通过模仿便可以产生任何期望的效果。由于他们现在用神的结婚、死亡、再生或复活来解释自然的生长与衰败、诞生与死亡的交替循环,所以他们的宗教,或者说是巫术性戏剧,也就在很大程度上转向了这些主题。"③ 与其说弗雷泽描述的是一种巫术,还不如说是原始仪式的"原叙事":一条戏剧、文

---

① Radcliffe-Brown, A. R., *Andaman Islanders*, Cambridge: Cambridge University Press, 1933, pp. 380 - 381.
② Meletinsky, E. M., *The Poetics of Myth*, Trans by Lanoue, G. & Sadetsky, A., New York and London: Garland Publishing, Inc., 1998, p. 83.
③ [英] 弗雷泽:《阿都尼斯的神话与仪式》,载叶舒宪选编《神话——原型批评》,陕西师范大学出版社1987年版,第49页。

学与人类学的缘生纽带。

现在人在看待古希腊戏剧的时候往往将它们视为戏剧文学，如悲剧、喜剧等。但是，如果真正来到古希腊的狄奥尼索斯圆型剧场，现代人因分析时代所遗留下来的分析产物就显得完全不够。"分析"其实是把一个原先完整的东西按各种分类加以区分。所幸的是，大量与酒神祭祀仪式有关的祭殿、圆型剧场的遗址被保留了下来。笔者也专门走访了一些酒神"剧场"。那是戏剧表演的场所，是竞技的地点，是人们祭祀的圣地，是歌颂的地方，也是集会的广场……有学者对罗慕洛斯的城剧做过一个实体鉴定，它的空间既可以作为戏剧美学的概念，更可以实际进行丈量。学者们根据大量戏剧表演的实物，描绘出酒神祭仪与戏剧表演的空间格局。[①]

我们可以从这个图型很清楚地看到，民众的空间意识、戏剧的表演活动、城市的建筑格局和宗教的祭祀崇拜都融洽在一起。这一切复合的因素全部都通过某一个仪式性展示和参与性实践被整合了起来。我们可以把它看成戏剧——一种更接近于仪式的社会实践。

酒神仪式的乡土空间制度

希腊戏剧既与酒神祭仪有缘生关系，则剧场的空间关系必与之有涉。酒神具有"乡土""草根""民间"社会代表的鲜明品格和个性，并透露出"民主"的原初意像和意义。狄奥尼索斯有一个别名叫德莫特里斯（Demoteles），意即"民主""公众"；德莫索伊斯（Demosios）意即"公民"，与"民主"（Democracy）同根。酒神甚至还是艾西姆内特斯（Aisymnetes）——"公正之神"之异称。他的无羁性格和浪迹生世，遂公为移民的"领导者"，卡色吉蒙（Kathegemon），酒神的另一个称谓便是这方面的专谓。无论狄奥尼索斯有多少别名、异名，不论他有多少鲜为人知的特点集合于一身，他皆属于民间代表。这一点在奥林匹亚神谱中极其罕见。

[①] Wiles, D., *Tragedy in Athens: Performance Space and Theatrical Meaning*, Cambridge University Press, 1997, p. 57.

第二部分 文学人类学

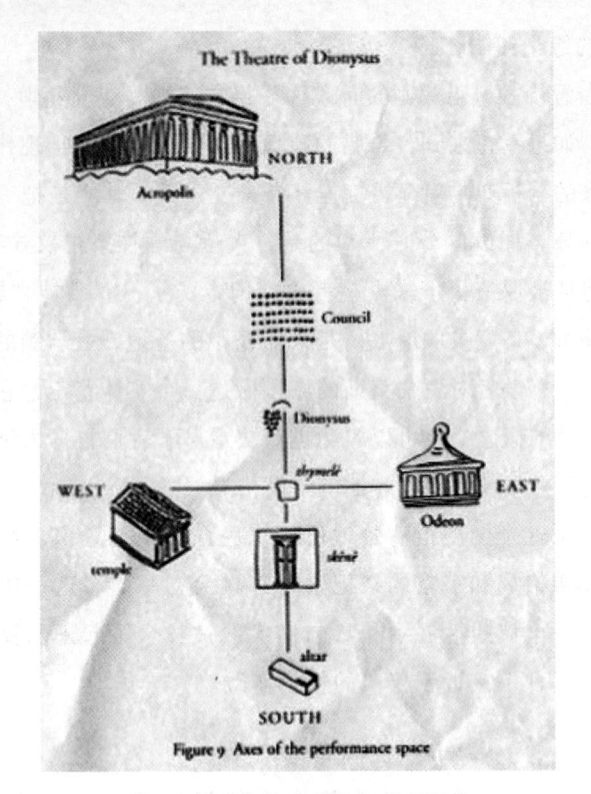

图 1 戏剧表演空间的相关领域[①]

[Acropolis（城邦主殿）Council（议会场所）Dionysus（酒神剧场）

Temple（祭祀庙宇）Odeon（音乐会堂）Skene（祭堂之门）

Altar（神圣祭堂）]

  在这层意义之中，酒神所要表达的事实上是古希腊社会制度和民主道德的理想。我们从这一特殊的双面体中可以洞悉古代希腊城邦制度的民主基型、社会秩序和空间形制。古希腊的社会结构和社会秩序展示出的社会模式大致以一个确定的"城市（城邦）"为基础。每一个独立的城市各自享受着同一个地域共同体的民主。所以，从地理空间的角度看，每一个城邦都根据自然形貌形成了各自的空间格局。每一个独立的"地方城邦"仿佛是社会有机体的细胞：各自独立却又彼此相关。有意思的是，狄奥尼索

[①] Wiles, D., *Tragedy in Athens: Performance Space and Theatrical Meaning*, Cambridge University Press, 1997, p. 57.

斯还有一个他称，叫作卡利多尼奥斯（Kalydonios），意即"地方城邦"。更有甚者，今天这个以他的别号冠名的城市仍然实行着祭祀仪式活动。这种特殊的"独立—联合"的地理空间形制也表现为一个社会制度和公民价值；戏剧和剧场的空间关系也如实贯彻了这种体制。

古希腊戏剧来自对酒神祭祀仪式的模仿，对此，戏剧界早有共识。因此，作为学理，仪式／戏剧的空间制度问题遂成重要问题；戏剧实际上可以被理解为一种"空间的实践"（spatial practices）；其原始形态契合着自然的时序节律和地理形成的空间关系。因此，仪式也可以被理解为人群共同体特殊的"空间实践"，而戏剧也就演化成了"空间的艺术"。底尔菲的阿波罗和狄奥尼索斯祭祀遗址迄今为止仍然是人们复原和考索人类早期文明类型、宗教信仰和原始剧场的一个不可多得的实物模型。

根据底尔菲地方的祭祀仪式行为的解释，阿波罗主持着"夏季"六个月时段（实指春、夏两季），而狄奥尼索斯主管冬天时节（实指秋、冬两季）。两个神祇共同完成一年四季的完整轮回。而酒神所主持的冬季时节被称作为"乡村的狄奥尼西亚时间"（the time of the rural Dionysia）①。他所掌管的社会空间被认为属于民间大众的范畴。酒神的身份给我们一个非常明确的认识：他与太阳神并置为一个完整的象征体系和空间制度。在这个空间关系中，太阳神和酒神形成了一个冲突性的空间对立：阿波罗神殿是长方形的，代表着理性、冷静、规矩、界限和秩序；狄奥尼索斯神殿是圆形的，代表着野性、狂欢、化解、超界和无序。②

从公元前7世纪起，酒神的祭祀仪式便流行于地中海周围的许多城乡，剧场原始形态与酒神祭礼分不开。在举行祭献和附带的神秘仪式之际，参祭者往往在靠着祭坛的附近山坡上环立，排成圆剧场的原始形态。这就是希腊剧场的起源。圆剧场一直保留传袭至今。从空间上看，希腊剧场的历史始终是圆剧场，倚山坡而筑，露天，没有屋顶，没有台幕，是一片自由宽阔的场所，作半圆形（所以有"圆剧场"之称）。其空间原则是不为屏障的设备所局限，以便容纳大量的民众。例如，雅典的狄奥尼索斯剧场可

① Farnell, L. R., *The Cults of the Greek States* (5 Vols.), Oxford University Press, 1909, p. 106.
② ［美］迈克尔·波伦：《植物的欲望》，王毅译，上海人民出版社2005年版，第53—54页。

图 2　底尔菲遗址：狄奥尼索斯圆型剧场位于阿波罗祭殿遗址的上方，下面长方形遗墟为太阳神祭祀的正殿。（彭兆荣　摄）

以容纳至三万名观众，但是这一大剧场还不是我们所知道的古希腊剧场院中的最大者。后来，在希腊文化传播时期（希腊主义时代）建筑的剧场，大的可以容纳五万名、十万名，甚至十万名以上的观众。剧场的主要部分：（1）观众场；（2）歌队场，初时还是演员所在的地方；（3）前台，悬挂剧场装饰的地方，后台是演员上演的地方。装饰富丽的酒神狄奥尼索斯的祭坛，设在歌队场院的中央。演员只在酒巴神狄奥尼索斯的节日表演，初时只是祭仪的附属品。后来剧场才逐渐取得社会意义，成为政治的论坛，休息与娱乐之地。①

在众多的古希腊圆型剧场的遗址中，人们今天仍然可以看到，最为完整和壮观的当推埃庇多罗斯剧场（Epidauros）。它虽然并非为酒神设置的祭祀场所，却与酒神精神一脉相承。它建于公元 320—330 年，② 无数的现代人都将它作为古典希腊戏剧的象征和可视性范例，特别是在剧场建筑成就方面，它可以视为一个迄今为止都后无来者的奇迹。剧场可以容纳多达

---

① ［苏］塞尔格叶夫：《古希腊史》，高等教育出版社 1957 年版，第 316—319 页。
② 根据《雅典英国学派年鉴》（*Annual of the British School at Athens*）61（1966）。

14000 名观众。其建筑空间的格局以及在自然空旷中的剧场规模，特别是演出的自然音响效果等方面都为人们津津乐道，有些原理迄今尚未被人类破译，比如它的共鸣和声响效果等原理。实验表明：把一个硬币掉落到剧场的中心，从地面上所发出的声音在顶上的最后一排观众都可以听得一清二楚。① 但是，与其他酒神戏剧遗址所不同的，埃庇多罗斯剧场坐落在阿斯克勒庇勒斯（Asclepius）——希腊神话中是医生始祖的祭祀地，② 他与酒神祭祀仪式有着隐约的历史关系。

从埃庇多罗斯剧场遗址的实际考察看，它完全与酒神狄奥尼剧场一脉相承并使圆型剧场的建筑工艺达到空前。我们相信，在同一条古代迈锡尼文明的范围和类型的历史纽带中，希腊戏剧的酒神型原始关系没有任何断裂的迹象。阿斯克勒庇勒斯的祭仪也与狄奥尼索斯祭仪及悲剧有着可以稽查的历史线索。有资料表明，公元 5 世纪，（准确地说是公元 5 世纪 20 年代）雅典的戏剧里面就有阿斯克勒庇勒斯祭仪式的痕迹，因为医神的圣祠就建在酒神剧场的旁边。由此可证，医神和酒神祭祀仪式不仅在空间上，而且在时间的延续上都互相关联。③ 这也表明，古代的戏剧具有某种"治疗"作用。④

古希腊戏剧与当时的社会形态为人们提供了一个双向互为对象的"模仿"关系和行为，剧场则是实现这一实践的空间形式。传统的宗教仪式游行、祭祀、祈祷在剧场中揭开戏剧的序幕，然后是一系列事先选好的表演。戏剧的程序化和剧场的空间制度将当时各种复杂的社会关系结合在一起。尼采用诗句这样概括："希腊剧场的构造使人想起一个寂静

---

① Willett, D. etc., *Greece*, Lonely Planet Publication, 1998, pp. 246 – 247.
② 根据希腊传说，阿斯克勒庇勒斯是太阳神阿波罗和克洛尼斯（Coronis）的儿子。克洛尼斯在生产的时候遭遇雷击而死。阿波罗遂带他的儿子阿斯克勒庇勒斯到皮里昂山（Mt. Pelion），在那里师从医圣锡伦（Chiron）学习医疗艺术。早在迈锡尼和古典时代，阿波罗是埃庇多罗斯地区的主要崇拜神。然而，到了公元前 4 世纪的时候，这种崇拜就被他的儿子阿斯克勒庇勒斯所替代；而埃庇多罗斯成了医神的出生地。从此，在埃庇多罗斯地区举行阿斯克勒庇勒斯的祭祀仪式，并以此为中心向四周扩散。
③ 参见彭兆荣《文学与仪式——酒神及其祭祀仪式的发生学原理》，北京大学出版社 2004 年版，第 4 章。
④ 参见彭兆荣《一个表演的版本：酒神祭仪中迷狂的"治疗"作用》，载叶舒宪主编《文学与治疗》，社会科学文献出版社 1999 年版。

的山谷,舞台建筑有如一片灿烂的云景,聚集在山上的酒神顶礼者从高处俯视它,宛如绚丽的框架,酒神的形象就在其中向他们显现。"① 它为后人提供了一个从更为广阔的空间视角去看待、诠释和研究戏剧、剧场的范例。

---

① [德]尼采:《悲剧的诞生》,周国平译,生活·读书·新知三联书店1986年版,第31页。

附录一　走出来的文化之道

凡举哥伦布、麦哲伦的航海、地理大发现、库克船长南太平洋探险、欧洲移民的"五月花号""三角贸易"、十字军东侵、对"高贵野蛮人"等历史事件的了解，人们大都从历史读物中读来。这些重大历史事件不独表明欧洲从中世纪蒙昧主义到新世纪人文主义的历史变革和转型，也构成世界"大历史"的有机部分。它们都与旅行存有瓜葛，也暗含着人类认识和表述的变化；这些历史大事件的发生和进程无不由旅行"走"出来。反过来，任何重大的、具有转型性历史变革和事件必定经过思想、知识和表述范式的酝酿、探索和争论，知识的交流、思想的形塑、话语的范式亦不啻为一种旅行。旅行包含了空间的移动，也形成了知识的田野；历史的内容与历史的形式真实性地将历史逻辑加以演绎。

可惜，人们在记住这些历史结果时，经常忘记行动本身；人们在赞叹文化之道的壮美时，也时常错愕自己惠及于旅行的历史性健忘。人类对地理的重新发现，把旅行重新带入反思的层面，对文明理解也到达一个新的高度：新世界是人们"走"出来的，事实上，历史上重要文化基型都脱不了旅行的表述范式，或与旅行交融在一起，或因旅行实践产生的结果：史诗传奇、考验苦行、冒险拓殖、骑士文学、宗教使命、朝圣线路、英雄武功，旅行把文化之道活脱脱地"走"出来。

欧洲知识界在13世纪曾经发生过一场被后来的历史学家淡忘的争论，争论的话题是：用地图志反映客观世界和用文字反映客观世界哪一个更准确？这一场在当时未引起社会足够重视的争论，事实上反映了一个时代风雨欲来前夜知识和表述范式的酝酿过程，产生了一个意想不到的结果，即

第二部分 文学人类学

促使人们以一种新的表达方式和表述范式反映对"新世界"的认识和态度,客观上把旅行文化与工具革命相结合,对未来世界的推动作用提高到了范式层面。回眸这段历史,我们陡然发现,"地图志"不仅对后来的地理科学具有方法论的奠基意义,也对"地理大发现"这个伟大历史事件对整个世界关系格局的重建,包括后续的资本主义发展、工业革命、殖民主义,以及对"东方"价值都是一个认知上的准备。

如果我们以一种反西式理性之道而寻旅行之道,新的认知途径便呈现于眼前,人们发现,"两希文化"自始至终贯彻着旅行主题:摩西率犹太人出埃及回归故里。"离散"是希伯来文化永恒的主题。"离散"(diaspora)源自于希腊 diaspeirein,最早在《旧约》中以大写出现;原意指植物通过花粉的飞散和种子的传播繁衍生长。《旧约》的使用已属转喻,指上帝让以色列人"飞散"到世界各地。"离散"也因此获得了这样的意义:某个民族的人离开了自己的故土家园到异乡生活,却始终保持着故土文化的特征。荷马史诗的主题可以集中表述为"出征—回家"——充满旅行之道,并被赋予强烈的文化隐喻:英雄、冒险、殖民、战争、出走、考验、流放、寻索、神谕、悲剧、崇高、荣誉、爱情、背叛、知识、权力、怀乡、寂廖、离散、回家、凯旋、仪式……这一切都属入了旅行文化的主题或主题的延伸。旅行超越了哲理的范畴而成为人们践行的圭臬。我们无法想象,如果缺失旅行主题,人类文明还能遗留多少东西?

旅行伴随身体的行动,身体隐喻于是成为旅行文化的一种叙事。身体既是客观的实体存在,又与主体意义直接链接,身体的能指与所指呈现出互指的景观。在古希腊的文化表达中,身体演绎和延伸出许多主题,"考验—苦行"即为代表,我们在许多神话叙事中看到这一原型中身体与意义互文、互动和互疏的逻辑关系。每一个神祇、英雄都必须在旅行中经受苦难和考验。据学者对主神宙斯的生世考释,他降生于克里特岛,年轻时外出旅行,浪迹天下,在旅途中战胜、克服了各种各样的灾难和困难,成为群众的领袖,最终返回故里并逐渐被神化。这个原型亦可套用耶稣神迹传奇。酒神狄俄尼索斯表现出"蓝领"苦修型特点,他的旅行印记遍及欧、亚、非许多地方,他带回了葡萄种植技术和酒文化,也带回了欧洲的一种生计方式。尤里西斯（奥德修斯）主题表现在旅行中经受各种考验和诱惑，最后凯旋的文化隐喻。它被公认为西方文明的主题，也成为"英雄叙事"的普世化身体践行模式。

并非巧合，公元2世纪下半叶，希腊一个叫保萨尼阿斯（Pausanias）的"行者—学者"为我们留下了一部洋洋十卷本的《希腊指南》，它足以使今天所有借用"旅行指南"为题的作者们汗颜。保萨尼阿斯在《希腊指南》中充当一位真正意义上历史大事件的导游，他带领游客从雅典出发，结束于特尔斐。人们跟随他的旅行步履游历了古希腊各种重要神话传说的原始地、战争拓殖的现场和重要的历史文化遗址。在伯罗奔尼撒造访阿伽门农故里，在阿卡迪亚体验狄俄尼索斯的生活场景，到巴赛朝拜阿波罗神庙，在通往忒拜城的路途中思考"人"的价值，在"世界中心"特尔斐现场观摩东西方的分界原点。保萨尼阿斯像一位智者，所到之处侃侃而谈，旅行将地理融化在历史的血脉之中。可悲的是，随着时间的推移，由旅行文化演绎和延伸出的主题在历史的放大镜中被不断地放大，而旅行本身的意义却在日常和世俗中被人们遗忘、淡化，成了一个"失落的主题"。鉴此，玛丽·比尔德等人在《古典学》中提醒人们，对旅行的忘却就是对人类自身的失忆，她有一个惊人之语："古典学的核心是旅游。"

与旅行主题被忘的命运相似，保萨尼阿斯和他的《希腊指南》几乎没有留下太多的历史痕迹。他没有同时代其他经典作家和作品幸运，知晓其名、了然其事者十分鲜见，唯治考古学和古典学的学者们熟悉之，视其为工具书；他们根据"指南"中的遗址描述、指示、符码、意义等寻找、确证古代遗址和遗产。值得一提的是，《希腊指南》的现代编辑、评注和翻译者是现代人类学奠基人之一詹姆斯·弗雷泽；译著于1898年问世。为了撰写《保萨尼阿斯》，弗雷泽专程到希腊各地寻访保氏遗迹。对于弗雷泽而言，《希腊指南》吸引他的特殊理由无疑是保萨尼阿斯对古希腊宗教遗址、公共仪式和神话传说的细致描述。耐人寻味的是，正当弗雷泽醉心于保氏《希腊指南》时期，他完成了《金枝》第一版。这部著作从开始时（1890年）的薄薄两卷本发展到1910年和1915年出版的第三版洋洋十二卷本。

第二部分　文学人类学

事实上，理性之道与旅行之道并非两条永不相交的平等线，二者可以理解为理论与实践的一种原生态。理论在词源上与旅行存在着发生学意义的交织，最早的理论概念正是旅行的原始注疏和原型图像。理论（theory）一词源自希腊语 theōriā，意思是"观点""视域"，theōriā 的动词词根为 theōreein，本义是"观看""观察"。在古代希腊，"理论"原指旅行和观察活动；具体的行为是城邦派专人到另一城邦观摩宗教庆典仪式。其原初意像指在空间上的离家与回归，强调不同空间差异所产生的距离、转换。简言之，理论即旅行——指脱离中心、离开家园熟悉的环境，到另一个陌生的、异已的文化空间的旅行。旅行作为空间实践，既是个体的实践行为，经验的积累方式，以自然之道求取文化之道的途径，也是"知识—交流—权力"的共谋，实践"我者/他者""主体/客体""知识/权力""分类/排斥"的介体。福柯准确地把握了"旅行—理论"的意义，确认空间所建构的社会关系和知识体系。

当今，在"后殖民主义"话语理论的反思中，"后旅行文化"成为关注的重要命题，这无异于反思时代的一个"传统的发明"。对于"后殖民主义"，学界有一个共识，即 20 世纪 80 年代为后殖民话语的转型期，其转向标志是萨义德的"东方主义"。"东方主义"所凸显的正是他者的"异质性空间"——东方成就了西方话语权力生产的存在属性；而反叛和抗拒这一话语的媒介和方式也寓于他的旅行理论。我们甚至在电影《阿凡达》中也瞥见这一介质和母题。事实上，早在 1983 年萨义德就提出了"旅行理论"，十年后又做了"旅行理论再思考"。他的旅行理论超越了一般意义上地理空间的移动，将其扩大到观念、理论在人与人、境域与境域、时代与时代之间的旅行。旅行之道因此获得了时间、空间以及知识交流和交通的广阔维度。"后旅行文化"根本上就是后殖民主义一种新的话语表述。不过，萨义德的旅行理论存在着明显的异化色彩，表现为旅行的"非旅行常态"。

人类学与旅行亲密无间，我们几乎可以这么说，没有旅行就没有民族志。列维－斯特劳斯《忧郁的热带》、格尔兹《事实的背后》等便属于"旅行志"的传世之作。然而，真正理解旅行深邃含义并做透彻阐释的人类学家当属詹姆斯·克里福德。1989年，他在美国加州大学圣克鲁斯分校文化研究中心主办的刊物《铭记》第5期上发表"旅行与理论随笔"一文，回应萨义德的旅行理论，阐述了旅行理论的多层次意义。第一，旅行概念客观描述了后殖民主义全球化语境中不同的栖居方式、认同价值以及变化轨迹。第二，旅行是一种自我的空间定义，一种探险与规训并存的表述范式。第三，旅行是一种僵化刻板的空间迁移，是大众公共艺术最具代表性的表述形式。第四，旅行文化成为界定传统分散、割据的世界在新的语境中重新"世界化"的过程。第五，旅行线路是实现历史上不同思想个体的连接线。克里福德进而认为，在后殖民语境中，西方理论的时空结构已经面临瓦解，旅行理论的去中心特征和新的空间定位已经成为元理论批评的核心，表现为后殖民的所谓"混合性空间"。

仿佛是格尔兹"文化是一张地图"的借用，克里福德提出"文化是一种旅行"。不过，要圆这一词语的语义，有必要做一些附加性表述：1. 文明作为文化证据的历史表述。从世界文明发展的线索看，早期代表性的文明形态都与族群的迁移、旅行相生相伴；即使人类的居住方式和固定形态也不过是迁移和变化中的形态。在人与自然的关系结构中，旅行无形中充当了进化的纽带。没有人类的旅行、迁移、运动、变化，文明很难获得完整的解释。2. 缺失对旅行范式的理解，人类任何有关的文化差异，包括居住形态、种族进化、生产方式、阶级特权、交流手段、交通工具等都很难进行完整的自我言说。3. 行动即表述。中国道家文化中"鲲鹏之变"的形体变化融化于"道"的精神之旅、神圣之旅、彼岸之旅、思辨之旅的道行之中。4. 无视旅行文化，许多学科和理论，包括历史学、地理学、古典学、考古学、遗产学，以及人类学的进化论、传播论皆无立锥之地。

克里福德关于旅行理论最重要、最具代表性的著作为《文化之道：二十世纪晚期的旅游和迁移》。他把出现在20世纪晚期旅游和迁移的社会现象概括为"旅行文化"，并将它置于历史变迁的社会结构中进行考察，时间、空间、地方、帝国、社会、阶级、线路、商贸、朝圣、移民等地理历史问题统统被纳入讨论的范围。他认为，在时间的流逝中，旧的帝国大厦会倾覆，新的阶级关系不得不发生变化；这种变化主要并不是表现在物质的质量和使用方面，而是其运动——不是你在哪里，或你有什么的问题，而是你从哪里来，你去哪里以及你的这种迁移的数率问题。克里福德把旅行和旅游中所包容的各种事象当作一种对范式空间的转变和占据，他借以称之"斯夸托效应"（Squanto effect）。斯夸托是早期印第安人于1620年在位于马萨诸塞的普利茅斯地方迎接各地来的朝圣客的活动（1620年也是在普利茅斯建立英国清教徒朝圣制度的时间——笔者注），他们帮助那些朝圣客和移民渡过寒冷的冬天，学习讲好英语等。"斯夸托效应"使人们想起那些从欧洲大陆远渡重洋寻找"新世界"的迁移史以及新世纪的演化历程。在作者看来，20世纪的旅行和旅游已非简单意义上人群在空间上的移动，而是深刻地触及了社会的内部构造，以及展示在旅游活动和隐蔽在旅游活动之后的社会变革的图像、形貌和范式。在他的著作中，旅行不仅是一种特殊社会文化的表述、表达和表演范式，更是社会结构变化的强力推手。

当代社会的"移动性"已成为一个公认的社会属性——既往的边界已被打破：资金、资本、观念、形象、信息、人群、物品、技术出现空前的移动，它通过现代旅游将随身携带着诸如符号、隐喻、生活方式、价值观念等带到其他地方，地方文化的"再地化"生产出无边界的混杂性；传统意义上的家园已不复存在，无怪乎学者将现代旅游视为一种新的"家园思维"，它正悄无声息地改变人们的价值体系，其后果是重建新的世界秩序。移动性表现在身体上的后果是，移动性对旅行范式的改变导致了身体出现异质化、异类化和异化化。人的身体在很大程度上沦为了"货物"，技术工具将传统的旅行过程简化为运输过程；人在不同的交通工具和"旅途中转"中逐渐丧失主体性，惯习性地完成从一个地点到另一个地点、再回到出发地的"程序"转换。现代旅行范式正在改变世界，也在改变着人。

此文刊发于《读书》2010年第7期

附录二 永远的"乡仪之神"

——田野札记

古希腊有一个叫作 Euhemerus 的哲学家执著地认定神话所记述的都是历史上真正发生过的人和事。他曾经著有《神的历史》专事索考神祇谱系；可惜佚散。Euhemerism 后成一个强力神话学派。它扬言：神话即历史。公元前 9 世纪，荷马在两部史诗中都提到"美城迈锡尼，以黄金闻名"。到了 19 世纪 20 年代，德国有业余考古学家谢里曼追踪荷马史诗的线索，先特洛伊，接着迈锡尼，愣是把公元前 1500 前——1200 年（特洛伊城毁于前 1200 年）年的迈锡尼文明给掘了出来。在二百五十三号、二百五十九号墓地发现了黄金打造的面具，其中第六百二十四号（现藏于希腊国家考古博物馆）就是当年谢里曼打给希腊国王的电文："我正面对阿伽门农"的那只面具。而今成了闻名遐迩的"阿伽门农面具假定"。迈锡尼因此有"荷马—谢里曼（神话—历史）的同义词"。无独有偶，英国考古学家伊文斯在克里特岛找到了"米诺斯迷宫"，使公元前 3000——前 1100 年时期的米诺斯文明重见天日。"神话即历史"伴着时日渐渐地在"荒诞"中变得"正经"。

我到希腊做神话调查，不必借助这些考古人类学严肃的面孔。原因只是特别着迷于那个永远开心、自然色情的酒神狄奥尼索斯及其祭祀仪式。它与旷野、原始、性欲、迷狂、醉境等特点相属，也与边缘、乡土、否思、感性、欢乐的品性相随。重要的是，这一"神话/历史"原型在"西方中心"价值系统里面有着鲜明的破坏力量并具备对"历史阴谋"的还原性质。

第二部分 文学人类学

亚理士多德是第一个对酒神祭祷仪式做经典阐述者。他认为戏剧乃对酒神崇拜及其祭祀仪式的模仿，《诗学》里曾有过细致的阐述。在那里，摹仿并不是戏剧艺术本身，而是构成发生关系和实践过程的缘生性要件。于是出现了艺术（史诗、悲剧、喜剧、音乐等）与酒神祭祀仪式之间的缘生纽带（primordial ties）关系。事实上，戏剧正是借助各种媒介——有节奏、歌曲和"韵文"的戏剧种类（悲剧和喜剧）而进行的酒神仪式的移植和变形。简言之，史诗、悲喜剧都是对仪式摹仿的"半仪式化"过程。同时，亚理士多德未忘记在戏剧的发生过程中提示地理因素。他认为，摹仿之于史诗（史诗中的叙述也是一种摹仿）和戏剧，都要借人物的动作来进行。"drama"（戏剧）一词典出于希腊文"dran"，原义即为"动作"。所谓动作，也就是指演员的表演，或者说，"摹仿仪式的动作"。在戏剧的原生意义里，涂尔干的"神圣"／"世俗"价值已经显现端倪。亚理士多德对此有过考述：多里斯人（Doris 人是一支古希腊民族，于公元前11世纪到10世纪间来到伯罗奔尼撒 Peloponnesos——原注）认为他们是悲剧的首创者，他们的证据有两个：他们称郊区乡村为 komai（雅典人称为 demoi），而 komoidoi 之所以得名字，并不是由于 komazein 一词，而是由于他们不受尊重，被赶出城市而流浪于 komai，又说他们称"动作"为 dran，而雅典人则称为 prattein。对这些语词的训诂似可说明，悲剧和喜剧都是多里斯人首先创造的。在希腊文里，komazein 有"狂欢"的意思；而喜剧演员的名称为 komoidoi，也是因为他们曾流落于 komai（郊区乡村），是一个世俗化的艺术。①

另有一种说法认为，在庇里安德暴政时期，克雷斯色勒的西锡昂和雅典的庇西特拉图试图利用流行于民间的酒神秘密祭仪，借助这种特殊的神秘祭祀活动中的原始形式和民众基础，在民众中间形成一股力量以推翻暴政统治。在这样的情况下，狄奥尼索斯渐渐地成为一种新的国家宗教，而原先酒神祭仪的乡土性、民间性特征也逐渐上升到了国家形态。酒神祭祀仪式在雅典的实践过程也可以看到这样一个明显的"崇高化"过程（en-

---

① ［古希腊］亚理士多德、贺拉斯：《诗学　诗艺》，罗念生、杨周翰译，人民文学出版社1982年版，第9—11页。

附录二　永远的"乡仪之神"

nobled)。概言之，戏剧经由对酒神崇拜和祭祀仪式的模仿而来，戏剧可以理解为仪式的变形。它的演变有一个明确的"边缘—中心""乡村—城市""世俗—神圣"的延伸轨迹。

早在十七年前，当我还在读研究生的时候就迷上了这一"迷思"（myth）。近十来年，或学或访或游欧陆，实地去做一番考察的愿望直到现在才实现。权且视为还愿吧。

雅典的卫城遗址 Acropolis 是我造访的第一站。作为西方古代国家形态的"城市国家"，雅典卫城不啻为标准模型。著名的帕特农神殿就在卫城的中心位置。"Acro"意为地理上的"高点"，延伸意义为崇高、权力等。"polis"为城市国家；它与"政治"有着脉理上的贯通。雅典卫城筑在一片高地上，与伯罗奔尼撒的迈锡尼遗墟上的卫城格局如出一辙。这样的国家模型，彰显出宗教的崇高性、公理的民主性、政治的权力性、区划的核心性、城市的防御性等多重功能。在这个微型城市国家里面，狄奥尼索斯剧场正好坐落于城墙的边缘，却不妨碍它与卫城融为一体。

西方有学者注意到了戏剧的原型与早期希腊城区格局的滥觞。考古材料证明，早先与城区和戏剧并置一畴者称作"城剧"（deme theatres）（deme，指古希腊雅典的市区，系希腊城邦制度下的一个特殊的行政区划）。尽管大部分关于悲剧表演的证据来自公元 4 世纪，但人们相信它的起源比这个时间要早得多。而"乡村的狄奥尼西亚"（rural Dionysia）看起来与戏剧的起源应有更为原始的背景联系，狄奥尼索斯祭祀仪式的戏剧性表演从其早先的形态上看虽然与政治权力、帝国荣耀、民主制度都可以沾上边，但就戏剧产生的形态来看却明显具有"边缘性"。表象上似有悖情理：既然政治权力、帝国荣耀等都属于城邦国家的"中心"和"核心"范畴，怎么戏剧的肇端却"边缘化"呢？

我们说希腊悲剧的"边缘性"主要由几个层面加以确认：一，从地理空间和位置来判断，现在所发现的狄奥尼索斯祭祷和希腊的"圆型剧场"遗墟，都不在城市的中心位置上。二，以酒神狄奥尼索斯同命典出的"乡村的狄奥尼西亚"，一直作为一个专门指谓；说明与戏剧起源相关的知识系统中明确将它放在与城市相对应，与中心相对立的空间位置上来定位。

第二部分 文学人类学

三，从"城邦—国家"的政治体制和与之发生关系的酒神祭祀活动的组成形式来看，戏剧表演并不是头等重要的事情。有学者考证，在与广场相伴的系列活动中，"戏剧"的位置总是殿后。即使在"乡村的狄奥尼西亚"广场活动里面，戏剧表演亦为附加节目。简言之，如果把希腊城邦制国家的广场政治、广场宗教和广场商贸活动所组成的社会系统来看待，那么，广场戏剧只是其中的一项且处在次要的位置上。四，如果以古希腊帝国政治的权力制度来考量，将奥林匹亚山巅作为一个符号化政治表述来看待（其实，奥林匹亚山神谱系就是一个不折不扣的城邦制国家，既"民主"又"帝国"的象征），酒神狄奥尼索斯无论从其地位还是其身世都属于"边缘角色"。酒神的随从和信徒们也都是一些非社会正统所认同的"异类"和叛逆者。

是否真正存在着一个"乡村的狄奥尼索斯"呢？在雅典地图上果然有一地名为狄奥尼索斯，且有一古迹的小标记。它是我寻访的第二站。行前问及雅典居民，罕有人知。隔日便按图索骥而往。到了狄奥尼索斯，感受着实不同：静谧安详，松林里残着昨晚雪迹。离开雅典才十几公里，完全是另一派景致。林地里，踏着"嚓嚓"作响的雪地寻索古迹。问当地的出租车司机，居然摇头言答没听说。最后问到一个本村人，他告诉我说前面林子里有一古迹，新近支起几根铁管，嘱我去看一看。结果令我欣喜若狂，因为我找到了那个早已被历史湮没了的、鲜为人知的酒神狄奥尼索斯古祭祀遗址。它规模不大，大约也就四十平方米的样子。褐色的巨石四处散落。但是，这里曾经是狄奥尼索斯神殿并进行过隆重的酒神祭祀仪式。这里是郊区，是城市边缘，是权力核心的外围地带。很有些中国古代原始形态中的"社""郊"仪式的味道。

第三站，底尔菲。底尔菲的阿波罗祭祀遗址迄今仍为人们索考和复原人类早期文明类型、宗教仪式的一个不可多得的实物模型。就底尔菲的整体构造看，它首先是对宇宙空间和秩序"形而上"的思索。底尔菲的"地方性"并非一个偶然的选择。任何一个到访者在被那宗教祭仪遗墟和建筑艺术上的伟大成就震撼的同时，大概都会提出一个同样的问题：为什么古希腊人要在底尔菲险峻的山崖下建造那么一个无与伦比的工程？底尔菲考

附录二 永远的"乡仪之神"

古博物馆里的一块"脐石"(navel-stone),希腊语为"欧姆发罗斯"(Omphalos),意即"中心——解开了这一个谜结:那里是世界的中心"。伴随它的有一个神话传说:上帝创世后,为了确定世界的中心位置,派两个天使按照两个完全相反的方向飞行寻找,最后他们在底尔菲会合;那个会合点即是世界的中心位置。上帝就在那个会合点上打造了一块脐石。太阳神阿波罗的祭祀殿堂也就因此确立在那里。最早底尔菲的太阳神祭堂修建于公元前6世纪,它的文明形态属于古代迈锡尼文明,而古代迈锡尼文明深受古代埃及文明的影响,这已为学界所共识。大量人种学、考古学、地理学、建筑学、语言学、宗教学方面的资料都已经证明。底尔菲太阳神遗墟上还有一尊巨大的、高耸斯芬克斯雕塑仍基本完好。人类原始文化的遗迹中大量出现对太阳的崇拜,已为历史赘述,这里不做重复工作。但是,与底尔菲太阳神祭祀仪式并置者却是一个非同类重要的酒神祭祀现象倒显得非常特殊。它静静地卧躺在阿波罗神殿的旁边,其地势甚至建筑在整个巨大工程的最高处。据此,有学者估计,在太阳神殿的毗邻存在着另外一个酒神神殿。学者们在一块6世纪的祭祀铭文中发现,祭献者同时给两个神提供礼物。根据底尔菲地方祭祀仪式行为的解释:崇拜日神阿波罗和崇拜酒神狄奥尼索斯为同一行为,因为阿波罗主持着夏季(指春、夏两季),狄奥尼索斯主持冬天(指秋、冬两季)。两个神共同主持一年四季的完整轮回。酒神所主持的冬季被称作为"乡村的狄奥尼西亚时间"(the time of the rural Dionysia)。酒神的身份给我们一个非常明确的认识:他与太阳神并置为一个完整的象征体系和实践行为。所要表达的与其说是神话叙事,还不如说建构了一个世界范围内的秩序规范。这表明,自然演变的原则恰恰并非由某一种神话力量,单一神祇力所能及;而必须通过多元力量的整合并且不断地通过变革实现世界的稳定格局。在这些推动变革的因素中,最为基本的矛盾因素正是哲学美学范畴内的二元对峙律:不断地平衡与破坏,进而再平衡,如此循环。日神与酒神在哲学美学上组合为一个互为彼此的二元组合。它们是对立的平衡,分析的综合,物质的精神,破坏的和平,疾病的治疗,城市的乡村,中心的边缘,结构的解构……总之,二者共同讲诉着人类祖先认识和理解自然界的人文精髓。

第二部分　文学人类学

酒神及其祭仪的边缘性可以分解为：

地理的边缘概念。我的三个调查点证明无误。狄奥尼索斯圆型剧场在雅典卫城和底尔菲太阳神殿遗址中的地理分布都处在边缘。甚至连酒神系统的"社会关系"，如潘恩（Pan）、萨提尔（Satyr）、西勒诺斯（Silenus）等酒神侍从尽属乡俗野类。比如，潘恩老家巴赛（也是酒神少年寄养的地方）地处希腊南部多山地区阿卡迪亚的最偏远的地方。与之毗邻的城市和地区大都闻名遐迩：南边是斯巴达。西边为奥林匹亚，宙斯的伟大圣地。北边和东边坐落着阿尔戈斯和科林斯两大城市。希腊人把阿卡迪亚看作一片荒野之地。那里芳草茵茵，森林繁茂，地气氤氲，原野宁静。大自然支配着一切。那正是潘恩的老家，也是狄奥尼索斯孩提时代的生活处所。

时空的边缘概念。酒神祭祀仪式与艺术，包括戏剧、音乐、舞蹈的关系错综复杂。"酒神颂歌"（Dithyramb）为一个关键词。希罗多德对此有过考释："阿利昂这个人在当时是举世无双的竖琴手，而据我们所知道的，是他第一个创作了狄图拉姆波司歌（祭祀酒神狄奥尼索斯时所唱的颂歌——原注），给这种歌起了这样的名字，后来并在科林斯传授这种歌。""几乎所有神的名字都是从埃及传入希腊的。"① 另有一种说法认为，酒神颂歌大约在公元前六百年的庇里安德暴政时期，由当时的合唱形式演变而来。先时并无确定的主题，后来被一位伟大的音乐革新者"赫米欧的拉色斯"（Lasus of Hermione）从科林斯带到了雅典，并渐渐具有明确主题的、盛大的、有组织的酒神节竞赛活动。在这里，"东学西渐"成了一个不能回避的母题。就像科林斯与迈锡尼文明在地缘上无法分开一样，迈锡尼文明与小亚细亚，特别是埃及文明无法分开。酒神狄奥尼索斯与埃及的奥西里斯（Osiris），包括酒神颂歌根本只是异名而已。

族群的边缘概念。荷马的世界大到东地中海的广大地区。事实上，在公元前8世纪到前7世纪，希腊人根据他们的地理知识已经到达了更大的范围，包括西班牙、埃及和克兰尼（Cyrene）。这个时期的交通和殖民无疑使希腊民族和文化因此包含了丰富的人类学色彩。随着波斯帝国的强大，

---

① ［古希腊］希罗多德：《历史》，王以铸译，商务印书馆1985年版，第131—133页。

希腊商人的贸易甚至远及苏萨（Susa）。这一切都使得希腊古典学变得具有跨地域、多族群、多文化的特点。许多神话人物一身兼有复合的文化因子。人类学家克拉克洪据此认为："希腊事实上成了一个人类多民族汇集的中心（anthropolo centric Greek）。"希腊文化也成了一个大荟萃，它是东方思想、东方学说、东方遗产的学习、继承、融会和创新者。希腊人的生物种性至今没有一个明确的概念，它只有在独立的个体中才显得有意义。这意味着以"种族"为核心的"欧洲文明源泉说"缺乏归纳和抽象的价值。希腊人只是自然环境和族群交流的结果。希罗多德曾就希腊人的体质特征发表过这样的观点：未知往昔，他们只是一些黑皮肤和带有鬈曲头发的异群。颜色对希腊人同样不具有特征性。在古典希腊时期，皮肤的黑和白不具备种群分类和意义；只有"自由人"和"奴隶"才有社会意义。虽然古希腊人也会因为自己是希腊人而感到骄傲，但与其他人的差别并不在于族群身份，而是看他会不会讲希腊语。克拉克洪认为，对古希腊的人类学研究有助于我们对当代人类学进行重新的反思。对于希腊文化，他总结道："它变化得越大，越是同一回事情。"[1]

形态的边缘概念。徜徉于博物馆的古董堆里，有了一个发现：但凡狄奥尼索斯系的神、半人半兽、女祭司、酒神信徒无不快乐，有些甚至让人忍俊不禁。希腊国家博物馆、雅典卫城博物馆、底尔菲考古博物馆、巴黎奥赛博物馆、卢浮宫……比如，雅典考古博物馆的浮雕"潘恩与宁芙"，酒神侍从潘恩在森林中与仙女们饮酒调情，憨态可掬。价值连城的铜制品"马人西勒诺斯"，手舞足蹈，阴茎粗大冲天，令全人类"宇宙的精华、万物的灵长"况之沮丧，失却信心；他竟只管自娱自乐。大理石雕塑"萨提尔与美神"，丑陋羊人萨提尔调戏美神阿芙罗底蒂，美神右手持其左拖鞋准备掌他，小爱神抓着萨提尔的羊角戏耍。整个一"猪八戒戏嫦娥"的爱琴版本。酒神系统的形态与权力斗争、政治角力、武力较量、商场狡诈、拓殖冒险等政治经济主题远离，代表的是生物本能、原始情调、乡土本色、色情肉欲等自然主题。在奥林匹亚山神谱系列里，狄奥尼索斯出现了

---

[1] ［美］克拉克洪：《论人类学与古典学的关系》，吴银玲译，北京大学出版社1961年版，第29—42页。

一个越来越显其重要的历史变迁：早先的主神系统里没有酒神席位，他是后来才入座的，他的入选可以看作乡土力量的展示。政治形态上，狄奥尼索斯所体现的永远属于边缘形态。在权力分配方面，狄奥尼索斯所代表的力量也永远是被借用者。群众是"真正的英雄"，群众却没有机会成为真正的英雄。"猪八戒"在任何时候不能成为唐僧。但是，民意测验表明，师徒一行中最受欢迎的正是老猪。他的得分大幅超过唐僧、沙和尚甚至孙悟空。

巧得很，在希腊调查的日子恰逢狂欢节——顺带说，今天广播于欧美的狂欢节、嘉年华会（carnaval）与狄奥尼索斯也有渊源关系。漫街飞舞着颜色，丽人们脱得不能再少，政治暂且束之高阁，伦理的门槛被挤压得面目全非。我叹道，人类怎么还有这般快乐事情。

此文刊发于《读书》2001 年第 9 期

彭兆荣文学人类学论著、论文目录

《英语成语典故》（第二作者），福建人民出版社1985年版。

《文学与仪式》，北京大学出版社2004年版。

Rural Idyll in Vernacular Landscape in Contemporary Social Sciences，2019，5.

《两种权力博弈中的三种"生态"》，《民族文学研究》2019年第5期。

《乡土的表述永远的秦腔》，《暨南学报》2019年第4期。

《多民族文学表述与多形态介体表述——高校多民族文学教学方法实践的可能性》，载汤晓青主编《全球语境与本土话语》，社会科学文献出版社2014年版。

《文学人类学从"破"到"立"》，《中国社会科学报》2011年4月26日第6版。

《文学与学文》，《西南民族大学学报》2011年第1期。

《人文科学方法论》，《教育文化论坛》2010年第6期。

《口述传统与文学叙事》，《贵州大学学报》2010年第4期。

《我者的他者性：人类学"写文化"的方法问题》，《百色学院学报》2009年第5期。

《民族志书写：徘徊于科学与诗学间的叙事》，《世界民族》2008年第4期。

《戏剧的人类学研究》，载周宁主编《西方戏剧理论史》，厦门大学出版社2008年版。

《西方基督教符号形象的东方地方化——中国东南沿海泉州墓碑符号的解读》，（北大——耶鲁比较文化学术论坛），载孙康宜、孟华主编《比较视野中的传统与现代》，北京大学出版社 2007 年版。

《文学人类学的仪式视野：西方经典文学的一种读法》，载史忠义等主编《国际文学人类学研究》，百花文艺出版社 2006 年版。

《一个"土著"民族志作家及其作品》，《今日文坛》2005 年冬之卷。

《瞎子怎么"书写"历史篇章？》，《民族艺术研究》2004 年第 6 期。

《西方文学原型中"生/死"母题的仪式性隐喻》，《吉首大学学报》2004 年第 3 期。

《口述/书写：历史的叙事与叙事的历史》，《广西民族研究》2004 年第 1 期。

《神话叙事中的"历史真实"——人类学神话理论评述》，《民族研究》2003 年第 5 期。

Genelogy of Ritual: A Perspective of Literary Anthropology In Comparative Literature: East & West, Vol. 4, 2002, Department of Comparative Literature, Institute of Comparative Literature Sichuan University (ed.), Sichuan National Press, 2002, p. 12.

《西方戏剧研究》，《民族艺术》2002 年第 4 期。

《审美人类学三人谈》，《广西民族学院学报》2002 年第 6 期。

《西方戏剧发生学的空间意义》，《民族艺术》2002 年第 3 期。

《实验民族志语体》，《读书》2002 年第 9 期。

《口述与书写：谁能反映历史真相》（"口述中国"四人谈），《光明日报》2002 年 7 月 18 日。

《论戏剧与仪式的缘生形态》，《民族艺术》2002 年第 2 期。

《文学人类学叙事的"形式本体"》，《吉首大学学报》2002 年第 2 期。

《西方戏剧与酒神仪式的缘生形态》，《戏剧艺术》（上海戏剧学院学报）2002 年第 2 期。

《永远的"乡仪之神"》，《读书》2001 年第 9 期。

The Image of the "Red-Haired Barbarian" in Chinese Official and Popular Discourse, In Meng Hua & Sukehiro Hirakawa ed. Images Of Westerners In Chinese And Japanese Literature, Leiden University: Amsterdam-Atlanta, G. A.,

2000.

《古希腊文学中女性性格的分离与原型辐射》,载"文学人类学论丛"之《性别诗学》,社会科学文献出版社 1999 年版。

《文学人类学知识考古》,载"文学人类学论丛"之《文化与文本》,中央编译出版社 1998 年版。

《美人之美与各美其美——文学与人类学交流》,载《中外文化与文论》,四川大学出版社 1998 年版。

《"红毛番":一个增值的象形文本——近代西方形象在中国的变迁轨迹与互动关系》,《厦门大学学报》(哲学社会科学版)1998 年第 2 期。

《首届中国文学人类学研讨会综述》,《文艺研究》1998 年第 2 期。

《文学人类学走向新世纪》,《淮阴师范学院学报》1998 年第 2 期。

《再寻"金枝"——文学人类学精神考古》,《文艺研究》1997 年第 5 期。

《边界不设防:人类学与文学研究》,《文艺研究》1997 年第 1 期。

《对话:在"诗性王国"与"世事王国"之间》,《人类学与民俗研究》1996 年第 12 期。

《"顶冠"的原型性结构意图》,《外国文学评论》1994 年第 4 期。

《和谐与冲突:中西神话原型中的"二女一男"》,《中国比较文学》1994 年第 2 期。

《最富有生命力的一翼:文学人类学学批评谈片》,载乐黛云主编《多元语境中的文学》,湖南文艺出版社 1994 年版。

《文学人类学解析》,《当代文坛》1993 年第 4 期。

《背离与弥合——论大陆与港台汉语的差异》,载德国、奥地利、瑞士合办的国际汉学刊物《春》1992 年(国际汉学刊物)。

《被缚的妻子们:古希腊文学中女性性格的分离与原型辐射》,《外国文学评论》1992 年第 3 期。

《痛苦的宣泄:从酒神、模仿的关系看希腊悲剧的本体意义》,《外国文学评论》1988 年第 2 期。

《"变形"考辨》,《民间文学论坛》1986 年第 5 期。

《论〈红楼梦〉的圆形结构体系》,《贵州大学学报》(社会科学版)1986

年第 4 期。

《文学·梦·神话意识》,《花溪文坛》1986 年第 2 期。

《幻形:一个鲜为人知的美学原理》,《文艺理论研究》1985 年第 4 期。

《试论茅盾巴金在接受外来影响上的差异》,《贵州社会科学》1985 年第 3 期。

后　记

本书分为文学民族志和文学人类学两个部分。文学人类学主要是笔者在过去三十年来所发表的部分相关文章的集结，我只是在前面写了一个导言。文学民族志是近三年来笔者所致力的一种实验："文学民族志"为笔者在我国首创，其中最重要的环节是研究者到作品的发生地、作品的原乡去进行人类学的"参与观察"，使得传统文学"源于生活—高于生活"还能"回于生活"。"回于生活"是笔者补充的，窃以为这样才完整。为了做好这一实验工作，笔者邀请了几位学者加盟。在文学民族志这一部分有四篇文章是他们的作品，但前提必须是到作品的发生地去体验和观察。感谢毛巧晖、张颖、纪文静、红星央宗。第一部分的附录中有一篇文章是笔者接受相关内容的专题访谈记录。

这个论文集所收录的虽然只是笔者所发表的 500 多篇论文中的一小部分，在某种意义上说却是笔者学术生命的一个缩影。笔者生长在书香门第，一生都在大学里生活，祖父是大学教授，父亲是大学教授，我也是大学教授。祖父和父亲都学文，教外语，我一方面受到中国传统的"文人化"影响，另一方面受到的西方文化影响。小时候就把古希腊故事搞得熟，因为家里的书架上有很多外国书籍。我的第一部著作是与父亲合作的《英语成语典故》，做的是那种非常老旧的"卡片式"资料的学问。

这或许就叫"潜移默化"吧。我自己的专业生涯，从大学到博士阶段的专业全部都是文学，而且主要是西方文学。博士论文做的是古希腊的戏剧与仪式的关系，为此，我专门前往希腊，去看圆型剧场遗址，去丈量相关的数据，去了阿卡迪亚，去了德尔菲，迈锡尼，对雅典卫城进行了考

后　记

察，甚至还在雅典郊外找到了被遗弃了很久的酒神祭祀遗址废墟。后来还专门前往特洛伊遗址（土耳其）考察。我一直希望能够用人类学的知识和方法研究文学，并努力尝试之。至于这种努力和尝试能够到达什么的目标和高度，我从没考虑，也不在乎，这就像你计划想要活多少岁一样，有点可笑。

1988—1990 年我赴法国留学，改学文化人类学。十年后的 2000 年再度赴法，在巴黎大学（索邦和十大）人类学系当高级访问学者。2002—2003 年到美国柏克利加州大学（UC Berkeley）人类学系当高级访问教授。也就是说，从 20 世纪 80 年代末至今，我全部都在学习和研究人类学，我在我的供职单位厦门大学人类学系工作了近三十年。我也就这样"脚踏两条船"，一路在知识交错的学术航向上穿行。

"文学"和"人类学"也就这样刻画在了我的学术生命和生涯中。与此同时，我与我的挚友和学术朋友们，包括叶舒宪、徐新建、萧兵、潘年英等一批学者共同在中国推展文学人类学。第一届中国文学人类学研讨会就是由笔者于 1997 年在厦门组织、举办的。当时请了一批文学家、人类学家、文化学家到场，乐黛云、汤一介、李亦园、萧兵、林兴宅、徐杰舜、庄孔韶、曹顺庆、易中天、叶舒宪、徐新建等都参会了。

文学人类学在我的学术生命中留下了深深的印记。有时连自己都分不清那是"主业"还是"副业"。只是我的内心非常明白，体验生活、感受生命，学问知识、追寻脉络，"问题意识"到哪儿就去往那里，探索最重要，也最美好。"学科"的樊篱对我限制是相对的，我知道学科界限永远处在"建构—重构"之中。近三年，我提出的"文学民族志"范式，希望对广大以文学研究为主的学者和学生们有启示价值和借鉴意义。

今日之学术已经进入了反思原则之下的"实验时代"。这个论文集亦可视为"实验时代"的实验产物。

彭兆荣

2020 年 4 月 26 日于厦门大学